民國文化與文學^{研究}^{文叢}

民國文化與文學研究文叢

十五編

李 怡 主編

第 7 冊

民國鄉村建設中的定縣文學經驗研究

李 揚 著

國家圖書館出版品預行編目資料

民國鄉村建設中的定縣文學經驗研究／李揚 著 -- 初版 -- 新
北市：花木蘭文化事業有限公司，2022〔民 111〕
目 2+244 面；19×26 公分
（民國文化與文學研究文叢 十五編；第 7 冊）
ISBN 978-986-518-965-5（精裝）
1.CST：中國當代文學 2.CST：鄉村建設 3.CST：文學運動
4.CST：中國
820.9   111009883

特邀編委（以姓氏筆畫為序）：

丁　帆	王德威	宋如珊
岩佐昌暲	奚　密	張中良
張堂錡	張福貴	須文蔚
馮　鐵	劉秀美	

民國文化與文學研究文叢
十五編　第七冊　　　　　　　ISBN：978-986-518-965-5

民國鄉村建設中的定縣文學經驗研究

作　　者　李揚
主　　編　李怡
企　　劃　四川大學中國詩歌研究院
總 編 輯　杜潔祥
副總編輯　楊嘉樂
編輯主任　許郁翎
編　　輯　張雅淋、潘玟靜、劉子瑄　美術編輯　陳逸婷
出　　版　花木蘭文化事業有限公司
發 行 人　高小娟
聯絡地址　235 新北市中和區中安街七二號十三樓
　　　　　電話：02-2923-1455／傳真：02-2923-1452
網　　址　http://www.huamulan.tw 信箱 service@huamulans.com
印　　刷　普羅文化出版廣告事業
初　　版　2022 年 9 月
定　　價　十五編 21 冊（精裝）新台幣 55,000 元　　版權所有・請勿翻印

民國鄉村建設中的定縣文學經驗研究

李揚 著

作者簡介

李揚，文學博士，1993 年 6 月生於山東濟南。四川大學文學與新聞學院專職博士後。主要研究方向為中國現當代文學與現代思想文化。在《文藝爭鳴》《中山大學學報》《中國現代文學研究叢刊》《探索與爭鳴》等刊物發表論文，論文被人大複印報刊資料轉載。出版專著《延安魯藝詩人及其創作研究（1938～1945）》。

提　要

　　本書選取民國時期鄉村建設中河北定縣的文學經驗作為案例，在一般現代文學史的敘述之外另闢蹊徑，挖掘「五四」以來文學改造社會的重要歷史事實。尤其是在左翼文學主張的「文學大眾化」外，開掘出另一條「大眾化」的路徑。本書既著眼於定縣鄉村建設中的文學實踐如何根植於現代中國獨特的政治文化空間，也探究知識分子如何依託現代媒介手段與知識生產變革鄉村倫理道德以及農民的情感與心理結構。具體從以下四個方面入手解決上述問題：其一，在現代中國知識分子「到民間去」的歷史背景下，探究定縣文學經驗背後文學改造社會的思想脈絡。其二，考察定縣平教會如何通過現代戲劇構造新的鄉村文化共同體，又在與地方社會的互動中探索戲劇形式與功能的變革。其三，考察國語運動「在地」的具體面相，揭示政治、社會、文化等多重因素對鄉村語文教育的形塑。其四，聚焦定縣的科普讀物、農民報刊、修身課本等平民讀物的閱讀史，既探討知識分子如何在閱讀內容、讀物形式、閱讀技術等層面塑造一種新的閱讀文化，利用和轉化下層民眾的接受心理與民間信仰，以解決「五四」新文學與民間接軌失敗的問題；同時又關注下層民眾如何適應與回應知識分子的文學教育。本書在梳理文學改造社會的思想脈絡基礎上，深入地方和國家的具體社會歷史情境，重新激活了對「文學大眾化」這一經典命題的認識方式。

本成果受四川大學專職博士後研發基金
（項目編號：skbsh2022-47）資助

從地方文學、區域文學到地方路徑
——《民國文化與文學研究文叢‧十五編》引言

李　怡

　　2020 年，我在《成都與中國現代文學發生的地方路徑問題》中，以內陸腹地的成都為例，考察了李劼人、郭沫若等「與京滬主流有異」的知識分子的個人趣味、思維特點，提出這裡存在另外一種近現代嬗變的地方特色。這一走向現代的「地方路徑」值得剖析，它與多姿多彩的「上海路徑」「北平路徑」一起，繪製出中國文學走向現代的豐富性。沿著這一方向，我們有望打開現代文學研究的新的可能。〔註1〕同年 1 月，《當代文壇》開始推出我主持的「地方路徑與文學中國」的學術專欄，邀請國內名家對這一問題展開多方位的討論，到 2021 年年中，共發表論文 33 篇，涉及四川、貴州、昆明、武漢、安徽、內蒙古、青海、江南、華南、晉察冀、京津冀、綏遠、粵港澳大灣區等各種不同的「地方」觀察，也有對作為方法論的「地方路徑」的探討。2020 年 9 月，中國作協創研部、四川省作協、中國人民大學書報資料中心、《當代文壇》雜誌社還聯合舉行了「地方路徑與文學中國」學術研討會，國內知名學者與專家濟濟一堂，就這一主題的問題深入切磋，到會學者包括阿來、白燁、程光煒、吳俊、孟繁華、張清華、賀仲明、洪治綱、張永清、張潔宇、謝有順等等。〔註2〕2021 年 10 月，中國現代文學理事會在成都召開，會

〔註1〕 李怡：《成都與中國現代文學發生的地方路徑問題》，《文學評論》2020 年 4 期。

〔註2〕 研討會情況參見劉小波：《地方路徑與文學中國——「2020 中國文藝理論前沿峰會暨四川青年作家研討會」會議綜述》，《當代文壇》2021 年 1 期。

議主題也確定為「地方路徑與中國現代文學」，線上線下與會學者 100 餘人繼續就「地方路徑」作為學術方法的諸多話題廣泛研討，值得一提的是，這一主題會議還得到了第一次設立的國家社科基金「學術社團主題學術活動資助」。

經過了連續兩年的醞釀和傳播，「地方路徑」的命題無論是作為理論方法還是文學闡述的實踐都已經產生了重要的影響，在這個時候，需要我們繼續推進的工作恰恰可能是更加冷靜和理性的反思，以及在更大範圍內開展的文學批評嘗試。就像任何一種理論範式的使用都不得不經受「有限性」的警戒一樣，「地方路徑」作為新的文學研究方式究竟緣何而來，又當保持怎樣的審慎，需要我們進一步辨析；同時，這種重審「地方」的思維還可以推及什麼領域，帶給我們什麼啟發，我們也可以在更多的方向上加以嘗試。

一

「名不正，則言不順」，這是《論語》的古訓，20 世紀 50 年代以來，西方史學發現了「概念」之於歷史事實的重要意義，開啟了「概念史」（conceptual history）的研究。這是我們進一步推進學術思考的基礎。

在這裡，其實存在著一系列相互聯繫卻又頗具差異的概念。地方文學、地域文學、區域文學、文學地理學以及我所強調的地方路徑，它們絕不是同一問題的隨機性表達，而是我們對相近的文學與文化現象的不同的關注和提問方式。

雖然「地方」這一名詞因為「地方性知識」的出現而變得內涵豐富起來，但是在我們的實際使用當中，「地方文學」卻首先是一個出版界的現象而非嚴格的概念，就是說它本身一直缺乏認真的界定。地方文學的編撰出版在 1990 年代以後逐漸升溫，但凡人們感到大中國的文學描述無法涵蓋某一個局部的文學或文化現象之時，就會自然而然地將它放置在「地方」的範疇之中，因為這樣一來，那些分量不足以列入「中國文學」代表的作家作品就有了鄭重出場、載入史冊的理由。近年來，在大中國文學史著撰寫相對平靜的時代，各地大量湧現了以各自省市為單位的地方文學史，不過，這種編撰和出版的行為常常都與當地政府倡導的「文化工程」有關，所以其內在的「地方認同」或「地方邏輯」往往不甚清晰，不時給人留下了質疑的理由。

這種質疑很容易讓我們聯想到「區域文學」與「地域文學」的分歧。學

界一般認為，「地域文學」就是在語言、民俗、宗教等方面的相互認同的基礎上
形成的文學共同體形態，這種地區內的文學共同體一般說來歷史較為久遠、淵
源較為深厚，例如江左文學、江南文學、江西詩派等等；「區域文學」也是一種
地區性的文學概念，不過這樣的地區卻主要是特定時期行政規劃或文化政治的
設計結果，如內蒙古文學、粵港澳大灣區文學、京津冀文學等等，其內在的精
神認同感明顯少於地域文學。「『地域』內部的文化特徵是相對一致的，這種相
對一致性是不同的文化特徵長期交流、碰撞、融合、沉澱的結果，不是行政或
其他外部作用所能短期奏效的。而『區域』內部的文化特徵往往是異質的，尤
其是那種由於行政或者其他原因而經常變動、很難維持長期穩定的區域，其文
化特徵的異質性更明顯。」〔註3〕在這個意義上，值得縱深挖掘的區域文學必
須以區域內的歷史久遠的地域認同為核心，否則，所謂的區域文學史就很可能
淪為各種不同的作家作品的無機堆砌，被一些評論者批評為「邏輯荒謬的省籍
區域文學史」，「實際上不但割裂了而且扭曲了文化的真實存在形態」。〔註4〕
1995 年，湖南教育出版社開始推出嚴家炎先生主編的《二十世紀中國文學與
區域文化》叢書，涉及東北文學、三晉文學、齊魯文學、巴蜀文學、西藏雪域
文學等等，歷經近二十年的沉澱，這套叢書在今天看來總體上還是成功的，
因為它雖然以「區域」命名，卻實則以「地域文學」的精神流變為魂，以挖掘
區域當中的地域精神的流變為主體。相反，前面所述的「地方文學」如果缺
乏嚴格的精神的挖掘和融通，同樣可能抽空「地方性」的血脈，徒有行政單
位的「地方」空殼，最終讓精神性的文學現象僅僅就是大雜燴式的文學「政
績」的整合，從而大大地降低了原本暗含著的歷史價值。

　　中國傳統文化其實也一直關注和記錄著地域風俗的社會文化意義，《詩
經》與《楚辭》的差異早就為人們所注目，《禹貢》早已有清晰明確的地域之
論，《漢書》《隋書》更專列「地理志」，以各地山川形勝、風土人情為記敘的
內容，由此開啟了中國文化綿邈深遠的「地理意識」。新時期以後，中國文學
研究以古代文學為領軍，率先以「文學地理」的概念再寫歷史，顯然就是對
這一傳統的自覺承襲，至新世紀以降，文學地理學的理論建構日臻自覺，似
有一統江山，整合各種理論概念之勢——包括先前的地域文學、區域文學。
有學者總結認為：「文學地理學是由中國本土學者提出並發展起來的一門學

〔註3〕曾大興：《「地域文學」的內涵及其研究方法》，《東北師大學報》2016 年 5 期。
〔註4〕方維保：《邏輯荒謬的省籍區域文學史》，《揚子江評論》2012 年 2 期。

科,也是由中國本土學者提出與發展起來的一種新的文學批評方法。」〔註5〕
這也是特別看重了這一理論建構與中國傳統文化的深刻聯繫。

當然,也正如另外有學者所考證的那樣,西方思想史其實同樣誕生了「文
學地理學」的概念,並且這一概念也伴隨著晚清「西學東漸」進入中國,成為
近代中國文學地理思想興起的重要來源:「文學地理學是 18 世紀中葉康德在
他的《自然地理學》中提出的一個地理學概念,由於康德的自然地理學理論
蘊涵著豐富的人文地理學和地域美學思想,在西方美學和文學批評中產生了
深遠的影響。清末民初,在西學東漸和強國新民的歷史大潮中,梁啟超、章
太炎、劉師培等人將康德的『文學地理學』和那特硜的『政治學』用於中國古
代文學藝術南北差異的研究,開創了中國文學地理學的學科歷史。」〔註6〕認
真勘察,我們不難發現西方淵源的文學地理學依然與我們有別:「在康德的眼
裏,文學地理學是地理學的一個分支學科而不是文學的分支學科」〔註7〕,後
來陸續興起的文化地理學,也將地理學思維和方法引入文學研究,改變了傳
統文學研究感性主導色彩,使之走向科學、定量和系統性,而興起於後殖民
時代的地理批評以「空間」意識的探究為中心,強調作品空間所體現的權力、
性別、族群、階級等意識,地理空間在他們那裡常常體現為某種的隱喻之義,
現代環境主義與生態批評概念中的「地方」首先是作為「感知價值的中心」
而非地理景觀,用文化地理學家邁克·克朗的話來說就是:「文學作品不能被
視為地理景觀的簡單描述,許多時候是文學作品幫助塑造了這些景觀。」〔註
8〕較之於這些來自域外的文學地理批評,中國自己的研究可能一直保持了對
地方風土的深情,並沒有簡單隨域外思潮起舞,雖然在宏觀層面上,我們還
是承認,現當代中國的文學地理學是對外開放、中西會通的結果。

「地方路徑」一說是在以上這些基本概念早已經暢行於世之後才出現的,
於是,我們難免會問:新的概念是不是那些舊術語的隨機性表達?或者,是
不是某種標新立異的標題招牌?

這是我們今天必須回答的。

〔註5〕鄒建軍:《文學地理學:批評和創作的雙重空間》,《臨沂大學學報》2017 年 1
期。
〔註6〕鍾仕倫:《概念、學科與方法:文學地理學略論》,《文學評論》2014 年 4 期。
〔註7〕鍾仕倫:《概念、學科與方法:文學地理學略論》,《文學評論》2014 年 4 期。
〔註8〕【英】邁克·克朗(Mike Crang):《文化地理學》,楊淑華、宋慧敏譯,南京
大學出版社 2003 年版,第 55 頁。

二

在現代中國討論「地方路徑」，容易引起的聯想是，我們是不是要重提中國文學在各個地方的發展問題？也就是說，是不是要繼續「深描」各個區域的文學發展以完整中國文學的整體版圖？

我們當然關注現代中國文學的一系列共同性的問題，而不是試圖將自己侷限在大版圖的某一局部，為失落在地方的文學現象拾遺補缺，從這個意義上來說，跨出地方的有限性，進入區域整合的視野甚至民族國家的視野乃題中之義。但是，這樣的嘗試卻又在根本上有別於我們曾經的區域文學研究。

在中國，區域文學與文化研究集中出現在 1990 年代中期，本質上是 1980 年代以來「走向世界」的改革開放思潮的一種延續。嚴家炎先生主編的《二十世紀中國文學與區域文化》叢書最早在 1995 年推出，作為領命撰寫四川現代文學與巴蜀文化的首批作者，我深深地浸潤於那樣的學術氛圍，感受和表達過那種從區域文化的角度推進文學現代化進程的執著和熱誠。在急需打破思想封閉、融入現代世界的那種焦慮當中，我們以外來文化為樣本引領中國文學與文化的渴望無疑是真誠的，至今依然閃耀著歷史道義的光輝，但是，心態的焦慮也在自覺不自覺中遮蔽了某些歷史和文化的細節，讓自我改變的激情淹沒了理性的真相。例如，我們很容易就陷入了對歷史的本質主義的假想，認為歷史的意義首先是由一些巨大的統攝性的「總體性質」所決定的，先有了宏大的整體的定性才有了局部的意義，中國文化的現代化進程也是如此，先有了整個國家和民族的現代觀念，才逐步推廣到了不同區域、不同地方的思想文化活動之中，也就是說，少數先知先覺的知識分子對西方現代化文化的接受、吸收，在少數先進城市率先實踐，形成了中國現代文化的「總體藍圖」，然後又通過一代又一代的艱苦努力，傳播到更為內陸、更為偏遠的其他區域，最終完成了全中國的現代文化建設。雖然區域文學現象中理所當然地涵容著歷史文化的深刻印記，但是作為「現代文學」的歷史進程的重要環節，我們的主導性目標還是考察這一歷史如何「走向世界」、完成「現代化」的任務，所以在事實上，當時中國文學的區域研究的落腳點還是講述不同區域的地方文化如何自我改造、接受和匯入現代中國精神大潮的故事。這些故事當然並非憑空捏造，它就是中國文化在近現代與外來文化交流、溝通的基本事實，然而，在另外一方面的也許是更主要的事實卻可能被我們有所忽略，那就是文化的自我發展歸根到底並不是移植或者模仿的結果，而是自我的一

種演進和生長，也就是說，是主體基於自身內在結構的一種新的變化和調整，這裡的主體性和內源性是不可或缺的基礎。如果說現代中國文學最終表現出了一種不容迴避的「現代性」，那麼也必定是不同的「地方」都出現了適應這個時代的新的精神的變遷，而不是少數知識分子為中國先建構起了一個大的現代的文化，然後又設法將這一文化從中心輸送到了各個地方，說服地方接受了這個新創建的文化。在這個意義上，地方的發展彙集成了整體的變化，是局部的改變最後讓全局的調整成為了現實。所謂的「地方路徑」並非是偏狹、個別、特殊的代名詞，在通往「現代」的征途上，它同時就是全面、整體和普遍，因為它最後形成的輻射性效應並不偏於一隅，而是全局性的、整體性的，只不過，不同「地方」對全局改變所產生的角度與方向有所不同，帶有鮮明的具體場景的體驗和色彩。從這裡，我們可以得出結論：在現代中國文學的學術史上，我們曾經有過的區域文化研究其實還是國家民族的大視角，區域和地方不過是國家民族文學的局部表現；而地方路徑的提出則是還原「地方」作為歷史主體性的意義，名為「地方」，實則一個全局性的民族文化精神嬗變的來源和基礎，可謂是以「地方」為方法，以民族文化整體為目的。

「地方」以這種歷史主體的方式出場，在「全球化」深化的今天，已經得到了深刻的證明。

在當今，全球化依然是時代的主題。然而，越來越多的人都開始意識到一個重要的問題：全球化是不是對體現於「地方」的個性的覆蓋和取消呢？事實可能很明顯，全球化不僅沒有消融原本就存在的地方性，而且林林種種的地方色彩常常還借助「反全球化」的浪潮繼續凸顯自己，在一個相當長的時期內，全球化和地方性都會保持著一種糾纏不清的關係，有矛盾衝突，但也會彼此生發。

文學與地方的關係也是如此。現代中國的文學一方面以「走向世界」為旗幟，但走向外部世界的同時卻也不斷返回故土，反觀地方。這裡，其實存在一個經由「地方路徑」通達「現代中國」的重要問題。

何謂「現代中國」？長期以來，我們預設了一些宏大的主題——中國社會文化是什麼？中國文學有什麼歷史使命、時代特點？不同的作家如何領悟和體現這樣的歷史主題？主流作家在少數「中心城市」如何完成了文學的總體建構？然而，文學的發生歸根到底是具體的、個人的，人的文學行為與包裹著他的生存環境具有更加清晰的對話關係，也就是說，文學人首先具有切

實的地方體驗，他的文學表達是當時當地社會文化的有機組成部分，文學的存在首先是一種個人路徑，然後形成特定的地方路徑，許許多多的「地方路徑」，不斷充實和調整著作為民族生存共同體的「中國經驗」，當然，中國整體經驗的成熟也會形成一種影響，作用於地方、區域乃至個體的大傳統，但是必須看到，地方經驗始終存在並具有某種持續生成的力量，而更大的整體的「大傳統」卻不是一成不變的，「大傳統」的更新和改變顯然與地方經驗的不斷生成關係緊密。正是在這個意義上，我們認為，並不是大中國的文化經驗「向下」傳輸逐漸構成了「地方」，「地方」同樣不斷凝聚和交融，構成了跨越區域的「中國經驗」。「地方經驗」如何最終形成「中國經驗」，這與作為民族共同體的「中國」如何降落為地方性的表徵同等重要！在現代中國文學發展的過程之中，不僅有「文學中國」的新經驗沉澱到了天南地北，更有天南地北的「地方路徑」最後匯集成了「文學中國」的寬闊大道。〔註9〕

　　這樣，我們的思維就與曾經的區域文學研究有所不同了。

　　在另外一方面，地方路徑的提出也意味著我們將有意識超越「地域文學」或者「地方文學」的方式，實現我們聯結民族、溝通人類的文學理想。

　　如前所述，我們對區域文學研究「總體藍圖」的質疑僅僅是否定這樣一種思維：在對「地方」缺乏足夠理解和認知的前提下奢談「走向世界」，在缺乏「地方體驗」的基礎上空論「全球一體化」，但是，這卻並不意味著我們要固守在「地方」之一隅，或者專注於地方經驗的打撈來迴避民族與人類的共同問題，排斥現代前進的節奏。與「區域文學」「地方文學」的相對靜止的歷史描述不同，「地方路徑」文學研究的重心之一是「路徑」，也就是追蹤和挖掘現代中國文學如何嘗試現代之路的歷史經驗，探索中國文學介入世界進程的方式。換句話說，「路徑」意味著一種歷史過程的動態意義，昭示了自我開放的學術面相，它絕不是重新返回到固步自封的時代，而是對「走向世界」的全新的闡發和理解。

　　同樣，我們也與「文學地理學」的理論企圖有所不同，建構一種系統的文學研究方法並非我們的主要目的，從根本上看，我們還是為了描述和探討中國文學從傳統進入現代，建設現代文學的過程和其中所遭遇的問題，是對現代中國文學的「現象學研究」，而不是文藝學的提升和哲學性的概括。當然，包括中外文學地理學的視角、方法都可能成為我們的學術基礎和重要借鑒。

〔註9〕參見李怡：《「地方路徑」如何通達「現代中國」》，《當代文壇》2020年1期。

三

現代中國文學的「地方路徑」研究當然也有自己的方法論背景，有著自己的理論基礎的檢討和追問。

「地方路徑」的提出首先是對文學與文化研究「空間意識」的深化。

傳統的文學研究，幾乎都是基於對「時間神話」的迷信和依賴。也就是說，我們大抵都相信歷史的現象是伴隨著一個時間的流逝而漸次產生的，而時間的流逝則是由一個遙遠的過去不斷滑向不可知的未來的勻速的過程，時間的這種不以人的意志為轉移的勻速前進方式成為了我們認知、觀察世界事物的某種依靠，在很多的時候，我們都是站在時間之軸上敘述空間景物的異樣。但是，二十世紀的天體物理學卻告訴我們，世界上並沒有恒定可靠的時間，時間恰恰是依憑空間的不同而變化多端。例如愛因斯坦、霍金等人的宇宙觀恰恰給予了我們更為豐富的「相對」性的啟示：沒有絕對的時間，也沒有絕對的空間，時間總是與空間聯繫在一起，不同的空間有不同的時間。「相對論迫使我們從根本上改變了我們的時間和空間觀念。我們必須接受，時間不能完全脫離開和獨立於空間，而必須和空間結合在一起形成所謂的時空的客體。」〔註 10〕二十世紀以後尤其是 1970 年代以後，西方思想包括文學研究在內出現了眾所周知的「空間轉向」，傳統觀念中的對歷史進程的依賴讓位於對空間存在的體驗和觀察，這些理念一時間獲得了廣泛的共識：「當今的時代或許應是空間的紀元⋯⋯我們時代的焦慮與空間有著根本的關係，比之與時間的關係更甚。」〔註 11〕「在日常生活裏，我們的心理經驗及文化語言都已經讓空間的範疇、而非時間的範疇支配著。」〔註 12〕「一方面，我們的行為和思想塑造著我們周遭的空間，但與此同時，我們生活於其中的集體性或社會性生產出了更大的空間與場所，而人類的空間性則是人類動機和環境或語境構成的產物。」〔註 13〕有法國空間理論家列斐伏爾等人的倡導，經由福柯、

〔註10〕【英】霍金：《時間簡史》，吳忠超譯，湖南科學技術出版社 2002 年版，第 22 頁。

〔註11〕【法】福柯：《不同空間的正文與上下文》，陳志悟譯，見包亞明主編：《後現代性與地理學的政治》，上海教育出版社 2001 年版，第 18 頁、20 頁。

〔註12〕【美】詹明信：《晚期資本主義文化的邏輯：詹明信批評理論文選》，陳清僑等譯，三聯書店 1997 年版，第 450 頁。

〔註13〕愛德華・索亞語，見包亞明：《後大都市與文化研究・前言：第三空間、後大都市與文化研究》，上海教育出版社 2005 年版，第 1 頁。

詹姆遜、哈維、索雅等人的不斷開拓，文學的空間批評得到了前所未有的長足發展，文本中的空間不再只是故事發生的背景，而是作為一種象徵系統和指涉系統，直接參與到了主題與敘事之中，空間因素融入傳統的社會歷史批評、文化批評、性別批評、精神批評等，激活了這些傳統文學研究的生命力，它又對後現代性境遇下人們的精神遭際有著獨到的觀察和解讀，從而切合了時代的演變和發展。

如同地理批評遠遠超出了地方風俗的文學意義而直達感知層面的空間關係一樣，西方文學界的空間批評更側重於資本主義成熟年代的各種權力關係的挖掘和洞察，「空間」隱含的主要是現實社會中的制度、秩序和個人對社會關係的心理感受。

在中國現代文學的研究中，我們長期堅信西方「進化論」思想的傳入是驚醒國人的主要力量，從嚴復的「天演公例」到梁啟超的「新民說」、魯迅的「國民性改造」，中國文學的歷史巨變有賴於時間緊迫感的喚起，這固然道出了一些重要的事實，然而，人都是生存於具體而微的「空間」之中的，是這一特殊「地方」的人生和情感的體驗真實地催動了各自思想變化，文學的現代之變，更應該落實到中國作家「在地方」的空間意識裏。近現代中國知識分子，同樣生成了自己的「空間意識」：

> 中國近現代知識分子是在一種極為特殊的條件下形成自己的時空觀念的。不是時間觀念的變化帶來了他們空間觀念的變化，而是空間觀念的變化帶來了他們時間觀念的變化。我們知道，正是由於鴉片戰爭之後中國的知識分子發現了一個「西方世界」，發現了一個新的空間，他們的整個宇宙觀才逐漸發生了與中國古代知識分子截然不同的變化。

> 中國現代知識分子的「地理大發現」，發現的卻是一個無法統一起來的世界，一個造成了空間割裂感的事實。這種空間割裂感是由於人的不同而造成的。

> 我們既不能把西方世界完全納入到我們的世界中來，成為我們這個世界的一個有機組成部分，我們也不願把我們的世界納入到西方世界中去，成為西方世界的一個有機組成部分。二者的接近發生的不是自然的融合，而是彼此的碰撞。

> 上帝管不了中國，孔子管不了西方，兩個空間結構都變成了兩

個具有實體性的結構，二者之間的衝撞正在發生著。一個統一的沒有隙縫的空間觀念在關心著民族命運的中國近現代知識分子的意識中可悲地喪失了。這不是一個他們願意不願意的問題，而是一個不能不如此的問題；不是一個比中國古代知識分子「先進」了或「落後」了的問題，而是一個他們眼前呈現的世界到底是一個什麼樣子的問題。正是這種空間觀念的變化，帶來了他們時間觀念的變化。〔註14〕

近現代中國知識分子同樣在「空間」感受中體驗了現實社會中的制度與秩序，覺悟了各種不平等的權力關係，但是，與西方不同的在於，我們在「空間」中的發現主要還不是存在於普遍人類世界中的隱蔽的命運，它就是赤裸裸的國家民族的困境，主要不是個人的特異發現，而是民族群體的整體事實，它既是現實的、風俗的，又是精神的、象徵的，既在個人「地方感」之中，又直陳於自然社會之上。從總體上看，近現代中國的空間意識不會像西方的空間批評那樣公開拒絕地方風土的現實「反映」，而是融現實體驗與個人精神感受於一爐。我覺得這就為「地方路徑」的觀察留下了更為廣闊的可能。

「地方路徑」的提出也是對域外中國學研究動向的一種回應。

海外的中國學研究，尤其是美國漢學界對現代中國的觀察，深受費正清「衝擊／反應」模式的影響，自覺不自覺地站在西方中心的立場上，以西歐社會的現代化模式來觀察東方和中國，認定中國社會的現代化不可能源自本土，只能是對西方衝擊的一種回應。不過，在 1930、40 年代以後，這樣的思維開始遭受到了漢學界內部的質疑，以柯文為代表的「中國中心觀」試圖重新觀察中國社會演變的事實，在中國自己的歷史邏輯中梳理現代化的線索。伴隨著這樣一些新的學術思想的動態，西方漢學界正在發生著引人矚目的變化：從宏大的歷史概括轉為區域問題考察，從整體的國家民族定義走向對中國內部各「地方」的再發現，一種著眼於「地方」的文學現代進程的研究正越來越多地顯示著自己的價值，已經有中國學者敏銳地指出，這些以「地方」研究為重心的域外的方法革新值得我們借鑒：「從時間與空間起源上，探究這些地區如何在大時代的激蕩中形成具有現代意義的文學觀念、如何生發具有地域特色的文學文本，考察文學與非文學、本土與異域、沿海

〔註14〕王富仁：《時間·空間·人（一）》，《魯迅研究月刊》2000 年 1 期。

與內地、中心與邊緣之間的多元關係，便不失為中國現代文學研究的一種新路徑。」〔註15〕

當然，必須指出的是，中國學者對「地方路徑」問題的發現在根本上說還是一種自我發現或者說自我認知深化的結果，是創立中國學術主體性的積極體現。以我個人的研究為例，是探尋近現代白話文學發生的過程中，接觸到了李劼人的成都寫作，又借助李劼人的地方經驗體驗到了一種近代化的演變曾經在中國的地方發生，隨著對李劼人「周邊」的摸索和勘察，我們不斷積累著「地方」如何自我演變的豐富事實，又深深地體悟到這些事實已經不再能納入到西方—中國先進區域—偏遠內陸這樣一個傳播鏈條來加以解釋了。與「中國中心觀」的相遇也出現在這個時候，但是，卻不是「中國中心觀」的輸入改變了我們的認識，而是雙方的發現構成了有益的對話。這裡的啟示可能更應該做這樣的描述：在我們力求更有效地擺脫「西方中心」觀的壓迫性影響、從「被描寫」的尷尬中嘗試自我解放、重新獲得思想主體性的時候，是西方學者對他們學術傳統的批判加強了這一自我尋找的進程，在中國人自己表述自己的方向上，我們和某些西方漢學家不期而遇，這裡當然可以握手，可以彼此對話和交流，但是卻並不存在一種理論上的「惠賜」，也再不可能出現那種喪失自我的「拜謝」，因為，「地方路徑」的發現本身就是自我覺醒的結果。這裡的「地方」不是指那種退縮式的地方自戀，而是自我從地方出發邁向未來的堅強意志。在思考人類共同命運和現代性命題的方向上我們原本就可以而且也能夠相互平等對話，嚴肅溝通，當我們真正自覺於自我意識、自覺於地方經驗的時候，一系列精神性的話題反而在東西方之間有了認同的基礎，有了交談的同一性，或者說，在這個時候，地方才真正通達了中國，又聯通了世界。在這個時候，在學術深層對話的基礎上，主體性的完成已經不需要以「民族道路的獨特性」來炫示，它同時也成為了文學世界性，或者說屬於真正的「人類命運共同體」的有機組成部分。

上世紀 20 年代，詩人聞一多也陷入過時代發展與「地方性」彰顯的緊張思考，他曾經激賞郭沫若《女神》的時代精神，又對其中可能存在的「地方色彩」的缺失而深懷憂慮，他這樣表達過民族與世界、地方與時代的理想關係：「真要建設一個好的世界文學，只有各國文學充分發展其地方色彩，同時又

〔註15〕張鴻聲、李明剛：《美國「中國學」的「地方」取向與中國現代文學研究——以中國現代文學研究的區域問題為例》，《中國現代文學論叢》2018 年 13 輯。

貫以一種共同的時代精神，然後並而觀之，各種色料雖互相差異，卻又互相調和」〔註16〕。在某種意義上，這可以被我們視作中國現代文學沿「地方路徑」前行的主導方向，也是我們提出「地方路徑」研究的基本原則。

〔註16〕聞一多：《〈女神〉之地方色彩》，《創造週報》第 5 號，1923 年 6 月 10 日。

目

次

緒　論 ………………………………………………… 1

　一、選題來源及意義 ………………………………… 1

　二、研究現狀 ……………………………………… 14

第一章　1930年代的鄉村建設運動與文學的位置
………………………………………………………… 23

　第一節　「民眾」問題的提出 …………………… 23

　　一、「民眾」與「文學」的內在張力 ………… 23

　　二、「造社會」的分途──以瞿世英為中心的
　　　　討論 ……………………………………… 30

　第二節　「民族再造」話語的混雜性 …………… 37

　　一、「遊」的姿態：「大革命」前後孫伏園
　　　　關於民間的想像與實踐 ………………… 37

　　二、「不逢遭際怨阿誰」──「國家本位」下
　　　　的定縣平教會知識人 …………………… 52

第二章　知識人的戲劇實踐與自我表達 ………… 61

　第一節　從戲劇系到民眾劇 …………………… 61

　　一、重建戲劇想像的起點──從戲劇系的
　　　　「易手」談起 ………………………… 61

　　二、「劇可以群」──「易卜生主義」的翻新
　　　　與戲劇系的新舊轉軌 ………………… 72

　　　三、民教視野下農民戲劇的「廢幕」‥‥‥‥ 87
　　第二節　農民劇及群眾戲劇詩學的創製‥‥‥‥‥ 100
　　　一、「笑」：一項失敗的情感教育方案‥‥‥ 100
　　　二、「節奏」的複調──論定縣農民劇的
　　　　聲畫與意義‥‥‥‥‥‥‥‥‥‥‥‥ 108
　第三章　平教會的語文教育與國語運動‥‥‥‥‥ 127
　　第一節　多重力量交織下的平民千字課‥‥‥‥ 128
　　　一、有聲還是無聲？‥‥‥‥‥‥‥‥‥‥ 128
　　　二、識字背後──政治力量如何介入識字
　　　　課本‥‥‥‥‥‥‥‥‥‥‥‥‥‥‥ 140
　　第二節　平教會的「詞本位」教學及其思想意涵
　　　　‥‥‥‥‥‥‥‥‥‥‥‥‥‥‥‥‥ 147
　　　一、語文教育的思想性──「詞本位」與
　　　　「文法」的提出‥‥‥‥‥‥‥‥‥‥ 147
　　　二、「降級」的啟蒙──孫伏園對魯迅思想的
　　　　接受與限度‥‥‥‥‥‥‥‥‥‥‥‥ 156
　第四章　民眾讀物與「閱讀共同體」的形成‥‥‥ 167
　　第一節　平教會平民讀物的閱讀史與文學史意義
　　　　‥‥‥‥‥‥‥‥‥‥‥‥‥‥‥‥‥ 169
　　　一、從建構「文法」說到「讀者」的形成‥ 169
　　　二、新文學與新讀物‥‥‥‥‥‥‥‥‥‥ 179
　　第二節　建構常識與通俗啟蒙──平教會科普
　　　　讀物的文學與思想資源‥‥‥‥‥‥‥ 192
　　　一、「回到晚清」──李劭青科普寫作中的
　　　　小說元素‥‥‥‥‥‥‥‥‥‥‥‥‥ 192
　　　二、遊戲與科學的日常化：「常識」如何
　　　　建構？‥‥‥‥‥‥‥‥‥‥‥‥‥‥ 199
　　　三、「沁入心肝肺腑」：科學啟蒙與人格養成 207
　　餘論　「致知」：教養民眾的另一重譜系‥‥‥‥ 215
　結　語‥‥‥‥‥‥‥‥‥‥‥‥‥‥‥‥‥‥‥ 223
　參考文獻‥‥‥‥‥‥‥‥‥‥‥‥‥‥‥‥‥‥ 227

緒　論

一、選題來源及意義

　　1931 年 5 月，自法國留學歸來的孫伏園應晏陽初之邀投身鄉村建設，來到了中華平民教育促進會定縣實驗區。在此期間，孫伏園的《談鬼》一文發表在林語堂主編的《論語》半月刊上。〔註 1〕無獨有偶，平教會的另一骨幹成員王向辰也以「老向」的筆名為該刊提供了一篇《鄉人說鬼》。〔註 2〕《論語》於 1932 年 9 月 16 日在上海創刊，孫、王二人談鬼的作品頗符合林語堂提倡的「幽默」文體之審美訴求，大有「養晦」、「藏暉」之超然姿態，二人更一同被列為林語堂其後創辦的另一小品文刊物《人間世》的「特約撰稿人」。

　　周作人隨後將自己的《知堂五十自壽詩》交由林語堂在《人間世》發表，「街頭終日聽談鬼，窗下通年學畫蛇」一句，將「鬼」與其「隱士」的稱號相連。然而，即便「街頭終日聽談鬼」的周作人亦有其現實之寄託，打油詩的「滑稽之言，不能用了單純的頭腦去求解釋。所謂鬼者焉知不是鬼話，所謂蛇者或者乃是蛇足」〔註 3〕。與周作人談鬼相仿，孫伏園、王向辰這一書寫背後亦有其言外之意。老向在文中談到，「莫談國事」的風氣滲透至鄉間，卻無法「禁止說鬼」，而鄉下的鬼甚至更加「可愛」。事實上，林語堂「閒適」、「幽默」、「性靈」等既是一種區分於魯迅雜文體的刻意標榜，也是針對「九一八」

〔註 1〕孫伏園：《談鬼》，《論語》，1933 年第 9 期。
〔註 2〕老向：《鄉人說鬼》，《論語》，1936 年第 91 期。
〔註 3〕周作人：《談鬼論》，《論語》，1936 年第 91 期。

事變後日益緊縮的輿論空間的一種「佯狂」，未能完全解脫現實之苦。〔註4〕「小品文」談天說地的特徵當然足以承載「鬼話」這一徘徊於新文學大門之外的話題，但老向更加強調的是鄉人日常生活與城市人的不同：「講論朝政，他們不能也不敢；臧否人物，也怕禍從口出」〔註5〕，鄉人無法參與宏大社會問題的討論，卻倚靠一套獨特的話語方式與生存邏輯，參與著時代的變遷與轉折，譬如他提到，有權有勢的人不怕「國鬼」，懼怕「洋鬼」。在老向筆下，鄉人喜愛談鬼，更與鬼在鄉人眼中的人格化有關，他生動刻繪人與鬼共生的畫面，實際上是為了突出鄉村民風的質樸活潑，他甚至以「鬼」為切入點，重新界定了城／鄉二者的等級關係。

　　鄉邦傳說、民間鬼神故事在這種文學化的加工之下，在近代「唯科學主義」話語、宗教進化論與民俗學研究等構成的「反迷信」譜系之外，一個更富有精神內涵的言說空間，一個可供審視和反思啟蒙與現代文明的位置，也就是說，正是因為孫伏園、老向等人意識到了鄉土社會的知識傳統根深蒂固，甚至可以轉化為新文學的寫作資源，因此應當重新界定鄉村的價值。同時，老向式的名為「鄉人說鬼」卻飽含精英趣味的文學書寫也值得我們進一步思考，1930年代投身定縣平民教育的知識人，如何定位與想像知識分子與民眾的關係？

　　近代以來，中國自然經濟走向解體，農村經濟殘破。1930年代「農村破產」論調盛行，經濟大危機的衝擊使大量農產品滯銷，農村經濟凋敝；同樣刺目的現象是，隨著科舉制度的廢除，知識分子「學而優則仕」的攀爬路徑被斬斷，基層知識分子失去生計，被大量吸附到近代工業化浪潮中。這些因素合力導致了鄉村的破敗與失序，「中國鄉村出現了人才空虛和教育衰敗的景象」〔註6〕。以此為背景，1930年代晏陽初、陶行知、梁漱溟、黃炎培、盧作孚等人主張從教育入手，自下而上地進行鄉村社會改造，一般被稱為「鄉村建設」思潮。大致而言，近代中國鄉村建設存在著兩種介入、變革的方案，在不同歷史時期發揮了不同的作用。其一即發軔於清末民初，而後經晏陽初、陶行知、梁漱溟等人進行在地化實踐的鄉村建設運動；其二是滋生於中共的

〔註4〕參見裴春芳：《〈論語〉半月刊與「幽默性靈小品文」的流脈、格調及意蘊》，《中國現代文學研究叢刊》，2017年第11期。

〔註5〕老向：《鄉人說鬼》，《論語》，1936年第91期。

〔註6〕王奇生：《革命與反革命——社會文化視野下的民國政治》，北京：社會科學文獻出版社，2010年，第328頁。

農村革命思想，並於建國以後上升為國家意識形態的鄉土改造計劃。前一種方案與後者相比較為溫和，其變革措施建立在保護鄉土社會秩序的基礎之上，通過一系列經濟、社會、文化觀念等層面的理念與舉措，漸進地推動鄉土社會的變革。正如有學者指出，所謂的「去激進化」、「改良」，都不同於近代以來自上而下的政治改良或保守思想。「看似零散溫和的鄉村建設在微觀實踐中也有著視角獨特的宏觀視野與一針見血的現實批判（如對現代教育、精英傾向、發展模式等），並通過鄉土性來進一步明確中國性。」同時，這種「改良」也不等同於「改良主義」，而是隱含著對中國傳統文化的包容，「更基於晚清民國以來充分的現實歷史教訓——各種激進對抗和二元對立的最終受益往往被精英利益集團所獲取，代價卻多由鄉土社會與弱勢群體承擔。」〔註7〕必須注意到，1930 年代鄉村建設的目標並不侷限於「鄉村」本身，而是著眼於中國傳統社會向現代轉型過程中的整體性變革。事實上，在「三農」問題突出的當下，鄉村建設派的方案重新浮出水面，強調以保護鄉村為前提進行漸進式的改良又煥發了它的歷史意義。反思歷史與反思現實始終聯繫在一起，對於本選題而言，探究 1930 年代平教會的相關文學實踐，也關聯著如何從相關思想、文化、語言問題入手，重新評估當下農民文化教育的諸種得失，並啟發我們探求解決之道。

　　1929 年中華平民教育促進會由北平遷往定縣，全稱「中華平民教育促進會定縣實驗區」，從鄉村教育入手解決中國的農村經濟、社會結構、國民道德等實際問題，以此達到「民族再造」的目的。〔註8〕晏陽初認為，中國農村社會存在「愚、窮、弱、私」四大弊病，他提出「學校式、社會式、家庭式」三大解決方式，以及四大教育並進，分別是「以文藝教育攻愚，以生計教育治窮，以衛生教育扶弱，以公民教育克私」。在晏陽初看來，平教會不事宣傳，「只願埋頭工作」，他們不標榜某種主義，也不自命為導師或領袖〔註9〕，而是充分利用鄉村和農民原有的能力，賦予他們文藝、生計、衛生、道德的相

〔註7〕潘家恩、溫鐵軍：《三個「百年」：中國鄉村建設的脈絡與展開》，《開放時代》，2016 年第 4 期。

〔註8〕晏陽初：《農村運動的使命及其實現的方法與步驟》，《民間》，1934 年第 1 卷第 11 期。

〔註9〕晏陽初：《在平教專科學校開學典禮上的講話》（一九三一年九月二十一日），宋恩榮主編：《晏陽初全集》第 1 卷，天津：天津教育出版社，2013 年，第 144 頁。

關知識以及幫助他們掌握相關技能。如何理解「五四」以來從「紙上」倡導的「為人生」與社會改造，到 1930 年代這一「在地」的行動軌跡，以及知識分子在定縣與下層民眾對接時所遭遇的困境，構成了本書問題意識的重要來源。平教會的平民文學部負責「以文藝教育治愚」，他們訴諸「再造『民眾』」的理想，試圖利用文學與藝術的手段喚醒民眾，在教育實踐與理論構建兩個層面上均有所成績。平教會採取的文學教育形式繁複多樣，譬如編演農民戲劇、平民千字課的編寫與語文教學、編輯《農民》報以及《平民讀物》等。就學界既有的研究而言，上述大多數歷史事實大都處於一種被遮蔽的狀態下，學界除了對熊佛西的農民戲劇多有關注之外，對孫伏園、瞿世英、傅葆琛、黃盧隱、李劭青等平教會知識人此時的文學實踐鮮有涉獵。究其原因，並不是因為這些實踐凝結成的文本本身過於通俗淺白，缺乏研究價值，而是研究者受制於研究視域，沒有對這些文本及其與背後社會歷史情態的關係，展開進一步的追問。一方面，上述現象誕生於 1930 年代的鄉村建設運動與民眾教育兩個大背景之下，平教會平民文學部正是在這種背景中確立了教育的對象與基本手段，因此必須將具體的實踐放回歷史語境中，才能彰顯其獨特性；另一方面，我們也應充分反思過去對「文學」這一概念的認識，重新考察平教會文學經驗在鄉土中國的現代轉型中的意義所在。

平教會主張的「教育的生活化和實際化」〔註 10〕，很大程度上吸收了杜威「教育即生活」（Education is Life）思想，這也是 1930 年代民眾教育界的主要理論來源。〔註 11〕。這裡所謂「民眾教育」又稱「社會教育」、「擴充教育」等，主要指的是 1927 年國民政府成立以後，在「普通學校教育」以外的一切教育。〔註 12〕時人將其概括為廣／狹義二義，廣義的民眾教育是全民教育，狹義的則是失學的人所受的教育。〔註 13〕彼時民眾教育機關眾多，如通俗圖書館、通俗講演所、半日學校、露天學校、通俗教育館、公共體育場、平民學校等。〔註 14〕如果向前追溯，民眾教育的歷史始於清末，徐錫齡將中國

〔註 10〕晏陽初：《在平教專科學校開學典禮上的講話》（一九三一年九月二十一日），宋恩榮主編：《晏陽初全集》第 1 卷，天津：天津教育出版社，2013 年，第 145 頁。

〔註 11〕李雲亭先生講，王瑋、楊汝熊合記：《民眾教育概論》，《教育與民眾》，1931 年第 2 卷第 6 期。

〔註 12〕范望湖：《民眾教育 ABC》，上海：ABC 叢書社，1929 年，第 1 頁。

〔註 13〕韋瑞瑝：《民眾戲劇與鄉村改進》，《教育與民眾》，1931 年第 3 卷第 4 期。

〔註 14〕高踐四：《民眾教育》，上海：商務印書館，1934 年，第 44 頁。

民眾教育的發展分為五個階段，1928 年以前，分別是簡易學堂時期（光緒二十一年至宣統三年）、通俗教育時期（民元至民七）、平民教育時期（民七至民十五）、民眾運動時期（民十三至民十七）。總體而言，大革命之後，知識分子愈發感受到民眾的力量不可忽視，1928 年以後的民眾教育力量下沉到地方，晏陽初、梁漱溟、陶行知、高陽、俞慶棠等知識分子分別以河北、山東、江蘇等地為中心，在不同的理論主張下各自展開教育實驗，側重點各不相同，同時又受到國民政府的牽制與影響。

　　從普及知識的角度考察，民眾教育也有其獨特的線索，這又關聯到本書的另一個研究重點，即歷史化地考察 1930 年代平教會的文學實踐與清末至「五四」以來下層啟蒙運動的關係問題。從清末切音字運動到「五四」以後的北京大學平民教育演講團，知識分子從教育入手著眼於改造下層民眾。1917 年底，陶行知與蔡元培等人發起成立中華教育改進社；1921 年後，陶行知等人開始編輯《平民千字課》，其後中華平民教育促進會、中華教育改進社、中華職業教育改進社等，共同推動了平民教育的發展。但就晏陽初領導的中華平民教育促進會而言，晏陽初的平民教育理念並不誕生於中國本土語境，而與他留法期間的經驗有關。晏陽初 1916 年於耶魯大學攻讀政治經濟學，1918 年 6 月畢業後，又赴法國參與青年會組織的華工服務團體。他回憶稱「目擊華工受苦情形，是在令人心痛」，「我的朋友們認為只要替華工擔任翻譯，或做其他普通的事，即可減少他們痛苦，不過我卻以為要減少他們的痛苦，須根本提高他們的知識與人格。要根本提高他們的知識與人格，非從教育入手不可。」〔註 15〕這一經歷促使他決定從識字入手，回國開展平民教育。平教會秘書湯茂如談及晏陽初的平民教育理念與五四運動的關係時說道：「國內平民主義的鼓吹和白話文學的提倡，正與晏陽初在法國辦苦力教育的思想不謀而合。晏先生想把教育平民化，所編的課本與報紙純用白話文字，並決意返國舉生從於此。同時國內有著種種平民化的運動，而且各省自動組織學生會，創設平民學校、通俗學校和試辦工讀學校等等的事。」〔註 16〕從湯茂如的這段話中，可以讀出兩個層面的信息，第一，他以「白話」的工具屬性將晏陽初的「苦力教育」與「五四」白話文學運動

〔註 15〕晏陽初：《關於平民教育精神的講話》，《平民教育與鄉村建設運動》，北京：商務印書館，2014 年，第 33 頁。
〔註 16〕湯茂如：《平民教育運動的經過》，《教育雜誌》，1927 年第 19 卷第 9 期。

對接，以尋找晏陽初平民教育思想的本土性；第二，他提煉出「五四」以後關於「平民主義」、「白話文學」與「平民化的運動」三個層面的事實，而沒有將它們混為一談，也意味著我們需要分層次去看待晏陽初的教育思想與上述問題的關係。

歷史化地考察 1930 年代平教會的文學實踐，將其放在清末以來「下層啟蒙」的圖譜中，似乎是一個頗為宏大且迂遠的命題，如何不使這一討論流於空泛？其實，這一話題最有趣的一點就在於，平教會諸君在以「文學」探索民眾教育的過程中，並沒有什麼現成的「方案」，甚至這裡的「文學」不設清晰的邊界。最為典型的便是「平民文學部」的命名，平民文學部主要負責平教會的「文藝教育」，但是所謂「文學」並不是根據文體確定的，更不等同於我們熟悉的「純文學」，它輻射了戲劇藝術、語言文字、常識類讀物等等載體，或者說，晏陽初在初設這一部門時，便考慮到「文學」之於民眾是一個極富彈性、邊界模糊的概念，凡是能夠啟發他們思想、觸發他們情感的要素，均可納入「文學」的範疇。對於知識分子而言，這些載體也不完全指向審美功能，而是承載著他們的文化理想與政治訴求。事實上，「新文學誕生以來，複雜的社會、政治、文化、經濟、法律因素對『五四』知識分子的影響使他們無法完全提煉出一種『純』的理想化質素。」〔註 17〕平教會諸君的主張與實踐都帶有很大的實驗性質。這種種嘗試是在定縣工作的過程中，在他們原有知識體系的基礎上，結合當地的生活經驗，並積極調動、汲取各類文學、思想資源而形成的，因此帶有很強的個人風格，使得平教會的文學實踐整體呈現出多元化的特徵；同時，這些嘗試有意打破傳統與現代、雅與俗之間的界限，也不失為重新為「五四」以來的平民文學「立法」的表現。

因此，本書的論述重心在於，一方面探索不同類型的「文學」實踐的表現形式，另一方面則試圖更深入地探討這些形式背後的「意義」，即知識分子具體受到了哪些思想觀念、社會思潮、意識形態的影響，如何在兼顧鄉村主體性的同時，通過這些形式表達自我意志的，而各種社會、政治力量又是如何影響了這些形式。具體可分為兩個層面討論。

第一，從思想觀念上講，孫伏園、熊佛西、瞿世英、黃廬隱等在「五四」新文化運動中成長起來的知識人，雖認同晏陽初從教育入手改造社會的方向，

〔註 17〕參見拙作《「多元史觀」的「通關密語」——評〈「文」的傳統與現代中國文學〉》，《民國文學與文化研究集刊》，2019 年第 5 期。

但是導致他們做出這一選擇的思想資源並不完全一致。亦即，對於平教會以文學為「志業」的知識人而言，他們對「文學」與「社會改造」關係的認識存在差異。自「五四」新文化運動以來，以文學研究會為代表的知識人主張「文學為人生」與社會改造，孫伏園、熊佛西、瞿世英、黃盧隱均為「文學研究會」的成員，但是除了熊佛西在戲劇史書寫中佔據一席之地外，其他幾位知識分子，幾乎是 1920 年代末至 1930 年代這段文學史中的「缺席者」。學界大多關注他們在「五四」時期於「紙上」倡導的社會改造、文學「為人生」，但是忽略了他們在 1930 年代形塑「民眾」的行動軌跡。他們的行動究竟呈現為何種狀態？在不同的知識分子之間，存在何種不同的道路選擇？又是什麼力量把他們暫時性地聚合起來？文學又在其中扮演了什麼角色？

　　1919 年蔣夢麟在《和平與教育》中指出：「牧民政治之反面，即平民主義是也（或曰民權主義）。平民主義，首以增進平民之能力知識為本，使人民咸成健全之個人，倡造進化的社會。」〔註18〕隨後杜威來華，更助長了這種將「教育」置於「社會」命題下進行討論的方式。〔註19〕1919 年 11 月《新社會》創刊，鄭振鐸在發刊詞中說道：「什麼是我們改造的手段、態度和方法呢？我們的改造的方法，是向下的，把大多數中下級的平民的生活，思想，習俗改造起來；是漸進的，以普及教育作和平的改造運動；是切實的，一邊啟發他們的解放心理，一邊增加他們的知識，提高他們的道德觀念。」〔註20〕「新文化運動」一詞在這份刊物中並未廣泛使用，大部分作者多在「文化運動」層面上描述現實，或者將「文化運動」和「社會運動」並提。也就是說，「文化」與「社會」在此進行著博弈。

　　與蔣夢麟、鄭振鐸等人以打造「進化的社會」這一模糊的目標相比，1926 年以後，晏陽初為「教育」找到了更為具體的目標。他在 1926 年 4 月發表的《「平民」的公民教育之我見》一文中指出，「我以為教育的正當目的，不僅是養成良好的個人，卻是養成健全的公民。」他的出發點在於，「我國人素來缺乏國家觀念，可是共和國家實以人民為主。今日不識字的與識字而缺乏常識的男女二萬萬有餘，如不勵行公民教育，他們就永遠不會和國家結成一

〔註18〕蔣夢麟：《和平與教育》，《教育雜誌》，1919 年第 11 卷第 1 期。

〔註19〕杜威於 1919 年 4 月 30 日抵達上海，第一場演講便是「平民主義之教育」。（參見川尻文彥：《杜威來華與「五四」之後的教育界——以陶行知的杜威思想受容為中心》，《社會科學研究》，2009 年第 6 期。）

〔註20〕振鐸：《發刊詞》，《新社會》，1919 年第 1 期。

體」。〔註21〕在這裡，國家意義上的「公民」超越了「個人」，晏陽初「民族再造」的目標，最終指向的是以共和觀念重塑國民。本書認為，在釐清知識人自「五四」以來構想「民眾」之思想脈絡的前提下，這一再造「民眾」的實踐與 1930 年代的文化政治空間之間關係，還有待於深入地進行辨析。以瞿世英為例，他 1917 年與鄭振鐸、瞿秋白、耿濟之一同創辦《新社會》，1921年參與創辦文學研究會，1927 年加入平教會，1930 年至定縣參與工作。瞿世英留美攻讀教育學博士學位的經驗，使他在民眾教育上頗有心得。甫一至定縣，他便著手創辦了培訓學校，以「實用的教育與樸素的生活」為學校的座右銘，以此「培訓定縣那些擔負著改造鄉村任務的青年」。〔註22〕1935 年 9月 11 日平教會年會上，晏陽初將平教工作總結為四個階段：第一階段是文字教育，「平教會是第一個把識字教育打入到民間去的學術團體」；第二階段是深入農村，智識階級下鄉便是一個「創舉」；第三階段則是對相關問題的一系列研究，「從社會的改造，進而研究政治的改造，尤其是與人民有切膚關係的地方政治的改造。我們有計劃有組織的躦到政治裏去認識問題，研究問題，解決問題。」第四階段剛剛開始，「即把學術與政治打成一片，研究所得的結果去訓練人才。」西方訓練人才多靠書本，而平教會訓練人才的方式則是「先抓著基本政治，教育，經濟的問題，去改革縣政，促進縣政。」〔註23〕1932年之後，平教會與國民政府合作，進入了「縣政建設」的階段，就平教會的機關刊物《民間》之輿論走向可見，知識人在鼓吹與政府合作的同時，已經很難維繫獨立的學術研究姿態，知識分子紛紛跌入政治。瞿世英在此期間發表了《縣政建設的實驗》《定縣縣政之機構》等文章，在他看來，「所謂縣政，固不止於『理訟催科』，而尤在人民之教養。」〔註24〕但是在這裡仔細辨析他的觀點，所謂「人民之教養」並不完全等同於國民政府希冀養成的「國民」，他的理論依據仍是「五四」時期「人的文學」。1935 年他在《「人」的基礎》一文中援引晏陽初分析中國社會弊端時指出的「頭痛醫頭，腳痛醫腳」問題，但瞿世英則更關注晏陽初對這一現象背後原因的分析：

〔註21〕晏陽初：《「平民」的公民教育之我見》，《平民教育與鄉村建設運動》，北京：商務印書館，2014 年，第 20～24 頁。

〔註22〕晏陽初：《致 R.L.威爾伯》，宋恩榮總主編：《晏陽初全集》第 4 卷，天津：天津教育出版社，2013 年，第 164～165 頁。

〔註23〕《簡評：平教運動之演進》，《民間》，1936 年第 2 卷第 10 期。

〔註24〕瞿菊農：《定縣縣政之機構》，《民間》，1935 年第 2 卷第 15 期。

　　社會的各種問題，不自發生，自「人」而生，發生問題的是「人」，
解決問題的也是「人」，故遇著有問題不能解決的時候，其障礙不在
問題的自身，而在惹出此問題的人，所以我中華四萬萬民眾共有的各
種問題，欲根本上求解決的辦法，還非從四萬萬民眾身上去求不可。
眾所周知，晏陽初對「人」這一問題的發現與基督教教義有關〔註25〕；而瞿
世英借晏陽初的觀點，卻是立足於「五四」新文化運動以來關於「人」的思想
傳統這一脈絡上。此外，他將彼時解決農村問題轉圜到人的生存這一根本問
題上來，繞開了政治力量的介入對農村社會產生的影響，在當時改良農村與
改良政治並舉的觀點拉開了距離。他在文中談到：「人的生活的需要不能滿足，
心理的苦痛，無力解除，又沒有適應與創造的力量以自求滿足其需要，又不
能團結起來以組織的力量來滿足這些需要時，必定從積極的，自動的，與自
主的生活退到消極的，被動的，與奴役的生活。」〔註26〕由此可見，瞿世英
作為文學研究會發起的重要成員，主張文學「為人生」，這一觀點直至 1935 年
仍然構成他認識農村問題的基本出發點，與當時的一些論者主張從宏闊的國
家建設層面入手並不相同。與之相似的還有孫伏園和熊佛西，作為文學研究
會的成員，他們對於「社會改造」這一命題有基本的共識，但是認識方式顯
然與晏陽初存在區別，他們對社會問題的認識、實踐背後存在何種生成、演
變邏輯，還有待進一步探究。

　　另外，如果說，「五四知識人對『社會』的認識來源於西方『國家』發生
的危機對心理造成的刺激，而不是對西方資本主義初始意義上『國家—社會』
複雜關係的理解」〔註27〕，那麼，隨著 1927 年南京國民政府的成立，「國」
變為實體性的存在，知識人如何理解「國」與「社會」、「國」與「民」之間的
關係，也值得我們進一步探究。盧隱談到自己 1927～1928 年間擔任平教會平
民文學科幹事的經歷時有這樣的表述：「在北平我充任平民教育促進會的文字
編輯員之職，所以鎮日更是筆不離手，不過這時節我所寫的東西，全不是我
心裏想寫的，比如編《平民千字課》，一天到晚拿著那一千個基本生字，想盡
辦法，編成種種常識，歌謠等，雖然，寫的也不算少，可是我這些東西，都不

〔註25〕參見劉家峰：《基督教與民國時期的鄉村識字運動》，《民國研究》，2009 年春
　　　　季號。
〔註26〕瞿菊農：《「人」的基礎》，《民間》，1935 年第 1 卷第 17 期。
〔註27〕楊念群：《五四的另一面——「社會」觀念的形成與新型組織的誕生》，上海：
　　　　上海人民出版社，2019 年，第 22 頁。

能在報紙上發表，在表面上有些人或以為我在創作的路上，已經擱淺了，而我自己呢，也感到編千字課這一類的工作，太機械死板，所以只作一年，我便辭職不幹了。」〔註28〕盧隱的煩悶、無聊感則不僅來源於被壓縮的文學審美空間，也與政治理念的擠壓相關。如果將編纂「千字課」一類行為放置在國民政府成立以後普及政治常識、編寫教科書的歷史語境中看待，我們會發現，在國民黨政權之下，作為知識人「再造『民眾』」理想的實踐，無論是熊佛西、陳治策等人的戲劇實驗，還是諸多知識人「跨界」地編纂教科書與平民讀物，演什麼、不演什麼，寫什麼、不寫什麼，都需要籠罩於「塑造國民」的前提之下，民眾成為一個被改造的對象。更重要的問題在於，民眾被改造後將在政治譜系中扮演什麼角色？若想回答這個問題，必須注意到，政黨將民眾納入自己的政治論述體系，民眾不能單單只作為「被啟蒙」的對象，而是被賦予了「國民」這一政治主體的身份，因此，「五四」時期的以爭取個體自由為中心的啟蒙邏輯被修改，正如論者所言，1930 年代的政治思想領域中，「中國知識分子就很容易立足於一個集權和國家主義的思想傳統之上」，「個人的自由被視為一個從屬的因素，完全取決於社會的需要。」〔註29〕而與國民黨改造民眾繼而將民眾納入自己的統治之下不同，對於中共而言，民眾則是需要團結、聯合的重要力量。自大革命以來，重視民眾在革命中的力量，並領導民眾革命成為兩黨的共識。這也將「民眾」變為文化場域內的政治力量，為 1930 年代兩黨爭奪其闡釋權下了伏筆。當然，需要注意的是，國民黨內部對民眾的理解又有所區別。大革命時期對文藝與革命關係的討論以武漢左派政權下的輿論界標榜的「民眾文藝」為典型，正如程凱指出，傅東華、張崧年等人對「民眾文藝」的界定以及究竟在什麼意義上是革命的並不明晰，「它的革命性與其說來自對民眾的接近，不如說來自對所謂舊藝術脫離民眾的特性的顛覆。」左翼知識分子將其作為「資產階級藝術」的對立形態，「『民眾藝術』這個概念中本身包含著對知識階級存在狀態的檢討」。〔註30〕但是，這種以「革命」話語超克「五四」新文學的姿態，在國民黨改組派時期發生了

〔註28〕盧隱：《盧隱自傳》，《盧隱全集》第 6 卷，福州：福建教育出版社，2015 年，第 72～73 頁。

〔註29〕〔美〕易勞逸：《流產的革命：1921～1937 年國民黨統治下的中國》，陳謙平等譯，北京：中國青年出版社，1992 年，第 187 頁。

〔註30〕程凱：《革命的張力——「大革命」前後新文學知識分子的歷史處境與思想探求》，北京：北京大學出版社，2014 年，第 206 頁。

變化，這也影響了日後加入平教會的孫伏園，他在 1930 年代前後對待「民眾」的態度上發生的變化，折射出革命話語內部的複雜性，而他帶著這種複雜的話語資源投身平教會平民文學部實踐，也相對應地為平教會「民族再造」的目標提供了更為多元的理解空間。

第二，平教會的文學實踐回應的是「五四」以來，新文學與下層民眾接軌失敗這一現象。1930 年代的民眾教育界，主要從語言文字與文學兩個層面，反思了清末至「五四」以來下層啟蒙的「失敗」。過去學界在談及這一現象時，大多只關注到左翼知識分子主張的「文藝大眾化」運動，但是實際上，與當時瞿秋白、陳望道等人著重從理論上論證「大眾語」的合法性不同的是，民教界更多從實踐層面落實「大眾化」，比如實行平民千字課、推行國語羅馬字、成立地方民眾圖書館、編輯民眾讀物等。1930 年代愈來愈多的民教界人士發現，白話文運動與新文學的成果無法「下沉」到民間，白話文甚至被 1930 年代的民教界人士形容為「半文不白，讀不出來，聽不懂的死文字」〔註 31〕，故而著手制定新的語言普及方案以及民眾讀物的標準。平教會平民文學部在這方面的成績尤其矚目，主要表現在，一方面，平教會的語文教育是國語運動的重要組成部分，除了平民千字課的探索之外，以孫伏園為代表的知識人，從語言文字改革與教學的層面探求啟蒙農民的可能性；另一方面，平教會持續地致力於平民讀物的編撰，探究新文學與民眾接合的可能性，並靈活運用晚清以來的各種白話文學資源，出版了一批通俗的科學普及讀物等。正如晏陽初指出：「對於人民沒有能力閱讀的推論應理解為缺乏人民能夠閱讀的文學作品」，「創造人民文學的含義，一方面是為教人民閱讀準備語言工具，另一方面是培養學者為人民寫作的技巧、思想感情和主題」〔註 32〕

具體而言，在國語運動的歷史脈絡中考察，從語言普及入手實施民眾教育，可以追溯至晚清的切音字運動，恰如研究者所指出，晚清的切音字運動來源於語言學家勞乃宣等人對於民眾識字率低下的焦慮，「一個歷來以文字為傲的民族，識字率卻遠不如人，豈不使人羞憤難當？」〔註 33〕當然，清末以

〔註 31〕蕭迪忱：《文字教育裏的語詞本位運動》，《山東民眾教育月刊》，1933 年第 4 卷第 3 期。

〔註 32〕晏陽初：《中華平民教育促進會定縣工作大概》（一九三三年七月），宋恩榮主編：《晏陽初全集》第 1 卷，天津：天津教育出版社，2013 年，第 225 頁。

〔註 33〕王東傑：《聲入心通——國語運動與現代中國》，北京：北京師範大學出版社，2019 年，第 93 頁。

培育「國民」為導向的切音字運動，與民國建立之後的國語運動相比，所謂「國」的內涵，以及與之相應的文字改革的目標均有不同，而民眾教育與國語運動更是存在許多盤根錯節之處，有待我們進一步釐清，這就要求我們需要穿透語言現象本身，洞悉語言背後各種力量的糾葛，以及語言觀念背後勾連的政治訴求甚至個人精神氣質。早在 1925 年，日後投身平教會的王向辰就言及普及教育與提倡國語的關係「救國的方法很多，最緊要的莫過於普及教育；普及教育的捷徑，又莫過於解除文字障礙，提倡國語。」〔註 34〕同年，晏陽初與傅葆琛合作編寫的《平民千字課》出版。如何將千字課置於國語運動的脈絡中進行考察？一方面要注意在國語運動研究中所確實的「教學」這一環節，另一方面要從語言的層面進一步探究「千字課」背後的語言觀念，以及這種語言觀念背後的政治訴求。晏陽初與傅葆琛編寫「千字課」，在他們看來是建構現代民族國家的第一步，但有趣的是，他們在主張漢字的「書寫」傳統時，也暴露出「文以載道」的傳統文化心理。

編輯民眾讀物也是平民文學部的一項重要工作。眾所周知，1919 年周作人在提出「平民文學」這一概念時，是將平民排除出潛在讀者之外的：「平民文學、不是專做給平民看的、乃是研究平民生活、——人的生活——的文學」。〔註 35〕「平民文學」不與真正的平民發生聯繫，新文學家也並沒有太多關注到民眾的閱讀問題。直到 1920 年代地方上的民眾教育開展後，各地有通俗圖書館成立，一些地方知識分子才開始注意到這一現象。〔註 36〕以濟南一師文專科的谷鳳田為代表的知識分子，一面積極參與歌謠整理與研究，一面開始思考民眾讀書的問題。這一時期以山東省為代表的民眾閱讀風氣高漲，谷鳳田所在的濟南一師成立了平民夜校，而後又設平民讀書處。〔註 37〕山東省的民眾閱讀風氣形成於 1918 年以前的教育部社會教育司主持民眾教育時期。根據徐錫齡的調查，在全國範圍內，「演講在這時期內極為流行，遠在圖書館與通俗學校之上」，而山東省的民眾教育則更偏重引導民眾閱讀，開設的通俗圖書館有 57 所，位列全國第一，比湖北的 44 所多出 13 所，通俗圖書館每日平均人數高達 1500 人；閱報所有 113 所，每日平均閱覽人數為 60 人，閱

〔註 34〕王向辰：《從小處下手》，《國語週刊》，1925 年第 18 期。
〔註 35〕仲密：《平民文學》，《每週評論》，1919 年第 5 期。
〔註 36〕谷鳳田：《國語運動與平民讀書處》，《國語週刊》，1925 年第 9 期。
〔註 37〕谷鳳田：《一年來山東學生界之鳥瞰》，《學生雜誌》，1925 年第 12 卷第 1 期。

覽人數僅次於京師及京兆。〔註 38〕又根據黃炎培 1915 年考察山東通俗圖書館的記錄，圖書館陳列圖書主要是舊有通俗圖書、各縣通俗講演會演講稿、高等小學校以下的教科書以及各種通俗教育雜誌及報紙。〔註 39〕山東省民眾的閱讀風氣由來已久，但是谷鳳田顯然不滿足於現有的民眾讀物的內容與類型，這才引發了他關於民眾「讀什麼」以及如何引導民眾閱讀的思考，並以此徵求錢玄同的意見。〔註 40〕從山東省的民眾閱讀情況，大致可以窺見，地方性民眾教育機構對於民眾閱讀的關注不夠充分，民眾可選擇的讀物種類也不豐富。

從 1925 年創辦《農民》報到出版平民讀物，平教會一直試圖將農民培養為現代意義上的「讀者」，通過打造「閱讀共同體」的方式「再造民眾」，培養讀者與語文教育相輔相成。在晏陽初看來，二者均致力於激發民眾的智力，「重新發現『民族魂』並使之在現代世界中重現活力」。〔註 41〕但是究竟以什麼方式激活民眾的智識能力，從而「在現代世界中重現活力」？其實，「民眾讀物」的編輯也是在不斷探索中實現的，這個過程中，既有以新文學與民眾接合的嘗試，又存在「迴向晚清」，在晚清白話報、通俗文學中尋找語言、文學資源的現象，顯示出平教會對待這一工作的開放態度與摸索過程中的不確定性。

綜上，在社會歷史情境之下考察定縣平教會平民文學部的各類文學實踐，這些看似「機械死板」的工作，實際勾連著知識分子自「五四」以來「再造『民眾』」的社會理想，是近代中國「啟蒙」與「革命」兩個重要命題交織下獨特的呈現方式；也是 1930 年代鄉村建設派與國共兩黨的政治對話，在文化層面上的體現；而且在處理「民間」問題時，「迴向民間」並非僅僅指涉著那些看似目標一致的行動，知識人念茲在茲之處各有不同，處理方法也均有不同，「民間」甚至有時成為一種話語資源，知識分子對其進行創造性轉換，借由「民間」抒寫各自的心聲。

與之對應，在研究方法上，我們在看待 1930 年代平教會的文學實踐時，

〔註 38〕徐錫齡：《中國民眾教育發展之經過》，《教育與民眾》，1932 年第 3 卷第 6 期。
〔註 39〕黃炎培：《山東教育近況》，田正平，李笑賢編：《黃炎培教育論著選》，北京：人民教育出版社，2018 年，第 75 頁。
〔註 40〕谷鳳田、錢玄同：《關於山東民歌等》（通信），《國語週刊》，1926 年第 16 期。
〔註 41〕晏陽初：《中華平民教育促進會定縣工作大概》（一九三三年七月），宋恩榮主編：《晏陽初全集》第 1 卷，天津：天津教育出版社，2013 年，第 225 頁。

便不能簡單將其置於「純文學」的視野下，而是應當引入「大文學」的觀念，重新發掘這些被遮蔽的歷史現象。〔註42〕主要理由在於，第一，從「文學」的呈現方式上而言，平教會的文學工作是一種以語言文字為中心的動態實踐，主要包括農民戲劇的創作與表演，搜集整理秧歌、鼓詞，平民千字課的編輯與教學，出版平民讀物等等，帶有強烈的應用屬性；第二，這裡的「文學」圍繞「再造『民眾』」的目標，決定了它不再是一種理想狀態下的指向審美層面的觀念或形態；第三，在平教會的各類文學工作中，基於尊重民眾的接受心理與習慣，也試圖打破傳統／現代、雅／俗、文明／落後、科學／迷信等漸趨僵化的二元對立概念。

當然，本書的研究目的不是對文學史的「查漏補缺」，更不是試圖躍出文學的邊際，從而滑入歷史學、社會學的研究，恰恰相反，本書試圖從熊佛西、孫伏園、瞿世英等獨立的個體出發，基本立足點是知識分子不同的精神結構與心靈世界。圍繞上述內容，我們可以在同時期的左翼大眾化運動之外，發現另一條文學大眾化的路徑，它根植於鄉村建設與民眾教育的基本目標之上，試圖反思近代以來精英啟蒙的傳統與革命的手段，並更為包容地處理鄉土社會的傳統。這項研究的意義便是通過揭示1930年代定縣平教會文學實踐的表現形式與背後的生產機制，從而深化對於1930年代文學與社會政治互動關係的認識，繼而反思過去對「文學大眾化」相關問題理解的片面之處。

二、研究現狀

截至目前，對定縣平教會文學經驗的考察主要集中在熊佛西主持的農民戲劇實驗上，還未出現綜合性的研究成果。相關論述多出現在史學研究的成果中，但大多做法停留在將其置於「四大教育」的研究實驗的框架中，以粗糙的梳理為主，並未做深入研究。

本書的一個研究重點是試圖以熊佛西、孫伏園、瞿世英等人物為中心，試圖打通「五四」以來對於「民眾與文藝」這一問題認識的流變過程，從而將定縣的文學實踐放置在較長時段內，考察它們的歷史意義。過去的研究對這方面的研究十分薄弱，甚至對於孫伏園等人在定縣平教會中扮演的角色知之甚少，遑論打通他們的思想脈絡。唯一關注到孫伏園這一時期文教實踐的研

〔註42〕參見李怡：《從「民國文學機制」到「大文學」觀──在山東師範大學的演講》，《當代文壇》，2018年第3期。

究者是胡博，他的《孫伏園定縣事蹟鉤沉》一文詳盡地梳理了孫伏園在定縣的一系列活動〔註43〕。張武軍對孫伏園在大革命時期編輯《中央副刊》《貢獻》的研究，亦是近年來「革命文學」研究中有突破性的發現。〔註44〕除孫伏園外，平教會另一名重要成員瞿世英由文學研究會轉入社會科學研究，也典型地反映了自1917年創辦《新社會》以來知識分子在社會改造及革命路徑上的分化問題。借助社會史的研究思路重新看待近代中國啟蒙與革命的問題，以姜濤的《公寓裏的塔——1920年代中國的文學與青年》及程凱的《革命的張力——「大革命」前後新文學知識分子的歷史處境與思想探求》為代表〔註45〕，但是兩位學者聚焦的時段集中於「五四」前後與「大革命」時期，那麼，如何處理1930年代知識分子在社會歷史中的境遇問題？本書試圖在上述研究成果的基礎上做出回應。

當然，定縣平教會的文學經驗中，取得成就最大的便是熊佛西領銜的農民戲劇實驗，戲劇文體也是本書考察的一個重點。較早關注這一問題的學者是孫惠柱，他的《熊佛西的定縣農民戲劇實驗及其現實意義》一文以大量原始文獻為基礎，從劇本、舞臺、觀演關係等方面討論了熊佛西在定縣的戲劇實驗，基本上奠定了對熊佛西定縣時期戲劇活動的討論框架。〔註46〕其後如吳福輝的《熊佛西與河北定縣的「農民戲劇實驗」》〔註47〕、曾憲章和劉川鄂的《20世紀30年代定縣農民戲劇實驗的歷史意義》等〔註48〕，大多沿著孫惠柱的研究思路而來。其餘相關成果在《熊佛西研究文獻綜述》一文中已經進行了較為詳盡的梳理，根據作者的梳理，儘管近年來許多研究者致力於打破學科之間的界限，對熊佛西的戲劇進行更為深入的研究，但「總體而言關於熊佛西的研究仍不同程度地存在著研究不夠充分、重複研究較

〔註43〕胡博：《孫伏園定縣事蹟鉤沉》，《魯迅研究月刊》，2014年第10期。

〔註44〕張武軍：《〈中央日報〉副刊與民國文學的歷史進程》，廣州：花城出版社，2019年。

〔註45〕姜濤：《公寓裏的塔：1920年代中國的文學與青年》，北京大學出版社，2015年。程凱：《革命的張力——「大革命」前後新文學知識分子的歷史處境與思想探求》，北京：北京大學出版社。

〔註46〕孫惠柱，沈亮：《熊佛西的定縣農民戲劇實驗及其現實意義》，《戲劇藝術》，2001年第1期。

〔註47〕吳福輝：《熊佛西與河北定縣的「農民戲劇實驗」》，《漢語言文學研究》，2013年第1期。

〔註48〕曾憲章、劉川鄂：《20世紀30年代定縣農民戲劇實驗的歷史意義》，《文藝研究》，2013年第9期。

多、所得結論同質化等傾向。」〔註49〕其中，較有創新性的是王雪芹引入了空間政治學的視角，認為「定縣戲劇試驗的重心，即構建一個群己相維的鄉村公共空間，把演出空間和劇場觀眾的劣勢轉變為優勢，在此過程中，『大眾』不再是下層啟蒙者發現的風景，而就是戲劇自身。」〔註50〕此外還有劉川鄂的《雅俗夾縫中的另類啟蒙——20世紀30年代定縣農民戲劇實驗》一文，從接受美學的角度分析了農民戲劇與農民的關係，是對前述研究視野的一種補充。〔註51〕

但是，需要注意的是，定縣農民戲劇實驗並非熊佛西一人努力的成果，而是一種集體行為。縱觀熊佛西、陳治策領導下的中華平民教育促進會定縣實驗區戲劇委員會的人員構成，除了在定縣期間招入的練習生外，其餘主創人員——楊村彬、張季純、賀孟斧、陳豫源、張鳴琦等人，均為北平大學藝術學院戲劇系學生，定縣農民劇是他們相互配合下的結晶。但是，除了王叢陽注意到了「戲劇系」與「戲委會」之間存在承繼關係，其他研究者均忽略了這一點。對定縣農民劇實驗「前史」的考察至關重要，因為，雖然是同一群體，但從戲劇系到戲委會，所處的城鄉環境、歷史語境、面對的觀眾均不相同，他們如何順利地銜接在一起？為了解決這一問題，我們不能滿足人事上的梳理〔註52〕，而是應該以戲劇系—戲委會這一集體為單位，歷史性地考察「五四」以來，知識人的戲劇想像以及戲劇運動路線的嬗變。其中，《北平晨報·劇刊》由熊佛西主持，熊佛西1932年1月赴定縣後事務繁忙，便由他在北平大學藝術學院戲劇系的學生楊村彬、張鳴琦代為主持，該副刊對於1930年代北方戲劇運動起到了重要推動作用，也記錄了定縣平教會戲委會從事農民戲劇的過程，但是迄今為止學界的開掘還不充分。

總體而言，通過上述對定縣農民戲劇的分析可以發現，之所存在研究結論重複的現象，是因為在考察這一現象時研究視野的封閉。近年來，「民眾戲劇」為考察1930年代戲劇運動提供了新的視角，隨著「社會史」視野在現代

〔註49〕李志娟、陳軍：《熊佛西研究文獻綜述》，《戲劇文學》，2020年第7期。

〔註50〕王雪芹：《鄉村公共空間的雛形與定縣戲劇試驗的創作衍變》，《文化藝術研究》，2015年第2期。

〔註51〕劉川鄂：《雅俗夾縫中的另類啟蒙：20世紀30年代定縣農民戲劇實驗》，《文學評論》，2013年第4期。

〔註52〕王叢陽：《定縣「農民戲劇」中的立場》，2017年河南大學碩士學位論文，第9頁。

文學研究中的興起，研究者發現，從「民眾教育」的角度切入定縣的農民戲劇實驗，「可能是一段令今天的人們感到陌生的歷史」。〔註 53〕其中，用力最勤的是江棘。她發現了民教視野下不同話語與政治力量對「民眾」的塑造，《多義性的甄別：啟蒙視野與鄉土戲劇——以民眾教育戲劇運動中的大秧歌為例》《「新」「舊」文藝之間的轉換軌轍——定縣秧歌輯選工作與農民戲劇實驗關係考論》《「父歸」之旅與主題變奏——現代中日戲劇與民眾問題管窺》《現代中國「民眾戲劇」話語的建構、嬗變和國際連帶》等文對本書有頗多的啟發。〔註 54〕從「民眾教育」的視角切入 1930 年代戲劇的還有王雪芹的《1931：文化教育機制的整一化與民眾教育戲劇》及苗芳的《二十世紀三十年代民眾教育館之教育戲劇探微——以山東省立民眾教育館為考察對象》，前者從國民政府文化教育機制入手考察民眾教育戲劇中的政治話語，後者則梳理了山東省立民眾教育館戲劇教育的相關史實。〔註 55〕上述研究成果普遍存在的一個問題是，「民眾戲劇」的話語分析與文本細讀脫節。譬如江棘在《現代中國「民眾戲劇」話語的建構、嬗變和國際連帶》一文中指出梅耶荷德的戲劇理論作為民眾戲劇的話語資源，那麼這種資源是如何體現在民眾戲劇尤其是定縣農民劇中的，在理論資源與具體戲劇實踐過程中又存在哪些對話與錯位，它們是如何通過戲劇文本和表演表現出來的，仍然語焉不詳。

　　平教會的掃盲運動開歷史之先河，較早關注到這一現象的是徐秀麗的《中華平民教育促進會掃盲運動的歷史考察》一文，較為詳細地梳理了平教會關於識字運動使用的教材、教法的情況，並指出了識字運動的侷限性。〔註 56〕

〔註 53〕江棘：《作為「問題」的民眾戲劇——從 1930 年代的「民眾戲劇問題徵答」說起》，《文藝理論與批評》，2017 年第 1 期。

〔註 54〕江棘：《多義性的甄別：啟蒙視野與鄉土戲劇：以民眾教育戲劇運動中的定縣大秧歌為例》，《戲曲研究》，2011 年第 2 期。江棘：《「新」「舊」文藝之間的轉換軌轍——定縣秧歌輯選工作與農民戲劇實驗關係考論》，《中國現代文學研究叢刊》，2018 年第 12 期。江棘：《「父歸」之旅與主題變奏——現代中日戲劇與民眾問題管窺》，《文藝理論與批評》，2020 年第 6 期。江棘：《現代中國「民眾戲劇」話語的建構、嬗變和國際連帶》，《文學評論》，2021 年第 1 期。

〔註 55〕王雪芹：《1931：文化教育機制的整一化與民眾教育戲劇》，《南大戲劇論叢》，2018 年第 2 期。苗芳：《二十世紀三十年代民眾教育館之教育戲劇探微——以山東省立民眾教育館為考察對象》，《中國現代文學論叢》，2020 年第 1 期。

〔註 56〕徐秀麗：《中華平民教育促進會掃盲運動的歷史考察》，《近代史研究》，2002 年第 6 期。

此外還有日本學者蒲豐彥，他在《尋覓下層民眾的書面語言——清末至民國》一文中，涉及到了教會中國化與大眾教育問題，但是他是在西方新教傳教士對中國文字改革的影響這一視角下討論晏陽初的識字教育，帶有一定的侷限性。〔註 57〕鍾雨柔在 *Chinese Grammatology: Script Revolution and Literary Modernity, 1916-1958* 一書中，專章論及這場運動。〔註 58〕她把工人書寫置於中國、第一次世界大戰和「五四」的歷史敘事中，從而揭示了這場過去長期處於「失語」狀態的運動，在普及識字、白話觀念的確立以及思想啟蒙等命題之間的歷史位置。但是，她並未對「識字」本身作以分析，也沒有進一步辨析華工識字與 1920 年代以來平民教育語境下的識字教育，究竟存在何種聯繫和斷裂性。識字運動歸根結底是一個語言運動，上述幾位學者並未從語言的角度關照平教會的掃盲問題，不失為一個遺憾；同時，「識字」作為平教會平民文學部的主要工作，在後期也有所調整，即從「識字」轉移到了「詞本位」的教學，這一轉變不僅是平教會相關知識普及工作深入發展的表現，而且與國語運動息息相關。1930 年代國語運動的倡導者與地方性的民眾教育機構合作，被視作國語運動的一大成績，譬如國語統一籌備委員會與定縣平教會、山東省立民眾教育館的合作，即致力於將該會語言文字改革的研究成果下滲到民間社會。黎錦熙在《國語運動史綱》一書的末尾，力圖從教學方法革新的角度證明國語運動的成績：「至於教學方法的改進，則國語會歷年所主張的一切，定縣的平教會實驗區，兩三年來，確能以實驗的精神，切實運用，卓著成效。」〔註 59〕黎錦熙高度評價定縣平教會對於國語運動的踐行成果，甚至認為平教會運用了國語會「歷年所主張的一切」。黎氏在國語運動的歷史脈絡中得出上述結論，這一點在過去的研究中並沒有得到重視。王東傑在《聲入心通——國語運動與現代中國》一書中在總結國語運動研究的學術史時，提到了「對國語運動的措施與實踐的考察」這一面向，就官方與民間兩條路徑而言，他指出「就目前看來，我們對此問題的瞭解，主要集中在宣言、決議、法律、文件、條令、規程的發布及各種宣傳運動方面；對如何理解它們的意

〔註 57〕蒲豐彥：《尋覓下層民眾的書面語言——清末至民國》，日本人間文化研究機構現代中國區域研究項目編：《當代日本中國研究》第 1 輯 歷史社會，北京：社會科學文獻出版社，2013 年，第 56～58 頁。

〔註 58〕Yurou Zhong: *Chinese Grammatology: Script Revolution and Literary Modernity, 1916-1958*, New York: Columbia University Press, 2019.

〔註 59〕黎錦熙：《國語運動史綱》，上海：商務印書館，1934 年，第 413 頁。

義，又做出怎樣的應對，則基本處於知識盲區。」〔註60〕在過去很長一段時間，平教會關於語文教育的研究與實踐正是處在王東傑所謂的「盲區」之中，處於歷史學、語言學、教育學、文學研究界「四不管」的地帶。本書對平教會語文教育與國語運動之間關係的探究，為國語運動提供了一個「基層」的視角，力圖從具體的社會文化語境入手，更為多元地理解國語運動與下層民眾的互動關係。

因此，從語言的角度考察平教會的語文教育，也是對國語運動研究的一種補充。王東傑將清末至民國普及識字的實踐歸結為兩類，一是著眼於教學方法的革新，二是關於漢字的革新。而後者又可以分出三條道路，一是漢字改良，包括篩選常用字（如平民千字課）及各種漢字簡化運動；二是漢語拼音化；三是注音識字。〔註61〕如果說後者是以漢字改革為導向的實踐，以民眾教育為手段推動漢字改革，那麼前者更強調服務於民眾教育這一目標本身，將識字看做實現健全國民的第一步。實際上，教學的過程即是施教者與受教者的互動過程，而普及識字中有關教學方法的改進，恰恰是受教育的民眾、民眾教育者及國語運動提倡者幾個要素之間互動，最為直觀的體現。學界過去對於國語運動的歷史化考察，大多傾向於理論、主張層面的討論，缺乏對「教學方法」的討論，原因之一在於識字的教學方法帶有很大的靈活性，且不同地域甚至民眾學校之間有較大的差別，全面地把握普及識字的教學方法存在困難；二則大多國語運動的相關文獻，很難反映民眾在國語運動中的真正感受，這也遮蔽了民眾在國語運動中的位置，導致我們很難確定「民間」在國運運動中究竟處於哪種失語的狀態，又如何反作用於國語運動。總體而言，概念、思想層面的梳理對於探究國語統一與形塑「國民」之間的關係固然重要，這構成了我們理解國語運動的基礎，但是亦不能忽視當主張落實到教育層面所發生的調整與改變。

「平民讀物」作為為農民建構「常識」的手段，背後勾連著複雜的啟蒙敘事。學界過去對於平教會「平民讀物」的研究接近空白，只有少數碩、博論文在整體性論及1930年代話劇創作或「平民話劇」時，論及到相關文本。代

〔註60〕王東傑：《聲入心通——國語運動與現代中國》，北京：北京師範大學出版社，2019年，第23頁。

〔註61〕王東傑：《聲入心通——國語運動與現代中國》，北京：北京師範大學出版社，2019年，第94頁。

表成果是王雪芹的博士學位論文《意義與聲音：1930 年代中國話劇創作研究》和郭嘉穎的碩士學位論文《中國「平民話劇」劇本研究》（1919～1937），二者都對「平民讀物」中的劇本文本內容進行了梳理，但是對於「平民讀物」本身以及選取的文本之間的關係，並未作出更為深刻的分析。〔註 62〕就這些平民讀物的內容而言，我們很難以「新文學」的文體分類方式去區分它們，比如「談話」與「戲劇」，「笑話」與「小說」，就讀物的內容上區別並不明顯，這提示我們，必須重新審視在「新文學」的文體分類在民眾讀物中「失效」這一事實。不僅如此，平民讀物中，很大一部分屬於「常識」，文體上屬於說明文，但這些常識類讀物在寫作上大量借鑒文學筆法，使得這類讀物帶有很強的文學性特徵，過去從未得到重視。事實上，若想對這一問題進行較為深入的研究，就必須引入「大文學」的視野重新看待這一現象。〔註 63〕。

目前為止，學界還沒有任何研究者關注到這種以「再造民眾」為中心建立起來的閱讀文化，更不要提將其置於閱讀史的脈絡中考察。歷史學領域的相關研究成果可以提供給我們一些啟發。《中國閱讀通史》梳理了近代以來閱讀內容、形式與趣味的變化，尤其是對大眾閱讀（mass reading）的關注，提供了一個從「邊緣」、「底層」重新進入文化史的角度。〔註 64〕瞿駿的《現代中國政治文化的常識建構：轉型時代「讀本」中的國家與世界觀念》一文，綜合性地考察了民國時期的各類平民教育讀本、國民讀本、工人讀本等讀本背後，建構政治常識的內在邏輯。〔註 65〕閱讀對於中國現代文學的轉型具有重大意義，研究閱讀史的學者認為，「閱讀是讀者針對以物質形態呈現的符號以精神和身體做出反應的過程；其先決條件是語言能力，結果是闡釋和認識。這就將個體讀者與社會規範聯繫了起來，也就是說，閱讀不僅是個人行為，也是社會行為。」〔註 66〕從閱讀史的視野進入「平民讀物」，有助於發現啟蒙、

〔註 62〕王雪芹：《意義與聲音：1930 年代中國話劇創作研究》，南京大學 2012 年博士學位論文。郭嘉穎：《中國「平民話劇」劇本研究》（1919～1937），暨南大學 2018 年碩士學位論文。

〔註 63〕參見李怡：《從「純文學」到「大文學」：重述我們的「文學」傳統──從一個角度看「五四」的文學取向》，《文藝爭鳴》，2019 年第 5 期。

〔註 64〕許歡：《中國閱讀通史（民國卷）》，合肥：安徽教育出版社，2017 年。

〔註 65〕瞿駿：《現代中國政治文化的常識建構：轉型時代「讀本」中的國家與世界觀念》，《上海師範大學學報》（哲學社會科學版），2014 年第 4 期。

〔註 66〕戴聯斌：《從書籍史到閱讀史──閱讀史研究理論與方法》，上海：新星出版社，2017 年，第 58 頁。

政治與民眾等諸種力量之間的張力；而這些讀物分別運用了哪些新舊文學資源，也值得我們進一步辨析。此外還需注意的是，以陳築山《人格之修養》為代表的讀物也帶有道德修養教科書的意味，其目標讀者並不限於農民，可以說是直接對平民教育的施教者提出的道德層面的要求，這也促發我們的反思，在形塑「國民」的過程中，知識分子如何進行了自我重塑？

第一章 1930年代的鄉村建設運動與文學的位置

第一節 「民眾」問題的提出

一、「民眾」與「文學」的內在張力

　　1926年3月，中國青年黨的機關報《醒獅》週刊發表了田漢的電影劇本《到民間去》的電影本事。這部電影表現了一群懷揣社會改造理想的青年人造「新村」的經歷，他們購得一塊土地，「於荒地上開始其篳路藍縷之韌造生活。工作之暇，輒集火爐旁或草地上歌唱為樂。但此初不足解其昌天涯之寂寞，惟日夜藉勞苦之工作使以忘其痛苦之萬一。」[註1]田漢對「到民間去」的想像夾雜著諸如咖啡館、跳舞等浪漫元素，更重要的是愛情與理想主義的交織。劇中貫穿著男女三角戀愛的線索，而且以青年張秋白戀愛失敗而自殺為結局，然而他將自殺的理由歸為「為殘酷的社會所驅，使我如風雪之夜的旅人」，使他的死蒙上了為理想犧牲的光輝。「民間」在這部影片中是一個理念般的存在，在影片末尾，對於熱愛跳舞的男女主人公而言，「民間」成為發明新式舞蹈的靈感來源，新村也變為他們託付終身的烏托邦。[註2]田漢在「左轉」之際檢討這部影片受到俄國民粹主義思想的影響，指出「他們思想

[註1] 田漢：《到民間去》（一名《墳頭之舞》），《醒獅・南國特刊》，1925年第23號，
　　　總第74號。

[註2] 田漢：《〈到民間去〉（一名〈墳頭之舞〉）續》，《醒獅・南國特刊》，1925年第
　　　24號，總第75號。

的錯誤，在分不清『人民』與『階級』，不理解無產階級的歷史的使命，又太看重了封建的農村共產體——『Mill』——因此他們以為俄國可以不經過資本主義達到共產主義。這種對於歷史的過程與客觀的環境認識解剖得不清楚，但憑一種人道的熱情追求幻想的革命團體，結果也和一切這類的團體一樣，走向它必向的深淵裏去，即『分裂』、『消滅』。」〔註3〕《到民間去》並未真的走向「民間」，反而在田漢1927年就職於南京總政治部宣傳處藝術科期間，「為適應革命藝術的環境的關係，竟把到民間去，成了『到前線去』！」被時人稱為「名不符實的畸形兒」。〔註4〕

《到民間去》這部電影的創作、宣傳、接受過程呈現出多種思想與政治力量之間的糾葛，電影內容帶有社會主義色彩，電影本事發表於青年黨的機關刊物，卻是在國民黨當局的幫助下拍攝完成的。〔註5〕他的《到民間去》的構思緣起於「咖啡店中有一班意氣如雲的青年相聚而痛論社會改造的大業」，也就是說，「咖啡店」是田間實現「民間」理想的源頭，加上各種政治力量對「民間」的不同理解方式，更加讓田漢感到迷惑——「民間」究竟在哪裏。但是可以肯定的是，田漢對「民間」的想像很大程度上受到了無政府主義思想的影響，他談到了石川啄木的詩歌給他的啟迪，詩中充滿了青年人對投身社會改造的熱情與衝動，帶給他很大的震撼：

> 我們的一面讀書，一面辯論，
>
> 我們的目光炯炯，
>
> 都不弱於五十年前的俄國青年；
>
> 我們論到應該做些什麼。
>
> 可是沒有一人握著拳頭打著桌子高叫：「到民間去！」

因此，即便田漢「左轉」後，對這部影片思想的「不徹底」性做出了反省，但仍肯定了其中情感的真摯：「很真實地描寫了一個情熱的、幻想的、動搖的、殉情的小資產階級青年的末路」。〔註6〕田漢並未系統地過學習、接受俄國民

〔註3〕 田漢：《我們的自己批判：「我們的藝術運動之理論與實際」上篇》，《南國月刊》，1930年第2卷第1期。

〔註4〕 青萍：《可憐田漢到不了民間》，《幻洲半月刊》，1927第1卷第12期。

〔註5〕 參見李霖：《影片〈到民間去〉的歷史疑問及其影響》，《電影評介》，2018年第4期。

〔註6〕 田漢：《我們的自己批判：〈我們的藝術運動之理論與實際〉上篇》，《南國月刊》，1930年第2卷第1期。

粹派的思想，他由閱讀石川啄木詩歌而萌生的創作靈感帶有一定的偶然性，《到民間去》裏挾著強烈的浪漫幻想與理想主義情結，卻頗能代表「五四」以後知識界對「到民間去」的熱情以及對「民間」模糊的想像。

「五四」時期，李大釗受到俄國民粹派「到民間去」運動的影響，發表了《青年與農村》一文，強調「我們青年應該到農村裏去」。但已有論者指出，第一個將「V Narod」譯成中文「到民間去」的並不是李大釗，而是周作人 1918 年 5 月發表在《新青年》第 4 卷第 5 期的《讀武者小路君所作〈一個青年的夢〉》。〔註7〕也就是說，「到民間去」作為俄國民粹派社會改造的口號，卻是借文學的名號被介紹到中國來的。周作人在文中提到了梁漱溟的《吾曹不出如蒼生何》一文，梁漱溟寫道：「一力求民的勢力之養成，得此便是吾輩好地盤；一力求理的勢力之伸發，即此乃是我輩好武器。」〔註8〕對「民的勢力」的關注，可視為他日後投身鄉村建設運動的先聲。需要注意的是，李大釗在《青年與農村》一文中提倡憲政民主理念的問題。〔註9〕在李大釗皈依馬克思主義後，開始用「平民主義」概念重新詮釋農村問題，以馬克思主義重新界定和闡釋民主理念。1923 年李大釗《平民主義》由商務印書館刊行，正如高力克總結的，「李大釗的『平民主義』，代表了五四最激進的民主思潮。它以平等的最大化為首要價值目標，追求人的政治經濟社會全面解放的、平等自由的大同烏托邦。這種完美主義的民主理想，與李大釗五四前期注重權力制衡的憲政民主信念大異其趣。」〔註10〕而周作人則發現「新村」之路破滅後，選擇了從民俗學中發現「民眾的性情生活」。〔註11〕在李大釗激進的「平民主義」思想與周作人轉向民間文學、民俗學的之間，似乎並沒有給新文學如何「到民間去」留出一個可以充分討論的位置。這也是田漢的《到民間去》名曰「到民間」卻變為「到前線」的「名不符實的畸形兒」的主要原因〔註12〕。

〔註7〕 袁先欣：《「到民間去」與文學再造：周作人漢譯石川啄木〈無結果的議論之後〉前後》，《中國現代文學研究叢刊》，2017 年第 4 期。

〔註8〕 梁漱溟：《吾曹不出如蒼生何》，中國文化書院學術委員會編：《梁漱溟全集》第 4 卷，濟南：山東人民出版社，2005 年，第 536 頁。

〔註9〕 陳桂香：《關於李大釗與民粹主義關係的辨析——重讀〈青年與農村〉》，《中共黨史研究》，2012 年第 1 期。

〔註10〕 高力克：《五四的思想世界》，上海：學林出版社，2003 年，第 182 頁。

〔註11〕 袁先欣：《「到民間去」與文學再造：周作人漢譯石川啄木〈無結果的議論之後〉前後》，《中國現代文學研究叢刊》，2017 年第 4 期。

〔註12〕 青萍：《可憐田漢到不了民間》，《幻洲半月刊》，1927 第 1 卷第 12 期。

新文學、新文學家究竟如何與真正的「民間」對接，在民俗學研究之外，是否還存在其他方法介入「民間」，新文學的成果可否改造「民間」？田漢「左轉」後對《到民間去》做出反省自己的啟蒙立場開始的：「過去的非大眾的普羅文化乃至戲劇，是說明了守在『亭子間』裏或史鐵兒先生所謂『紗籠』裏的作家和戲劇家們必然的產物，誰不能真走到工人裏去一道生活，一道感覺，誰也就不配談大眾化。」〔註 13〕他覺悟到了知識分子改造與啟蒙的有限性，只有當「民眾」作為一種現實力量甚至革命的主體，「文學」在書寫對象以及所承載的社會責任上，才真正有了抓手。1936 年，田漢在談及中國戲劇的出路與社會問題時說道：「中國目前正在鬧著劇運的出路問題，要想解決這個問題，必須先明瞭現在的中國是一種什麼社會，因為社會的一切都是建築在經濟基礎上的。目前究竟需要一種什麼戲劇，自然要受決於現在社會的經濟性質。」他提到了社會史論戰，認為「中國還是一個半封建的社會，我們不要只在都市裏繞圈子，在上海，海口，天津固然是資本主義化了，但你若再到鄉村去看看，他們的生產工具，生產關係，以及風俗習慣等等，都還是封建的。並且中國自始至終產業革命沒有成功，都市那不過是很小的一部分，支配著經濟的還是商業資本。」「我們所需要的戲劇，是活的，有生命的，能負起社會使命的，合於這時代的戲劇，也就是大眾劇。」離開大眾談「戲劇大眾化」是可笑的，因此，要以大眾的「前衛」作為標準。「消極的要把他們提醒，同時再積極的指導他們，告訴他們社會的必然變革，與他們自身的責任，這就是我們目前所需要的戲劇。」〔註 14〕田漢此時要求在社會的經濟基礎上界定「大眾劇」的含義，已經不同於《到民間去》中對鄉村的浪漫懷想。

由於戲劇與民間天然的聯繫，最容易被新文學家視作連接知識分子與民眾的橋樑。1925 年，郭沫若在為自己譯述《約翰沁孤的戲曲集》的「譯後語」中，談及翻譯愛爾蘭戲劇家辛格戲劇作品的困難，在於「沁孤的用語多是愛爾蘭的方言，據他自己說，劇中人物的說話幾乎沒有一句是他自己創作的」。〔註 15〕之所以會發生這樣的現象，是因為「他所同情的人物都是下流階級的流氓和乞丐」，恰恰是這種語言形式契合了辛格戲劇的內容。郭沫若認為，辛

〔註 13〕田漢：《戲劇大眾化和大眾化戲劇》，《北斗》，1932 年第 2 卷 3、4 期。

〔註 14〕田漢：《戲劇與社會——在國立戲劇學校講演》，《北平晨報·劇刊》，1936 年 1 月 19 日。

〔註 15〕郭沫若：《譯後》，約翰沁孤（J.M.Synge）：《約翰沁孤的戲曲集》，郭沫若譯述，上海：商務印書館，1926 年，第 3 頁、

格的作品中雖流露出對「人類的幻滅的哀情」，但是他卻未絕望，而是告訴人們「這個虛偽的，無情的，利己的，反覆無常的社會是值得改造的」。〔註16〕但是，比郭沫若更進一步闡發辛格的戲劇理念，並主張將這種理念運用在戲劇實踐層面上的，是留學美國學習戲劇、歸國後倡導「國劇運動」的余上沅。1927年，余上沅在《國劇運動》一書的序言中總結國劇運動的經驗與教訓時，提到了辛格，尤其是他對於「內地民眾」的發現：

> 辛額在亞倫群島上生活不久，便創出了如此偉大的愛爾蘭國劇。惰性最大的是內地民眾或島民，最可愛的也是他們。他們的渾樸，他們的天真，他們的性情習慣，他們的品味信仰，他們不曾受過同化的一切，在（在——疑為衍字，筆者注）都足以表現一國一域的特點。況且，研究承認，先研究動物及兒童是極妙的入手法門。要取擷藝術的材料——人生，向荒島出發，向內地出發，決不是一條錯路，雖然不是唯一的路。我們要用這些中國材料寫出中國戲來，去給中國人看；而且，這些中國戲，又須和舊劇一樣，包涵著相當的純粹藝術成分。這個目的，只能說是假定的；並非是我們乖覺，也許將來我們不得不見風使舵。〔註17〕

余上沅眼中的「內地民眾」，對應著郭沫若所謂的「下流階級的流氓和乞丐」。不同之處在於，郭沫若強調表現下層民眾的戲劇的功能性，即喚起社會改造決心的意義；余上沅側重將「內陸」、「荒島」這些非中心、非城市的地方看做「藝術的材料」。可以說，1930年代以來的「民眾戲劇」，很大程度上是在這兩個向度的合力上發展的。

　　這一思路，最為明顯地體現在左翼劇人對「戲劇大眾化」的追求上。但是，就在田漢認識到俄國民粹派「到民間去」是一場失敗的運動，並且聲稱自己「左轉」之後。許多人開始站在藝術本位的立場上指出他「藝術退步」。而在1936年加入定縣平教會的張鳴琦眼中，田漢的轉向應該以普羅文學的標準作出評價，戲劇發展的道路更應該基於現實社會的需要確定方向。早在1931年，畢業於北平大學藝術學院戲劇系的張鳴琦便針對吳士星的《田漢怎樣轉變？——評田漢戲劇第五集》一文中「藝術退步」的批評聲，指出吳所應用的方法過

〔註16〕郭沫若：《譯後》，第2頁。
〔註17〕余上沅：《序》，余上沅編：《國劇運動》，上海：上海書店出版社，1992年，第1頁。

於狹隘了。他說：「我以為，如果我們衡量新興的普羅藝術作品，不應該再採用著所謂之布爾喬亞的藝術批評方式，因為前者是伴著新興階級所產生的新興的東西，後者是依附著舊有的規律，兩者根本不能相容。若是我們拿『三一律』等等的標準，來衡量新興的普羅劇，似乎很像八股先生在批評白話文和新式標點一樣。」另外，針對吳士星將普羅文學說成是「摩登的傾向」（Modernism），張鳴琦認為「摩登」一詞不能用來指田漢的近作，它指的是近代主義或現代主義，「是要抹殺藝術的階級性的」。「在它那裡，既找不出足以指導我們生活的社會進步的純粹原理，內面的本質也全然缺乏。他們誇許著自己感覺的新鮮，行動思想的輕捷，快度的高速，然而卻只暴露出他們自身的缺乏睿智，聰明和真率的探究心罷了。他們是可驚的機會主義者，可憐的剎那主義者，因之他們行動思想的結果，只是空想頹廢與滅亡。」〔註18〕

在張鳴琦評價田漢的文章中可見，他對「民間」的想像與田漢閱讀石川啄木詩歌後不同，那種充滿未知的激情式的「異樣地興奮」感不復存在〔註19〕，而是結合社會現實公正、冷靜的分析。事實上，無論是上文中田漢提到的社會性質論戰，還是「以工立國」、「以農立國」的論爭，抑或「有為」、「無為」的政治，這些話題對於知識人的知識儲備與理性思考提出了更高的要求，導致很難再以夾雜著文學想像的方式進行討論。張鳴琦的發言姿態很耐人尋味。他將田漢的作品置於社會—歷史的座標軸中，自然擺脫了那種以審美性為單一標準的評判體系。他借用了階級的批評話語，但是採用的卻不是左翼文學的階級分析方法。這種批評方式試圖通過文藝把捉甚至引導時代走向的思路，也體現在他的老師熊佛西那裡。

在熊佛西看來，戲劇是社會事業的一種，他說如果非要選擇信仰一種什麼「主義」，他願意信仰「單純主義」。所謂「單純主義」從經濟的原則出發，花費最少的金錢、精力、時間，最大化地表現複雜的人生。「單純主義」與社會學、政治學層面上的學理性討論不同，他認為，最能概括現代精神與內容的一個詞莫過於「經濟時代」：「瞧瞧現代的人，誰不求經濟？不但吃飯穿衣住房要經濟，工作與娛樂亦要經濟。事事物物，時時刻刻，無不求經濟；省金

〔註18〕 張鳴琦：《關於田漢轉變——張鳴琦君來函》，《北平晨報・劇刊》，1931 年 9 月 27 日。
〔註19〕 田漢：《我們的自己批判：〈我們的藝術運動之理論與實際〉上篇》，《南國月刊》，1930 年第 2 卷第 1 期。

錢，省精力，省時間。」〔註20〕他在這裡對提出「單純主義」，回應的正是彼時左翼劇人發起的戲劇大眾化的討論，在他看來，解決人的日常生活問題，顯然要比信仰什麼「主義」重要得多。雖然，隨著熊佛西在定縣深入開展農民戲劇實驗，《北平晨報‧劇刊》在1933年明確提出今後戲劇界努力的方向之一應是大眾化，尤其是農村劇運。〔註21〕熊佛西、張鳴琦等人正是在認同「戲劇大眾化」反映底層社會的現實，繼而以戲劇介入現實這一點上，與左翼劇人取得了一致。但是，「民眾」究竟指的是哪一部分人，又在何種意義上討論「民眾」，「民眾」與「文藝」的關係應當呈現出何種狀態，不僅在左翼文化人與熊佛西這裡存在著分歧，即便在定縣平教會同人之間觀點也不盡相同。這也為我們提供了極大的探索空間。

　　有趣的是，在上述田漢的《戲劇與社會》一文中，他在提倡戲劇大眾化的同時也對「大眾」進行了批判式的反思。他指出：「大眾所需要的戲劇，未必就是大眾所愛的戲劇，因為大眾是浮動的，群眾心理是不可靠的。」因此不能遷就大眾的標準，也不能離開大眾找標準。這種對「群眾」的懷疑心理，可以追溯至「五四」以來，知識界以來對以勒龐為代表的群眾心理學的接受。已有研究者指出，無論是陳獨秀、瞿秋白等左翼知識分子，還是張九如這樣的國民黨人士，他們對群眾心理的剖析雖與勒龐存在分歧，但他們都認同勒龐所謂的群眾的「非主體」特徵。在他們各種各樣的描述中，群眾要麼被環境刺激、所控制，要麼被群體體驗所釋放的內在動力和本能所控制，缺乏支撐代理和自我意識的理性。〔註22〕方紹原在談及「怎樣解決農民生活問題」時，談到了農民「小我」和「大我」的關係，農民彙集在一起所形成的「群」，「不過一種偶時因共同利益結合的群，和一種因感情衝動而結合的烏合之群而已。這種結合，雖然帶有團體化的互助要素，卻未曾經過科學的栽培，與切實的訓練，於實際上還是缺少互助的精神。」他希望農民破除「小我」的界限，連成一個「大我」。〔註23〕與之類似，很大程度上，晏陽初對農民「愚窮弱私」的想像，亦是基於基於「一盤散沙」的認識以及對群眾自主性的懷

〔註20〕熊佛西：《單純主義》，《寫劇原理》，上海：中華書局，1933年，第18頁。

〔註21〕《短評》，《北平晨報‧劇刊》，1932年11月19日。

〔註22〕Xiao Tie: *Revolutionary Waves: the Crowd in Modern China*, Cambridge: Harvard University Asia Center, 2017, p.59.

〔註23〕方紹原：《怎樣解決農民生活問題》（續），《中央副刊》，1927年5月14日，第51號。

疑。這種觀點在當時獲得了相當大的認可，董時進指出，鄉村目前最需要「能夠增加他們用腦的本領和作人的資格的教育」，這種論調以「現代國民」為標準，將農民預設為不見天日、不辨世界的「群」，因此「我們應該使鄉下人看見天日，指導世界是怎樣的東西，現在是什麼時代；使他們瞭解人生的意義，明白國家，社會，政治，是如何構成；使他們能夠重視現代文明的價值，不以為一切是中國的舊東西好。」〔註24〕在勾連「民眾」與「文藝」之間，作家扮演著重要角色，如何轉化舊文藝、提倡新文藝來組織、改造民眾，成為定縣平教會知識人念茲在茲之所在。當然，「愚窮弱私」一類的觀點將民眾定義為「弱者」，並試圖通過顛覆這些弊端從而形塑理想中的「民眾」的同時，也忽略了「弱者」如何反向地形塑了知識人的精神結構與現代政治。定縣平教會的文教實踐中所遭遇的挫折與多次改換方向，恰恰是「弱者的反抗」的結果。

與 1926 年的田漢不同，在 1930 年代的社會改造思潮下，鄉村建設運動為知識人「到民間去」提供了現實方案，定縣知識人的文學實踐，為我們重新打量「民眾」與「文學」之間的關係提供了可能性。不僅瞿世英、孫伏園的秧歌改良，熊佛西、陳治策等人的農民戲劇實驗，《瀟湘漣漪》這一刊物的重新開張以及孫伏園主持的語文教育改革，都可以被納入考察範圍。這些文學實踐均不是純文學意義上的，它們本身及其「前史」，勾連著「民眾」與「文藝」這一話題自「五四」以來在文學、思想、社會、政治領域的多種連接形態。除此之外，民眾與文藝的關係也體現在「組織形式」上。定縣戲委會通過調查發現，在過去，「鄉村唱一次大戲無異整個鄉村受了一次公然的剝削。」一個村子舉行一次大戲，辦公人可以從中得到很多「油水兒」。〔註25〕那麼，在鄉村建設的方案裏，誰來組織、如何領導鄉村的民眾文藝，更新民眾文藝背後的組織機制，就成為一個重要問題，這也是熊佛西日後提出「戲劇制度」的重要原因。

二、「造社會」的分途──以瞿世英為中心的討論

如湯茂如所言，晏陽初主持的平民教育之所以與「五四」新文學產生關聯，最直觀體現在二者均看重「白話」之工具屬性。但問題是，「五四」以來

〔註24〕董時進：《鄉下目前最需要什麼樣的教育》，《獨立評論》，1933 年第 47 號。
〔註25〕陳治策：《關於舊劇的一篇糊塗賬》，《北平晨報·劇刊》，1934 年 12 月 2 日。

的「白話文學」的發展並沒有沿著胡適設計的道路發展，而是在一系列文學創作和論爭辯駁中，開拓出了更為廣闊的空間，成為作家表達個體精神世界、富有彈性的媒介。因此，當經過知識分子開始為民眾寫作時，首先感受到「平易」的困難。如前所述，盧隱稱平教會編千字課的工作「機械死板」。早有論者提及，1921年盧隱雖加入文學研究會，但不完全認同該社團的文學主張，而是與她的閩籍身份相關。與冷靜務實的文學研究會成員相比，她浪漫、感傷的精神氣質與創造社成員更為接近。但即便如此，文學研究會對社會問題的關照，還是對她的創作道路產生了深遠影響。〔註26〕當「為人生」的理想中內蘊著的社會關照，以非文學的形式表現出來，或曰真正與「社會」接合時，二者之間的張力在盧隱這樣的知識人身上表現得尤為突出。對於盧隱而言，編常識讀物、歌謠、千字課意味著，文學的審美屬性不得不屈就於語言的工具屬性。那麼，當個人表達被限制在編寫識字教材這類與「平民」直接對接的言說時，熱衷以文學追求情感自由表達的盧隱，很容易生出興味索然之感。

但是，當我們轉變視角，盧隱在平教會工作期間所感知到的「無聊」，其實恰恰可以構成進入另一批堅持投身平民教育的知識人的精神世界切入口，這些「機械死板」的工作，緣何在「五四」退潮、「大革命」等事件後，成為諸多知識人的選擇？我們理應穿透農民戲劇、教科書與平民讀物等通俗淺白的表現「形式」，追溯至「五四」之後，新文化人對於「社會」認識的分化上來。這裡試以瞿世英為例加以分析。

1930年瞿世英的劇本《一個旅客》第一幕發表在定縣平教會平民文學部出版的《農民》旬刊上，而後，完整的二幕劇作為平教會「平民讀物」出版單行本。劇本主要書寫了一家三口圍繞著吃不吃市場買來的燻雞展開討論，受過教育、接受了衛生常識的小兒子寶禮拒絕吃母親從市場上買來的燻雞，母親和大哥寶仁則認為寶禮是受了教育後過分講究，不料寶仁吃燻雞後得了痢疾命懸一線，迷信的母親求神拜佛給寶仁喝下一道符，更加劇了他的病情，此時再請醫生醫治已經為時已晚。這個旨在宣傳科學、衛生常識的劇本，語言通俗易懂、內容淺白直露，很難讓人將它的作者與「五四」時期翻譯、出演泰戈爾名劇《齊德拉》的瞿菊農聯繫在一起。無獨有偶，1922年曾與老舍共

〔註26〕王翠艷：《女子高等教育與中國現代女性文學的發生》，北京：文化藝術出版社，2007年，第130～132頁。

同執教於天津南開中學並成為「結義兄弟」的趙水澄〔註27〕，1930年編選了《一般的衛生常識》一書，書中內容從介紹「人人應當每天刷牙漱口」到「曬太陽有什麼好處」，涉及個人和公共衛生的方方面面，該書作為平教會「平民讀物」的「科學常識」出版，在此之前，趙水澄在北京大學藝術學院戲劇系教授「詞曲」一門課程，而彼時邀請他任教的戲劇系主任，正是日後在定縣實行農民戲劇實驗的熊佛西。上述三人相聚於定縣平教會平民文學部，看似偶然，實則有其歷史必然性。特別是以孫伏園、瞿世英與熊佛西為代表的「五四」時期的文學研究會成員，他們在1930年代投身平民教育更是有跡可循，他們對文學與社會關係的理解建立在文學研究會時期敞開的「文學」概念上，但又在經歷了出國留學、大革命等個人或歷史事件之後，在1930年代的鄉村建設浪潮中，重新激發了對文學—社會關係的認識。

瞿秋白曾在1924年2月1日發表的《鞘聲》的第十二節「小小一個罪惡」中將其叔瞿世英指責為「研究系的同盟」、「新進的立憲派」。〔註28〕這一指責看似缺乏論據，似是一條「孤證」，卻為叔侄二人日後事業上的分歧埋下了線索。反觀社會與政治的關係，知識分子在「五四」新文化運動中對「社會」的發現建立在超逸政黨政治的基礎上，正是出於對「國家」的不信任感，才從文化的討論中剝離出「社會」的話題。但是文化運動與政治運動本就是水乳交融，胡適精準地把握到中國現代思想以1923年為界，由個人主義時代轉移到「集團主義（Collectivsm）時代」。〔註29〕「五四」時期以「造社會」為共同追求的瞿秋白與瞿世英關係破裂，與彼時政黨政治勃興後前者對後者的「誤讀」有關。進而言之，瞿秋白極力地與瞿世英劃開距離，也是大革命前夕知識分子之間爭奪「革命」話語權的表現。根據王建朗的說法，革命本身複雜多義，「廣義側重於性質，一切具有重大社會變革和社會進步意義的運動，包括某些改革或改良運動，皆可視為革命；狹義側重於實現變革的路徑或手段，與主張以和平手段逐漸推進的改良相對，主張以暴力手段打破現存秩序，建立新秩序。」〔註30〕因此，如果突破狹義的「革命」、「改良」的概念，將

〔註27〕舒乙：《老舍先生》，北京：中國青年出版社，2016年，第41頁。

〔註28〕巨緣：《鞘聲》，《前鋒》，1924年2月第3期，載瞿秋白：《鞘聲》，《瞿秋白文集》文學編1，北京：人民文學出版社，1998年，第328頁。

〔註29〕曹伯言整理：《胡適日記全編》第6冊，合肥：安徽教育出版社，2001年，第257頁。

〔註30〕王建朗：《再議近代中國的革命與改良》，《蘇區研究》，2017年第4期。

以瞿秋白和瞿世英為代表提出的不同「革命」方案放回「五四」新文化運動以來的歷史脈絡，或許會釋放「社會改造」這一話題本身輻射的諸多面相。

《新社會》於 1919 年 11 月 1 日在北京創刊，由社會實進會出版、發行，在「平民主義」〔註 31〕的方向下鼓吹社會改造，平民教育與社會調查、工讀互助、婦女解放、勞動問題等一道共同構成了「紙上的事業」。瞿秋白曾在著名的《餓鄉紀程》一文中回憶了自己在五四運動前期與鄭振鐸、耿濟之、瞿世英創辦《新社會》旬刊時的情形。他說直到五四運動之後創辦《新社會》，「思想第一次與社會生活接觸」，「使我更明白『社會』的意義」，儘管那時還不知社會主義究竟為何物。而 1920 年《新社會》停刊以後的北京青年思想界已經開始發生分化，「此後北京青年思想，漸漸的轉移，趨重於哲學方面，人生觀方面」，開始尋求「社會問題唯心地解決」。〔註 32〕這裡提供了兩個重要的信息，其一，社會主義的興起與知識分子賦予「社會」的價值觀念有關，其二，青年思想的分化與其對社會主義的認識有關。

1920 年代的瞿世英「唯心」地解決社會問題，首先表現在他加入文學研究會以後鑽研哲學，以此統攝文學「為人生」觀念上。他認為「文學的本質應當是哲學」，「文學所表現所批評的便是某個人生觀與世界觀」〔註 33〕，漸漸服膺於泰戈爾的人生哲學。《新社會》時期對平民教育等具體社會問題的關注經過文學、哲學等抽象命題的過濾之後，轉移到個體生命意義的實現上來。「研究人生」的宗旨也使他在「科玄論戰」中堅決地站在「玄學鬼」張君勱一方，批評科學主義的教育觀，主張以人格完整的「人」改造「社會」。〔註 34〕無論是科玄論戰還是泰戈爾訪華都與研究系不無關係，共產黨人對研究系的敵意才是造成二人反目的最重要原因。梁啟超在 1920 年 3 月旅歐歸國後，聲稱「絕對放棄上層的政治活動，惟用全力從事於培植國民實際基礎的教育事業。」〔註 35〕首先，雖然共產黨更看重「輸入學理」背後的政治態度，認為「他們的知識，戰勝不過崇拜勝利者的勢力之一念，遂至屢次蒙上政治上的

〔註 31〕鄭振鐸：《一九一九年的中國出版界》，《新社會》，1920 年第 6 號。

〔註 32〕瞿秋白：《餓鄉紀程》，《瞿秋白文集》文學編 1，北京：人民文學出版社，1998 年，第 26～27 頁。

〔註 33〕瞿世英：《創作與哲學》，《小說月報》，1921 年第 12 卷第 7 號。

〔註 34〕菊農：《人格與教育》，《晨報副刊》，1923 年 6 月 12 日。

〔註 35〕丁文江、趙豐田編：《梁啟超年譜長編》，上海：人民出版社，1983 年，第 896 頁。

恥辱而不自覺」〔註36〕，即便如此，梁啟超等人提出的革命方案仍得到了知識界的極大響應。其次，此時研究系以文化為政治根柢的思路頗有重建信用的用意，而梁啟超等人提出的社會改造方案開始得到「五四」學生領袖瞿世英的認同。彼時「社會主義」佔據言論界廣泛市場，但其面相並非居於一隅，除了主流的馬克思主義社會主義以外，還有國家社會主義、基爾特社會主義、空想社會主義等思想派別。其中「新近的立憲派」瞿世英接受基爾特社會主義與梁啟超、張東蓀等人的影響不無關係。〔註37〕羅素為中國開出一劑「藥方」，認為中國不應空談社會主義，而應先發展教育與實業，隨後梁啟超等人撰文指出社會主義必然到來，但一味主張暴動，則會導致「游民階級之運動，只有毀滅社會」〔註38〕。中國還沒有條件搞暴力革命〔註39〕而應集中精力發展教育的看法，無疑影響了瞿世英對革命的現實條件之判斷，〔註40〕也主導了他1930年代在社會改造路線上的選擇。

1925年夏，余上沅、趙太侔、聞一多留美歸國，是年秋，聞一多參與北京美術專門學校改組為藝術學院，添設音樂、劇曲兩科，後改名「國立北京藝術專門學校」，趙太侔任戲劇系主任，余上沅為教授。11月開學時，所招二十餘名學生，多半是從前1922年蒲伯英創辦的「人藝劇專」肄業而來。〔註41〕1926年秋，熊佛西接替趙太侔任戲劇系主任。1927年，藝專戲劇系暫停，1928年12月北平克復後，國民政府將藝專擴充為北平大學藝術學院，任徐悲鴻為院長，續聘熊佛西為戲劇系主任。從熊佛西1926年接手戲劇系後設置

〔註36〕陳獨秀：《研究系與中國政治》，《嚮導》，1923年第43期。

〔註37〕1920年10月至1921年7月羅素來華講學即梁啟超以講學社的名義邀請，隨後講學社組織創辦的刊物《羅素月刊》作為羅素的演講之筆記稿彙刊，於1920年11月由蔣百里創刊，彼時就讀於燕京大學哲學系的瞿世英任編輯。孫伏園和瞿世英均為該刊物的主要撰稿人，二人不僅在私下裏借鑒參考對方的筆記稿以完善自己的稿件，還與羅素進行過面談。

〔註38〕梁啟超：《復張東蓀書論社會主義運動》，蔡尚思：《中國現代思想史資料簡編》第1卷，杭州：浙江人民出版社，1982，第246頁。

〔註39〕值得注意的一個觀點是，胡繩將梁啟超、張東蓀歸於「中間階層」，認為他們的主張具有合理性和進步性，「應當說是觸及到了要害問題，在方法上還有點唯物主義的味道」，並且對大革命期間中共的政策產生了正面作用。（「從五四運動到人民共和國成立」課題組：《胡繩論「從五四運動到人民共和國成立」》，北京：社會科學文獻出版社，2001年，第4～5頁。）

〔註40〕瞿世英：《羅素對我們的貢獻》，《羅素月刊》，1921年第4號。

〔註41〕李珥彤：《藝專戲劇系之回憶》，《大公報》（天津），1928年1月4日。

的課程看來，他兼顧戲劇理論、文學、中西戲劇史、語言、社會科學等知識，保留了皮黃崑曲研究、元曲等，也設置了編劇、西洋戲劇文學、西洋戲劇史、戲劇原理等，以及國文、英文、社會學、心理學、文學概論。其中，徐凌霄主講中國戲劇、瞿世英講授哲學和社會學，熊氏自己則擔任所有戲劇專門功課，另外還有每週的英文和國文。熊佛西將「戲劇領袖人才的培養」〔註 42〕作為培養戲劇人才的目的，第一步便是通過課程講授來更新學生的知識體系，上述課程安排便是熊佛西培養「兼通戲劇各種技能與知識的全才」的重要環節。〔註 43〕對比余上沅、趙太侔主持戲劇系時期的課程，熊佛西別出心裁之處在於，他對戲劇的想像並不侷限於戲劇藝術本身，在常規的戲劇研究課程外，最醒目的特點之一便是由瞿世英講授哲學和社會學。對於這群抱持著戲劇理想的青年人而言，社會學能夠給予他們浪漫的藝術理想以科學思維的規約，從而有助於他們理性地審視客觀世界，上文提及的張鳴琦一代青年劇人正是在這樣的教育空間中成長起來的。

　　瞿世英此時幾乎轉向了社會科學研究，較少涉獵文學，但是 1927 年 9 月，瞿世英發表了《平民教育與平民文學──根據北京的戲劇之研究》一文，這是他在國內報刊繼 1920 年代初期翻譯泰戈爾的戲劇後〔註 44〕，第二次直接討論戲劇問題。這篇文章顯然與他在戲劇系的任教經歷有關。他在文中指出：

> 　　為要使民眾領略中國的文化，最好是注意平民文學或者說是民眾文學。我們覺得民眾文學這個名辭，也許比平民文學要清楚些。申言之，我們所謂平民文學是為民眾的文學（不論是戲劇、詩歌、小說或其他），是民眾享用的文學。申言之，就形式論，平民文學是平民普遍能享用的作品，亦可謂之普遍性。就內容論，平民文學有兩特徵，一是平民精神之表現，一是民眾生活的描寫。凡具有這些特徵的，就可以說是平民文學。〔註 45〕

他在這裡使用「民眾文學」替代「平民文學」，顯然是有意規避開五四時期由「新文學」統攝的「平民文學」概念，清空「平民文學」所負載的價值傾向，

〔註 42〕熊佛西：《我的戲劇生活》（24），《北平晨報‧劇刊》，1934 年 5 月 13 日。
〔註 43〕熊佛西：《戲劇大眾化之實驗》，重慶：正中書局，1937 年。
〔註 44〕1921 年翻譯泰戈爾的《齊德拉》、1923 年與鄧演存合譯的《泰戈爾戲曲集》
　　　　（一）出版。
〔註 45〕瞿菊農：《平民教育與平民文學──根據北京的戲劇之研究》，《教育雜誌》，
　　　　1927 年第 19 卷第 9 期。

以便研究那些被新文學家拒斥在大門外的文學現象。但是，瞿菊農對「平民文學」的關注，並不是基於文學本位立場，其重點在於運用社會調查的方法研究社會現象，「文學」在這裡只作為材料或工具：「我們的『社會學的假定』是市民不需要的戲劇、戲園子定不常演唱。」如前所述，瞿世英自《新社會》時期起，便開始討論社會問題並譯介社會學、哲學、教育學等方面的理論著作。1920 年代以來尤其致力於教育學領域，編譯了《康德教育論》，而後克伯屈訪華，他又編輯了《克伯屈演講集》。他通過調查八個著名戲院，統計了演出數量，發現北京市民對平民文學的需要，集中在小說、鼓詞、唱本、戲劇、小曲五類上面，其中戲劇的地位很重要。不僅如此，通過研究北京的戲劇，可以微觀地觀察北京民眾的「社會心理」。有趣的是，瞿氏在文中提出了改良戲曲的建議，以此來達到教育民眾的目的，這與熊佛西此時發展新興戲劇的目標相悖，當然也為熊佛西來定縣平教會工作之前，瞿氏「改良舊戲」的設想埋下了伏筆。

　　事實上，將社會學作為「知識」引入戲劇系課程，這背後與 1920～1930 年代對「勞工」這一問題的關注過程中，社會學這門學科逐漸成型有關。社會學在 1910 年代末到 1920 年代初呈現出偏重「社會運動」和偏重「社會調查」兩條不同的脈絡，前者諸如李大釗在北大推動平民教育，衍生出領導工人運動，後者的代表人物為學院派陶孟和和陳達。馬克思主義唯物史觀主導下的思想進路曾在 1920 年代以來的輿論界獨領風騷，但是逐漸取而代之的則是西方社會學理論。這兩種思路代表的是兩者對中國現代化道路的不同想像，主要是如何理解 19 世紀以來中國面臨的挑戰的本質。「學院社會學所要探索的，就是在這樣一個從農業帝國向工業國家的轉型中，勞工秩序如何建立與再造。因此，從根本上說，學院社會學將勞工問題理解為以『現代化』為取向的『治理』問題。」這種觀點是在於馬克思主義者對話中逐漸形成的，在後者看來，「工業化或產業革命是與社會革命聯結在一起」，學院派的研究是基於產業結構而做出的判斷是只見樹木不見森林，「中國革命最重要的是生產關係的革命」。〔註46〕1922 年 10 月私立東南高等師範學校改名上海大學，于右任任校長，瞿秋白任社會學系主任。瞿秋白與瞿世英的交惡，伴隨著社會學學科的成型過程。

〔註46〕聞翔：《勞工神聖——中國早期社會學的視野》，北京：商務印書館，2018 年，
　　　　第 36～39 頁。

　　總之，就採取漸進式的和平手段還是「以暴力手段打破現存秩序，建立新秩序」〔註 47〕，瞿世英與馬克思主義者確有分歧，但是，從他們此時服膺的社會主義共同理想而言，卻有相通之處。這意味著，1920 年代初的思想界中，由對社會的認識出發進而走向「革命」的路徑紛繁複雜，非但不可用非此即彼、截然對立等語來武斷概括，而且還應注意到他們這一時期對社會革命途徑的認識影響著日後的走向。有論者稱，「『社會』問題的凸顯引起了『五四』知識群體的真正分化。『社會變革』作為政治變革的基礎和條件逐漸進入了現代知識分子的視野。『社會』從此有機會單獨成為一個論域，並由此被『問題化』了。」〔註 48〕對於本書的研究對象而言，「社會」本身並不構成「問題」的起點，反而是在各種「主義」和政黨政治興起以後，是否憑藉「主義」、憑藉何種「主義」、是否追隨政黨、追隨何種政黨來實現「革命」才真正導致了他們的分途。而這種自由辯駁的狀態一直持續到「大革命」時期。

第二節　「民族再造」話語的混雜性

一、「遊」的姿態：「大革命」前後孫伏園關於民間的想像與實踐

　　1926 年 10 月，北新書局出版孫伏園的《伏園遊記》一書，收《南行雜記》《從北京到北京》《長安道上》《朝山記瑣》四篇文章。該書封面有「第一集」的字樣，也就是說，孫伏園原本計劃以「遊記」為專門的文體出版系列書籍。孫伏園的「遊記」遠不僅於此，除上述篇目外，還有寫於「五四」時期的「南行遊記之五」《故鄉給我的印象》〔註 49〕、「大革命」之後的《紅葉》〔註 50〕等。孫伏園再次以「遊記」之名出版書籍，是 1931 年 6 月與其弟孫福熙及曾仲明三人合集出版的《三湖遊記》，其中收錄了孫伏園的《麗芒湖》，這篇文章寫於「大革命」他留學法國期間。縱觀孫伏園的「遊記」體書寫，其實並不能稱之為規整的遊記體散文，因為在他筆下，「遊」只是一個引子，很少涉及景物描寫或對人物的刻畫，而多以對現實人生的議論為主，因此更偏向

〔註 47〕王建朗：《再議近代中國的革命與改良》，《蘇區研究》，2017 年第 4 期。
〔註 48〕楊念群：《「五四」九十週年祭——一個『問題史』的回溯與反思》，北京：世界圖書出版公司北京公司，2009 年，第 20 頁。
〔註 49〕伏園：《故鄉給我的印象》，《民國日報·覺悟》，1921 年 9 月 23 日。伏園：《故鄉給我的印象》（續），《民國日報·覺悟》，1921 年 9 月 25 日。
〔註 50〕孫伏園：《紅葉》，《貢獻》，1927 年第 2 期。

於「雜感」。這種特點也延續到 1935 年 5 月發表的《西北旅行十日談》一文中。該文發表在由他主編的《民間》這一刊物上，孫伏園在文中談到，他受邀參觀綏遠鄉村工作人員訓練所，因此有機會在平綏路上旅行了十天。在這段時間內，第一件不能忘懷的事便是「平綏路特別快車規模的整飭和招呼的周到」。在當時的「綏遠考察熱」當中，這種對綏遠建設的褒獎看似稀鬆平常，但是與同時期訪問綏遠的鄭振鐸與冰心的遊記稍作對比便會發現〔註 51〕，孫伏園更著眼於傅作義領導下的綏遠與中華民國的關係。更值得注意的是，他的論述是圍繞綏遠鐵路連接城—鄉這一基礎展開的：「現在傅主席已開始用他的軍隊替鄉村人民服務，第一步從修鐵路下手。縣城和縣城之間，縣城和鄉村之間，鄉村和鄉村之間，都著手修路。這樣使人民知道：軍隊除剿匪以外還能幫助人民做積極的建設工作……以後再有有計劃的教育建設工作繼續作去，不久人民一定會認識自己對於國家的重要，經濟生活和精神生活都不期然而然的合理起來：國家和人民漸漸變成一種有機體的關係。」接下來，他提及了成立已久的國貨陳列館以及將近落成的中山紀念堂，無一不圍繞與政治相關的話題展開。之所以述及綏遠的鄉村建設以及這些帶有國家紀念碑性質的場所，與他此時擔任定縣平教會平民文學部主任有關，更與平教會與國民政府的合作息息相關。但是，與 1920 年代作為「副刊大王」頭銜的孫伏園相比，無論是他的旅行寫作，他主編《民間》的經歷甚至他在定縣平教會工作的事蹟〔註 52〕，對於學界而言，都是相對陌生的話題。實際上，孫伏園的旅行書寫構成了理解他精神結構的一個關鍵，也構成了「大革命」前後他理解、參與知識分子「到民間去」一個有趣的切入點。

　　與孫伏園相似，其弟孫福熙也習慣以旅行寫作的形式記錄生活和思想軌跡的變化。但與孫伏園不同的是，孫福熙的遊記規矩得多。相對而言，他更願意從「自然」本身切入思考，這種對自然風景的捕捉源於藝術家的敏感。1925 年，孫福熙從北京來到杭州，他的《西湖畫信》以信件的方式記錄自己在西湖的見聞，是遊記的一種變形。他在第六封信中，提到了當時頗受到新文學家關注的 19 世紀法國畫家米勒。與時人普遍關注米勒的名作《拾穗者》不同，他眼光獨到地提到了米勒的另一幅作品——《春》。他指出，這幅畫只

〔註 51〕 對兩部遊記的介紹參見阿英：《一部綏遠和山西的遊記——鄭振鐸的〈西行書簡〉》，《青年界》，1939 年第 2 期。

〔註 52〕 可參見胡博：《孫伏園定縣事蹟鉤沉》，《魯迅研究月刊》，2014 年第 10 期。

有單純的風景而沒有人物，卻比人物畫更磨練觀察者的感覺力。但是，他筆鋒一轉，很快便將這種對「自然」的思考引向了現實社會：

> 我的意思是，凡不以現在的社會設施為然的，或痛恨他人的欺侮的人，當與自然接觸。因為人是從自然家裏來的，社會設施與人的結合是反抗自然，或利用自然而漸漸形成的。今使他回到還沒有人造的社會（就是第一信中說過的人自己所造的桎梏）的原始狀態，使他如旅行疲憊的人回到家鄉，他或能發明組織社會的另一方式，而且發生人須抵抗自然的感覺。到那時，他以前在社會間所見的人的惡性也漸漸的忘記或原諒，他重新愛人了。〔註53〕

他並沒有將米勒定義為「浪漫主義的反叛者」抑或「平民畫家」〔註54〕，而是從米勒的畫作中，汲取到了一種先通過歸返鄉村的方式改造社會，繼而洗滌自我心靈的思路。此時，孫伏園正利用《京報副刊》組織對「五卅」事件的討論，孫福熙除此文外並無其他相關言論發表在《京報副刊》上，因此這篇文章可以看做孫福熙對此事件交出的「答卷」，而「歸返鄉村」即是孫福熙為當時「救國」開出的藥方。當然，這裡的「自然」，即是經過文人加工與想像過的鄉村社會──孫福熙將鄉村與城市對立起來，「這邊是自然，那邊是俗世」，而鄉村更是因其靜謐與純真，具備了解救俗世的作用。〔註55〕這種對鄉村田園牧歌式的想像雖然不符合鄉村現實，更成為日後「農村破產」論打擊的對象，但是，相比此時魯迅、周作人以至孫伏園的憤慨態度，孫福熙看似「出世」的語氣裏，卻道出了自己眼中一種恒常的、根本性的社會解決方案，是當時火一般的憤怒氣氛中，一股近乎天真的清涼。孫福熙的沉靜某種程度上也影響了孫伏園，他在1925年6月27日發起了「暑假中的學生生活」徵文活動，成為熱度逐漸高漲的「五卅」討論中，一個偏向冷靜的、更接近日常生活的話題。這個活動被孫伏園定義為「大徵文」，夾雜在《京報副刊》的一眾「上海慘劇特刊」、「滬漢後援專刊」、「救國特刊」中並算不搶眼，卻反映了他對「到民間去」之於「救國」之迫切性的認識。他認為，學生平

〔註53〕孫福熙：《西湖畫信（六）──自然之謎》，《京報副刊》，1925年6月22日，第178號。

〔註54〕參見陳雲昊：《米勒的播種──1920年代新文學演進中的形式與主體問題》，《文藝理論與研究》，2020年第1期。

〔註55〕韓子滿等：《譯序》，（英）雷蒙・威廉斯：《鄉村與城市》，韓子滿等譯，北京：商務印書館，2013年，第3頁。

日在城市讀書，暑假返回鄉村，這一活動軌跡看似平常，實則意義重大。中國地域廣博交通不便，以徵求各地的相關情況加以展示，能夠實現人與人精神上的連接，從而製造出「精神上的鐵路」。他為徵文開出的參考選題包括：一，救國運動；二，教育事業；三，故鄉的風土人情；四，都市生活與鄉村生活的異同；五，民間傳說及神話故事歌謠等的採集；六，家庭生活之苦樂；七，一般人民的真意見；八，書本上的學說應用於實際社會之效驗與困難……我們會發現，孫伏園所開出的選題範疇，遠遠超過了使學生與學生之間建立「精神的鐵路」的目的。他將救國運動、教育事業置於選題首位，統領此次徵文的基調，正是力圖讓學生在都市與鄉村的不同體驗中發掘對中國社會的認識，甚至以「鄉村」為中介，總結出一套救國的辦法。眾所周知，在「五四」時期及其後推動民俗學研究方面，孫伏園本人及其先後主編的《晨報副刊》《京報副刊》，都扮演了重要角色。但是，他與顧頡剛等人從民俗學的角度思考民眾、民間問題並不完全一致，這一點可以通過分析孫伏園的《朝山記瑣》一文加以辨析。

1925 年 4 月 30 日孫伏園與顧頡剛、容肇、容肇祖兄弟等人，考察北京妙峰山的進香習俗。1925 年 5 月 13 日，顧頡剛開始在《京報副刊》闢「妙峰山進香專號」，篇幅長達六期之多。顧頡剛在談及為何要研究妙峰山進香時，提到了兩個主要原因，一是社會運動的需要，二是研究學問的需要。前者旨在糾偏民眾與知識分子的隔閡，他特別談到，此次考察進香是反對「到民間去」紙上空談的最好辦法：「近幾年中，『到民間去』的呼聲很高，即是為了這個緣故。然而因為智識階級的自尊自貴的惡習總不容易除掉，所以只聽得『到民間去』的呼聲，看不見『到民間去』的事實。」後者則為了強調學問沒有「雅俗貴賤賢愚善惡美醜淨染」的等級區別。〔註56〕可以看出，儘管顧頡剛強調「到民間去」應付諸實踐，但是他所謂的實踐，其實是學術研究性質的田野調查。孫伏園的身份在一眾考察者中很特殊，他不屬於同行者莊嚴所謂的「承北大國學風俗調查會之屬」〔註57〕的成員。沒有學術「頭銜」的負累，也決定了他在考察中，不必抱以學術的眼光，因此可以更加自由地選取視角

〔註56〕顧頡剛：《引言》，《京報副刊·妙峰山進香專號》（一），1925 年 5 月 13 日，第 120 號。

〔註57〕莊嚴：《妙峰山進香日記》，《京報副刊·妙峰山進香專號》（三），1925 年 5 月 29 日，第 136 號。

捕捉目之所及的片段。對比諸位考察者在事後撰寫的「考察報告」，孫伏園的《朝山記瑣》更接近一篇遊記，他以一個「瑣」字，將自己與學術報告的規範化、體系化自動拉開距離。在文中，孫伏園主觀地表達了很多「不滿意」，但是這種不滿意不是亂發牢騷，而是基於他的理性思考。作為《京報副刊》的主編，他選擇了以新聞記者式的批判眼光去審視民眾的陋習：

> 我對於香客的缺少知識覺得不滿意，對於鄉間物質生活的低陋也覺得不滿意，但我對於許多人主張的將舊風俗一掃而空的辦法也覺得不滿意。如果妙峰山的天仙娘娘真有靈，我所求於她的只有一事，就是要人人都有富有的物質生活，也都有豐富的知識生活與道德生活，——換句話說就是絕不會迷信天仙娘娘的能降給我們禍福的了，——但我們依舊保存妙峰山進項的風俗。〔註58〕

孫伏園的這段話很纏繞，存在自相矛盾的地方，民眾之所以篤信天仙娘娘，正是寄信仰於她能帶給民間禍福，如果抽去這種內核，民間信仰何以構成信仰呢？當然，孫伏園對「迷信」一詞的二重用法也可以看出啟蒙陣營內部的分裂，一方面站在民俗學的立場上尊重民眾的習俗，但另一方面也抱持著「唯科學主義」的武器，力圖介入民眾、改造民間的信仰。所謂「唯科學主義」，「本質上反對任何不能被證實的東西；它反對任何形式的演繹及思辨的推理，這些是阻止經驗的探索的……唯科學主義是一種對宗教和流行信仰的批判者。因為它認為物質是唯一的實存，並否認有獨立的精神和靈魂的存在。」〔註59〕但是與陳獨秀、胡適、任鴻雋等人圍繞「唯科學主義」展開的宏大敘事不同，孫伏園更看重科學在民眾日常生活中的體現。他在主編《晨報副刊》時設置的「星期講壇」、「衛生談」等欄目，就帶有很強的科普性質，區別於近代以來以各種學說為標準建立起來的正統科學譜系。這也對應著，孫伏園在《朝香瑣記》中提到的「知識」與「道德」並不是抽象的詞語，在他眼中，宏大的概念作為知識，一定程度上是與物質世界相關，並以衣食住行的方式表現出來的。這是他與顧頡剛等人在對待「民間」態度上的根本區別。

　　旅行寫作介乎虛構與寫實之間，也為「旁觀」和「體驗」兩種視角的自

〔註58〕伏園：《朝山記瑣》，《京報副刊·妙峰山進香專號》（一），1925 年 5 月 13 日，第 120 號。

〔註59〕〔美〕郭穎頤：《中國現代思想中的唯科學主義》，雷頤譯，南京：江蘇人民出版社，2005 年，第 23 頁。

然切換天然地預留出通道。有論者提示道，遊記和行記在歷代被劃歸為學術文章和文學創作兩個類別，並分別歸為史部和集部，顯示出「公開的非個人形式」和「主觀的私人話語」之間的區別，但是二者又不是截然對立的。「大體而言，中國人的旅行寫作往往兼具歷史傳記和審美抒情雙重性質的，旅行文人也通常是同時懷有史家和詩人的兩種身份。」〔註60〕而在不同的視角之間遊走，也對應著孫伏園作為「副刊大王」，拉稿、編排甚至以此製造話題以參與新文學場域的方式。總體來說，「遊」構成了孫伏園審視世界的一個重要角度。它既表現在孫伏園擅長用遊記一類的文章表達自己的情感與思考；而且也表現在「游說」層面，無論是拉稿還是在副刊上組織討論，都需要他親力親為，以上兩種行為均是不能只在書齋裏空想的活動。主編刊物看似簡單，但最考驗編輯者是否有敏銳的眼光、靈活的社交手段甚至高妙的「催稿」辦法等等，更深層次地對知識人的「行動力」提出要求。「五四」以來，孫伏園在新文化界扮演的角色十分特殊，他是積極參與討論的知識分子，更是促使各類命題的「討論」成為「輿論」的發起人；他非學院派，沒有學術這一外衣的庇護，因此需要平衡大眾文化產品——報紙對商業利潤的追逐以及政治審查等力量，從而保持自主意識和創造力。〔註61〕無論是徵求「青年必讀書」還是「暑假中的學生生活」徵文抑或評選「新中國柱石十人」，孫伏園都在憑藉製造公共空間的方式來表達自己的觀點，他是躲在事件背後的輿論推手，但是，也恰恰是以這種方式凸顯著自己的能動性，即不斷打破、更新著「五四」以來的文化場域，將「文學」區別於一種純粹審美意義層面的活動，以至於將其與社會與政治的變動聯動起來。這種將文學視作社會意識的一部分的想法，來源於文學研究會的共識。由此可見，孫伏園對於「民眾」的理解，原本就不是基於純文學層面上的。

「五卅」發生以前，他在《民眾文藝週刊》發表了《民眾文藝的三條路》一文，質疑了《民眾文藝週刊》對「民眾文藝」的界說。〔註62〕他在文中反話正說，指出如果按照項拙提出的「三條路」——「民眾自己（己）所創作的

〔註60〕張治：《異域與新學——晚清海外旅行寫作研究》，北京：北京大學出版社，2014年，第11頁。

〔註61〕〔美〕劉易斯·科塞（Lewis Coser）：《理念人——一項社會學的考察》；郭方等譯，北京：中央編譯出版社，2001年，第354頁。

〔註62〕具體可參見袁先欣：《文化、運動與「民間」的形式——以「五卅」前後的〈民眾文藝週刊〉為中心》，《文學評論》，2017年第3期。

文藝」〔註63〕、「民眾所鑒賞的文藝」、「關於民眾者的文藝」來走〔註64〕，那麼，民眾文藝便是鼓吹迷信，是民眾看不懂的文章，以及不把民眾當做對象，民眾文藝因此便淪為智識階級的自娛自樂。〔註65〕《民眾文藝週刊》的編者不同意孫伏園的看法，指出「在現代中國社會情形內，處處充滿了傳統思想和反改進的氣味，——尤其是一般麻木不仁的青年，還要跟上遺老遺少。本刊在民眾身上打算，似乎還有點太早而且迂遠。故今後的本刊，記者擬除選登描寫真正的民眾生活作品外，還想多登些關於『思想革命』的文字。」〔註66〕這裡，《民眾文藝週刊》一方面捕捉到，孫伏園的論述重心不是「文學」而是「民眾」，但是另一方面又與孫伏園的指責有所錯位，直接迴避了什麼文學堪稱「民眾文學」這一重要話題，而將未來的道路轉移到了「思想革命」上。這種錯位的辯駁，表明《民眾文藝週刊》並未做好以「民眾」為中心製造公共性輿論空間的準備，一定程度上顯示出「五四」以來，對「民眾文藝」的討論缺乏基本而穩定的問題意識和討論範圍，致使《民眾文藝週刊》打著「民眾文藝」的旗號，卻只能逃遁至「思想革命」的紙上討論。民眾與文藝的關係究竟是什麼？知識分子與民眾是否天然地存在隔膜？孫伏園這裡顯示出對智識階級與民眾的區隔的看法，實際上也反思了新文學及新文學家本身對「民眾文藝」及民眾缺乏深刻認識這一重要現象。而「五卅」以後，孫伏園的思想逐漸左傾，正是從質疑「五四」以來新文學開始的。與孫福熙的《西湖畫信（六）——自然之謎》同期發表的，還有張申府的《第三文化之建設——一段舊感重發》一文。該文提倡「第三文化的新經濟制度」以對抗帝國主義制度。作者指出：「近年來中國有一件最令人肉麻的東西，便是所謂『新文化』。留學生以此騙人，市儈書賈以此牟利。夫子兄弟師生以此相告語。軍閥官僚文朽無識之徒以此『相驚以伯有』。新文化的外表，不過白話文。」他認為，文章不應以白話／非白話作為判斷高明與否的標準，白話文如果「思想不清楚，見識不深邃，胸中無情趣」，那麼與桐城派也無差別。但是，他認為白話文最行不通的便是內容——以「新」為追求。他反問，為什麼舶來的文化一定稱為新的？為什麼新的就是好的，舊的就是壞的？於是，他轉而提倡一種「第三

〔註63〕「己」為衍文，引者注。
〔註64〕項拙：《「民眾文藝」之我見》，《民眾文藝週刊》，1924年12月9日，第1號。
〔註65〕伏園：《民眾文藝的三條路》，《民眾文藝週刊》，1925年4月7日，第16號。
〔註66〕記者：《民眾文藝的三條路》，《民眾文藝週刊》，1925年4月7日，第16號。

文化」,「先就物質的基礎,而引之趨合於理想。」〔註 67〕但是,在這篇文章中,「第三文化」究竟是什麼,它準備如何超克新文學,作者都沒有解釋清楚。這一觀點真正找到立足點,是武漢左派政權時期。張申府在這一時期《革命文化是什麼?》一文中補充道,第三文化就是「革命文化」,而「革命文化,就是世界民眾直接創造的客觀化」,簡言之就是「民化」。〔註 68〕孫伏園此時作為《中央副刊》的主編,對於民眾之於革命的重要性深以為然。這裡的「民眾」,極為重要的一個構成部分便是農民。1927 年 3 月至 1927 年 9 月,在編輯國民黨左派重要刊物《中央副刊》期間,孫伏園刊登了《不要懷疑農運!》《揚子江邊的貧民村──貧民村調查之一》《到農民中去》《怎樣解決農民生活問題》《農村社會之新觀察》《農民運動的新策略》《從國民革命到社會革命的農民問題》等一系列與農民、農村、農運問題相關的文章,其中最為著名的便是毛澤東的《湖南農民運動考察報告》,毛在文中提出「革命是暴動,是一個階級推翻一個階級的權力的暴烈的行動」的觀點。」〔註 69〕緊接著,孫伏園也談及農民對於革命的重要性:「我們還得到民眾中去同他們說話,告訴他們這是他們切身的利益,必靠他們自己起來。」〔註 70〕不僅對農民問題頗為關注,教育問題也是《中央副刊》討論的一個重心。《中央副刊》刊登的文章包括《改良平民教育》《教育的改造》(建議於國民政府教育部)、《教育新論》等,其中陳東原的《教育的改造》一文指出教育不平等加上經濟組織不良,使民眾無法獲得受教育的機會,並從「階級」的角度分析教育不平等帶來的後果:「教育不獨不能幫助民眾,且適足使階級界限,益加顯明。」〔註 71〕很顯然,革命進一步拓展了對「民眾」這一問題的討論空間,以此回顧《民眾文藝週刊》對孫伏園建議的不以為意,恰恰說明孫伏園當時已經具備了深入這一話題的前瞻性眼光。

從普通報紙副刊主編轉變為黨報副刊的主編,或者說,從文學界「跨」

〔註 67〕申府:《第三文化之建設──一段舊感重發》,《京報副刊》,1925 年 6 月 22 日。

〔註 68〕張崧年:《革命文化是什麼?》,《中央副刊·上游》,1927 年 4 月 3 日,第 2 號。

〔註 69〕毛澤東:《湖南農民運動考察報告》,《中央副刊》,1927 年 3 月 28 日,第 7 號。

〔註 70〕伏園:《黃花崗烈士和我們》,《中央副刊》,1927 年 3 月 29 日,第 8 號。

〔註 71〕陳東原:《教育的改造》(建議於國民政府教育部),《中央副刊》,1927 年 4 月 5 日,第 15 號。

到政治領域，對於孫伏園而言並不是一件困難的事。「遊」的姿態，決定了他交遊甚廣，具備了在政學兩界「跨界」的可能，更可能成為他撲朔迷離的政治身份的源頭〔註72〕。但是更為重要的是，「遊」背後那種對於「行動力」的追求，對於最大限度地爭取言論自由的嚮往，以及對於民眾問題持續的關注，都使得孫伏園在政治觀點上的激進成為可能。1925 年 11 月 13 日徐志摩主持的《晨報副刊》上設立看《對俄問題討論號》，梁啟超、陳啟修、徐志摩均撰文參與討論，引發了輿論界對俄問題的普遍關注，但在徐志摩引發討論之前，孫伏園就已經在《京報副刊》發表了陳啟修的演講稿《蘇俄的現狀》〔註73〕，在「對俄問題」討論的過程中，他又刊發了《為蘇俄仇友問題告雙方》《蘇俄的革命紀念》《蘇聯革命紀念中的列寧》《仇俄與反共產者的面面觀》《近世勞動運動之意義及趨勢》等文，雖未直接參與，但組織這些文章發表為孫伏園的「左轉」埋下伏筆。

　　1927 年 3 月以來，他主編《中央副刊》時雖在政界，卻仍主張將革命問題訴諸學術的形式回答，並提出了「趣味」這一要求：「文字的有沒有趣味，並不關係於貴族或平民的文學的問題，而是關係於民族的一種習慣。日本人常說自己不懂得趣味，而中國人和英國人是懂得的。但我覺著中國人太不懂了。」〔註74〕這種要求根植於《晨副》以來他一貫的辦刊理念，從而杜絕了以某種固定的「主義」闡釋革命，也使自己游離在組織化的革命隊伍之外，保持著一定的獨立性。「文學家」的身份賦予了孫伏園「游離」的合理性，他宣稱以學術的、趣味的標準辦《中央副刊》，也因此避免了回答「究竟是誰的『民眾』」這一重要問題？其實，解釋民眾問題兩個主要出發點——三民主義中的「民生主義」與馬克思主義，對於當時武漢左派政權下的知識分子而言，二者的關係甚至是模糊不清的，孫伏園式的游離在某種程度上是一種清醒的自我選擇，另一面則顯示出一種政治身份無從歸屬的茫然。後者典型體現在以施存統、李合林等人的「跨黨」行為。施存統本是共產黨員，1922 年經戴季陶、胡漢民、陳樹人介紹加入國民黨。後來他就「三民主義」與馬克思主義的關係求教於孫中山，孫說他的民生主義就是社會主義，施存統說：「從此，

〔註72〕張武軍：《〈中央日報〉副刊與民國文學的歷史進程》，廣州：花城出版社，2019年，第 42 頁。

〔註73〕陳啟修先生講，馬志振筆記：《蘇俄的現狀》，《京報副刊》，1925 年 10 月 19日，第 302 期。

〔註74〕伏園：《中央副刊的使命》，《中央副刊》，1927 年 3 月 22 日，第 1 號。

我並不以為一方面相信三民主義，同時相信馬克思主義是一件矛盾的事。共產黨加入國民黨，亦不是什麼變節，因為國民黨不是資產階級的黨。」〔註75〕但是武漢分共後，施存統們紛紛脫離了共產黨。可見，之所以忍受不了「跨黨」，對於很多人而言並不是理念的撕裂感所致，而是他們感受到了這種「跨」可能帶來的自我身份認同甚至人格的分裂。雖暫時沒有確切材料表明孫伏園的入黨情況〔註76〕，但是在這一事件之後孫伏園創辦《貢獻》追隨汪精衛領導的國民黨改組派，看似是追隨「舊主」的慣性使然，實際上與孫伏園的精神結構相關。

大多數論者在談及孫伏園從「大革命」過渡到 1931 年參加平教會的工作時，遺漏了兩個關鍵環節，其一便是孫伏園主編《貢獻》期間與國民黨改組派的關係，其二是他留學法國巴黎大學專修文學的經歷。如果不解釋這兩個事件對於孫伏園的意義，很難解釋清楚他從發表極具激進暴動傾向的《湖南農民運動考察報告》，如何過渡到加入帶有「改良」性質的鄉村建設運動的。

1927 年寧漢合流以後，孫伏園在上海參與創辦《貢獻》旬刊，發表包括政論、文學作品和雜談在內的文章，至 1929 年停刊。如果說武漢時期孫伏園以「登高一呼」的青年心態使《中央副刊》保持著前進的革命性，那麼此時他試圖調和激進與保守以保護「言論自由」，更接近一個持重的中年人了。不過，其時再與政治力量結合時，所謂的「言論自由」已脫離了武漢時期能夠容納「革命學術化」的語境，反思「革命」所得的教訓仍需站在特定的立場上，因此上述看似獨立的姿態，實際已經與國民黨改組派產生了隱秘的關係。

主編《貢獻》期間，孫伏園發表了汪精衛的《武漢分共之經過》《一個根本觀念》《汪精衛先生與林柏生先生討論黨務》等文，以「反共」作為其「言論自由」的出發點〔註77〕，但是與蔣介石的南京國民政府相比，又更強調「民眾」在革命中的力量，「國民黨不是一階級的黨，而是一切被壓迫民眾聯合起

〔註75〕施存統：《悲痛中的自白》，《中央副刊》，1927 年 8 月 30 日，第 157 號。

〔註76〕目前只有張福康的回憶提到孫伏園「當時是共產黨員，後來也脫黨了」。（張福康：《回憶漢口〈民國日報〉、〈中央日報〉》，《湖北文史資料》1987 年第 4 輯，第 53 頁。）

〔註77〕他說：「今舉國競以反共聞矣。共黨罪惡之最甚者乃蔑視敵黨之言論自由，甚而至於蔑視無黨籍者之言論自由。言論自由沒有保障，則形式上雖然反共，實際上仍以共黨之精神為精神矣」。（伏園：《貢獻》，《貢獻》，1927 年第 1 期。）

來的黨，其革命之目的，在使國民得到革命的共同利益」〔註78〕改組派對於「民眾」利益的強調，與孫伏園「五四」以來的相關思考扭結在一起。但是與改組派從政治上尋求解決方案不同的是，孫伏園是從普及教育的層面上思考這一問題的。在《我們的一九二八年》一文中他談到了國民革命之後教育事業的消沉，指出教育的源頭問題正是智識的普及問題，「我們要不避淺薄，不畏艱苦，往普及的智識運動上做工夫。」〔註79〕而孫伏園由「革命」激發出來的對「開智」這一新文化運動中未竟事業的反思，正是牽引他在1930年代加入定縣平教會的一個重要原因。

　　問題是，究竟是何種具體的精神資源，將孫伏園日後引渡到鄉村建設、平民教育等事項上來的？1928年3月，《貢獻》雜誌上刊發了捷克卡貝克（今譯恰佩克）兄弟的短篇小說《島》，譯者是汪倜然。小說極富幻想色彩地描繪了主人公唐黎資旅行奇遇記：他漂流到了一個神秘島上，那裡鳥語花香，人們熱愛和平，彷彿世外桃源。在這裡，他遇到了一個美麗的女子，雖言語不通，卻與她同居了十年。但是，這也是一個令人悲傷的「失去母語」的故事：唐黎資在島上漸漸忘記了自己的過去，直到有一天在這裡遇到了自己國家的船隊，喚醒了自己的記憶與鄉愁。當他終於決定離開這片夢幻的烏托邦土地時，回家後看到美麗的女子卻又動搖了，因此錯過了開船的時間，也永遠地失去了用母語表達的機會，小說結尾寫道：「後來那只船隱沒在地平線下去了。唐黎資留居島上。但是從那一天起，當他以後在世的那些年中，他從不說話，從沒有說道一個字。」汪倜然在引言中介紹作者「不論是小說或戲曲，多是結構奇突，思想幻異，同時又有幽默。所以讀過他們作品的人，往往忘不掉他們那種古怪有趣的風格，」〔註80〕就這裡所謂的「古怪而有趣的風格」而言，確實在恰佩克兄弟的其他作品有所體現，如劇本《昆蟲生活》以不同的昆蟲影射、諷刺現實，還有一系列科學幻想劇本《萬能機器人》《專利工廠》《原子狂想》等，均建立在反思現代文明與科學技術上。但是《島》雖也屬於幻想系列虛構作品，題材上卻與上述作品有所區別。我們會發現，這部小說的前半部分主人公的冒險旅程充滿了烏托邦式的浪漫主義色彩，但是它並不

〔註78〕汪精衛：《夾攻中之奮鬥》，恂如：《汪精衛集》第三卷，上海：光明書局，1930年，164～168頁。

〔註79〕伏園：《我們的一九二八年》，《貢獻》，1928年第4期。

〔註80〕捷克卡貝克兄弟著，汪倜然譯：《島》，《貢獻》，1928年第2卷第1期。

「有趣」，譯者看重的，也不是作者反思現代文明的那一面，小說主人公冒險
—失語的經歷更接近「失樂園」，或者說，尋找「樂園」、「淨土」是要付出代
價的，作者的書寫折射出，浪漫的衝動與對浪漫的懷疑，一體兩面地構成了
人類永恆的困惑。作者日後解釋這篇小說是「代表某個弱小民族底文學而譯
的」，小說最後呈現出來的人類的無助與悲涼感，是作者對「弱小」的一種理
解方式。〔註81〕但是，作為《貢獻》主編的孫伏園也看重它作為「弱小民族
底文學」嗎？無獨有偶，在《貢獻》1927年第1卷第4期上，孫伏園刊載了
曾仲鳴的《亞達麗的葬儀》一文。文章介紹了法國浪漫主義文學代表作家夏
多布里昂的《亞達麗》（Alata）。無論是《亞達麗》還是《島》，對於異域的浪
漫想像、烏托邦的理想都流露出一種迷茫的情緒。這種情緒，可謂研究者指
出的孫伏園在武漢時期「醬色的心」的延續。〔註82〕那麼，如何理解這種感
傷情緒與高歌猛進的革命話語之間的關係呢？

　　可以說，法國浪漫主義文學構成了孫伏園在國民黨改組派時期理解「革
命」的一個重要視角，它出現在《貢獻》這一國民黨改組派的陣地上，在革命
話語的縫隙中游走，使得「革命」擺脫了刻板面孔；而作為主編的孫伏園也
試圖以這樣一種開放的姿態，激活革命內部的諸種可能性。《貢獻》刊登的一
系列有關法國浪漫主義文藝的作品，篇目如下：

作　者	題　目	年　份	期　數
法國美爾博著，曾仲鳴譯	《銀包》	1927年	第1期
法國美爾博著，曾仲鳴譯	《銀包》（下）	1927年	第2期
曾仲鳴	《法國女詩人狄希洛夫人》	1927年	第3期
曾仲鳴	《亞達麗的葬儀》	1927年	第4期
孫福熙	《法蘭西獨立畫派》	1927年	第4期
美爾博著，曾仲鳴譯	《戀人》	1928年	第2卷第3期
覺非述	《法國浪漫主義文學運動中的女英雄》	1928年	第2卷第6期
華林	《拜倫的浪漫主義》	1928年	第2卷第8期
曾仲鳴	《百年前的法國浪漫主義》	1928年	第2卷第9期

〔註81〕汪倜然：《前言》，汪倜然譯：《心靈電報》，上海：現代書局，1933年，第3
　　　頁。
〔註82〕張武軍：《〈中央日報〉副刊與民國文學的歷史進程》，廣州：花城出版社，2019
　　　年，第42頁。

華林	《夏多布里昂的浪漫主義》	1928年	第3卷第2期
亨利德雷尼埃著，葉廘譯	《決裂》	1928年	第3卷第4期
法國美爾博著，曾仲鳴譯	《文學》	1928年	第3卷第8期
曾仲鳴	《美爾博列傳》	1928年	第3卷第9期

　　由上表可見，曾仲鳴在譯介法國浪漫主義文學上的作用上尤為突出。1928年他出版了《法國的浪漫主義》一書，其中專闢一節闡述浪漫主義與革命的關係，他指出，法國大革命以後「法國的舊思想舊社會，消除殆盡。文學為要永遠成為活的文學，進步的文學，自然有新文學的實現。所以浪漫主義是響應那時代的思想革命，與政治革命的需求，他的產生，可算是當時的文學的革命。」在他看來，無論法國大革命還是法國浪漫主義文學，都是在與舊的社會制度與古典主義文學的對抗中產生的，在這一意義上，誕生於大革命的法國浪漫主義是一種革命文學。但是，耐人尋味的是，曾仲鳴接著話鋒一轉，談及浪漫主義文學中「衰頹」的傾向以及世紀末的感傷氛圍，他認為，這並不與革命的精神相違背，因為：

> 　　革命本不是固定的事體。每個時代的革命，各有每個時代的精神。文學當然也隨著時代的精神而轉移的。十七八世紀間大革命前後的時代的精神，是要求自由主義，個人主義。浪漫主義總算是跟得上他的時代，也總算能吸取他的時代的精神。所以浪漫主義在他的時代，是進步的，也就是革命的。

> 　　並且我們在法國的浪漫主義的文學家中，考察他們的言論，便可知他們的思想，是偉大的，他們的感情，是熱烈的，他們常常能夠在人類沈寂的心弦上，吹起信仰革命的微響，掀動贊成革命的同情，這些的言論自不能說不是革命的。〔註83〕

在他看來，「革命文學」不應被侷限在某種固定的基調下，而是應當反映時代。法國浪漫主義對於「感情」的重視，成為了他所謂的「時代的精神」的寫照。在這種觀點下，由強烈的感情支配下獻身「主義」，只要情感真摯，都是一種革命的寫照。因此，「如米塞，高知耶等雖然有『為戀愛可以殺身』，及乎『為藝術而求藝術』的謬見，但他們為主義而奮鬥的時候，繼斧鉞在其前，豺狼驅其後，亦所不避，那種忠於主義的精神，確帶有革命的氣節，也是可以佩

〔註83〕曾仲鳴：《法國浪漫主義》，上海：開明書店，1928年，第38頁。

服的。」〔註84〕不僅如此，曾仲鳴更著重強調的是，如何將這種內在的情緒
轉化為對外在的社會改造的籲求。他以雨果為例，指出大革命以後，他「也
不專做欣賞自然，歌頌虛無的詩文，他對於社會的生活，有深刻的認識，他
對於人類的不平等，也有激烈的描寫。他以為革命的精神，在乎不願自處於
被壓迫者，更進一步，便要扶助不知反抗的弱少的被壓迫者。」〔註85〕不僅
如此，作者強調，雨果除了紙上的吶喊外，還直接參加了社會改造運動。

　　通過分析法國浪漫主義文學提供給革命的思想資源，再來重新思考孫伏
園 1929 年 3 月《貢獻》終刊後的生命軌跡，便尋找到了他赴法國巴黎大學專
修文學的原因。他在留法期間寫作了《麗芒湖》等一系列的遊記，看似是一
種革命落潮之後迴向「內面自我」的選擇，但如前所述，遊記對於他而言從
來不是取向「內面」的寫作，恰恰是他發散式地勾連文學與歷史、政治、社會
關係的一種手段。曾仲鳴所謂的浪漫主義由內及外的情感積蓄動力，而後也
催生了孫伏園回國後的選擇。在 1931 年回國後剛接手《農民》報之際，孫伏
園便大刀闊斧地對其進行了改革，試圖將飽滿的愛國情感與社會改造的行動
結合在一起。他將《農民》從旬刊改為《農民週刊》，這意味著出刊週期大大
縮短，增加了孫伏園的工作量，不僅如此，為了保證順利出刊，作為主編的
孫伏園也因此獨自一人承擔了更多的撰稿任務。《農民》報 1925 年 3 月 1 日
創刊於北京，1929 年 3 月 1 日遷到定縣，目標讀者是在在孫伏園接手《農民》
報之前，這份報紙已經與當初的辦刊宗旨相距較遠，實際讀者並非農民，報
紙也成為了平教會的機關刊物。孫伏園後第一期便呼籲「大敵當前，我們速
醒！」，這不僅為全新的《農民週刊》定下了「救亡」的基調，而且以一個「我
們」為題，有意破除知識分子與農民的隔膜。國家存亡匹夫有責，那麼在他
看來，管理國家大事應該如何做呢？他指出，救亡圖存要從每個村的大事做
起，要從檢查吸食毒品、消滅文盲做起。〔註86〕而後，他又將識字與救國聯
繫在一起，指出「四萬萬人都能把自己的意思用文字告訴別人，也能夠從文
字裏知道別人的意思，這才是真正的一人，這才不怕一切困難。」〔註87〕配
合定縣平教會的平民學校、《平民千字課》、平民讀物等一系列配套措施，孫

〔註84〕曾仲鳴：《法國浪漫主義》，上海：開明書店，1928 年，第 38 頁。
〔註85〕曾仲鳴：《法國浪漫主義》，上海：開明書店，1928 年，第 40 頁。
〔註86〕松年：《大敵當前，我們速醒！》，《農民週刊》，1931 年第 7 卷第 1 期。
〔註87〕松年：《救國和識字》，《農民週刊》，1931 年第 7 卷第 3 期。

伏園在《我們的一九二八年》提出的知識普及問題，在他這裡開始從「紙上的事業」落實到實踐層面。

在「大革命」時期，法國浪漫主義為孫伏園提供了一種可資徘徊於「主義」的信仰與懷疑之間的精神資源，它們一併被納入到「革命」的旗幟之下，這足以證明革命話語內部的複雜性。有論者發現，在左翼文學的論述中，常常為了凸顯1928年革命文學興起與日本無產階級文學理論的關係，而將「大革命失敗」作為認識的前提，事實上國共兩黨非但不認為革命失敗了，而且紛紛舉起革命的大纛，認為勝利終將會到來。〔註88〕中共把土地革命整合為新民主主義革命的基礎，而凡「改良主義」一概被視作反革命〔註89〕，在中共眼中，只有以階級為綱領，徹底推翻國民黨的統治基礎，從農村的生產關係入手消滅地主劣紳、完成土地革命才是通往革命勝利的應有之義。只是這種指責忽略了「革命」的面目並不唯一，它也以上述「兩頭不到岸」的面貌呈現著。孫伏園改編《農民》報期間，其背後支撐他的並不是固定的主義或黨義，而是他「遊走」於文學、新聞傳播、政治等不同領域間收穫的經驗。因此，他對一些概念的理解並不完全拘囿於字面意思，而是在不同情況下對其進行策略性地轉換。譬如，在《外患促進我們團結自強》一文中，他指出，外敵入侵之下，「國」不僅是以對「三民主義」的理解而構成的「中華民國」的意識與觀念，而是具有更大凝聚力的、一致對外的精神力量。〔註90〕在這裡將「國家」理解為抽象的精神性象徵，而非政治實體，乃是裹挾著革命激情的對國家的一種浪漫主義想像。必須注意的是，孫伏園主張將法國浪漫主義作為精神力量引入「革命」的旗幟下，是1928～1930年之間，在國民黨改組派的庇護之下完成的。汪精衛領導的改組派原本試圖借助1930年中原大戰這一機會，一舉擊敗蔣介石，未料中原大戰以蔣的勝利告終，國民黨改組派也因此解散。孫伏園「遊走」、「徘徊」的姿態其實與國民黨改組派「不左不右」的政治立場有著天然的互通性，而當改組派不復存在，他則選擇了另一種「折衷」的方案，亦即被稱為帶有「改良」性質的鄉村建設派。當然，當國民政府

〔註88〕張武軍：《國民革命與革命文學、左翼文學的歷史檢視——以武漢〈中央日報〉為考察對象》，《中國現代文學研究叢刊》，2015年第5期。

〔註89〕《中國共產黨對目前時局宣言》（一九三〇年八月十四日），中央檔案館編：《中共中央文件選集》第6冊，北京：中共中央黨校出版社，1983年，第216頁。

〔註90〕松年：《外患促進我們團結自強》，《農民週刊》，1932年第7卷第18期。

的力量介入以「學術」為主導的平教會的工作，孫伏園又將如何找回被打破的平衡，則將在下一節做進一步分析。

二、「不逢遭際怨阿誰」——「國家本位」下的定縣平教會知識人

1934年孫伏園在自己主編的《民間》創刊號上發表《全國各地的實驗運動》一文，一方面高度評價國民革命的成績，另一方面也認為革命遠未結束，各地鄉村實驗運動便是革命之前途：「國民革命軍很快的統一了中國，沒有工夫循序漸進的作縣自治的基本工作。現在如果不從實驗運動著手，而用中央法令，叫全國同時舉辦建國大綱中所舉縣自治的基本條件，如調查人口，測量土地，辦理警衛，修築道路，訓練使用四權，一定是事倍功半。這就是各地實驗運動的基本意義。」〔註91〕概而言之，孫伏園由國民革命中看出「民」之隱退，因此以鄉村建設繼續革命未完之事業，其目的在於人人都能享受到國家給予的權利，再次將「民」與「國」聯繫在一起，以期對民間社會予以結構性重組。

1927年國民政府的成立，是知識分子進行社會改造過程中必須面對的事實。梁啟超在晚清時樂觀地將希望建立在民族國家的建立之上，但民國肇始尤其是「五四」以後，知識界對於國家的理解有了很大的變化，「這一時期的知識分子開始懷疑起國家在中國現代化轉型中的正面作用。」正如楊念群指出，「五四」以後無政府主義思潮的興起，是「通過分解整體性的『國家』觀念，來重構一種『社會』性的空間，以消解資本主義經濟入侵所構成的社會不平等狀態」。〔註92〕因此如果說，田漢在1920年代想像「民間」時，「民間」還是一個模糊的範疇，還能夠需借助俄國、日本等國的民粹主義思想、新村運動的經驗，帶有強烈的無政府主義色彩；那麼，對於1930年代投身社會改造者而言，「國家」已經凌駕於「社會往哪裏走」之上，「五四」及其後討論較多的鄉村改造、社會教育等問題均統攝於「國家建設」的命題之下，這構成了我們理解平教會知識人歷史處境與精神世界的前提。署名「濤鳴」的作者在考察定縣平教會的工作之後，稱「我們現在要想把我們的國家弄好，只有兩個辦法。第一是教育普及。」這是自下而上的辦法，也是根本的辦法，但是

〔註91〕孫伏園：《全國各地的實驗運動》，《民間》，1934年第1卷第1期。
〔註92〕楊念群：《導論：東西方思想交匯下的中國社會史研究——一個「問題史」的追溯》，楊念群主編：《空間‧記憶‧社會轉型——「新社會史」研究論文精選集》，上海：上海人民出版社，2001年，第32頁。

時間太長了。第二是建一個強有力的政府,「運用政治的力量,來強迫人民改進他的環境。這是自上而下的辦法,是治標不治本的,並且有許多人反對的。但是政府果然是有力量的,並且是光明正大的,就是專制一點也無妨。」照目前,兩種辦法應該雙管齊下,現在平教會完全照第一種辦法,但是會裏已經有人覺察到政治力量的重要。〔註93〕

在「鄉村救濟」的共識下,平教會把具有共同理想的知識人組織起來,出發點乃是學術研究而非官方的意志,這在一定程度上允許他們通過文學的方式尋覓一種折衷的姿態,從而既不磨損改造社會的高遠理想,又在其中保全自己的精英意識。然而不能忽視的是,鄉村建設運動很快與南京國民政府的農村復興計劃合流,在 1930 年代「國進民退」〔註94〕的趨勢愈發深入人心的時刻,知識人也不得不與他們改造的對象一道退到「民」的層面共同面對國家淪亡與現實政治的拷問。隨著國民政府開始支持與參與縣政建設,平教會在 1932 年第二次全國內政會議召開前後放棄了以純學術的身份推行鄉建,進入了「政教合一」的階段。〔註95〕所謂「政教合一」,一方面是自上而下的政治工作,另一方面是自下而上的教育工作。此時通過建立強力的政府、尋找合適的領袖來改造社會的呼聲並不鮮見〔註96〕,但是知識分子如何在學與政之間保持平衡感與獨立性,「出山要比在山清」〔註97〕為底色的政論文章能夠在多大程度上影響鄉村社會文化格局,都是值得追問的話題。

在平教會諸君看來,救國分緩急,最為迫切的莫過於鄉村建設,正在一

〔註93〕濤鳴:《定縣見聞雜錄》,《獨立評論》,1933 年第 4 號。

〔註94〕羅志田:《國進民退:清季興起的一個持續傾向》,《四川大學學報》,2012 年第 5 期。

〔註95〕在 1935 年 9 月 11 日平教會年會上晏陽初將平教工作分為四個階段:一是文字教育。「平教會是第一個把識字教育打入到民間去的學術團體」。二是深入農村。知識階級下鄉是一個「創舉」。三是「從社會的改造,進而研究政治的改造,尤其是與人民有切膚關係的地方政治的改造。我們有計劃有組織的躦到政治裏去認識問題,研究問題,解決問題。」第四階段剛剛開始,「即把學術與政治打成一片,研究所得的結果去訓練人才。」外國訓練人才多靠書本,而我們訓練人才則是「先抓著基本政治,教育,經濟的問題,去改革縣政,促進縣政。」(《平教運動之演進》,《民間》,1935 年第 2 卷第 10 期。)

〔註96〕參見羅志田:《國進民退:清季興起的一個持續傾向》,《四川大學學報》,2012年第 5 期。

〔註97〕1936 年 1 月 26 日胡適致翁文灝、蔣廷黻、吳景超(稿),中國社會科學院近代史研究所中華民國史組編:《胡適來往書信選》(中冊),北京:中華書局,1979 年,第 302 頁。

籌莫展之際，政府一定程度上化解了平教會四處碰壁〔註98〕的困境：「不與國民黨官方合作，僅憑各教育和學術團體以及大中專院校的力量推進鄉村建設，舉步維艱，困難重重」。〔註99〕然而國民政府的參與使得政治工作與教育工作的界限相當難以區分。

「國家本位」構成了平教會與政府合作的基礎。在「民族再造」的口號下，平教會同人對「國民」的理解亦有助於在政治實體形成之後，在精神層面增強中華民國的凝固力，契合國民黨培養「國民」的需求。按照李懷印的說法，鄉村重組牽涉了兩個截然不同卻密不可分的目標，一是現代國家的形成，打破「皇權不下縣」的治理結構，把權力不斷下滲到每家每戶；二是給鄉村民眾灌輸民族主義觀念，「通過這個過程，期望把『一盤散沙』的國度變成一個統一的社會，並由此確立它在公民中的合法性」。〔註100〕孫伏園在參與「中國本位的文化建設」討論時，既不同於薩孟武、陶希聖等人將中西「文化」折衷化的做法〔註101〕，也不同於胡適的「新舊文化衝突」觀〔註102〕，而是將自己的重心放在「國家」而非「文化」上。〔註103〕這首先涉及到孫伏園、瞿世英、熊佛西等人如何先將自己具有人類共同體理想的「新人」身份轉圜

〔註98〕縱然彼時大學生面臨著失業危機，這條企圖在學生中爭取一席之地的「出路」仍提不起大學生的興趣，大學教育與鄉村建設結合的方案施行困難。吳景超在課堂上與學生討論知識分子下鄉的話題時，三十人中僅有一人表示願意下鄉工作。（吳景超：《知識分子下鄉難》，《獨立評論》，1933 年第 62 號。）不僅如此，平教會與學術團體的合作進展也不盡如人意，一些學術團體僅派學生在定縣作短暫工作便離開，並不打算真正長期投身於鄉村建設事業。1935年 9 月晏陽初有感於南開經濟研究所「利用」定縣培養研究生的做法，甚至負氣地指出，「沒有必要顧及各方的面子，裝扮出一副令人讚歎的四所學校十分和諧地工作在一起的外表。」（1935 年 9 月 28 日晏陽初致 S.M.岡恩信，晏陽初：《晏陽初全集》第 3 卷，天津：天津教育出版社，2013 年，第 470頁。）

〔註99〕鄭大華：《民國鄉村建設運動》，北京：社會科學文獻出版社，1999 年，第 476頁。

〔註100〕〔美〕李懷印：《華北村治——晚清和民國時期的國家與鄉村》，北京：中華書局，2008 年，第 251 頁。

〔註101〕這一說法來自胡適。（參見胡適：《試評所謂「中國本位的文化建設」》，《獨立評論》，1935 年第 145 號。）

〔註102〕胡適說，舊中國的惰性很深了，文化的發展而應該向前看，世界文化與舊文化自由接觸、自由切磋而來的文化結晶便是中國本位文化。（胡適：《試評所謂「中國本位的文化建設」》，《獨立評論》，1935 年第 145 號。）

〔註103〕孫伏園：《論中國本位的文化》，《民間》，第 2 卷第 5 期。

到與「國家」相連的「新民」一頭上來〔註 104〕，再轉而以這種觀念教育他人。譬如，孫伏園苦心孤詣地研究農民識字問題〔註 105〕，並製作了包括「國家、民族、社會、前途、悲觀、樂觀、解決、方案」等詞在內的「新民用詞表」〔註 106〕。他認為，識字不只是為了增強個人智識，「最低限度的好處是可以接收教育，換句話說可以接收政府的安排了，瞭解政府的苦心，漸漸的做到把自己的意見貢獻給政府，再漸漸的做到用自己的力量監督著政府。」〔註 107〕這一構想固然表達了對「新民」一詞的思考和對民主政治的嚮往，即健全的「國民」通過識字擺脫愚昧，初步具備參與政治的資格，卻是以接受政府的安排為前提，不失為一種意識形態層面的規約。

平教會同人認為，政學兩界談論政治時忽略了中國政治制度的基礎——廣大民眾的教育問題〔註 108〕，構成了國人民族意識與國家觀念匱乏的重要原因。〔註 109〕因此提出了以「公民教育」救「私」的解決對策，這一對策之所以能為諸位「五四」驍將認同，一方面建立在「五四」時期對「人」的思考基礎上〔註 110〕，另一方面也是「國民性」話語從「五四」時期的個人領域向公共領域演進的結果。隨即，由此對策推導出縣政的本質「尤在人民之教養」〔註 111〕，所謂「教養」即「國民的政治自覺」〔註 112〕。1929 年平教會出版陳築山撰寫的公民道德教材《國魂論》，將「國魂」寄託於中國自古以來的仁人志士的民族觀念、道義、名譽、榮辱觀等品格上，可謂是在為民族主義「招魂」以重塑國民精神，陳築山將國家的強制性視作國民真正自由之所在，也預示著這場以「平民」為對象的運動最終必然走向與政治的耦合。

事實上，儘管知識分子竭力製造的「國民」教育逐漸向國民政府設計的「自治」靠攏，但弔詭的是，國家權力向基層滲透的設計方案中並未給他們留下一席之地，知識分子與鄉村民眾及鄉紳之間陷入了微妙的關係。熊佛

〔註 104〕參見王汎森：《從新民到新人——近代思想中的「自我」與「政治」》，許紀霖：《世俗時代與超越精神》第 8 輯，南京：江蘇人民出版社，2008 年。
〔註 105〕參見孫伏園：《十年來的農民報》，《民間》，1936 年第 2 卷第 22 期。
〔註 106〕孫伏園：《大眾語怎樣提高？》，《民間》，1934 年第 1 卷第 10 期。
〔註 107〕孫伏園：《除文盲和新文字》，《民間》，1936 年第 2 卷第 21 期。
〔註 108〕卒：《民主獨裁的基礎在哪裏？》，《民間》，1934 年第 1 卷第 16 期。
〔註 109〕伏：《九一八的三週年》，《民間》，1934 年第 1 卷第 10 期。
〔註 110〕瞿菊農：《「人」的基礎》，《民間》，1935 年第 1 卷第 17 期。
〔註 111〕瞿菊農：《定縣縣政之機構》，《民間》，1935 年第 2 卷第 15 期。
〔註 112〕菊農：《縣政建設的實驗》（二），《民間》，1935 年第 2 卷第 9 期。

西的《過渡》一劇埋伏著雙重寓言，時人一般能夠抓住「在描述中國當前在過渡時代從事建設工作的現象，無論是政治，教育，經濟，以及一切社會問題，無不是在過渡時代。」〔註113〕「過渡」的深層文化意義其實在於，科舉制廢除後如何處理科舉遺留下來的「士紳」問題，如何處理現代化衝擊之下城鄉人才循環系統的崩壞。這種「過渡」的思考體現了熊佛西銜接上層與民間社會的衝動，「到民間去」的動機已經由調查研究演變為基層社會文化力量的組織者。隨著縣政改革的實行，平教會與鄉紳溫情脈脈的互助關係逐漸被打破〔註114〕，前者凌駕於後者的衝動愈發明顯。這一努力典型地體現在王向辰的小說《這一天到了》中，這篇小說作於作者1935年10月於定縣參觀民主選舉後，借一位鼓吹縣政的青年之口抨擊鄉村紳士：「我們要辦學校，他們紳士們怕我們有了知識，編著法子不教我們成立學校。」〔註115〕儘管王向辰一再申稱自己是「鄉下人」，但實際上很難憑藉自身力量融入鄉村舊有的文化權力體制，而就在新舊鄉村精英「換班」之際，知識分子不得不投靠政治力量自上而下地進行滲透，以至於被定縣鄉紳譏諷為「斯大林」〔註116〕。

平教會現代化的社會改造思路與梁漱溟以鄉紳階層維持社會秩序的出發點不同，取消鄉紳的嘗試與國民黨地方「自治」的進路並無衝突。〔註117〕這帶來的一個問題是，雖有意將自己定位於「國」與「民」之間搭建的「橋樑」，但表現在熊佛西的農民戲劇中，政府往往作為矛盾的調停者成就戲劇圓滿的結局，這樣光明而嚴正的「尾巴」不僅突出了政府治理的效益，也削弱了劇本的民間與知識分子二重立場下形成的反諷性。另外，定縣民眾也漸漸從對

〔註113〕 陳豫源：《定縣的農村話劇——〈過渡〉公演參觀記》，《民間》，1937年第2卷第18期。

〔註114〕 比如定縣鄉紳將考棚借給平教會辦公。

〔註115〕 王向辰：《這一天到了》，《民間》，1936年第2卷第22期。

〔註116〕 燕樹棠：《平教會與定縣》，《獨立評論》，1933年第74號。

〔註117〕 李懷印認為：「國民黨政權所設計的『自治』，與帝制時代和民國早期的傳統治理方式形成了鮮明的對比。以前的政權利用內生性慣例，且依賴宗族組織的農村經營的非正式領導身份來進行地方治理；與以前的政權不同，在1930年以後，國民黨把這些因素看成自治事業的障礙。在國民黨的政治話語中，不但與鄉村精英有著千絲萬縷聯繫的『土豪劣紳』被列入新政權的主要敵人，而且與家族和村社有關的傳統觀念和制度也成為攻擊的目標。」（〔美〕李懷印：《華北村治——晚清和民國時期的國家與鄉村》，北京：中華書局，2008年，第250頁。）

平教會「神仙般崇拜信仰」逐漸轉變為失望和懷疑。〔註 118〕

　　另外，鄉村建設者預備改造的「社會」被國家話語壟斷後，知識分子的初衷與獨立性也隨著「社會」的豐富內涵被磨損而受到質疑。蔣廷黻雖然為平教會辯護，認為平教會的工作是一種「鄉村革命」，但他也同意燕氏所說平教會造成「教黨」對「非教黨」的壓迫。〔註 119〕彼時「定縣」作為一種「主義」〔註 120〕，其中的「專制」色彩雖有人提及〔註 121〕，卻一度混淆在「民主與獨裁」論爭中被視作輿論界對高明政府的期許。然而正如胡適在 1934 年的雙十節所言，距離辛亥革命「二十三年了，卻又不少的人自以為眼界變高了，瞧不起人權與自由了，情願歌頌專制，夢想做獨裁下的新奴隸！這是我們在今日不能不感覺慚愧的。」〔註 122〕就孫伏園等從五四運動走來的新文化人而言，一旦被裹挾進國民政府的極權統治卻無力反抗，便無法理解他們付諸心血的事業為何引來彼時在新文化運動並肩作戰的「戰友」的默然——相比蔣廷黻和胡適的一針見血〔註 123〕，俞平伯參觀定縣後給周作人的信中所言更堪玩味：「弟日前去定縣一次，非但沒有什麼話可說，並感覺有些話實在不必說也。又豈可不沈寂乎！」〔註 124〕

　　在這種情況下，以孫伏園為代表的知識人開始「迂迴」至文學本身。這一「迂迴」的戰術明顯地體現在幫助《瀟湘漣漪》復刊一事上。《瀟湘漣漪》原是幾位湖南籍文藝女青年編輯的一個文學刊物，其編者之一李芳蘭來定縣工作後在孫伏園的指導下重整鑼鼓，第二卷第一期起由周作人題字、孫福熙設計封面〔註 125〕，其陣容幾乎全部置換為平教會同人，頗有改換旗幟的意味。趙水澄、老向、堵述初等平教會同人紛紛撰文。隨後，擅長「拉稿」的孫伏園又

〔註 118〕李明鏡：《「平教會與定縣」》（通信），《獨立評論》，1933 年第 79 號。

〔註 119〕蔣廷黻：《跋燕先生的論文》，《獨立評論》，1933 年第 74 號。

〔註 120〕巫寶三：《「定縣主義」論》，《獨立評論》，1934 年第 96 號。

〔註 121〕譬如吳憲在論及政府力量對鄉村建設的支持時說道：「政府果然是有力量的，並且是光明正大的，就是專制一點也無妨」。（濤鳴：《定縣見聞雜錄》，《獨立評論》，1933 年第 4 號。）

〔註 122〕胡適：《雙十節的感想》，《獨立評論》，1934 年第 122 號。

〔註 123〕胡適在 1933 年第 79 號《獨立評論》的《編輯附記》裏說：「我也是沒有到過定縣的人，但我對於平教會的態度大致是和蔣廷黻先生一致的。」（胡適：《編輯附記》，《獨立評論》，1933 年第 79 號。）

〔註 124〕1934 年 12 月 2 日俞平伯致周作人信，孫玉蓉編：《俞平伯書信集》，開封：河南教育出版社，1991 年，第 350 頁。

〔註 125〕松：《關於瀟湘漣漪四個字》，《瀟湘漣漪》，1936 年第 2 卷第 7 期。

為刊物「拉」來周作人的《常談叢錄》、陳衡哲的《南猿與北猿》、許壽裳的《懷舊》等文。寫風月的浪漫情調、文人趣味與平教會之務實的組合看似南轅北轍，卻也釋放出一些關鍵信息。一方面在原有的浪漫情調中注入健康的氣味，證明一種始於理想的「改造」包容萬象，不僅能夠在現實教育層面展開，也能夠蔓延至對文學觀念和趣味的洗刷上來；另一方面，「拉」來的稿子絕不僅停留在李芳蘭所謂的「深入民間」、「注意農村大眾文藝」，還包括表露個人心緒的新詩、記名物的散文、文學寫作指導、討論魯迅舊體詩的文章等，無一不體現出平教會與「京派」文人的親密關係。《瀟湘漣漪》在孫伏園的指導下重新開張，卻未形成明確的綱領，亦未完全匍匐於刊物鼓動大眾救亡情結的宣言〔註126〕，反而時常將文人趣味混淆進去。其中孫伏園所作《金未伯集序》一文即影射錢玄同整理《劉申叔遺書》時遭遇的困難重重，錢玄同在文中化身不得志的「陳大令」，整理、刊行《金未伯集》的過程一波三折，令人啼笑皆非。孫伏園筆下的錢氏古道熱腸卻處處碰壁，頗有漫畫的味道，錢玄同讀後稱讚此文「頗妙」〔註127〕，而不曉得個中典故的普通讀者當然無法完全領會其妙。1931年以後的孫伏園處處主張深入民間、鼓吹平民教育，主編《農民報》、識字課本、平民讀物以及創辦《民間》等討論農民運動的學理性刊物〔註128〕，此時寫作、發表《金未伯集序》時蒙著「平民」面紗確擺出的「幽默」面孔說明他暫時迴避了啟蒙責任，遁入林語堂式的「隱士」做派了。由此可見，在《農民週報》《民間》等平教會的「機關刊物」以外，這一刊物更有利於以孫伏園為代表的知識人在為鄉村建設搖旗吶喊的舞臺外，逃逸進新文學開拓的廣闊疆域，便於換下說理時穿著的長袍顯露出自己最為熟稔的本色當行。

1936年5月，瞿世英發表了一首夾雜著舊式文人趣味的作品，與彼時的平教工作相比，亦顯得十分「脫軌」。但是，它摻雜在一眾山河淪陷的哀音當中，卻意外地應和了燕趙大地此時被壓抑在地表之下的「悲歌」：

> 白首猶郎止自悲，那堪老少與時違，不逢遭際怨阿誰。經濟文章空滿腹，從人捨用尚何為，當年豪氣漸成灰。〔註129〕

〔註126〕 李芳蘭：《本刊的回顧與前瞻》，《瀟湘漣漪》，1936年第2卷第7期。

〔註127〕 錢玄同1936年9月3日日記，楊天石：《錢玄同日記》（整理本）下，北京：北京大學出版社，2014年，第1219頁。

〔註128〕 孫伏園在定縣的事蹟參見胡博：《孫伏園定縣事蹟鉤沉》，《魯迅研究月刊》，2014年第10期。

〔註129〕 菊農：《浣溪沙‧不逢》，《河北月刊》，1936年第4卷第2期。

在這首詞中，瞿氏的生不逢時之感溢於言表。以此反觀孫伏園改造《瀟湘漣漪》之舉，不難猜想曾參與過國民革命的孫伏園等人在理想受阻後而退回到文學場所「避難」的無奈，在那狡黠的「笑」中，負重又受挫的精神理想得以緩釋。

第二章 知識人的戲劇實踐與自我表達

第一節 從戲劇系到民眾劇

在 1930 年代大學生「畢業即失業」以及戲劇系走投無路下解散的現實困境中，戲劇系學生追隨老師當然有生計層面的考慮，但是，需要追問的是，這種追隨是天經地義的嗎？從「文明戲」到「五四」時期以「愛美劇」的形式呈現的「社會問題劇」；再到余上沅、趙太侔留美歸國後發起「國劇運動」，在戲劇系遭遇一系列挫敗；直至戲劇系在熊佛西主持下確立起來的「劇可以群」的觀念，背後關涉的，從來不僅是戲劇本身，而是劇人如何借由戲劇的形式表達自我，通過戲劇與外部社會產生互動，以及劇人如何安身立命的問題。因此，如果承認上述「追隨」是天經地義的，簡略地將戲劇系師生這一時期的立場簡化為「精英」、「啟蒙」等詞語〔註1〕，那麼，對於 1930 年代定縣農民劇中折射出來的「民眾」觀念的理解，自然也是片面的。

一、重建戲劇想像的起點——從戲劇系的「易手」談起

1933 年 1 月 8 日，熊佛西開始在《北平晨報・劇刊》連載自傳《我的戲劇生活》，頗有以「我」之眼記錄中國現代戲劇發展史之意。談及 1926 年接

〔註1〕 王叢陽將戲委會的立場概括為「知識分子立場」與「農民立場」相互纏繞，而「知識分子立場」對應的是「戲劇系」時期的立場。（王叢陽：《定縣「農民戲劇」中的立場》，2017 年河南大學碩士學位論文。）

任藝專戲劇系主任的經歷時，他有這樣的描述，他甫一接手趙太侔主持的戲劇系，便面對著兩派主張相反的學生：一派是擁護舊劇的王泊生、吳瑞燕等，另一派則是擁護新劇的王瑞麟、張鳴琦、左明等。這一定程度上道出了當時戲劇系內部對戲劇發展道路的不同規劃，擁護新劇的王瑞麟、張鳴琦等學生日後確為熊佛西手下的得力幹將，但是，值得注意的是，以新／舊劃分文藝陣營的方式，是沿著「五四」以來確立的論戰策略展開的。

《我的戲劇生活》名曰「回憶」，實際上存在從後設的立場上，重新劃分文化資本的意圖，熊佛西的目的顯然與建構「戲劇系」——北方劇運的引領者這一整體形象有關。那麼，對於此時已經離開北平及其文化輻射範圍的王泊生、吳瑞燕、趙太侔而言，作為「新劇」的「對立面」，便從合法性的角度，被順理成章地排除出了正統戲劇系的陣營。

這一說法在戲劇系學生李珥彤及張鳴琦、楊村彬那裡也得到了印證，「趙先生覺得中國的京劇是最『藝術的』東西，因為京劇的非寫實的象徵和程式化的動作，正是藝術的最高目的的表現。所以它可以十足的代表了中國的藝術理想，應以之作中國的『國劇』，因之，他想作一番運動，即所謂『國劇運動』，以光大之，表揚之，並想以戲劇系為基本的陣營。」〔註2〕在熊佛西及其學生的描述中，戲劇系經歷了一個「革故鼎新」式的蛻變，亦即清除舊戲的參與力量，重新確立新劇的發展方向的過程。在張鳴琦與楊村彬筆下，熊佛西自 1926 年任戲劇系主任後，便反對趙太侔狹義的、復興京劇意義上的「國劇」觀，主張「凡是中國所沒有的戲劇人材，都該由戲劇系造就」。這種說法，雖然整體上符合事實，但歷史的複雜性也不能以進化敘事一言蔽之。實際上，「國劇運動」這一看似「精英化」的運動中，隱含著諸多對民族國家、大眾、知識分子身份認同等問題的思考，它們都圍繞著戲劇藝術這一命題展開，很大程度上成為 1930 年代前後以「戲劇系」師生為中心開展民眾戲劇實驗的先聲。後者在前者中汲取了頗多理論資源，並結合社會現實，在「大眾化」的歷史語境下加以變形改造，應用於各自的戲劇實踐。

在梳理「戲劇系」與「民眾劇」的關係之前，首先應當跳出進化式的敘事方式，重新清理有關戲劇系「易手」的相關史實。這關係著如何看待熊佛西及其學生與趙太侔、王泊生等人在 1930 年代前後從事不同類型的民眾戲劇

〔註2〕張鳴琦、楊村彬：《國立北平大學藝術學院戲劇系八年簡史》，《北平晨報・劇刊》，1933 年 12 月 31 日。

實踐，以及這些實踐之間潛藏的對話關係。

熊佛西之所以有機會在戲劇系實踐他的教育理念，並不是主動除舊布新的結果，而是「被逼無奈」的選擇。張鳴琦、楊村彬力圖以客觀的語調描述戲劇系的歷史沿革，但是提及 1926 年夏天余上沅、趙太侔「以拿不到經費，不能維持生活為理由，離開了北平」〔註3〕，「拿不到經費」純屬事實，余上沅在 1925 年 11 月寫給歐陽予倩等人的信中，便提到「限於經費，目下仍是一籌莫展……社會的幫助難有希望，政府的幫助更難有希望，我們真要作楚囚之對泣了！」〔註4〕余上沅突然離去確有不該，但將資金匱乏的困境形容為「理由」，作者語氣裏帶有很強的情緒渲染色彩。余、趙二人的離去給戲劇系學生帶去了很大的憤怒情緒，時隔多年再度提起，仍難以忘懷，它甚至成為戲劇系歷史上一個帶有傷痛色彩的集體記憶，以至張鳴琦、楊村彬這樣的非親歷者，也難掩內心的憤憤不平。

只不過，熊佛西繼趙太侔之後任戲劇系主任，與趙太侔 8 月臨時接到任命南下廣州擔任國民黨中央青年部秘書一職有關。據熊佛西說，1926 年夏，自己答應余、趙二君的催促回國赴戲劇系任教，但是剛抵上海，就聽說趙太侔「因政局之變遷，有南旋之消息」，等他來到北京時，趙太侔已經南下。〔註5〕又根據《晨報》1926 年 9 月 3 日刊出的《藝專戲劇系新課程》，課程內有趙太侔的「第一年級習演」、「舞臺藝術」，熊佛西的「戲劇概論」、「戲劇原理」，以及「布景造設及舞臺管理，則由余趙熊三人輪流擔任」。〔註6〕此消息刊出時趙太侔已經離京，說明消息雖存在滯後性，但不可否認的是，在熊佛西答應歸國任教之際，余、趙二人重新進行了課程規劃，而此時趙太侔尚無去意。熊佛西真正開始「唱獨角戲」的原因，始於 1926 年秋季學期開學一周前的意外。此時余上沅因戲劇系經費問題仍一籌莫展，走投無路之際，只好將戲劇系「託孤」給熊佛西，余氏則「不能不另圖謀生」。〔註7〕這一點確實符合張鳴琦與楊村彬在《簡史》中所言。但是，如果向前追溯，則會發現學生們憤怒

〔註3〕張鳴琦、楊村彬：《國立北平大學藝術學院戲劇系八年簡史》，《北平晨報・劇刊》，1933 年 12 月 31 日。
〔註4〕余上沅：《致歐陽予倩、洪深和往仲賢》，《余上沅戲劇論文集》，武漢：長江文藝出版社，1986 年，第 136 頁。
〔註5〕佛西：《佛西論劇》，北平：樸社，1928 年，第 120 頁。
〔註6〕《藝專戲劇系新課程》，《晨報》，1926 年 9 月 3 日。
〔註7〕佛西：《佛西論劇》，北平：樸社，1928 年，第 120 頁。

情緒源於余、趙主持戲劇系時期，學生們學無所成的失落感。

雖然極力促成新興戲劇的發展，但 1925 年甫一回國的余上沅、趙太侔、聞一多對於藝專戲劇系並沒有提前制定好教學計劃。或者說，以藝專戲劇系為園地開展劇運，與他們原本的計劃並不一致。1925 年 1 月 18 日，余上沅致信胡適，稱自己與趙太侔、聞一多「原來各有計劃，想將來回國為戲劇藝術盡力。近來才互相約定，決於今年夏天一同回國，開始籌辦『北京藝術劇院』的運動」，並求助於胡適，希望北大能單獨開設「戲劇傳習所」，他還提出，希望回國後可以邀請新月社諸君加入「中華戲劇改進社」。〔註8〕三人剛回國便邀請孫伏園一起制定了一個「北京藝術劇院計劃大綱」，開了 20 萬元預算，「以致見了的人個個咂舌」，而當他們「正在設法縮小數目的時候，藝專已經成立，於是「精力遂集中於戲劇系了。」〔註9〕

從學生們的反饋看來，余上沅、趙太侔主持戲劇系時期，各類情況均捉襟見肘。經費不足、人手不夠、缺乏教育經驗，都客觀地導致了余、趙時期教學上給人「敷衍」的感覺。但是更關鍵的問題在於，學識豐富的兩人竟到了令學生們抱怨「我們簡直沒有什麼東西可學的，怎麼辦」的地步。〔註10〕1926年 10 月，王瑞麟以「歡送」這一反語相贈余上沅，斥余上沅為「弱者」、「滑頭」、「沒真實的學問來誤人，沒幹的精神來誤事」。〔註11〕深諳西方現代戲劇之道的余、趙二人，為何會讓學生產生這樣的怨恨？戲劇系學生李珥彤這樣描述趙太侔的舞臺布景課程：

> 除在大禮堂拿起米達尺，把舞臺上所有縱橫，高下，長短，……
> 的尺寸，量了一量，畫了幾張立體，正面，側面的圖案。其餘的臺
> 怎樣造，叫我們自己想去；景怎樣布，也叫我們自己想去，他每日
> 都是獨步蹋蹋來到課室內，只問：「你們今天的圖繪好了麼？」我們
> 答他：「沒有。」他便側身坐下，彼此相對默默，除卻小解離開外，
> 他都沉靜靜的憩在講室裏，簡直一句話也沒有多說。像他這種辦法，
> 在學有根據的藝術家，用自己的想法，去創作自己的藝術，是很可

〔註8〕胡適檔案，中國社會科學院近代史所藏，轉引自聞黎明，侯菊坤編著：《聞一多年譜長編》（上卷）修訂版，上海：上海交通大學出版社，2014 年，第 244～245 頁。

〔註9〕上沅：《一件古董》，《晨報副刊‧劇刊》，1926 年 9 月 16 日第 14 號。

〔註10〕李治璞：《談談國立藝專的戲劇系》，《京報副刊》，1926 年 3 月 18 日第 42 號。

〔註11〕王瑞麟：《歡送余上沅》，《世界日報‧戲劇》，1926 年 10 月 4 日。

以的；不過像我們這般剛到的同學們，腹內空空，摸頭不知腦的貧苦人，你若不給我們一個想像的範圍，教我們有條不紊的想去，我們怎麼能夠想像創作，甚至於創作戲劇藝術呢？我們這時只得萬分無聊，忍著聽他的話，每天吃了飯，就到講室裏去，拿起紙筆就想，想，想……〔註12〕

又談到余上沅的戲劇概論課程：

> 余先生授我們的戲劇概論，也七零八落，馬馬虎虎的說了一大套，幸虧他自己或者明白，在我的腦海裏，的確是莫有絲毫的應響。可是他的化妝術，就只能化了兩個不倫不類的少年和老人，余的技術，也是同趙先生一樣的說法，叫我們自己去想，想好了就化，化好了讓大家來瞧，猜猜看像那類的人物，就是那類的人樣……在余先生的意見，以為教育人材，是我的私有特權，只要我是教習，便可從心所欲，不受外界其他一切的限制。〔註13〕

余、趙二人留美期間在哥倫比亞大學攻讀戲劇專業研究生，也在阿美利加戲劇藝術學院，師從著名舞臺設計家蓋迪斯（Norman-Bel Geddes），選修舞臺技術。熊佛西將他們遵循的基本藝術原則概括為：「想藉背景的排布，電光的配合，服裝的整齊，顏色的調和，來暗示地輔助劇中的情節、動作及個性，使全劇成為更美麗的藝術品。」〔註14〕1926 年 6 月 17 日，在徐志摩主持下，《晨報副刊》「劇刊」開張，成為「國劇運動」的紙上陣地，但實際上由余上沅把持。在此期間，《晨報·星期畫報》曾闢「戲劇專號」，介紹 20 世紀初期戈登克雷、萊因哈特、亞辟亞等劇作家與表現派劇場藝術，20 餘幅圖片均來自「劇刊」同人。編者在「弁言」中稱「吾國戲劇藝術，原可足多，惜其因襲相承，故步自封，正如逆水行舟，不進則退，以視西洋之一日千里，能不愧煞。邇來國內高明之士，漸知戲劇藝術之可貴，互相告語，皆言提倡……」〔註15〕圖片中有一幅蓋迪斯為 The Mother of Christ 一劇所作的布景模型圖，並注有解釋文字：「不寫實景，只用抽象形體，托出局勢動作，利用光影，映出濃淡虛實」（見下圖）。然而，在缺乏親身感受的前提下，短短的兩行注解，其實很難

〔註12〕李珥彤：《憶余上沅與趙太侔之去》，《世界日報·戲劇》，1926 年 11 月 15 日。
〔註13〕李珥彤：《憶余上沅與趙太侔之去》，《世界日報·戲劇》，1926 年 11 月 15 日。
〔註14〕熊佛西：《論劇》，《晨報副刊·劇刊》，1926 年 8 月 12 日第 9 號。
〔註15〕記者：《戲劇特號弁言》，《晨報·星期畫報》，1926 年 7 月 11 日第 43 號。

讓讀者領略這種新型舞臺形式的奧秘。

一戰以後，美國戲劇界開始傚仿歐洲的「新式演出技術」，進行藝術創新。余上沅等人留美期間，正值這一視覺藝術運動的高潮，蓋迪斯是其中的領銜人物。從他1921年出版的為《神曲》所做的舞臺布景草圖來看，舞臺由無數臺階構成，整體呈現為一傾斜的圓形，舞臺兩側樹立著不規則幾何圖形構成的柱狀物，一束燈光自穹頂泄下，舞臺中央的一小塊光明區域與四周的陰影形成強烈對比，兩側高聳的柱狀物處於暗影之中愈發詭魅。整個畫面莊嚴而神秘，給人強烈的震撼感。〔註16〕但是，即便是1920年代的美國戲劇界，對於舞臺藝術尚處在探索階段，此時連現代戲劇概念都未普及的中國，更不具備成熟的文化土壤來接納這些極具衝擊力的藝術表現形式。余上沅、趙太侔對國內的戲劇接受情況產生了誤判，導致課堂上「講不出」，學生「聽不懂」。

余上沅是第一個赴美攻讀戲劇專業的中國人。早在1923～1924年，他就在《晨報副刊》上連載《芹獻》，作為海外的「短篇通訊」，向中國讀者介紹自己在美期間學習戲劇的心得。〔註17〕其中多有涉及1920年代西方戲劇界的前沿理論，討論譬如舞臺燈光的工具、顏色、布景等具體問題。1924年1月15日萊因哈特導演的《奇蹟》在紐約世紀劇院上演，該劇的舞臺布景由余上沅的老師蓋迪斯設計。兩個月後，余上沅談到了這個演出。《奇蹟》之所以大獲成功，與紐約世紀劇院徹底翻修為中世紀天主教風格有很大關係。余上沅在

〔註16〕圖片參見〔美〕奧斯卡·G.布羅凱特，〔美〕弗蘭克林·J.希爾蒂：《世界戲劇史》（下）第10版，周靖波譯，北京：生活·讀書·新知三聯書店，2015年，第585頁。

〔註17〕余上沅：《芹獻》，《晨報副刊》，1923年11月23日。

文中詳細描述了該劇院改造後的奢華細節：「裏面有窗子四十二個，沒有兩個同樣的；圍著聖壇的十一個竟有三十七尺高、十尺寬。池子裏移開了二百座位，以便舞臺擴充下來。總共用了些什麼材料，多少工人，費去多少錢，我在紐約時報上還看見過一個統計。小而言之，電報費一項，記得就是一萬五千美元，難怪他們要誇這是空前的大舉了。」〔註18〕為了一齣戲的演出效果，美國劇人竟斥鉅資重修劇院內飾，相較之下，回顧幾位留美學生回國後為籌建「北京藝術劇院」，開出 20 萬元預算的「天價」，其實體現了他們渴望躋身世界戲劇藝術之林的雄心。但是，在戲劇系的失敗教學經驗，進一步證明了這種高蹈的理想不切實際。余上沅利用報刊媒體介紹戲劇理論，以「通訊」為名將西方現代新潮戲劇作為「知識」輸入國內，不必考慮讀者及時的反饋。演劇則不同。相比紙上的閱讀，演劇需要編劇、導演與演員相互配合，調動觀眾的目光、聽覺以至全身的神經系統，獲得獨一無二的主觀感受。那麼，對於戲劇系的學生而言，首先必須培養起他們的這種感受，再通過個性化的發揮，將這種感受傳達出去。戲劇人才究竟如何培養？又如何在教學中傳達自己的戲劇理念？余上沅講的戲劇概論抽象難懂；舞臺布景上，蓋迪斯式的「簡化現實主義」〔註19〕，整體的抽象設計本就令不具備接受基礎的學生感到費解，加上教師不善言辭的性格，剛回國便執教鞭的二人遠不能勝任教學任務，自然令學生深受其苦。

另外，就戲劇觀念而言，無論是趙太侔還是日後提倡「新歌劇」〔註20〕的王泊生，其實他們對舊劇的維護，並不以貶損新興話劇為前提，而熊佛西也是「國劇運動」的發起者之一，但是，熊佛西的「國劇」觀念，究竟在什麼層面上與趙太侔等人相異？這種觀念，又為 1930 年代的熊佛西投身農民戲劇實驗，提供了何種思想資源呢？

「國劇運動」的倡導者力圖在中西交融的視野下重新整合西方與中國傳統戲劇資源，只是對於國內連基本舞臺實踐都十分匱乏的現代戲劇事業而言，這種理想不合時宜；更不用提「國劇」一詞直接指向中國文化中的「國故」、

〔註18〕余上沅：《芹獻》，《晨報副刊》，1924 年 3 月 12 日。

〔註19〕參見〔美〕奧斯卡·G.布羅凱特，〔美〕弗蘭克林·J.希爾蒂：《世界戲劇史》（下）第 10 版，周靖波譯，北京：生活·讀書·新知三聯書店，2015 年，第 585 頁。

〔註20〕參見王泊生：《關於創造新歌劇的計劃：寫在國劇之將來以後》（附圖表），《劇學月刊》，1932 年第 1 卷第 5 期。

「國粹」，在「國故運動」之後的思想界中，早已不能被當做中性的名詞，而不加批評地接受。雖然余上沅曾為自己和趙太侔辯護：「聽說有人誤解了太侔的《國劇》和我的《舊戲評價》，那是不幸的事。舊戲當然以後它獨具的價值，那是不可否認的，我的意思，就是要認出它的價值，而予以相當的注意⋯⋯太侔的意思，也與我大致相似。他主張用西方的長處，來使我們的戲劇豐富。」〔註21〕但是，當他們以戲劇系教員的身份來開展「國劇運動」，勢必會引發部分學生的反對。戲劇系學生左明就是其中激進觀點的代表。《晨報副刊・劇刊》第 10 期發表了俞宗傑的《舊劇之圖畫的鑒賞》一文，提到新劇不興，以及舊劇如何能作為民族性的表現和文化的結晶。左明直接以「罵人」為題，撰文回應俞宗傑的觀點及「劇刊」的精英主義姿態，稱自陳大悲創辦北京人藝專門學校後，「一些會投機的聰明先生們才認清了戲劇的很正的價值，居然跑到外國去專門研究中國人素所鄙夷的戲劇了。一直到現在，外國去專門研究戲劇回來的也有了，國立的學校也添上了戲劇系，但是中國的傳統思想，終久沒有辦法，仍然以戲劇為下賤而極力加以摧殘！」〔註22〕隨著熊佛西接手戲劇系提倡現代新劇，這種激進的觀點才沒有繼續發酵。

作為「國劇運動」的主要發起者，在熊佛西那裡，中國的舊劇與西洋的新劇也有著同等的研究價值。〔註23〕歸國以前，他曾致信王統照，信中興奮地稱紐約已經成立中華戲劇改進社，並介紹即將回國的余上沅、趙畸（趙太侔）、聞一多，為幾位同人回國提倡國劇運動造勢。〔註24〕余上沅所謂的「國劇」，指的是「中國人用中國材料去演給中國人看的中國戲。」與這一定義相似，熊佛西也認為，「凡中國的史劇及一切能代表中國人民生活的劇，都可以稱為中國的國劇」。〔註25〕也就是說，二人均反對將把「國劇」侷限在「國粹」的範圍內。〔註26〕1927 年 10 月，熊佛西針對梅蘭芳的赴美計劃

〔註21〕余上沅：《劇刊終期》（二），《晨報副刊・劇刊》，1926 年 9 月 23 日第 15 號。

〔註22〕廖作民（左明）：《就算是罵人——讀了俞宗傑的舊劇之圖畫的鑒賞》，《世界日報・戲劇》，1926 年 8 月 23 日。

〔註23〕熊佛西：《我對於今後戲劇界的希望》，《晨報副刊・劇刊》，1926 年 9 月 9 日第 13 號。

〔註24〕熊佛西、王劍三：《中華戲劇改進社的新消息》，《晨報副刊》，1925 年 4 月 21 日。

〔註25〕熊佛西：《國劇與舊劇》，《佛西論劇》，北平：樸社，1928 年。

〔註26〕余上沅：《序》，余上沅編：《國劇運動》，上海：上海書店出版社，1992 年，第 1 頁。

發表《梅蘭芳》一文，批評梅蘭芳喜好翻新卻「又不肯研究翻新的方法與原則」〔註27〕。他不反對梅蘭芳赴美，但從美國觀眾的欣賞習慣出發，「勸他不要去唱戲，更不要負著東西藝術溝通之使命去。否則，他必失敗。」〔註28〕此文發表之前，熊佛西已經與徐凌霄、瞿世英就這一問題進行過討論，徐凌霄說：「吾等僅僅討論了多半日，費了許多話，用了好些精神——尤其是熊佛西」。但是與徐凌霄和瞿世英不同，在京劇向西方傳播的層面上，熊佛西更看重的是京劇中表現的精神與形式的協調，而不是形式本身。徐、瞿二人均認為，可請梅蘭芳將《天女散花》《嫦娥奔月》《打漁殺家》《玉堂春》等劇搬上海外舞臺，「亦頗能代表一種神仙美人之美，外國人之直覺上，總不致遽生反感耳」，但是熊佛西十分看重梅蘭芳這次出洋的機會，堅決反對將這些戲原封不動地照搬到美國，認為「寧可多費些事，不可虛此行」〔註29〕《梅蘭芳》一文詳盡地表達了他對改良京劇的看法。他意識到，昔日的戲重「聽」，今日的戲重「看」。翻新舊戲還得從「聽」上入手，也就是改良樂器。他以胡琴為例，指出胡琴的力量有限，不足以配合名伶的聲音；從樂器連帶出的另一個問題關於京劇中的調子，「西洋的歌劇差不多有每出特製的調」，而皮黃本身的調子太少，「很難表現近代複雜的人生」。〔註30〕此文一出，便有梅蘭芳的擁躉將目光投向了熊氏的新劇演出進行挖苦諷刺，指出熊佛西挑剔梅蘭芳的舞臺燈光，但他自己的舞臺卻讓觀眾看了迷迷糊糊地想睡覺，「原來看熊先生導演的戲還得先學像美國的眼光才行」。〔註31〕這一方面說明，新式戲劇還未培養出理想的觀眾群體；另一方面，此語雖有偏頗之處，卻側面指明了熊佛西以中西交融的視野審視中國本土戲劇的本質。在這一意義上，熊佛西批評梅蘭芳的舞臺裝置，與趙太侔改造舊劇的依據並無二致，而熊佛西發表《梅蘭芳》後，梅「特地當面請教一番，佛西又老實不客氣的指說一場」〔註32〕，說明熊佛西對舊劇的愛護更是有過之而無不及。他認為梅蘭芳不具備出洋的資格，原因在於，梅蘭芳的京劇演繹，

〔註27〕熊佛西：《梅蘭芳》（一），《晨報副刊》，1927年10月28日。
〔註28〕熊佛西：《梅蘭芳》（二），《晨報副刊》，1927年10月29日。
〔註29〕老霄：《論華伶出洋演劇》，《大公報》，1928年11月21日。
〔註30〕熊佛西：《梅蘭芳》（一），《晨報副刊》，1927年10月28日。
〔註31〕滄海：《熊佛西與梅蘭芳（下）：熊為什麼要罵梅》，《京津畫報》，1927年第23期。
〔註32〕老霄：《論華伶出洋演劇》，《大公報》，1928年11月21日。

仍不足以代表中國藝術的成就。與趙太侔的《國劇》《布景》《光影》等文呈現出的將舊劇形式進行「歷史化」後，與西方戲劇進行對比性的分析研究不同，熊佛西對於如何最大化地突出舊劇的「民族性」這一問題，側重點並不單純是「國劇」之「劇」的一面，而是如何在形式與內容的協調下，使「國劇」能夠更好地代表「國」。

《洋狀元》是熊佛西在紐約藝術學院期間寫的最後一個劇本，也是他第一次嘗試喜劇創作，他自稱這部劇帶著濃厚的「紐約『空氣』」。該劇表現了作者對「留學教育」的失望，其中既嘲笑了那些學歷崇拜的洋學生，也不乏自嘲的色彩，並以此揭露了國人崇洋媚外的心理：「摩登的中國人老喜歡崇尚『洋氣』。甚至自成『洋派』。」〔註33〕這種論調看似充滿文化保守主義的色彩，其實質卻是熊佛西以中國文化本位的原則，拒斥西方物質文明的表現。向培良在《中國戲劇概評》中將「國劇運動」提倡者斥為文化上的「國家主義」〔註34〕，一定程度上點明了熊佛西的文化立場，但是仍需要進一步深入開掘。

向培良將趙太侔、熊佛西等人均納入「國家主義」者的行列，但是與趙相比，熊佛西在留美期間更深地受到聞一多「中華文化國家主義」的影響，這一點至今還未得到研究者的重視。眾所周知，聞一多1922年7月赴美，留美期間主張「中華文化的國家主義觀」，「謀中華文化之保存與發揚」〔註35〕，成為他日後提倡「國劇運動」的直接理論來源。熊佛西赴美後與聞一多交往密切，劇本《當票》的創作就得到了聞一多的建議。這部劇以漢口碼頭工人為題材，但由於材料過於冗雜，熊佛西自己並不滿意。他將「雜」的一個重要原因，歸結於自己接納了聞一多太多的建議，以至於失去了自我，足見聞一多對他的影響程度。〔註36〕熊佛西稱自己留美期間常聽見聞一多提及：「詩人主要的天賦是『愛』，愛他的祖國，愛他的人民」。〔註37〕與之對應，熊佛西對「國家」的思考主要體現在《洋狀元》《甲子第一天》《長城之神》《一片愛國心》等劇作中。彼時正逢國內軍閥混戰，這些劇作均從現實或歷史事件中

〔註33〕熊佛西：《我的戲劇生活》（二十），《大公報》，1933年12月17日。
〔註34〕培良：《中國戲劇概評》，上海：泰東圖書館，1929年，第129～130頁。
〔註35〕《大江會宣言》，《大江季刊》，1925年第1卷第2期。
〔註36〕熊佛西：《我的戲劇生活》（十七），《大公報》，1933年11月5日。
〔註37〕熊佛西：《悼聞一多先生》，《熊佛西戲劇文集》下，上海：上海文藝出版社，2000年，第1058頁。

取材，投射出置身域外的熊佛西對於健全的民族精神的想像。在《甲子第一天》中，他借劇中人時伯英之口說出：「我們只以為軍閥可惡，殊不知現在的那些市儈式的教育家、慈善家、資本家更可惡！」〔註38〕在熊佛西看來，「市儈」比「軍閥」更可惡，也就是說，中國民族的弱小的根源並不是政治、軍事上的混亂，而是中國人精神的貧瘠。他借時伯英對兒子未來的期許，為重振中國民族精神開出了「藥方」：「不希望他做大官，只希望他做一個有作有為的人，一個有魄力，有決斷，有主張的人，做一個中華民國的好國民！因為我們中國現在缺少的不是僅僅有道德的，有學問的人才；實在缺少有學問、道德，而又有骨頭的人！」〔註39〕「骨頭」一詞，直接對應著聞一多所說的「氣節」。聞一多認為，「我們最要提倡的一件事，便是氣節。我們所謂的氣節即是為主義而死，為國家而死，為正義而死的那種精神。」〔註40〕《長城之神》則直接取材中國傳統文化中孟姜女的故事，借古喻今來宣洩自己對國家的情感：「我們為什麼要做中國人？做中國人有什麼好處？我們做別國的人民行不行？我們不要一國家行不行？全世界的人都不要國家行不行？」〔註41〕無獨有偶，顧一樵1925年在《大江季刊》發表劇作《荊軻》與《項羽》，與熊佛西的《長城之神》同屬於歷史題材，他也取材於歷史人物，進行了「故事新編」。向培良指責「國家主義者是只看見往古而看不見現在的。他們盲目地尊崇一切東方的，中國的，古代的東西，他們硬造出東西文化的區別來。他們以為中國沒有戲劇是一件可恥的事，於是便把那民族卑劣精神的產品的舊劇當做藝術了。」〔註42〕更準確地說，向培良口中的「國家主義者」對於舊劇的認識略有區別，以聞一多和熊佛西為代表的看重舊劇中的精神資源，力圖從舊劇這一承載物中發現復興中華文明的可能性，繼而以此為根柢改造國民性。

但是，在聞一多這裡，提倡中華文化本位的「思想」與追求文藝「形式」上的規整並不衝突。聞一多說，近代戲劇進入中國，是借了「思想」的東風，戲劇藝術本身並未得到足夠的關注。「戲劇家提起筆來，一不小心，就有許多不相干的成分黏在他筆尖上了——什麼道德問題，哲學問題，社會問題……

〔註38〕熊佛西：《甲子第一天》，《文學週報》，1926 年第 221 期。
〔註39〕熊佛西：《甲子第一天》，《文學週報》，1926 年第 220 期。
〔註40〕《大江季刊·發刊辭》，《大江季刊》第 1 卷第 1 期，1925 年 7 月。
〔註41〕熊佛西：《我的戲劇生活》（十八），《大公報》，1933 年 11 月 12 日。
〔註42〕培良：《中國戲劇概評》，上海：泰東圖書館，1929 年，第 147 頁。

都要黏上來了。問題黏的越多，純形的藝術愈少。」〔註43〕因此，以「國劇」為名，直接目的卻非改造舊劇，而是針對過度重視思想、忽略戲劇形式的「問題劇」進行糾偏，從而以中西戲劇藝術的綜合之後的「形式」，重新激發中國本土戲劇創作。包括熊佛西在內，他們均主張在中西交融的視野下，重新打造一種充分表達中國人精神的戲劇形式。但是，由於缺乏相應的劇本的支撐，「國劇運動」的倡導者們在論述這一問題時又各自有側重點，未能形成統一意見，因此，面對國內新文化人對舊劇強大傳統的警惕，這些觀點在被仔細清理之前，便被匆匆捲入「國劇」、「國粹」的「惡名」之下，在戲劇系擁護新劇的青年那裡，更是未經咀嚼便加以拒斥。

已有論者注意到，戲劇系解散後，熊佛西之所以答應晏陽初的邀請，很大一部分原因是為了解決自己全家和戲劇系學生的生存問題。〔註44〕熊佛西投身戲劇大眾化實驗的背後，當然有現實生存因素的考慮，但是如果從彼時的歷史語境與熊佛西的精神世界出發，便會發現，熊氏日後之所以做出這樣的選擇，最根本的原因不是外力的影響，而是文化心理基礎使然，也是社會思潮的影響下思想發生變動的結果。尤其是他對知識分子與民族國家、與民眾關係等問題的看法，其實與他留美及執掌戲劇系期間，對文藝與國家關係的思考有關。隨著「國劇運動」的失敗，糾偏「社會問題劇」的理想似乎也隨之落幕，但是如果接著考察熊佛西主持戲劇系時期的劇本創作與教育方略，便會發現，他所接續的恰恰是「國劇運動」中未實現的理想。可以說，上述留美同人的計劃在落實過程中遭遇的一系列挫敗經驗，構成了熊佛西走向戲劇大眾化的起點。

二、「劇可以群」──「易卜生主義」的翻新與戲劇系的新舊轉軌

耐人尋味的是，余上沅等留美學人群在理論上追求中國戲劇整體的現代性轉換是一回事，而這些極具暗示、抽象性的藝術表現形式，如何作用於每一個接受個體不同的精神世界，則又是另一回事；他們在西方藝術潮流的影響下，試圖以此超克「五四」時期的「問題劇」是一回事，以易卜生為代表的劇作家帶給他們的「影響的焦慮」甚至困惑，又是另一回事。那些看上去與

〔註43〕夕夕（聞一多）：《戲劇的歧途》，《晨報副刊‧劇刊》，1926 年 6 月 24 日第 2 期。

〔註44〕王叢陽：《定縣「農民戲劇」中的立場》，2017 年河南大學碩士學位論文，第 30 頁。

理論主張不甚相容的細節，恰恰能夠幫助我們理解戲劇系之所以能在熊佛西的領導下改換天地、走上正軌的原因。

如果說，學習、觀看西方最具實驗性質的戲劇給留美學生帶來了全新的視野，促成了他們以此為基準改造中國本土戲劇的願望；那麼，值得追問的是，在主觀接受層面，能引發他們共鳴的文本，是否與他們在理論上主張傚仿的完全重合呢？顧一樵在談到美國留學生最常觀看的戲劇時，提到了莎士比亞、易卜生、蕭伯納等劇作家。經典劇作家的文本固然經久不衰，具有很高的觀賞價值，但是相比西方時下最流行的劇作，這些「過時」了的戲劇對於經歷過「五四」新文化運動洗禮的知識人而言，才更具備接受的基礎，特別是同屬中華戲劇改進社的顧一樵、瞿世英等人，他們雖熱心戲劇但未接受過正統戲劇系訓練，反而比專業的戲劇系學生更能典型地反映「五四」以來，知識人戲劇觀念的變遷。顧一樵提到了一個引人深思的細節：「易卜生的野鴨，菊農看過三遍之多，每次看了他都覺得不大好受。」既然覺得「不大好受」，為何還要看三遍之多？

易卜生的《野鴨》問世於 1884 年，屬於他後期的代表作。這部作品在主題和表現方法上與《玩偶之家》《人民公敵》等「社會問題劇」相比，發生了較為明顯的變化。易卜生稱「這部劇作在總體上與政治的、社會的問題無關，也不涉及公共事務。劇中事件完全是在家庭生活的範圍內展開。」〔註 45〕該劇遲至 1924 年才被楊敬慈譯介到中國〔註 46〕，1928 年現代書局出版了徐鶲荻的譯本〔註 47〕，影響遠不及易卜生早期的「社會問題劇」。主要原因在於，易卜生被譯介入中國伊始，便以「易卜生主義」為標準，誤讀了《野鴨》這部劇作。1918 年《新青年》第 4 卷第 6 號「易卜生專號」中，刊出了袁振英的《易卜生傳》一文。他在文中談及《野鴨》（譯為《雁》）：「此劇情節，文筆思想，固甚可觀。惟略覺沉鬱不自然耳」，並簡要介紹了這部劇在西方的接受史。隨後，他通過對比該劇與《玩偶之家》《人民公敵》的區別，指出了《野鴨》的高妙之處在於「敘述人情世故」，而這種人情世故，則是通過作者描寫腐敗的社會而折射出來的：

〔註 45〕〔挪威〕易卜生：《致弗雷德里克·海格爾》（1884 年 9 月 2 日），《易卜生書信演講集》，汪余禮，戴丹妮譯，北京：人民文學出版社，2012 年，第 234 頁。

〔註 46〕易卜生著，楊敬慈譯：《野鴨》，《晨報副刊》，1924 年 2 月 11 日～3 月 8 日。

〔註 47〕〔挪〕易卜生：《野鴨》，徐鶲荻譯，上海：現代書局，1928 年。

故《雁》一劇，非為高等法庭而作，亦非為公民之選舉權而作
也；更非為減去國旗之顏色而作也。是劇之初幕，無甚驚奇，惟其
描寫社會之重重黑幕，為戲劇界有名之傑作也。其敘述人情世故，
確當無倫。遠非少年時代所能幾及。此劇之主旨，乃寫腐敗之良心，
及幻想之危險；社會之周遭，俱為詐偽之毒氣所纏繞，惟庸俗之輩，
迷信極深；若去其幻想，無殊奪其幸福也。〔註48〕

在袁振英看來，「自《人民公敵》出版，而易氏一生之功業，已古極頂其革命
之新紀元，亦已升堂入室」，因此《人民公敵》之後的作品，在他眼中自然失
輝不少，易卜生在《野鴨》中精心營構的「幻想」元素，更是被袁振英曲解為
易卜生批判社會現實的表現。有趣的是，1928年袁振英又將《野鴨》解讀為
易卜生「又回復從前夢幻的生涯」的體現〔註49〕，此時雖然承認了「夢幻」
是這部劇不可迴避的特點，但仍是立於批評的立場。

誠如德國理論家彼得·斯叢狄所言，易卜生「社會問題劇」昭示了「戲
劇的危機」：「無法直接用戲劇的方式展示易卜生的主題。它不是為了更緊湊
而需求分析技巧。它本質上的長篇小說的素材……因為他的出發點是敘事性
的，所以他在戲劇結構上必須達到那種難以比擬的高超技藝。」〔註50〕《野
鴨》一定程度上是易卜生意識到「戲劇的危機」後的一種嘗試。此時他受到
了象徵主義的影響，從根本上質疑了過往以精巧結構講述故事的「佳構劇」
之「敘事」根基，總體而言是他對戲劇文體和西方社會的啟蒙理性進行反思
的結果。最令顧一樵印象深刻的是瞿世英對該劇中格瑞格斯一角的評價：「那
個唱高調的 Gregers Werle 每次迫著 Heavig 那個小姑娘尋死，真是豈有此
理！」〔註51〕

在瞿世英看來「唱高調」、「豈有此理」的格瑞格斯，最能折射易卜生此
劇獨特的構思。格瑞格斯是一個集理想主義精神與摧毀他的人生活於一身的
人物，他一方面對生活充滿了嚮往，敢於說出真相，另一方面正是由於他道
出了威利的所作所為，才導致了悲劇的發生，易卜生將他定義為整部劇中「最

〔註48〕袁振英：《易卜生傳》，《新青年》，1918年第4卷第6號。
〔註49〕袁振英：《易卜生傳》，香港：受匡出版部，1928年，第17頁。
〔註50〕〔德〕彼得·斯叢狄：《現代戲劇理論》（1880～1950），王建譯，北京：北京
　　　　大學出版社，2006年，第22～23頁。
〔註51〕顧一樵：《劇話——為贈別菊農寫》，《晨報副刊·劇刊》，1926年9月2日第
　　　　12號。

複雜，最難以表演的一個人物」〔註52〕。對比易卜生的意圖、瞿世英的評價以及「五四」時期對《野鴨》的接受情況，在顧一樵筆下，瞿世英臧否人物雖流於印象化，卻正切中了易卜生試圖通過格瑞格斯呈現複雜人性的本意。這意味著，瞿世英已脫離了社會批評式的解讀方法，一方面將人物從「娜拉」式的符號化形象中解放了出來，另一方面也不像袁振英那樣將悲劇的發生歸於社會的墮落，而是看到「理想人物」「唱高調」之下的悲劇性，回到對人本身的關注。更重要的是，易卜生筆下的格瑞格斯既有其現實性的一面，也是一個詩意的象徵，這個帶有藝術家氣質的人物，集中體現了劇作的「夢幻」特質〔註53〕，藝術家揭露了現實的真相，卻因此導致了更大的悲劇，深層地折射出易卜生作為劇作家的自我懷疑，彼時的留美學人深刻地體察到了這一點。顧一樵發現，國人過去對易卜生的理解過於片面，如果將《野鴨》放回易卜生的創作脈絡中，這部劇隱含著易卜生對自己早期「社會問題劇」中表現的「新理想」、「新見解」的懷疑甚至消解：

> 易卜生的娜拉（A Doll's House）寫 Nora 因為要做一個「人」離開了傀儡的家庭。寫完以後責難紛呈，易卜生便又寫了群鬼（Ghosts）描寫一個「安分」的婦人不離開家庭的結局。他這樣赤裸裸地把現實家庭社會的毛病揭露給大家知道，總是能得人的同情，因此又編了國民的公敵（Enemy of The People）。同業也有許多青年醉迷於「新理想」「新見解」（所謂「易卜生主義」者），到處宣傳，到處鼓吹。易卜生有鑒於這種現象，以為一個不夠成熟的理想家非無益而且有害於社會。有句話說，易卜生不是人人可做的。因此他編了野鴨，暗諷「易卜生迷」諸人如 Gregers Werle 迫死那無辜小女孩的情事。所以，據此解釋，上面四個劇本一起請讀讀著很有意味。〔註54〕

顧一樵的解讀，回顧了「五四」一代建立在「誤讀」基礎上的「易卜生主義」，更是他的自我反思。由顧一樵、瞿世英對《野鴨》的解讀可見，對於部分知識

〔註52〕〔挪威〕易卜生：《致漢斯·斯羅德爾》（1884 年 11 月 14 日），《易卜生書信演講集》，汪余禮、戴丹妮譯，北京：人民文學出版社，2012 年，第 251 頁。

〔註53〕參見汪余禮：《易卜生晚期戲劇的復象詩學》，《外國文學研究》，2013 年第 3 期。

〔註54〕顧一樵：《劇話——為贈別菊農寫》，《晨報副刊·劇刊》，1926 年 9 月 2 日第 12 號。

人而言，對「內面」自我的發現，或許並不是受到西方現代主義文學與藝術的直接啟發，而在很大程度上，是在與過去經驗的對話中形成的，它的參照系，正是「易卜生主義」這類已經被「五四」以來的知識界所固化了的概念，當其受到域外經驗的衝擊時，便被推到反思的位置上。因此，從另一個角度說，強忍著「不大好受」的心情看三遍演出，也是瞿世英在既有觀念受到衝擊後內心感到困惑、反覆思考的外在呈現。

如前所述，中華戲劇改進社同人決定從「形式」入手輸入西方現代主義戲劇，以此反對「易卜生主義」，看似是一種「純形」的、超社會的計劃，但是內在根柢卻並沒有離開「五四」時期創制的諸種文化命題。與其說他們是抱著藝術革新的宏願改造中國戲劇，倒不如說，他們是想試圖在西方經驗的參照下，啟發中國劇作家更為審美地呈現出中國人對現實人生的追問與反思。因此，他們的精神起點仍來源於「社會問題劇」誕生的土壤。只不過，與「五四」時期的創作相比，劇作家創作的動力，發生了較為明顯的變化。

1921 年 12 月，熊佛西就讀於燕京大學時，將《新人的生活》一劇搬上舞臺，根據這個劇本上演前的「說明書」，這是一個「社會劇本」，主人公黃平和是「一位主張『人道主義』的青年」，信奉社會主義，」凡他所主張的都是大受社會上的批評」。〔註55〕曾道章則是劇中的反面人物，他慫恿侄女曾玉英與黃平離婚並嫁給劉團長做妾，以滿足自己的發財夢。儘管熊佛西否認這部劇受到了易卜生的影響〔註56〕，但是這個劇本以「思想」、「概念」圖解人物，通過正面人物與反面人物的二元對立製造衝突，仍然典型地體現了「社會問題劇」的特徵。熊佛西在文學研究會期間出版的劇作集《青春底悲哀》，被普遍地當做他「為人生」寫作的起點。因此，有學者認為，熊佛西與其他「國劇運動」的提倡者對待「易卜生主義」態度上不同，他「沒有和『為藝術而藝術』的唯美派完全合流，他的基本立場仍然站在『人生派』一邊。」〔註57〕這種劃分方式過於簡單粗暴，不僅完全割裂了熊佛西與聞一多等人在表現人生與藝術上的關係，而且並沒有解釋清楚熊佛西自文學研究會時期以來，在書寫「人生」時創作機制發生的內在轉變。1926 年 4 月 15 日，聞一多致信梁

〔註55〕翹梓：《我來介紹一個新的劇本》，《新社會報》，1921 年 12 月 22 日。

〔註56〕熊佛西：《答覆陳君晴彙對於〈新人的生活〉的批評》，《新社會報》，1922 年 1 月 10 日。

〔註57〕丁羅男：《熊佛西戲劇思想簡論》，《戲劇藝術》，1982 年第 4 期。

實秋、熊佛西二人，信中有言：

> 佛西之作自有進步，但太注意於舞臺機巧，行文尚千沉著
> intensity。吾雖不敢苟同於實秋，以戲劇為文學之附庸，然不以文學
> 之手段與精神寫戲劇，未見其能感人深心也。佛西如不罪我鹵直，
> 則請為進一言曰：「佛西之病在輕浮，輕浮故有情操而無真情
> sentiment 與 emotion 之分也。」情操而流為感傷或假情，entimentality
> 則不可救藥矣。佛西乎，岌岌乎殆哉！至於劇本中修詞用典之謬誤
> 尚其次者，然亦輕浮之結果也。〔註58〕

聞一多這裡指出的輕浮——「有情操而無真情」，批評的是熊佛西的現實題材
劇作缺乏情感的蘊蓄，甚至在情感宣洩上過於直露的缺點，而這裡的「進步」
也指的是相對「社會問題劇」時期，熊佛西此時已經開始注重個人生命體驗
對於劇作深度的重要性。尤其是留美期間創作的第四個劇本《一片愛國心》，
該劇是他作品中最受歡迎的一個，但是人們普遍對它有所誤解，認為它是一
個提倡愛國的劇本，有時甚至將其視作「排日」的工具。其實，據熊佛西說，
這個作品的創作動機來源於自己在紐約的所見所感。紐約的離婚率之高讓他
感到很吃驚，「在紐約的飯館裏我常看到離婚的配偶出進。他們在哪裏吃飯，
狂飲，跳舞，作樂。他們中間似乎沒國家和種族的芥蒂。」於是他便發生了一
個疑問：這種離婚生活是否快樂？他聲稱，以「愛國」為題，但劇本的中心焦
點卻是「國家制度與國際理想的衝突，倫理天性與種族觀念的悲劇。不是提
倡愛國。更不是鼓吹排日。而是普遍的描寫『個人與國家，個人與家庭，國家
與國家』的衝突，由此衝突而演成的悲劇。」他試圖描寫的是一種人類普遍
的悲劇性：「個個都是好人，誰都不能說有錯，可是到了最後弄成悲劇！」〔註
59〕對比熊佛西「五四」時期的《青春底悲哀》，留美時期的劇作雖然延續了熊
佛西對民族國家、社會現象等「問題」的思考，卻已經觸及向內地發掘人的
命運與外部世界的關係問題。

　　1929 年 11 月，戲劇系第八次公演選擇了易卜生的《群鬼》，熊佛西擔任
導演。該劇上演之前，熊佛西發表《社會改造家的易卜生與戲劇家的易卜生》
一文，提請讀者與觀眾注意晚年易卜生的劇作與作為「戲劇家」的易卜生，

〔註58〕聞一多：《致梁實秋、熊佛西》（一九二六年四月十五日），《聞一多書信集》，
　　　　北京：群言出版社，2014 年，第 281 頁。

〔註59〕熊佛西：《我的戲劇生活》（十八），《北平晨報‧劇刊》，1933 年 11 月 12 日。

而戲劇系即將上演的《群鬼》，便是易卜生高超戲劇藝術技巧的代表作。他之所以選擇《群鬼》而不是易卜生晚年創作的《野鴨》等劇進行公演，一方面是考慮到「自從《新青年》的易卜生號出世以來，學生們不會談幾句《娜拉》、《群鬼》便是絕大的羞恥」這一心理的遺存，另一方面，《群鬼》也富有「暗示」、「含蓄」、「餘味」、「注重心理的分析」。〔註60〕因此，在筆者看來，正是熊佛西意識到了聞一多所謂的「真情」的重要性，並以易卜生為橋樑，以發現作為「戲劇家」的易卜生為起點，將「易卜生主義」進行「內向性」改造。也正是通過把作為「社會改造家」的易卜生與作為「戲劇家」的易卜生連接起來，為自己的創作留出了一條可以來回切換軌道的道路，也引起了彼時戲劇系學生的普遍認同，從而在精神與情感上在師生之間形成了凝聚力。

對於熊佛西而言，接手戲劇系之後，當務之急便是「教什麼」的問題。而這又關聯著著另一個關鍵——如何理解現代戲劇？如何通過教育，傳遞一種合理的戲劇觀念，並培養起未來的戲劇人才？如果說，戲劇系以區別於「戲劇社團」的方式，形成了一種特殊的組織形態，依靠的是教育的「強制性」，那麼，如何解釋戲劇系解散後楊村彬、張鳴琦、賀孟斧等人仍在戲劇主張和行動上追隨熊佛西？僅僅是為了生計著想，或者是響應「鄉村建設」、「戲劇大眾化」等口號的號召嗎？筆者認為，只有當劇作者感到社會命題與自身命運緊密相關，並且以感性的「文學」方式抒發情感並進行創作時，才能將自己從「唱高調」的困境中解脫出來。1929年，熊佛西在給梁實秋的信中稱，「在中國作戲劇運動，其途徑不在宣傳，不在實驗」的觀點行不通，因為中國多數民眾對戲劇缺乏基本的欣賞常識，所以需要宣傳；而實驗對於戲劇而言更是重要。〔註61〕在不斷的創作探索與演出「實驗」中，形成了將人與人聯繫起來的精神力量。

實際上，在余上沅、趙太侔、聞一多等一眾關心戲劇者的知識分子中，唯有熊佛西真正全身心地投身於劇本的創作。戲劇系出身的他卻較少涉及戲劇理論的申說與論爭，在「劇本荒」的時日裏，這種行為本身就帶有一種「苦幹」、「犧牲」的象徵意義。1928年10月12日，戲劇系停辦復活熊佛西開始

〔註60〕熊佛西：《社會改造家的易卜生與戲劇家的易卜生》，《益世報‧副刊》，1929年11月21日第12期。

〔註61〕熊佛西：《通訊》（熊佛西致梁實秋），《戲劇與文藝》，1929年第1卷第3期。

在《大公報・戲劇》上連載四幕劇《詩人的悲劇》。1930 年 10 月 24 日，戲劇系第十一次公演，《詩人的悲劇》被搬上舞臺，演出效果卻並不理想。此時就讀於清華大學的李健吾看過後，批評這部劇表現人生的虛幻，同時提到了膚淺的「感傷」的問題：「梅特林克愛寫神秘的戲劇，泰戈爾也好彈此調：然而二者都不會引出我們卑下的感傷：他們沒有寫過詩人的悲劇，但是他們的戲劇是詩化的，在這裡情感加以昇華作用，更純潔，更高尚，更脫離塵俗，更悠然有致。熊先生可惜在布景的神秘之外，只有青年所躭淫底感傷。」〔註 62〕另外，除了內容上充滿感傷主義情調遭到觀眾的非難之外，演員的表演也不盡如人意。這一點更遭遇了一般讀者的批評，其中主要原因在於劇作臺詞的文言化：「對話字句，太斯文了，幾乎全是以詩句寫成的，聽來稍覺難懂，演員在臺上說起話來，也好像背誦詩文一樣，也有不自然的困難。」〔註 63〕在觀眾眼中，這部劇的唯一優點，似乎就是舞臺布景與戲劇內容的和諧。〔註 64〕李健吾十分尖銳地指出：「這就是俞平伯先生所愛吃底『梅什兒』，或者『雜拌兒』。又沒有拌勻。」〔註 65〕其實，李健吾敏銳地以一個「雜」字，指出這部劇文學性太強，臺詞過於詩意，以至於與戲劇本身產生了割裂。

但是，在戲劇系學生看來，正是詩人獨白等富有哲學含義的臺詞，契合了這部劇的藝術風格，顯示出熊佛西寫作此劇時的複雜心態。整部劇基於象徵主義的構思之上，強調詩人是「新詩人」（而不是舊詩人），將詩人的悲劇置於家庭的日常生活內部，這種詩意與現實生活的碰撞，不禁使人聯想到易卜生在《野鴨》中的自我指涉。這也是為什麼李健吾看來的「雜伴兒」〔註 66〕，

〔註 62〕李健吾：《詩人的悲劇——十月二十五日藝術學院戲劇系的公演》，《華北日報・副刊》，1930 年 10 月 31 日。

〔註 63〕長公：《看過詩人的悲劇以後》（二），《益世報》，1930 年 11 月 4 日。

〔註 64〕平：《看了〈詩人的悲劇〉以後》，《益世報》，1930 年 11 月 3 日。

〔註 65〕李健吾：《詩人的悲劇——十月二十五日藝術學院戲劇系的公演》，《華北日報・副刊》1930 年 10 月 31 日。

〔註 66〕李健吾在 1930 年代也開始意識到做「藝術家」的艱難：「做一個藝術家多不容易，而且怎樣孤寂，在舉世滔滔的今日！//不說效果，因為效果好比放債，什麼時候收回本息，就是自己也有些茫然。這不過是高山頭上扔下一個碎石子，你看不見山腳一旁水的姿態，也聽不見那濺擊的響聲。但是你相信它遲早墮下去。在你肉眼以外，在你自己無能為力的時際，墮進自然的滔浪，流卷到你想像不出的地方。這就是做果。//好些人沒有飯吃，沒有衣服穿，沒有房子住，而你興興頭頭，跑了過去。你捧住藝術，彷彿端著一盤點心，想做一番慈善事業，你會出乎意外，遇見的盡是搖頭擺手。然後從他們絕望的瞳

在參與演出的戲劇系學生眼中，反而更切近熊佛西的創作心境的原因：「這個戲，詩人的悲劇即是作者上下求索的悲劇」，「充分體現了佛老當時的親身感受和思想感情。」〔註67〕事實上，在熊佛西擔任戲劇系主任期間，恰恰是通過文學的力量感染了這群熱愛文藝的青年。熊佛西強調「創作家最重要是他的情緒」〔註68〕的觀點，影響了包括張鳴琦、張季純、楊村彬等學生對戲劇的理解方式。與《詩人的悲劇》評價兩極化的情況相似，熊佛西的另一部劇《愛情的結晶》公演之後，也被抨擊為「低級趣味」〔註69〕，還有觀眾從階級分析的眼光，指出這部劇作違背了普羅時代的潮流，「站在功利主義與享樂主義的觀點上；而宣洩資產階級的情感與意欲心而已」。〔註70〕但從張季純對於熊佛西《愛情的結晶》的感受看來，已經脫離了以「思想」為標準的「易卜生主義」評價體系，但很難說他是以「藝術至上」的眼光來評價這部劇作。他認為，熊佛西的《醉了》《藝術家》《蘭芝與仲卿》幾個獨幕劇，「不是接承著以往的程途，而是在一度的顧慮和苦悶中，產生出來的富有熱情的火花；它的表現方式是尖銳的，短小精悍的四字足以當之無愧。從每篇真摯的情感上去考測，可以發現作者已投入了人生的氛圍中，已經看見人生了，但沒有進一步地把握到手裏邊。」直到《愛情的結晶》，「作者把握了人生的深邃，探掘了生命的絕境」，「《一片愛國心》的成功，是外的，技術的，為人的；而《愛情的結晶》卻是內的，藝術的，為我的。」〔註71〕顯然，與其他批評者不同，張季純是從戲劇反映人的生命存在本身來看待熊佛西的戲劇的。

「我」究竟如何在社會中立足，首先關乎的便是人的生存問題，這也是熊佛西一再強調「人生是出戲，世界是舞臺」的原因。1920年代以來，「戲劇家」的身份及生存，本就可以被視作一個社會問題加以審視。演員即「戲子」

仁，你照見自己也是膚黃肌瘦。」但是精神上，「漸漸沁入讀者的心靈，形成牽此動彼的諧和。因之你也打在宇宙的長鏈上，彷彿一個有力的環子。」（李健吾：《藝術家》，《水星》，1934年第1卷第1～2期。）。

〔註67〕楊村彬：《懷念佛西老師》，上海戲劇學院熊佛西研究小組編；陳多等編選：《現代戲劇家熊佛西》，北京：中國戲劇出版社，1985年，第339頁。

〔註68〕熊佛西：《論創作》，《戲劇與文藝》，1930年第1卷第8～9期。

〔註69〕《給熊佛西先生的一封信》，《京報》，1931年5月28日。

〔註70〕D.S.《由中國的戲劇運動說到熊佛西底〈愛情的結晶〉》，《益世報》，1931年6月6日。

〔註71〕張季純：《〈愛情的結晶〉在熊氏劇中之地位》，《北平晨報·劇刊》，1931年5月31日。

的陳舊觀念仍彌漫在社會輿論中，青年出來「學戲」，首先遭遇的便是家庭的反對，劉尚達說，「戲劇雖然列入堂皇的國立藝術教育之林了，——可是我們還是被家庭『經濟絕交』後，才踏進戲劇之門的。」〔註72〕張鳴琦也以詩言志：「我有我自己底將來，用不著你們替我安排」。〔註73〕有人將1923年北京人藝戲劇專門學校的解散，稱之為「戲劇教育的厄運」的開端。1923年曹錕當政，「不容許戲子也有學校」〔註74〕，雖有蒲伯英做校長，號召梁啟超等人作董事，招生情況良好，但後來因經費匱乏，不得已而解散。1926年餘上沅、趙太侔之所以離開戲劇系，也與劇人生存艱難有關。藝術學院缺乏實質性的物質建設，政府、學校層面自然不願意繼續投入經費。截至1932年1月熊佛西、陳治策赴定縣工作，戲劇系原定每學期公演兩齣，「每次公演至少須備款二百元」，已經因為半年來的經費困難而暫停舉行，「教授薪金聞亦只發出七月份之一二成」。〔註75〕

　　人藝劇專以來，「戲劇職業化」的呼聲一直存在。已有研究者考察在人藝劇專成立前，蒲伯英提出的「職業的戲劇」這一方案：「蒲伯英把『戲劇界』與其他『職業界』對舉，分明是把戲劇也看做社會分工的一種；作為一種『職業』的戲劇，因此也是社會整體分工的一個有機組成部分。」論者同時也發現，人藝戲劇專門學校最終走向以「教育」的方式，通過不斷「再造戲劇主體的源泉」，來平衡「職業」與「專業」的關係，並試圖以戲劇教育參與進社會改造的思潮當中。〔註76〕這一教育方向並不是在建校前便確立下來的，它的確立，與熊佛西的建議不無關係。在學校開學典禮上的眾多聲音中，熊佛西提出關於使學生畢業後「出去各個創立一所戲劇學校」的意見〔註77〕，所謂「出去」，以及以社會為單位不斷增殖戲劇人才的建議，日後，在陳大悲等人那裡得到了認同。而1926年熊佛西接手戲劇系後的「戲劇職業化」理想，也

〔註72〕劉尚達：《北平大學藝術學院戲劇系概況》，《戲劇與文藝》，1929年第1卷第4期。

〔註73〕張鳴琦：《你們……》，《大公報》（天津），1928年10月27日。

〔註74〕逸群：《戲劇教育的厄運——勉中華戲曲學校努力》，《大公報》（天津），1933年8月19日。

〔註75〕徐萬鈞：《北平國立各大學近況紀要續》，《大公報》（天津），1932年1月27日。

〔註76〕劉子凌：《二十世紀二十年代北京人藝戲劇專門學校成立過程的再考察》，《中國現代文學研究叢刊》，2011年第10期。

〔註77〕《人藝戲劇學校昨天開學》，《晨報》，1922年11月23日。

是沿著這一思路展開的。

但是，與人藝劇專時期不同的是，以「戲劇職業化」修正「愛美劇」的零散、非專業化成為共識之後，「職業化」就已經不單單指向劇人出路和「文化與政治的變奏」問題。當「社會改造」的思潮愈演愈烈時，一方面，作為獨立個體的人如何在心靈上適應這一「群眾」時代的來臨；另一方面，在保持戲劇與社會對話的同時，也不被外部的社會浪潮所裹挾，保持道德純潔性與人格的獨立性，是熊佛西這一時期思考最勤之處。

藝術學院學生自由隨性的氣質與波西米亞式的生活方式也是不爭的事實。九校合併後，「藝專」改為北平大學藝術學院。〔註78〕但是，藝術學院的學生似乎並未因教育制度的變更而壓抑自己的天性。1930年代初，在談及北平大學藝術學院時，仍有人表達對藝術家浪漫習氣的不滿：「該院經費每月近一萬元、兼以客夏院長位置久虛、風潮屢起、頗無重要建設可紀、該院學生既係藝術界人、多染浪漫習氣、因練習寫生而購來之酒類、水藥、雞子……往往超過必需限度、藉飽口腹、舉動隨便、由來已久、但此種習慣聞年來已逐漸消逝矣」。〔註79〕作者最後以一個「聽說」，表明了自己對藝術青年能「改邪歸正」的懷疑。誠然，這種「聽說」並非無跡可尋，其中一個重要依據，便是戲劇系主任熊佛西強調養成劇人道德修養的重要性，已經在戲劇系內部發揮了一定的效力。具體而言，以師生之間緊密聯繫為基礎，在注重專業技能上的培養之外，熊佛西的另一個教育重心在於養成學生的道德感與團體的合作意識：

> 不要浪漫。不要驕傲。任何人都可以浪漫，都可以驕傲，惟有我們幹戲劇運動的人不能浪漫不能驕傲。要多讀書。要多思想。要養氣。要流汗。要更有毅力，要更能合作。〔註80〕

正是因為「戲劇是一種最複雜的集團藝術。它需要各方面的合作與專責。所以每人的責任亦必須分明。」〔註81〕熊佛西在這裡對劇人人格提出的要求，既非浪漫主義的藝術家做派，也不願他們做書齋裏研究家，而是凸顯實乾和

〔註78〕劉尚達：《北平大學藝術學院戲劇系概況》，《戲劇與文藝》，1929年第1卷第4期。

〔註79〕徐萬鈞：《北平國立各大學近況紀要續》，《大公報》（天津），1932年1月27日。

〔註80〕熊佛西：《畢業論文序》，《戲劇與文藝》，1929年第1卷第5期。

〔註81〕熊佛西：《我的戲劇生活》（32），《北平晨報·劇刊》，1932年1月20日。

合作精神。曾抱怨余上沅、趙太侔「失職」的學生李珥彤，對熊佛西的教育方法十分滿意。據他描述，在戲劇系第二次公演時，熊佛西「大變從前教授代辦籌備的方式，分全係同學為劇務，前臺後臺，宣傳四股，一切事務純歸同學自動，他僅擔負指導的責任……」〔註82〕民主的教育方法，「德才兼備」的教育理念，使得戲劇系「和我國傳統戲劇『科班』的教授法有共同之處」〔註83〕，繼而具備了更強的凝聚力。

　　熊佛西眼中的戲劇不是純粹的藝術活動，更接近一種需要吃苦耐勞的工作——「爬梯子，下地道，搬重鈍的道具，都得我們做教授的先動手」。連貼海報這種小事也親力親為，並試圖以此潛移默化地影響學生，從而培養他們吃苦肯幹的精神。進而言之，戲劇是人格塑造的手段，它寓於日常生活的「工作」當中。熊佛西稱：「在今日的中國，我們做戲劇運動的人要什麼事情都能做。不管粗細，勿論文武。」〔註84〕所謂「今日的中國」，對應著胡適所說的「集團主義（Collectivsm）時代」。〔註85〕稍微辨析「職業」與「工作」兩個詞，第一，二者在表達社會分工層面上，有細微的區別，前者更傾向於都市物質文明中個人謀生的方式，而後者則可以指涉更廣的範圍，也可以與其他詞語連用組成偏正短語，比如「社會工作」、「教育工作」，比前者帶有更強的抽象性。第二，這個詞也接續的是熊佛西在文學研究會時期的文學觀，《文學研究會宣言》稱「文明相信文學是一種工作，而且又是於人生很切要的一種工作；治文學的人也當以這事為他終身的事業，正同勞農一樣。」正如程凱分析，這裡的「工作」「更意味著『播種』和『耕作』，希冀長出成熟的果實，所以說『同勞農一樣』。」〔註86〕第三，與單純的「職業化」相比，熊佛西更強調戲劇工作與日常生活相融的一面。熊佛西這一觀點對戲劇系青年的影響，體現在劉尚達 1929 年的文章《戲劇藝術家的修養標準》中，他為戲劇藝術家的方方面面的修養樹立標準，並希望以此引發關於這一問題的討論。他在文中提出一系列戲劇藝術家的修養標準，這些標準涉

〔註82〕李珥彤：《藝專戲劇系之回顧》，《大公報》（天津），1928 年 1 月 11 日。
〔註83〕楊村彬：《懷念佛西老師》，上海戲劇學院熊佛西研究小組編；陳多等編選：《現代戲劇家熊佛西》，北京：中國戲劇出版社，1985 年，第 336 頁。
〔註84〕熊佛西：《我的戲劇生活》（32），《北平晨報‧劇刊》，1932 年 1 月 20 日。
〔註85〕曹伯言整理：《胡適日記全編》第 6 冊，合肥：安徽教育出版社，2001 年，第 257 頁。
〔註86〕程凱：《革命的張力——「大革命」前後新文學知識分子的歷史處境與思想探求》，北京：北京大學出版社，2014 年，第 54 頁。

及日常生活的方方見面，譬如戲劇家要有健全的身體，其中既有運動、早起、練習舞蹈讀音等要要求，還有「性的衛生」「戒除酒煙」等要求；因為戲劇是集體的藝術，因此要養成遵守紀律的習慣，「要養成守時間，負責任的習慣」，不僅在集體中如此，更應應用到人生中來……他尤其提到了「勞動的工作」：

> 1. 要深信向上奮進自強不息，是工作的為一原則。2. 要認定百折不撓，多多練習。是成功的不二法門。3. 要自己督促自己，今天的工作，今天必定要做完。4. 要深信努力的工作，才能創造出興味和結果來。5. 要拋開成敗的觀念，只是有興趣的繼續著工作。6. 要深信努力的工作，才能創造出興趣和結果來。7. 要深信最大的快愉，是在最大的苦用工夫之後。8. 要認定一切工作，都在實行來做，做就是成功……〔註87〕

1933 年《矛盾月刊》戲劇專號，與其他撰稿者的宏論相比，熊佛西的稿件非常特別，他以十七個否定句表達了自己的「戒條與信念」，茲列於下：

一、不標榜主義和派別，只舒法自己的情感。

二、不教訓人，不侮辱人；只感動人，只同情人。

三、不寫十個人物 Character 以上的戲。不寫兩個女性以上的戲。

四、不寫不能上演的戲。

五、不寫兇殺與結婚。

六、不讓妓女與姨太太在我的劇本裏發現。

七、不用刻薄的字句，但用幽默的筆調。

八、不寫謾罵他人的文章。不答辯他人謾罵我的文章。

九、不參加遊藝會。

十、不與女演員戀愛。

十一、不違背導演人任何命令。不破壞劇院任何規章。

十二、在後臺工作時間不大便，不小解。

十三、不請親友看我的戲或我導演的戲。

十四、不問人要戲票。不送戲票給任何人。

十五、在導演或監演時，不奉行平等主義。

十六、在後臺不咳嗽。發生了天大的事故，也不改變鎮靜的深色。

〔註87〕劉尚達：《戲劇藝術家的修養標準》，《戲劇與文藝》，1929 年第 1 卷第 2 期。

十七、在後臺不接見任何來賓。〔註88〕

據編者在附注中說，由於熊佛西在定縣工作太忙，無法騰出空閒寫作一整篇作品，「文章雖僅是短短是十七項，然而熊先生對於戲劇之忠實，勤奮，已可謂暴露無餘。」〔註89〕但實際上，熊佛西彼時在定縣從事農民劇實驗，無需用長篇大論來解釋自己的「勤奮」。或者，與其說他是沒時間寫長篇大論，不如說，他是想以這種標新立異的、接近幽默的方式表明自己反對空談、主張「干戲」的態度。

據此，可以將熊佛西的戲劇教育觀概括為「劇可以群」。正是通過上述「情」與「理」兩種力量的交織，熊佛西為學生樹立了不同於「文明戲」、「愛美劇」時期的戲劇觀念，更以此更新了劇人的組織方式，使劇人的身份從「戲子」、「業餘愛好者」等稱謂中超拔出來，即以標準化的工作規範和道德意識，以此區別於波西米亞式的、個人主義的藝術家式生存方式。也是在「劇可以群」的觀念的影響下，熊佛西及其學生在定縣的短短幾年內，便創作出了幾個有分量的劇本，並在相互配合下搬上舞臺。

與此同時，在熊佛西的戲劇理論體系中，「觀眾本位」是一項重要內容，觀眾—民眾—國民構成了三位一體的接受主體。他在一種東西文明觀的視角之下，將觀眾的觀劇習慣提升到國民性的高度上：

中國現在的觀眾極不守秩序：戴著帽子妨害他人的看，隨意談笑擾亂他人的聽，隨便吐痰抽煙妨害劇場的衛生。應該集中思想去欣賞臺上的意味。欣賞戲劇正如吾人從事飲食：細細嚼，慢慢喝，愈嚼愈有味，越喝越要喝。戲亦然，要用思想去揣摩。入劇場的目的更應純正：不可醉翁之意不在酒。指正與批評是觀眾應有的精神。〔註90〕

這種對觀眾的不滿，已經提升到國民性批判的層面，養成「合格觀眾」的過程，亦即重塑國民性的過程。1935年，熊佛西主持定縣中華平民教育促進會戲劇委員會時期，他的學生張季純撰文指出了戲劇團體的「戲劇道德」與觀眾的「道德」之間的關係。文中談及，道德可以用來維繫作為「集團組織」的戲劇從事者，「戲劇道德在形式上相當於那種『行規』『店章』，它可以

〔註88〕熊佛西：《我的戒條與信念》，《矛盾月刊》，1933年第5～6期。
〔註89〕熊佛西：《我的戒條與信念》，《矛盾月刊》，1933年第5～6期。
〔註90〕熊佛西：《觀眾》，《北平晨報·劇刊》，1931年1月11日。

具有些簡約的條文，可是這些條文並不一定要公開出來；在意義上它是以戲劇行動的整飭為基準，而注意於人與人的相互關係上。」在此基礎上，連觀眾也受到戲劇道德的制約。〔註91〕主持平教會戲委會之後，熊佛西更加注重戲劇與公民教育的關係，戲劇作為道德與行為的「訓練方式」，幫助民眾通過「看戲」這一日常生活行為養成良好的習慣。比如持票、排隊入場、脫帽看戲、遵守公共衛生等細節是為了養成他們嚴守秩序的素質〔註92〕；農民自己演劇則發揮話劇運動「集團」式的訓練性質，培養農民的「組織能力」、「合作精神」〔註93〕；此外，熊佛西在定縣培養演員練習生也是以「工作」的標準而非「課堂」的標準：「對於他們的訓練是寓學習於工作之中，無所謂呆板的課堂式的講授，乃是教他們吃苦耐勞，實地參加戲劇各方面的工作」〔註94〕，這也延續了「戲劇系」時期培養學生的思路，即「工作就是生活，就是學問」。〔註95〕在熊佛西、張季純看來，「劇可以群」的理念在「再造民眾」這一維度也發揮著重要作用，在創作—演出—觀看三位一體的戲劇體系當中，通過表演與觀看得以實現。1932 年 7 月，在定縣工作半年後的熊佛西進一步闡發自己的「工作的意識」，要求劇作家離開象牙塔，「奉勸熱心戲劇的同志，與其整天的嚷著到『十字街頭』『到民間去』，倒不如先到農村工廠去工作，得到些『工作的意識』。與其整天的在那裡標榜派別和主義，倒不如先用點苦功來修養自己的內容，訓練自己的技巧。」〔註96〕

雖然要求劇作家走向鄉村，但熊佛西是以「都市」的標準來審視鄉村，對鄉村社會的生活方式、倫理道德都抱持著審慎、批判的態度。如果說上述訓練是試圖從戲劇之「外」的層面，以不破不立的姿態，試圖養成健全的國民，那麼，戲劇藝術如何在「情」這一層面打動農民，才是理解「劇可以群」的關鍵所在。熊佛西也意識到，戲劇「是一種心理建設的教育，它是一種民眾陶冶性德的藝術。它的技術是暗示性的，印象是直接而深刻的，且係多方面的。」「處處要有趣味，處處要含蓄。要觀眾看戲的時候覺得他們在看戲，

〔註91〕季純：《建樹戲劇道德》，《北平晨報·劇刊》，1935 年 8 月 11 日。
〔註92〕熊佛西：《定縣農民實驗劇院》，《大公報》（天津），1932 年 11 月 30 日。
〔註93〕熊佛西：《農村戲劇與農村教育》，《北平晨報·劇刊》，1933 年 10 月 15 日。
〔註94〕《定縣農村戲劇》，《北平晨報·劇刊》，1934 年 10 月 7 日。
〔註95〕《青年與農村——熊佛西昨自本市青年會演講》，《大公報》（天津），1935 年 3 月 7 日。
〔註96〕熊佛西：《戲劇怎樣走入大眾》，《北平晨報·劇刊》，1932 年 8 月 28 日。

而不感到他們在受教。」〔註97〕進而言之，對於民眾行為準則、道德規範尚可憑藉熊佛西等人的「都市經驗」，移植劇場行為的基本法則，使他們通過觀看與演劇體驗獲得一種置身於「群」的感覺；那麼，要想打通戲劇內部與紛繁「人心」的樞紐，就不能靠簡單移植「都市經驗」。顧炎武概括中國傳統城鄉關係時有言：「聚於鄉則土地闢，田野治，欲民之無恒心，不可得也；聚於城則徭役繁，獄訟多，欲民之有恒心，不可得也。」〔註98〕考慮到農民「聚於鄉」的文化心理，他們天然地對現代都市文明存有恐懼，那麼，對於熊佛西等劇人而言，如何在考慮觀眾接受的前提下，將自己依照現代西方知識體系與都市眼光所建構起來的「鄉村想像」〔註99〕，轉化為藝術呈現，還必須進一步評估與彌合這種想像與現實之間的差距，本章第二節將進一步展開對這一過程的剖析。

三、民教視野下農民戲劇的「廢幕」

重新審視熊佛西於自己33歲這年「過早」地總結自己的戲劇道路，顯然志不在歷史的講述。其一，他以較大篇幅敘述自己在戲劇系的工作與實踐經驗〔註100〕，將個人的戲劇工作經驗與戲劇系的命運聯繫在一起，是試圖利用自己的名氣，在文學藝術界甚至整個社會，為戲劇系同人爭得一席之地；其二，熊佛西以及戲劇系學生從事的定縣農民戲劇實驗，是彼時「民眾戲劇」運動的重要組成部分，因此他們的講述，也在呼應著這一全新的戲劇潮流。熊佛西通過生動立體地呈現自己的創作歷程，並且盡量還原戲劇作品所誕生的社會歷史背景，將自己的創作史編織進中國近代史的發展歷程中，也有為目下從事的戲劇工作張目之意，即印證這一工作具有符合歷史發展趨勢的特徵。

《我的戲劇生活》的記錄止於戲劇系解散與赴天津為「小劇院」籌資的演出，熊佛西沒有接著介紹自己與陳治策等人在定縣的計劃。當然，他也借此在戲劇系與定縣平教會戲委會之間，為讀者建立了「未完待續」的想像空

〔註97〕熊佛西：《農村戲劇與農村教育》，《北平晨報·劇刊》，1933年10月15日。
〔註98〕〔清〕顧炎武：《人聚》，《日知錄集釋》，上海：上海古籍出版社，2014年，第284頁。
〔註99〕梁心：《現代中國的「都市眼光」──20世紀早期城鄉關係的認知與想像》，《中華文史論叢》，2014年第2期。
〔註100〕從1934年5月13日至1935年2月10日，共分10次連載自己在戲劇系的經歷。

間。熊佛西筆下萬象更新的戲劇系，頗有為全國劇壇樹立標準的氣勢，他顯然不會滿足於它的戛然而止。無論他本人的回憶，還是張鳴琦、楊村彬為戲劇系「寫史」，都展露了戲劇系團結向上「干戲」的決心，以及以目下的農民戲劇為基準，為全國劇壇樹立標準的雄心。

綜上，熊佛西在自傳中勾勒的戲劇系鼎革的「進化」歷程，雖確實有符合客觀事實的一面，必須承認，經熊佛西整頓之後的戲劇系煥然一新，在根本上不同於余上沅、趙太侔時期缺乏組織性和計劃性的教學模式。但上述新／舊對比的論述方式，反應的是一種將自己甚至整個戲劇系置身於全新的知識體系、組織方式甚至道德觀念之下，以更加切近時代大眾化的走向與基調。從「民眾」觀念的演進這一角度來看，戲劇系時期的活動還牽涉著另外兩個有趣的話題，它們關乎熊佛西及戲劇系─戲委會同人「民眾」觀確立過程中的參照系問題，此前並未引起學界的重視。第一，對於熊佛西等人而言，所謂眼光「向下」，並不是在定縣一蹴而就的，而是在戲劇系時期，就通過不斷反思、割裂自己與留學時期的「圈子」與經驗的關係後，逐漸形成的。第二，趙太侔等人從事的戲劇活動，潛在地被熊佛西拿來作為調試自己戲劇觀念與實踐的參照。針對後者，雖然熊佛西及其學生筆下徹底分化出新、舊兩個「派別」，但自從趙太侔離開戲劇系後，熊佛西與這一所謂「舊派」之間的對話仍未消歇，而對話的著力點，正是民眾與戲劇的關係問題。反觀熊佛西的農村戲劇實驗，尤其是「破除幕線」這一舉動，不排除有汲取趙太侔、王泊生等人從事民眾戲劇經驗與教訓的成分。

1929 年餘上沅繼續回到藝術學院戲劇系任教，與熊佛西一道組成了以張寒暉、章泯等六位戲劇系第一屆畢業生為核心的北平小劇院。1931 年 7 月北平小劇院公演趙元任的作品《軟體動物》，熊佛西任導演。此劇一出，《北平晨報・劇刊》便組織討論為該劇造勢，包括趙元任談為該劇注音注調的情況，余上沅談該劇的舞臺設計〔註101〕，陳治策談幕後花絮，以及胡適的讚語等。有趣的是，報紙上很快出現了一個不和諧的聲音。林徽因雖未至現場觀看該劇，但是根據別人的描述，她認為，針對余上沅、陳治策等人提到的東拼西湊借道

〔註101〕 1926 年秋戲劇系新學期開學時，余上沅南下前往東南大學任教，期間參與新月書店的創辦。1929 年回到北平後，余上沅繼續回到藝術學院戲劇系任教，1930 年夏，與熊佛西、陳治策等人一同創建北平小劇院，並任劇院院長一職。該劇院，趙元任任董事長，陳衡哲為副董事長，許地山、葉公超為董事，熊佛西為秘書兼任副院長。

具這類所謂的「幕後的困難」，不能成為布景簡陋的藉口。她這時搬出了自己在耶魯大學劇院學習時借道具布景的經歷，認為余上沅、陳治策簡直小題大做。林文一出，陳治策馬上反擊，稱「我兩次寫的幕後生活並不都是寫實的記述，只是一種趣話」，同時也譏諷林徽因：「有時沒錢，固然不能作如意的購置；有時即使有錢，也不應當拿著錢往太平洋裏頭扔去。」更有意味的是余上沅的回應。余文中提到：「北平小劇院不能跟耶魯大學劇院比，林女士！我們除了一片至誠的熱心之外，別無所有。就是借，也有無窮的限制。」在附記中，余上沅更是提到了與林徽音的友誼始於留美時期的中華戲劇研究會，因此余上沅對林徽因的批評在與陳治策相比，又多了一層象徵意義。他以物質佔有為基準，暗示窮困潦倒的他們，與林徽因這位北平的「太太」已經「道不同不相為謀」。作為《北平晨報·戲劇劇刊》的主編，熊佛西不便直接發言，但他把余上沅的《答林徽因女士》一文安置在該期頭條，已經表明自己的態度。劇中鄭承勳作為演員更有發言權，他在隨後發表的文章中直接影射林徽因：「因北平城裏的軟體動物多，也就是這次軟體動物成功的原因！我希望軟體動物公演以後，北平的白先生能硬化他們的太太們！」〔註102〕熊佛西將此文與與林徽因的「致歉」文一併發出，顯然進一步升級了這一事件，加劇了昔日朋友間的分化。在戲劇系舉步維艱的時日裏，教授靠兼職賺錢〔註103〕，學生靠業餘投稿賺錢〔註104〕，戲劇系師生拮据的生活與「太太的客廳」形成鮮明對比。

在一眾曾留美進行過專業研習的劇人中，熊佛西尤其著意抒發在中國以戲劇為生計的苦楚，也因此更能體會下層民眾的苦痛。熊佛西的劇本中，《醉了》屬於很特別的一個，劊子手王三懼怕殺人，卻為了生存不得不殺人。全劇在緊張、壓抑的氛圍中推向高潮，在王三妻子無力的解釋中戛然而止，帶有很強的表現主義色彩。這部劇的重心乃表現中國底層民眾不自由的生活，正如張鳴琦的理解：

〔註102〕鄭承勳：《演員的話——軟體動物的各方面》，《北平晨報·劇刊》，1931年8月23日。

〔註103〕熊佛西1927～1931年任燕京大學文學院國文系講師，1932年兼任講師。（《燕京大學教職員名單》（1918～1952），張瑋瑛等主編；燕京大學校友校史編寫委員會編：《燕京大學史稿（1919～1952）》，北京：人民中國出版社，1999年，第1410頁。）

〔註104〕劉靜沅回憶徐凌霄鼓勵經濟困難的學生多寫文章，而後他拿去發表。（劉靜沅：《回憶北平大學藝術學院戲劇系》，安徽大學藝術學院，安徽藝術學校編：《劉靜沅文集》，合肥：安徽文藝出版社，1997年，第611頁。）

近代人，特別是中國人，都是這樣的，所以有許多人說熊先生這個劇本的確可以代表中國近代人的生活。做土匪的因不得已不做土匪，犯罪的因不得已而犯罪，賣國的因不得已而賣國，當兵的因不得已而當兵……！這種種不自然的生活（artificial life），這種種讓人變成妖惡的生活，這酒醉的人生，這沉淪，這墮落的人類！咳！熊先生是不悲觀的，也不消極的，「醉了」，「醉了」，希望人間從此醒來吧！〔註105〕

　　1928 年 7 月，熊佛西也在《大公報·戲劇》發表《戲劇與民眾》一文，第一次公開表達了他的「民眾戲劇」觀。他在文中首先點明戲劇與民眾的關係之緊密，而後將舞臺與社會進行類比，指出「舞臺與社會同是一種有機的組織」，「戲劇完全是團體生活的表現，社會縮影的批評」；並且，將他的「合作」的教育觀念延伸至社會教育，由戲劇的組織聯想到人的組織問題：「我們想達到全國人民合作的地步，必得速急提倡團體生活。」〔註106〕但是熊佛西此文著重從組織形式上發掘戲劇與民眾的緊密聯繫，至於什麼樣的戲劇才可稱之為民眾劇，並未進一步展開說明。1929 年夏天，為了籌備「北平小劇院」，熊佛西攜其弟子赴天津公演，演劇的四個劇目分別是《啞妻》《壓迫》《一片愛國心》《醉了》，在熊佛西看來，「現在革命了。民眾成了革命的中堅。不管政治、經濟、教育、科學、藝術、一切一切都要民眾化。」這四個劇本既是藝術的劇本，也是最民眾化的劇本。〔註107〕但是，這次公演卻因為觀眾大多是智識階級，被視為「失敗」的經驗，由於票價太高更招來訾病。

　　與其說天津公演是借「民眾」之名行「精英」之實，倒不如說，以熊佛西為中心的劇人，此時想像的「民眾」，直接被等同於缺乏藝術感受力、有待訓練的市民觀眾，是在「五四」以來的「美育」理想下想像的接受客體。這種想像中的「民眾」能夠調動感性體驗與理性思考能力，能夠高度領會戲劇藝術的魅力，而一個具備欣賞戲劇藝術能力的「民眾」之標準，更是依靠留學歐美時期的知識背景建立起來的。熊佛西認為，不是西洋藝術不好，而是民眾沒有養成欣賞的習慣。他將藝術缺少普及性的原因歸結為教育的缺失：「就是因為中國的教育沒有普及，所以藝術不能普遍，所以藝術不能打入一般民眾

〔註105〕張鳴琦：《我們這次公演的劇本》，《大公報·戲劇》（天津），1928 年 8 月 1 日。
〔註106〕熊佛西：《戲劇與民眾》，《大公報·戲劇》（天津），1928 年 7 月 11 日。
〔註107〕熊佛西：《我們的戲劇與天津民眾》，《戲劇與文藝》，1929 年第 6 期。

的心理。」「藝術何時發達，就看我們民眾何時有了鑒賞藝術的知識。」可見，在熊佛西赴定縣之前，便建立了戲劇與社會的內在聯繫，提出以「團體」的力量解決社會問題，〔註 108〕但更多情況下，「民眾」是一個普泛的概念，或者一個方便論述的名號，在談論起究竟何謂「民眾劇」時，他並不知道方向在哪裏：「中國現在似無民眾化的戲劇。究竟什麼樣的戲劇才算民眾化，這問題太複雜，決非一人之思想能計劃到的，更非短時期能實現的。」〔註 109〕

　　此時熊佛西等人的「小劇場」標榜「民眾本位」，所以自動與「太太」階級劃清界限，也不排除有重塑自我形象的意圖。因為，從他們組織稿件、安排撰寫等步驟看來，也不是完全出於藝術觀點上的申發，而是帶有強烈的替自己申辯的意味；尤其是陳治策插科打諢般抱怨借不到道具的口氣，實在與一個大學教授的莊重形象差距甚遠。他通過刻意降低姿態的發牢騷，與林徽因的居高臨下拉開距離，以此作為區隔北平小劇場與「太太」之間的界限。但是，直到 1933 年 7 月，當陳治策從語言現象入手分析戲劇語言的文言化問題時，他列出的以下幾條弊端：「(1) 叫演員感覺有聲音表情的困難；(2) 叫觀眾有聽不懂的可能；(3) 叫觀眾聽著肉麻；(4) 叫觀眾感到對話的不調和」雖然著重於觀眾的接受情況，但並不涉及語言背後更深刻的社會意識形態問題。陳治策在文中接著以熊佛西為例，談到《屠戶》之前，「寫的對話有時不是失之於太文，就是失之於太硬……至於他好用文言，更是他難改的一大毛病。」〔註 110〕也就是說，雖然置身「民眾化」的社會潮流中，熊佛西、陳治策對「民眾」的真正探索卻並一定從外部的經驗得來，而是始於在「圈子」內部的相互參照下的反思，並通過不斷地標出「我們」與「他們」得以實現，這也給他們在定縣時期的戲劇實踐埋下了伏筆。

　　實際上，「民眾」之於「民眾劇場」在中國最開始出現時，便是作為「虛名」存在的。1921 年，陳大悲、汪仲賢等人組織成立了「民眾戲劇社」，但這一團體主要以推廣「愛美劇」為目標，帶有很強的文人化、圈子化特質，戲劇並未真正作用於「民眾」這一群體〔註 111〕，因此不能給熊佛西等人提供本土

〔註 108〕高踐四：「運用團體的力量，解決社會問題，是民眾教育的目的」。（高踐四：《民眾教育》，上海：商務印書館，1934 年，第 62 頁。）

〔註 109〕熊佛西：《平民戲劇與平民教育》，《戲劇與文藝》，1929 年第 1 卷第 2 期。

〔註 110〕治策：《介紹〈現代劇選〉》，《北平晨報‧劇刊》，1933 年 7 月 23 日。

〔註 111〕參見王瑜、周瑨佳：《民眾戲劇社與近代租界文化的歷史勾聯》，《現代中國文化與文學》，2017 年總第 23 輯。

經驗以參考。「民眾戲劇」中「民眾」的意義得以強調，始於社會改造的浪潮下知識分子對戲劇與民眾教育意義的發現。

在「民眾教育」的視野下考察趙太侔自離開北平後的活動，為定縣的農民戲劇實驗提供了一條隱秘的參照系，將 1930 年代熊佛西、張鳴琦、楊村彬等人重述昔日戲劇系的「新舊之爭」放置在這一視野下，便會發現，「新」「舊」背後關涉著培養什麼樣的觀眾的問題，歸根結底，即新興戲劇如何發揮現代性的特徵改造社會、改造民眾，又能在多大程度上改造社會、改造民眾的問題。

與熊佛西相似，趙太侔離開戲劇系後，從事的工作一直與教育有關。1926年 8 月先是入國民黨中央青年部工作，「濟南慘案」後，隨北伐軍來到山東泰安，1928 年 4 月，趙太侔出任山東教育廳秘書，負責社會教育科工作。他再次與戲劇發生關聯，是於 1928 年 6 月邀請戲劇系第一屆學生王泊生、吳瑞燕夫婦，籌備組建了泰安「民眾劇場」。該劇場王泊生擔任主任，趙太侔作指導。1929 年 6 月山東省教育廳遷回濟南，民眾劇院同遷，擴充為山東省立實驗劇院。這一史實極少為人關注，除了研究視野受限外，更重要的原因在於，在考察 1930 年代的戲劇發展史時，較少有研究者將視線從中心城市轉移到「地方」上來。也正由於此，研究者在考察熊佛西等戲劇系師生戲劇大眾化實驗時，也失去了一個重要參照系。

趙太侔在國民政府官方的幫助下，率先實現了中華戲劇研究會同人的「小劇場」理想——余上沅曾稱：「『建築一座小劇院』，是我們和許多朋友們惟一的甜夢。」〔註112〕自「民眾戲劇社」以來，「小劇院」便被認為是劇人探索戲劇藝術發展的必經之路，戲劇實驗的園地。彼時趙太侔在山東省教育廳社會教育科工作，戲劇如何在自足的藝術表現形式與「謀社會教育之易於奏效，以速進社會之改良」的功利性作用中取得平衡〔註113〕，對他來說困難重重。在「民眾劇場」的最初設想中，存在以下幾個目標：普及社會教育、改良民眾生活、提供正當娛樂、發揚藝術精神、鑄造新國民性。〔註114〕依據羅曼羅蘭的「民眾劇院」理論，民眾劇院應以民眾的「愉快，能力，

〔註112〕上沅：《一件古董》，《晨報副刊·劇刊》，1926 年 9 月 16 日第 14 號。

〔註113〕谷心儂：《一年來之山東省立實驗劇院》，《青島民國日報副刊合訂本》，1930年第 2 卷第 2 期。

〔註114〕李一非：《民眾劇場是幹什麼的？》，轉引自谷心儂：《一年來之山東省立實驗劇院》，《青島民國日報副刊合訂本》，1930 年第 2 卷第 2 期。

智慧」為目的。〔註115〕這種設想體現在「民眾劇場」對公演劇目的選擇上。1929 年 6 月民眾劇場準備搬離泰安，在留別泰安各界人士時公演多場，目次如下：

	劇本名	作 者	導 演
留別泰安各界	《獲虎之夜》	田漢	王泊生
	《一休和尚》	武者小路實篤	王泊生
	《壓迫》	丁西林	吳瑞燕
留別泰安黨政界	《兵變》	余上沅	王泊生
	《一隻螞蜂》	丁西林	趙太侔
	《國父》（啞劇）	王泊生	吳瑞燕
留別泰安工商界	《濟難》	李 非	李一非
留別軍界及民眾	《濟難》	李一非	李一非
留別各演員家長	《獲虎之夜》	田漢	趙太侔

值得注意的是兩部新編的劇本，分別是王泊生為紀念孫中山而作的《啞劇》，以及李一非為紀念濟南「五三慘案」而編導的《濟難》，題材帶有很強的時效性，但是作為民眾戲劇而言，是否具有典型性，還未來得及進一步實驗便戛然而止。1929 年 11 月 9 日，遷至濟南的民眾劇場已擴大為山東實驗劇院，第一次公演時演出劇目為《闊人的孝道》（蒲伯英著，吳瑞燕導演）和《一致》（田漢著，王泊生導演）〔註116〕。從民眾劇場到山東省實驗劇院的第一次公演，公演的劇目均新興戲劇，離不開趙太侔延續戲劇系時期的演劇實踐。趙太侔希望借「二十世紀科學的光芒」，利用新劇「造成一種活潑真摯堅毅向上的新國民性」。〔註117〕問題在於，泰安「民眾劇場」將「生活之藝術化」被擺在首位〔註118〕，但作為山東省教育廳附屬的機構，又不得不考慮政治因素的介入，就在「政治」與「藝術」爭奪戲劇資源的過程中，趙太侔試圖利用新劇喚起民眾自尊心與建構新的國民性的願望，還未展開就被阻撓了，如果說，

〔註115〕羅曼羅蘭著，上沅譯：《民眾劇院》，《晨報副鐫》，1925 年第 50 期。
〔註116〕《山東省立實驗劇院消息》，《山東民國日報・戲劇副刊》，1929 年 11 月 2 日。
〔註117〕李一非：《民眾劇場是幹什麼的？》，轉引自谷心儂：《一年來之山東省立實驗劇院》，《青島民國日報副刊合訂本》，1930 年第 2 卷第 2 期。
〔註118〕李一非：《民眾劇場是幹什麼的？》，轉引自谷心儂：《一年來之山東省立實驗劇院》，《青島民國日報副刊合訂本》，1930 年第 2 卷第 2 期。

趙太侔希望利用新劇造就「新國民性」，那麼，民眾劇場向舊劇的「倒戈」，意味著趙太侔以新劇建構理想「民眾」的心願走向失敗。

1927年國民政府成立以後，興論界對「民眾戲劇」的想像，其意義與外延已經根本上不同於「愛美劇」時期，如何發揮戲劇的宣傳、教育功能，不滿足於「啟發民智」這一要求，而是關涉到如何更大化地發揮戲劇介入社會的力量，在「民眾教育」中扮演更有效的角色。無論國民黨官方還是獨立的劇作家，此時通過戲劇開展「民眾教育」，也已成為共識，然而在主張民眾教育的人看來，以「增進常識、陶冶性情、激勵志氣、引起同情、改進風俗」〔註119〕等為目標，但卻不一定以新興戲劇為首選。「五四」新文化運動時期，陶行知曾發表《戲劇與教育》一文，稱教育對於演員與觀眾而言均有重要意義，「善用，則社會可以改良；不者，用之風化足以敗壞。是不可以不慎也。」〔註120〕而後在南京曉莊鄉村師範學校，培養學生時，便要求他們會做「通俗戲」，並在當地組織了曉莊劇社。1930年代陶行知在上海創辦晨更工學團、山海工學團、國難教育社等，在上海開展左翼戲劇運動。〔註121〕但是，多數民眾教育的專著雖明確提出戲劇作為民眾教育的重要途徑，但是作者所列出的戲劇的種類中，也沒有出現明確的「新劇」等字眼，一些作者作者在文明戲、說書等層面上理解「話劇」這一劇種，話劇類別下的「寫實」條目具體指涉也不甚明晰：

1. 樂劇如崑曲、皮黃、雜曲、社戲等；
2. 話劇如寫實、文明、說書等；
3. 傀儡劇如宮劇、啞劇等。

不僅如此，作者還特意指出「戲劇的改良」的重要性。〔註122〕

1929年就職於山東實驗劇院並擔任《山東民國日報·戲劇副刊》主編的趙銘彝，提及濟南的「舊空氣」時說道：「不少人對於戲劇不重視」，這裡的戲劇即新劇。作為省會的濟南，新劇不興的風氣尚且如此，更何況偏居一隅的泰安。正出於這種原因，1928年趙太侔才召喚戲劇系時期推崇舊劇的王泊生、

〔註119〕范望湖：《民眾教育 ABC》，上海：ABC 叢書社，1929年，第123～124頁。
〔註120〕陶行知：《戲劇與教育》，《南京高等師範學校教育研究會會刊》，1918年第3期。
〔註121〕葛飛：《戲劇大眾化實踐的政治空間及其承擔者：兼論「劇聯」組織性質的演變》，《中國現代文學論叢》，2007年第2期。
〔註122〕范望湖：《民眾教育 ABC》，上海：ABC 叢書社，1929年，第1頁。

吳瑞燕一起組織「民眾劇場」。在濟南，王泊生完全主導了山東省立實驗劇院，
並將目標調整為「整理中國舊有戲劇，藉以提高戲劇藝術，完成戲劇的使命」，
摒棄了「民眾劇場」時期以新劇作為「民眾戲劇」的基本路線，而作為訓練演
員的機構，實驗劇院所授課程中除基本戲劇類課程外，也不乏包括建國大綱、
建國方略概要、三民主義等內容在內的「黨義」。此時趙銘彝與趙太侔、王泊
生發生了衝突，不滿山東實驗劇院的「復古化」，「痛罵了趙太侔王泊生」後
〔註 123〕，離開濟南。「山東的社會是一向受著舊勢力的包圍與薰陶的」〔註
124〕，趙太侔重視思想與藝術並重的「民眾戲劇」並不能適應山東觀眾的口
味，反倒是王泊生此時提倡的「新歌劇」，迎合了齊魯大地相對保守的文化氛
圍。1929 年，谷心儂提出新歌劇的構想：「用我們中國民族性的精神與情調作
骨子，然後再參加以西洋故居的形式，以及樂師的排列，兩相糅合，庶幾可
以產生一種新世紀的歌劇也未可知？」〔註 125〕

戲劇系時期，熊佛西和他的學生便一直追蹤關注趙太侔、王泊生的民眾
戲劇實踐，1929 年熊佛西主編的《戲劇與文藝》中設「戲劇消息」欄目，由
劉尚達負責，其中就有對民眾劇場的相關報導。〔註 126〕這種廣泛地搜羅各
地戲劇消息的經驗，使他更能從宏觀上把握劇壇的動態與走向，以至於窺見
其中的問題所在。1930 年初，在劉尚達總結兩年來中國話劇運動之進展時，
敏銳地發現，當「民眾戲劇」已經成為共識，「『民眾』一詞也不免籠統，因
之『中國的民眾劇』究竟是那一種劇，實在是一個大問題。」比如歐陽予倩
有《民眾劇的研究》，稱「使戲劇很快的普遍到一般民眾，因為民眾才是我
們作劇運真正的對象」，熊佛西有「最民眾的藝術當然是戲劇」，而且有各省
「民眾劇社」的勃興……但是無論南國社公演票價一元，還是戲劇系畢業生
天津公演票價兩元，民眾都抱怨太不「民眾化」了。隨後他提及與「民眾戲
劇」配套的「小劇院」，指出小劇院與「民眾化」的要求相悖，「試問現在『話

〔註 123〕 趙銘彝：《懷念金劍嘯烈士》，《金劍嘯紀念文集》，齊齊哈爾市檔案館，1986
　　　　　年，第 22 頁。
〔註 124〕 谷心儂：《一年來之山東省立實驗劇院》，《青島民國日報·副刊》，1930 年 2
　　　　　月 12 日第 145 號。
〔註 125〕 谷心儂：《建設起我們的新歌來》，《山東民國日報·戲劇週刊》，1929 年 11
　　　　　月 9 日。
〔註 126〕 達：《戲劇消息：民眾劇場改為實驗劇場》，《戲劇與文藝》，1929 年第 1 卷
　　　　　第 5 期。《戲劇消息：山東實驗劇院十期公演的劇目》，《戲劇與文藝》，1930
　　　　　年第 1 卷第 10～11 期。

劇』的觀眾是不是些少數的知識分子？」就創作主體而言，民眾劇的創作主體應該是「真正的民眾自身；至少是深切瞭解認識了『戲劇』與『民眾』的戲劇家。」〔註127〕

在定縣農民戲劇實驗之前，雖然包括熊佛西在內的許多人疑惑農民是否接受新劇，但是當他們的實驗愈發深入以後，這個問題的關鍵就變成，農民如何破除舊劇的欣賞經驗，真正轉化為現代意義上的觀眾（國民）。已有研究者指出，定縣農民戲劇最著名的以露天劇場「打破幕線」之創舉並不是在定縣探索實現的，而是熊佛西、陳治策等人在戲劇系時期的理論思考落地之後的呈現。〔註128〕但也應注意到，從「幕」這一物質層面思考戲劇與民眾的關係，固然有相關的劇場知識做背景，但是真正以露天劇場為演出場地從而衝破「幕線」，其實來自於他們在定縣進行戲劇實驗過程中，舊劇的啟發與「干擾」。1933年熊佛西發表《我的戲劇生活》與楊村彬、張鳴琦發表《國立北平大學藝術學院戲劇系八年簡史》之際，重新將趙太侔與王泊生兩個名字連在一起，排斥出戲劇系的陣營，並非無心之舉，而是回應從民眾劇場到山東省立實驗劇院民眾劇的「復古」轉向。這一轉向背後更大的文化語境則是「國劇」的回潮，甚至「國劇」直接成為「民眾戲劇」。1932年1月創刊於南京的《劇學月刊》上，這一刊物以發揚「國劇之光」為宗旨。有趣的是，此時復興「國劇」借用的也是「民眾」之名：

> 我國學術衰落之原因，坐於治學者有階級，而號稱為士者，遂翹然矜異於民眾之上。〔註129〕

戲劇系解散後，徐凌霄作為《大公報·戲劇》的主編和《劇學月刊》的主筆，試圖平衡西式戲劇與國劇的關係，圍繞科學、民眾等要素，建構了兩條並行不悖的戲劇研究、發展之路。他借用了彼時流行的「民眾心理」等說法，舊瓶裝新酒地稱「中國的劇向來是以『社會哲學』，『民眾心理』『舊道統舊文統的解放』為立場的，對古人，貴族，是諷刺的，反抗的。」試圖將舊劇從「帝王將相」、「選舞徵歌」等污名中解放出來。而熊佛西及其戲劇系同人也成為了徐凌霄論述舊劇合理性的資源。「自『熊佛西』標出單純主義，他的高

〔註127〕 劉尚達：《兩年來中國話劇運動之進展（三）——為大公劇刊百期紀念而作》，《大公報》（天津），1930年1月17日。

〔註128〕 王叢陽：《定縣「農民戲劇」中的立場》，2017年河南大學碩士學位論文，第33頁。

〔註129〕 悔廬：《劇學月刊發刊詞》，《劇學月刊》，1933年第1卷第1期。

徒們探討『新劇場』運動之後，中國的西式戲劇才有一線光明。」〔註130〕一方面高度讚揚了戲劇系之於中國劇壇的貢獻，另一方面，他的言外之意也在於，同屬於以「民眾心理」為立場的戲劇，中國舊劇相比西式戲劇而言根基更深。舊劇的「民眾立場」也體現在它能夠應用於當下的民眾教育上，王泊生主導的山東省立實驗劇院便是一個典型例證，而《劇學月刊》創刊號便刊登了王泊生的《中國樂劇進一步的做法》一文。

　　無獨有偶，這種以改造舊戲創造「新歌劇」的思路也體現在署名「藝風」的作者那裡，他認為，因為民眾最易接受舊劇，所以「要具有新意識的戲劇，很迅速的大眾化，最好採用京戲的形式，再慢慢發展到歌劇，以至話劇。」〔註131〕「新歌劇」的思路延續的是「國劇運動」的思路。雖然熊佛西、陳治策來到定縣後，均認為舊劇沒有改良的必要，陳治策稱其為「舊戲終是下流的玩意兒，和時代潮流相背馳」。〔註132〕但直至1932年底，在編劇本、舉行公演、訓練平校畢業生演劇的同時，戲委會還有兩項有關舊戲的重要工作，其一為「皮影戲和傀儡戲之研究。是想以傀儡戲的方法表現話劇。不過這僅僅是一個新的計劃，還未見諸試驗。」第二則是「整理秧歌，取長去短，供農民適用。」〔註133〕此時熊佛西、陳治策深感劇本匱乏之苦，重提舊劇的目的，一是學術上整理研究的必要，二則一定程度上表明，在探索農民戲劇的過程中遭遇困難後，他們內心關於「舊劇」的困惑仍未消除。

　　舊劇的影響根深蒂固，卻正是戲委會成員尋求突破口的所在。面對深入人心的定縣秧歌，熊佛西的言說頗有重回「五四」之感：「現代流行的秧歌，蹦蹦，崑曲，秦腔，皮簧……內容可取的固然也有，但是其中的思想多半是落伍的，荒謬的。不是提倡偏面的貞操，便是鼓勵狹窄的忠孝。不是表現觀音菩薩如何大顯神靈，便是描述王孫公子怎樣落難。都是些千篇一律，沒有時代性的內容。我們很想摒除這些不合時宜的濫調。」熊佛西雖稱自己赴定前並沒有「改造農民」的念頭，只是將此當做一次戲劇大眾化實驗的契機，〔註134〕但是，通過上文的分析，熊佛西留美時期便已經開始了對民族國家問題的思考，與晏

〔註130〕霄：《寫在〈劇學月刊〉發行之前》，《大公報·戲劇》（天津），1932年1月13日。

〔註131〕藝風：《關於「戲劇大眾化」》，《北平晨報·劇刊》，1932年10月2日。

〔註132〕陳治策：《又是「吉祥新戲」》，《北平晨報·劇刊》，1932年2月14日。

〔註133〕陳豫源：《定縣的戲劇》，《北平晨報·劇刊》，1933年1月1日。

〔註134〕熊佛西：《定縣農民實驗劇院》，《大公報·戲劇》（天津），1932年11月30日。

陽初「民族再造」的觀點不謀而合。如何將「傳道士」的身份隱匿在「戲子」身份之下，以「農民化」的名義「化農民」，是他的著眼點所在。按照熊佛西觀眾─民眾─國民三位一體的觀眾觀念，若想觀眾從「一盤散沙」進化至具有「群」之特徵國民，就需要將他們從「舊劇」的觀劇體驗與舊劇固有的思維模式中徹底解脫出來，更需要形式與內容配合，養成一種「向上的意識」。

在文化政治的意義上，露天劇場直接針對的是在室內看劇的貴族化傾向。陳治策談及農民戲劇的四個構成要素分別是：一、以農民作演員，二、描寫農民生活的劇本，三、廣大的露天劇場，四、廣大的農民觀眾。這個空間兼具公共性和民主性，其一，現代戲劇不會壟斷露天劇場，而是提供一個讓「農村文化」「劇場化」的空間，舊戲、少林會、高蹺、旱船、琴歌、獅子會、虎斗牛、龍燈，以及演說會、民眾聚會等等，都可以使用這個劇場；其二，實行劇場農民自治原則，計劃將來劇場管理由農民擔任：檢查、招待、秩序的維持等。這種劇場根本上不同於一般的城市新劇劇場，更不同於「戲園子」。熊佛西談及戈登‧克雷的舞臺革命時概括，「戲劇本不應該是聽的，應該是看的。他的理由是 Theatre 一字，照希臘原文的解釋講來，是一個看的地方。Drama 是 to do 的意思，故真正的戲劇是應該『做』給人看的，不應該『說』或『唱』給人聽的。」他認為這種觀點雖然激烈，但對於糾偏「昔日戲劇過於偏重聲音的弊端，亦不無相當的道理。」〔註135〕在他看來，在科學理性的影響下，「今日的戲重看」〔註136〕，以動作「抓人心」的表現工具，也應用於民眾戲劇上來。因此，與聽覺上滿足農民的需求相比，「化農民」最典型地體現在觀眾與臺上之間連接機制的嬗變，即從重聽到重看。

從 1933 年創作、導演三幕劇《牛》開始，農民戲劇真正實現了「打破幕線」，這一形式上的突破，關聯的是如何破除民族文化心理中根深蒂固的「舊戲」情結。如果說，在農民的看戲習慣中，有形的「幕」是天然不存在，那麼此時的「廢幕」其實廢除的是農民心裏的「幕」。1932 年 6 月 26 日《北平晨報‧劇刊》刊出了顧持先的《定縣平教會的〈鋤頭健兒〉》一文，記錄了彼時觀眾將「戲園子」的體驗挪移到觀看新劇時的有趣心理。作者是定縣人，稱自己常閱《北平晨報》，是個戲迷；他連看五晚《鋤頭健兒》的演出，臺詞都能背下來了。據他的描述，《鋤頭健兒》的廣告上繪有一個青年手持鋤頭打老

〔註135〕熊佛西：《有聲與無聲》，《寫劇原理》，上海：中華書局，1933 年，第 113 頁。
〔註136〕熊佛西：《梅蘭芳》（一），《晨報副刊》，1927 年 10 月 28 日。

虎的畫面,大多數觀眾是被「打老虎」這一畫面吸引的。「滿街的人都嚷著要『去看打老虎』」。作者將自己看戲的經驗比附到看新劇上,把演員稱作「角兒」,「劇中有一個忠臣、一定會有一個姦臣,不然就會沒有戲看了」。這位作者很典型地代表了當時介於新劇和舊劇觀眾之間的觀眾類型。他站在新劇觀眾的視角,用批評的口吻描述了農民「看彩排」這個細節。彩排引發臺上臺下笑作一團,他認為,這是觀眾「失態」的表現,原因如下:「(1)因為白得的看戲機會,所有根本就沒用鄭重態度去看戲。(2)看戲的人有許多是該會職員,他們認識臺上人,時常故意和臺上人開玩笑。(3)因為臺上不十分鄭重的表演,於是臺下也不十分鄭重的看戲。」他認為,觀眾的這種失態應當大大責備,「因為他們不應當用不鄭重的態度或甚至用故意起哄的態度去妨礙臺上表演的進行。」〔註137〕

　　問題的重點不僅在於看什麼(舊劇/新劇),更在於怎麼看「懂」。《鋤頭健兒》雖然是新劇,但是如果農民仍用看舊劇的方式去看,又與看熱鬧有何區別?「失態」的看彩排觀眾恰恰是熊佛西等人尋求突破的切入口,亦即如何利用他們與臺上演員的親友關係,「平行」地將演員與觀眾連接在一起,觀眾將自己充分代入其中,並不與臺上的演出相隔膜,徹底革除「隔岸觀火」甚至「看熱鬧」的觀眾心理,將臺上的「他們」變為「我們」〔註138〕;如何使觀眾浸沒在戲劇的氛圍中,抱持著嚴肅謹慎的心態體會劇作的意義,就不僅要「平行」地與臺上的演員發生聯繫,而且要養成一種「向上」的目光,這要求劇作家不止於思想上的引導,更直觀的則是通過物質層面的革新,從「目治」的角度革新「看」的物質基礎,在適應他們「不願坐在黑洞洞的房間裏看戲」〔註139〕,並賦予他們新的觀劇體驗。

　　對於農民而言,「幕」對應著「戲園子」這一意象,無論是否有實體意義上的幕,他們都認為自己與臺上的虛擬世界是割裂開來的。那麼,從戲劇形式影響日常生活政治這一角度出發,革除布萊希特意義上「第四堵牆」的存在,「至少不致像舊型的演劇方式使人處處感覺著『到戲園子裏消遣消遣去』的變態現象」。從理論上看來,廢幕之後打破臺上的幻覺,破除真實世界與幻

〔註137〕顧持先:《定縣平教會的〈鋤頭健兒〉》,《北平晨報·劇刊》,1932年6月26日。

〔註138〕熊佛西:《戲劇的解放與新生》,《北平晨報·劇刊》,1936年1月12日。

〔註139〕楊村彬:《關於改編後的〈喇叭〉的演出法》,《北平晨報·劇刊》,1934年10月14日。

想世界的幻覺，才能消除「以看戲之名，行交際之實」〔註140〕的舊劇觀劇體驗背後所藏的文化心理。在《牛》公演之後不久，與戲委會關係緊密的《北平晨報·劇刊》便發表《我們要求「新壇裝新酒」！》一文，反對以改良舊劇作為「民眾戲劇」，正是以《牛》的成功經驗樹立民眾戲劇的標準，潛在的對話對象便是王泊生等「新歌劇」的倡導者：

> 我們的大眾不需要舊壇裝新酒式戲劇，更不需要舊壇裝舊酒式的戲劇，而的確需要新壇裝新酒式的戲劇。在最近出版的《文學季刊》裏鄭振鐸先生在他的《大眾文學與為大眾的文學》也曾表示了與我們同樣的意見。他並且舉了平教會定縣實驗的農民文藝來證明「新壇裝新酒」是今後大眾文藝的出路。關於定縣的農民戲劇，鄭先生說：「他們常在定縣演戲；演的戲可不是崑腔，也不是皮簧戲，更不是梆子調、卻是嶄新的近代話劇。演員是農民們，聽眾也是農民們，每次觀眾都擠得滿滿的，無不裝載得滿意而歸。可見大眾並不怎樣拒絕新的東西，他們所不歡迎的是似是而非，掛羊頭賣狗肉的改良主義的為大眾的文學。」我們希望鄭先生的這種見解能夠很有力量的打入一般「改良主義者」的腦筋裏去！〔註141〕

第二節　農民劇及群眾戲劇詩學的創製

一、「笑」：一項失敗的情感教育方案

　　「笑」關乎人的情緒、情感本能，但對於平教會「民族再造」的目標而言，製造「笑」是一種工具性的手段，首先看重的是這種情緒的「糾正性」〔註142〕功能，也就是說，通過反常的、不能被容忍的笑料，揭示通俗易懂的道理，繼而起到教育的效果。因此，劇中「笑意」被引發，首先不得不在觀眾接受心理上，考慮到秧歌到戲劇這一形式的變換。事實上，秧歌是定縣農民最普遍的消遣娛樂方式，「尤為婦女戶外不易多得的娛樂」。〔註143〕雖

〔註140〕西瀅：《新劇與觀班》，《晨報副刊·劇刊》，1926 年 7 月 1 日第 3 號。

〔註141〕《我們要求「新壇裝新酒」！》《北平晨報·劇刊》，1934 年 1 月 21 日。

〔註142〕〔法〕亨利·柏格森：《笑與滑稽》，樂愛國譯，廣州：廣東人民出版社，2000年，第 119 頁。

〔註143〕瞿菊農：《序》，李景漢、張世文：《定縣秧歌選》，臺北：東方文化書局，1971年，第 3 頁。

在地緣關係上接近，但從秧歌的形態上來看，定縣秧歌與北京一帶秧歌的表演方式存在較大差異。相比之下，定縣秧歌的表演形式更具有凝固性與開放性，所謂「凝固」指空間上相對凝定——「有棚有臺」而不在街上遊行演唱，更由「坐唱」的形式發展為專演表現農民日常生活的小戲；而所謂「開放」則指弱化角色的行當意義，並不見北京一帶地方秧歌劇中「傻公子」、「老作子」、「小二格」等專門負責插科打諢的丑角。〔註144〕實際上，定縣秧歌中引人發笑的，往往不是某個固定角色，而是由多個人物之間的動作、對話所構成的情節與故事。也正基於此，戲臺起到了凝聚觀眾注意力的關鍵作用。換言之，定縣秧歌劇的「笑點」，隱藏在人物動作和故事的起承轉合之中，觀眾必須集中精力欣賞，才可能完全領會其中的趣味。這種定縣秧歌的內容與觀看方式，與現代戲劇重視矛盾衝突、在固定地點觀看有著天然的聯繫。

在1933年李景漢、張世文編選的《定縣秧歌選》中，48齣劇目按照「愛情」、「節孝」、「夫妻關係」、「婆媳關係」、「諧謔」、「雜類」分類，這種提煉主題的方式，首先是民俗學研究過程中歸納總結的產物。需要注意的是，在《定縣秧歌選》收錄的所有劇本中，除《鋸缸》《王小兒趕腳》《武搭薩做活》《頂磚》《頂燈》《楊文討飯》《王媽媽說媒》7齣「諧謔類」秧歌外，其餘劇本的正文前，均有或長或短的導言。導言中，編者力圖發掘秧歌劇中符合「平民文學」標準的因素，比如劇作如何表現農民的優秀品質；也由此折射出鄉村社會文化結構中諸多不合理現象，比如男女不平等。因此，在學術研究之外，落實在平民教育實踐層面，這些導讀性文字也出於啟蒙的目的，力圖將定縣秧歌凝固為一種書面知識，繼而剝離該劇種本身的「娛樂」屬性，將其轉化為平民教育的「課本」。那麼，「諧謔」類劇目為何不設導言呢？編選者的保留態度，使其構成了一個意味深長的問題。這種缺失，某種程度上流露出知識分子「到民間去」之後，遭遇現實與想像落差後的一種失語現象。

所謂「諧謔」，在《定縣秧歌選》的編選者看來，「凡是表演滑稽，詼諧，挑戲，調情的秧歌，都歸這一類。」〔註145〕將其單獨劃歸為一類，不僅標出了「笑」對於調節農民日常生活的重要性，而且反映出秧歌編選者基於學術

〔註144〕李景漢：《定縣社會概況調查》，上海：上海人民出版社，2005年，第324頁。

〔註145〕李景漢、張世文：《定縣秧歌選》，臺北：東方文化書局，1971年，第7頁。

研究的客觀態度：「在學術上是無所謂卑猥或粗鄙的」〔註146〕。民俗學研究層面的客觀態度終究無法全然挪用至文藝實踐，而定縣知識人對於秧歌的矛盾看法也在這裡最為集中。瞿世英在提及「秧歌改良」的前提時，對官方和鄉紳禁止秧歌的理由不以為然，認為「因為秧歌多有淫詞浪語，並且往往有鄉村無賴份子藉端生事。可是我們親自看了幾次秧歌，並沒理會什麼了不得的不良影響。」〔註147〕而對舊戲一向寬容，甚至將其視作民族文化復興希望的熊佛西，此時卻將傳統戲劇的內容斥為「腐朽的封建遺物」〔註148〕。儘管熊佛西自1920年代以來便對「喜劇是民間的產物」〔註149〕有著自覺的體認，更重視喜劇特殊的社會意義〔註150〕，但他也指出，「藝術不避通俗，但忌粗鄙。通俗才是民眾化。粗鄙則為下流化。」〔註151〕1930年代的喜劇實踐中，理論與現實之間的裂隙得以放大，地方戲質地的蕪雜，使得熊佛西區分喜劇中「通俗」與「粗鄙」的方法失效了。

　　定縣秧歌劇中的「諧謔」因素，正映像出「言不褻不笑」的民族心理基礎。男女調情、二女侍一夫等帶有明顯性暗示的情節，被打上「不道德」、「不健康」的標籤公開演出，在公共層面與私人層面存在明顯錯位：它訴諸公共性展演，接受道德批判，卻在私人領域分享著隱秘的內心衝動。這種隱藏在性話語中未加現代化處理的「笑」，在民間具有約定俗成的功能。巴赫金對它的「顛覆性」有出色的闡釋，「諧謔」作為「社會安全閥」（a safety valve），其中隱含著的「狂歡節話語」，反映了底層民眾逸出道德倫理規範與傳統禮教的想像性實踐。在這種思路下重新審視秧歌劇中「諧謔」功能之於平民教育的意義，一方面，「不健康」的「笑」並不符合新型農民劇要求的「向上的意識」，它對嚴肅、正統、理性之物的消解，甚至有可能消解晏陽初等人「民族再造」的宏大目標。但另一方面，在近代中國，「笑」作為重要的情緒輸出方式，在

〔註146〕《歌謠》（影印本），第一冊第一號，上海：上海文藝出版社，1962年。
〔註147〕李景漢、張世文：《定縣秧歌選》，臺北：東方文化書局，1971年，第4頁。
〔註148〕熊佛西：《戲劇大眾化之實驗》，本書編委會編：《熊佛西戲劇文集》下，上海：上海文藝出版社，2000年，第697頁。
〔註149〕熊佛西：《寫劇原理》，本書編委會編：《熊佛西戲劇文集》下，上海：上海文藝出版社，2000年，第645頁。
〔註150〕一方面，「喜劇完全是團體生活的表現，社會縮影的批評」，另一方面，「人愈多，笑愈大」，因此最能激發人的團體意識。熊佛西：《戲劇與民眾》，《大公報・戲劇》（天津），1928年7月11日。
〔註151〕熊佛西：《平民戲劇與平民教育》，《戲劇與文藝》，1929年第1卷第2期。

挑戰理性思辨的同時,又具有形塑文化政治的基本功能。〔註 152〕民間的「諧謔」修辭,多對禮教有所僭越,從而表現出特殊的文化批判性,亦有可能轉化為「民族再造」的思想資源。

周作人曾將「笑話」分為「挖苦」和「猥褻」兩大類,後者潛含的「力」或許對我們理解「諧謔」秧歌劇有啟示作用:「猥褻」「另有一種無敵的刺激力,便去引起人生最強大的大欲,促其進行,不過並未抵於實現而一笑了事」。〔註 153〕周作人在新文化運動時期,不僅發現了「猥褻」這類性話語對「人」的覺醒有重要意義,而且主張改良舊戲以滿足平民的日常生活需求。〔註 154〕但是,周作人認為,在戲劇實踐層面上調和精英與平民的趣味是不可取的,「藝術的統一終於不可期」〔註 155〕。

有論者注意到,熊佛西的劇作中,從《洋狀元》《一對近視眼》《蟋蟀》《藝術家》,到專為平教會創作的《政大爺》(《裸體》)、《喇叭》等劇,都體現了簡約、怪誕、象徵和概括為具體特徵的「寓言化」美學風範。〔註 156〕這樣的結論雖指出熊佛西喜劇創作中的延續性,卻未免流於表面,尤其忽視了不同的歷史語境下,「笑」的發生機制的變化。熊佛西也認識到,「農民劇本的創作,有時也不像我們想的那樣容易」。如何在剔除地方笑話中「不道德」、「不健康」成分的同時,兼顧觀眾的接受習慣,繼而發揮喜劇之於社會改造的效力?《政大爺》的場景,設置在與觀眾生活聯繫緊密的「娘娘廟」中,廟裏端坐著一座女性裸體雕塑,但是「村裏的道學家們恐怕她引起青年們的性衝動,所以將她的面目及身體用布遮蓋起來了」。〔註 157〕該劇中,「政大爺」怪異的舉止與他的名字(諧音「正大爺」)構成反諷:他滿口仁義道德,卻抑制不住自己的性衝動,揭開了「娘娘」的真面目。正當他對「娘娘」做出親呢

〔註 152〕參見〔美〕雷勤風:《大不敬的年代:近代中國新笑史》,許暉林譯,臺北:麥田出版社,2018 年。

〔註 153〕周作人:《〈苦茶庵笑話集〉序》,中國民間文藝研究會湖北分會:《笑話研究資料選》,中國民間文藝研究會湖北分會印,1984 年,第 169 頁。

〔註 154〕周作人認為,「儘量的發展農村的舊劇,同時並提倡改良的迎會(Pageant),以增進地方的娛樂與文化」(周作人:《中國戲劇的三條路》,周作人著,鍾叔河編:《周作人文類編》6,長沙:湖南文藝出版社,1998 年,第 630 頁。)

〔註 155〕周作人:《中國戲劇的三條路》,周作人著,鍾叔河編:《周作人文類編》6,長沙:湖南文藝出版社,1998 年,第 631 頁。

〔註 156〕張健:《論熊佛西喜劇的寓言性特徵》,《中國現代文學研究叢刊》,1988 年第 1 期。

〔註 157〕熊佛西:《裸體》,《小說月報》,1930 年第 21 卷第 11 期。

之舉時，恰好被他的兒子發現，「政大爺」被誤作「賊」，遭到了兒子的毆打。

　　該劇延續了熊佛西都市劇中慣用的誤會、巧合等喜劇手法，不同之處在於，它對「政大爺」的嘲諷帶有強烈的啟蒙意義和說理色彩，實現了「與傳統觀念抗衡」〔註 158〕，但卻並未切斷與民間傳統的聯繫。熊佛西認為，「唯有倒行逆施，虛偽狡詐，愚蠢癲狂，才能使人發笑。唯有反常的社會才能使人發笑」。〔註 159〕在這部劇中，「政大爺」的愚蠢、反常行為首先基於觀眾的共識。通過對身體的公開展示，迎合了觀眾對「裸體」這一劇名的期待與想像，但是「神」（「娘娘」）的神聖性、嚴肅性決定了，一切褻瀆行為都應得到懲罰。就在情節陡轉帶來的一連串笑料中，觀眾在心理上將自己與臺上的「政大爺」區隔開來了，通過接受劇作者設置的嘲笑對象，起到自我教育的效果。具體而言，不同於秧歌劇對色情與性心理秘密放任，《政大爺》借鑒、傚仿了傳統民間因果邏輯，以政大爺受到懲罰為結局，旨在譏諷鄉村中的假道學，淨化農民性窺視心理。更意味深長的是，該劇的倫理意義訴諸父—子兩代之間的代際關係，在兒子揭開父親假道學面具的之後，該劇結尾處，又設置了青年一代的崛起與政大爺的公開懲治形成對照，前者高歌「我們要讓她裸著體，這樣豈不更美麗……」的啟蒙之音離開。

　　至此，「諧謔」因素被打上「性解放」的標籤，裸露的身體成為一種新的符碼與文化理念；而通過公開展示「娘娘」的身體，利用民間信仰塑造人物形象、推動情節發展的同時，又在「反封建」、「反迷信」的意義上，消解了偶像的神聖性。總之，《政大爺》試圖製造的一種「健康」的「諧謔」，通過打散、重組傳統民間文化元素，將其編織進「現代中國」的話語內部，呈現出熊佛西溝通新舊、雅俗的努力。但問題是，正如論者指出，熊佛西追求喜劇之社會性功能的「趣味主義」主要來自於他在都市劇院中積累起來的經驗，這種經驗移植到民間，並不完全適合觀眾的口味。〔註 160〕而熊佛西等人在對民間之「諧謔」因素進行現代性轉換的同時，為了留住觀眾，只能暗中策略性地保留了民間的性窺視心理。燕趙地區的「小調」傳統由來已久，其源頭為元人小令，至明代中期時調小曲《鎖南枝》《傍妝臺》《山坡羊》風行中原。嘉

〔註 158〕〔美〕洪長泰：《到民間去——1918～1937 年的中國知識分子與民間文學運動》，上海：上海文藝出版社，1993 年，第 130 頁。

〔註 159〕熊佛西：《喜劇》，本書編委會編：《熊佛西戲劇文集》下，上海：上海文藝出版社，2000 年，第 650 頁。

〔註 160〕王叢陽：《定縣「農民戲劇」中的立場》，2017 年河南大學碩士學位論文。

靖以後,《鬧五更》《寄生草》《羅江怨》等曲調流傳至江南地區;北方則盛行
《愛數落》《山坡羊》等曲調,尤其在妓院間流傳,「其語穢褻鄙淺,並桑濮之
音亦離去已遠,而羈人遊婿嗜之獨深。」〔註161〕陳豫源參觀定縣後,在文中
談到了《啞妻》《政大爺》公演的情景,他認為,《啞妻》在表演時中不應讓扮
演縣長太太的演員唱小調,這與她的身份不相符。「縣長太太唱小調」這一向
農民接受心理妥協的舉動,暴露了在啟蒙話語主導下,「諧謔」的「健康化」
遭遇了失敗。

　　不僅如此,在定縣時期,「喜劇」甚至成為了熊佛西的「負累」。1936年,
熊佛西將《戲劇大眾化之實驗》一書視作「研究實驗的經過與得失」的總結,
「實驗」二字既點出其中的科學意義、嘗試精神,也竭盡了創作團隊的個中
廿苦。這本書是對「戲劇大眾化」理論的全面闡發,其中一組細節作為其宏
論的佐證材料,常常不為人所察:熊佛西以自己創作的劇本為例,討論了劇
本的生成與修改問題。這一舉動既是熊佛西而對個人經驗的整合,更強化著
這種創作背後的某種聲音與論調。

　　在討論戲劇的結尾問題時,熊佛西以《屠戶》《逼上梁山》《過渡》三個
劇本為例,指出了創作時的「顧忌」:「在劇本的創作上,結尾是一個相當困
難的問題。我們說它困難,非指技巧上的困難,乃是因時代思想紊亂而引起
的內容困難。我們只能領導農民向上,不能超過向上的範圍,因而必然的會
有多少顧忌。」〔註162〕這一段纏繞的說辭最終落在了「向上」一詞上。

　　這裡的「向上」是定縣農民戲劇實驗中的旗幟性概念,指以劇作「向上
的意識」〔註163〕救正農民頹廢、散漫的社會生活觀念,從而達到「完美的人
格的極峰」〔註164〕。誠如作者所言,「向上」在具體的戲劇文本中,最直觀地
表現為結尾的「向上」。特別體現在,熊佛西修改後的劇本,以「政府出面解
決問題」作為模式化的結尾,當然也構成了劇作被詬病的主要原因。舉例來
說,《屠戶》中的惡霸孔大爺激起民憤後,被民眾移交政府處理;《逼上梁山》
中的王四被逼為匪後,被移交法庭公審;《過渡》結尾也突出政府懲惡揚善的

〔註161〕沈德符:《萬曆野獲編》,北京:中華書局,1959年,第647頁。
〔註162〕熊佛西:《戲劇大眾化之實驗》,本書編委會編:《熊佛西戲劇文集》下,上
　　　　海:上海文藝出版社,2000年,第728頁。
〔註163〕熊佛西:《中國戲劇運動之新途徑》,《民間》,1935年第2卷第16期。
〔註164〕熊佛西:《戲劇大眾化之實驗》,本書編委會編:《熊佛西戲劇文集》下,上
　　　　海:上海文藝出版社,2000年,第704頁。

賢明……在熊佛西的自我陳述中，此類模式化的結尾並非一蹴而就，而是戲劇藝術性讓位於社會功能的結果。

譬如，《逼上梁山》原來僅有三幕，結尾是：

當王四被警察逮走時，王四狂喊：

——天知道呀！只有天知道誰是殺人放火的土匪呀！只有天知道誰是殺人放火的土匪呀！只有……天……天……天知……天知道呀……

「先是憤慨不平的呼冤，繼是慘苦淒怨的呼救，最後是狂烈的反抗。我們覺得這樣的結尾，從戲劇劇藝立場看，是極有力量的，因為王四既不願為匪，而社會國家又不讓他做一個安分守己的莊稼人。這是極富戲劇性的情調。」「但社會功能不允許被這樣設置，有誤引農民為匪的嫌疑。於是加了一個第四幕，即縣政府法庭公審。」〔註165〕作者這一「戴著鐐銬跳舞」的修改行為給整齣戲接續了一個「向上」的「喜劇」之尾，直接導致了該劇由悲轉喜的變調。

儘管熊佛西等人一再聲稱與政治的距離，但是上述修改無疑旨在緩釋底層民眾與基層政權之間的矛盾，在賦予農民社會生活「向上」的動力之下，揭櫫了劇作家「革命先革心」〔註166〕的考量，其最終目的則是養成一種「向上」的「崇敬」目光，養成一種「馴服」的民眾。熊佛西1937年倡導的「戲劇制度」頗能體現戲劇之教化功能與政治的關係。所謂「戲劇制度」，指的是「以政治的力量推行戲劇藝術和戲劇教育的一種有計劃有效果的方式，務期全國或全省的每一個人都有領受戲劇藝術的薰陶及戲劇教育的感化的機會。換言之就是全盤的，上下相應的，成為一個完整的機構的戲劇事業，而不是自由的，散漫的，自生自滅的戲劇或藝術活動。」這種「制度」不是自由的，而是要遵循計劃，「計劃」包括戲劇上的一切專門問題，包括劇本的寫作（計劃地寫作劇本而不是依靠靈感來寫作劇本）、劇場的建築和公演的活動等。這裡，「民眾」的外延已經從農民擴大化了——「劇場中的一切活動對於民眾所發生的實際力量並不在一般的學校乃至圖書館之下，在作為廣

〔註165〕 熊佛西：《戲劇大眾化之實驗》，本書編委會編：《熊佛西戲劇文集》下，上海：上海文藝出版社，2000年，第729～730頁。

〔註166〕 熊佛西：《戲劇大眾化之實驗》，本書編委會編：《熊佛西戲劇文集》下，第682頁。

大的社會教育的工具時，其作用甚至超越它們。」他在《論戲劇制度》一文中自信地搬出了自己的定縣實驗：「在定縣的實驗裏，我們完成的是由下而上的幹法，換言之，就是『村』與『縣』的設施，因為『村』與『縣』是制度中最基本的所在，也是最繁雜的所在。」在這裡，熊佛西戲劇本身的啟蒙功能，而是強調戲劇依靠「村」、「縣」這兩個行政單位，有效地將行政單位以此方式連接起來，以此導致了戲劇實驗成功。更重要的是，通過以省為單位推行戲劇藝術和戲劇制度，熊佛西將「民眾」的內涵從「農民」擴大至「大眾」：「大眾的戲劇也就是全民的戲劇」，而戲劇也成為「是組織民眾，教育民眾的偉大社會事業」。〔註167〕他在此時重提「把戲劇看成消遣品的時代早已過去了」〔註168〕，目的在於強調戲劇教育的意義與政治改革相耦合，充分發揮各級行政單位在其中的重要性。事實上，早在1936年，陳治策就已站在國民黨官方的立場上提到以省、縣等行政單位為中心，推行戲劇制度的計劃，這裡的「教育」既包括現代教育的啟蒙內涵，也轉圜到了舊劇的「教化」功能上來。

據此，對比1934年熊佛西在燕京大學演講《農村戲劇運動與中國文化前途》與《論戲劇制度》一文，也可以發現熊佛西在對待戲劇與政治關係這一問題上的微妙變化。熊佛西演講《農村戲劇運動與中國文化前途》時，「戴著一頂中國老百姓常戴的氈帽」，引發全場大笑。更引人深思的是他的演講風格和內容。他在演講中正話反說，說自己到鄉下是「自私自利」，「因為不善於描寫都市生活，對戀愛也沒有經驗，寫愛情作品也寫不好，所以到鄉下試試」，又說這是趕文藝大眾化的「時髦」，是「沽名釣譽」。可見他一方面有意卸下知識分子的刻板面孔，不僅從戲劇本身考慮，也是希望從個人形象、行為舉止上「模仿」民眾；另一方面，他稱自己是趕「大眾化」的時髦「沽名釣譽」，也是一種自嘲，「所以他到鄉下，是拿農民作試驗，試試他的作品能不能拿到鄉下去，拿民眾來作試驗，該當何罪！」〔註169〕這種對農民的「愧疚感」有兩重含義，一方面是對農民劇實驗已經取得的成就的自謙，另一方面也表達了無力維持農民劇中純粹的啟蒙理想，不得不使其中摻雜著政治意味的內涵。

〔註167〕 熊佛西：《論戲劇制度》，《北平晨報·劇刊》，1937年1月9日。

〔註168〕 熊佛西：《定縣農村戲劇的現在與將來——寫在〈龍王渠〉演出之後》，《民間》，1937年第3卷第20期。

〔註169〕 《熊佛西在燕大講〈農村戲劇運動與中國文化前途〉》，《燕京新聞》，1934年12月11日。

熊佛西插科打諢的演講姿態，看似呼應著自己一貫的「趣味」主張〔註170〕，其實道出了「拿民眾來作實驗」的雙重含義——戲劇的實驗與政治的實驗，更道出了自己在兩股力量妥協中的無奈。

二、「節奏」的複調——論定縣農民劇的聲畫與意義

1928 年 1 月，熊佛西在中華平民教育促進會鄉村教育部出版的《農民》報上，發表了三幕劇《平民之光》，1929 年作為平教會的「平民讀物」出版單行本，1932 年再版，署名「黎民」。這個劇本在熊佛西思想與創作脈絡中扮演了特殊化的角色，但至今仍未被清晰地指明。第一幕中，熊佛西在平教先生與農民之間建構了「啟蒙—被啟蒙」的關係。當農民乙問「怎樣叫做『作新民』呢？」平教先生回答：「現在你們都沒受過平民教育，所以你們都不能謂之新民。假如你們現在都受了平民教育，那麼你們都是新民！你們都願意作個新民麼？」農民乙說：「願意！願意」。〔註171〕大發、金貴兩個人物阻撓平民學校建成，第二幕中，大發等人準備懲罰王瞎子捐錢幫助平民學校時，縣警出現，送公事給大發，這時劇情突然發生了反轉。在場的沒有一個人識字，王瞎子的兒子此時出現，念出公事，原來公事有關催大發繳錢糧，大發得到了應有的懲罰。這裡「瞎子」作為象徵，象徵不識字的農民。第三幕裏，大發改邪歸正，稱平教總會的張先生和本莊的王瞎子先生為「平民之光」。這個劇本是為宣傳平民教育而作，與熊佛西同時期創作的《蟋蟀》《王三》《藝術家》《詩人的悲劇》相比，說教意味很濃。全劇以宣傳平教會「除文盲，作新民」的口號為中心，試圖說明平民教育在鄉村社會是「眾望所歸」的選擇，但與此同時，這種宣傳又沒有完全流於口號化，作者將故事嵌入「邪不壓正」的民間倫理，並運用象徵的手法，由此可見，這個劇本仍是他精心設計的結晶。

這個劇本代表著熊佛西對農民戲劇的最初探索。但是，它後來並未被搬上舞臺，僅被列為「平民讀物」的一種，也就是說，它屬於熊佛西所謂的只可「讀」不可「演」的作品。熊佛西顯然並不滿意這種外露的、口號式的表現方式。

定縣農民戲劇之為「劇」，特別是現代戲劇「演」的一面並未充分進入研

〔註170〕 宋寶珍：《殘缺的戲劇翅膀：中國現代戲劇理論批評史稿》，北京：北京廣播學院出版社，2002 年，第 173～179 頁。
〔註171〕 佛：《平民之光》，《農民》，1928 年第 3 卷第 21 期。

究者的視野。雖然有論者注意到，農民劇「土」的外形下隱含著「洋」的特質，譬如「打破幕線」之舉便是借鑒萊因哈特與梅耶荷德戲劇理念的結果。〔註172〕但所謂「臺上臺下打成一片」這一說法，象徵性地消弭了知識分子與大眾之間的隔閡，強調「戲劇大眾化」的成效，也正由於此，彼時的參觀者與評論者也多從戲劇演出效果入手，一致地看到了熊佛西等人「農民本位」的創作理念。但是，以劇本和農民演出為出發點來討論新舊、雅俗等要素的交織，帶有一定的侷限性，過度將「形式」附著於劇本簡單直露的思想取向上，這種思路雖貼合彼時熊佛西等人的公開發言，認為這種實驗性質的劇場及演出形式，是為富有教育意義的內容來服務的，但無論是「演」的法則，還是演出「形式」背後多種力量的交織與妥協過程，卻也因此被大大簡化了。如前所述，「五四」時期，胡適以「易卜生主義」提煉易卜生「社會改革家」〔註173〕身份，這種觀點在論證新文化合法性的同時，卻忽略了戲劇審美性、暗示性的表現形式，以及形式之下創作主體的精神的物化軌跡。對於農民戲劇而言，我們思考的終點不應停留在戲劇文本籠罩於社會改造主題卜這一事實，更值得注意的是，農民戲劇的文本與演出形式也對應著劇作家應對政治、社會及文化嬗變的態度，當作為戲劇美學觀念層面的「寫實」與真實社會遭遇時，如何通過「演出」重新激活五四以來有關戲劇「寫實」的一系列理論思辨中，無法落到「實」處的部分。簡而言之，即通過探索農民戲劇的演出法則，來解決現實真實與藝術真實的張力問題。

如果將農民劇實驗放回 1920 年代末以來，不同政治力量爭奪戲劇觀眾以及戲劇理論的闡釋權這一維度上，農民劇的理論與實踐上的嬗變，投射出劇作家在社會與政治潮流中，向內探索自我心性及向外探索實踐場域的過程。從戲劇系到平教會，熊佛西、陳治策、楊村彬、張鳴琦等人對農民戲劇的想像與實踐並不完全吻合。因此，就舞臺表現方式而言，存在不同聲音之間相互辯駁，同樣構成了農民戲劇的底色，而這些細節往往被「戲劇大眾化」的口號覆蓋，被推到「幕後」，成為了歷史的「低音」。對此，我們理應跳出那種對農民戲劇的本質化印象，從農民劇的聲音和演出畫面入手，考察劇作家不同言說背後相互齟齬甚至交鋒之所在，從而加深理解戲劇與政治之間千絲萬

〔註172〕 孫惠柱、沈亮：《熊佛西的定縣農民戲劇實驗及其現實意義》，《戲劇藝術》，
　　　　　2001 年第 1 期。
〔註173〕 胡適：《論譯戲劇──答 T.F.C 等》，《新青年》，1919 年第 6 卷第 3 號。

縷的聯繫。

　　1935 年 12 月《過渡》的公演，被認為是定縣農民戲劇實驗的集大成者。1936 年 3 月平教會出版了《過渡演出特輯》作為「農民戲劇實驗報告之一」，稱「《過渡》的演出，我們覺得對於中國新興戲劇運動有相當的影響。」〔註174〕1936 年 8 月，東不落崗村農民自己排練表演了《過渡》。〔註175〕

　　《過渡》演出後，楊村彬與張鳴琦不約而同地提到了梅耶荷德。楊村彬在談及《過渡》的演出時，將其與梅耶荷德的「構成主義的演出法」相提並論〔註176〕；張鳴琦則將《過渡》描述為媲美梅耶荷德式「社會學的機械主義」（Socio-Mechanism），並且強調，這部劇不僅在形式層面取得了巨大成就，而且它對現實的思考已經逾出「演劇的這東西」。〔註 177〕這部劇究竟在什麼層面上接近二人所說的梅耶荷德的演劇理論？又發生了什麼偏轉？如果我們將這個問題放在 1920 年代末～1930 年代中國劇壇對梅耶荷德的接受上看，便會發現，梅耶荷德的劇場理論為定縣農民戲劇實驗提供了認識和實踐基礎，但是，對梅耶荷德理論的具體取用上與認識上，定縣戲委會及相關全人並沒有統一的主張，對梅耶荷德理論的接受呈現出不同的側重點，甚至在理論原義的基礎上加以改造。

　　在中國，與斯坦尼斯拉夫斯基相比，梅耶荷德並非一個廣為人知的名字，但作為斯坦尼的學生，他的演劇理論曾對 1930～60 年代的西方戲劇界影響極大。最先譯介入國門並將梅耶荷德的演出理論搬上舞臺的，是左翼劇人。梅耶荷德借「革命」之名進入中國，最早推介者應當是馮乃超〔註178〕，他這樣描述梅耶荷德所處的戲劇危機時代：

　　　　一般平民的知識階級失了民眾的精神，大體滿足於侍奉布爾喬
　　亞氾，藝術不能不墮落了。戲劇是演員（俳優）的技術的表演，——
　　——舞臺上的演武（Acrobatism），泰羅夫（Tairoff）的戲劇理論主張

〔註174〕《過渡演出特輯》，北平：中華平民教育促進會，1936 年，第 1 頁。

〔註175〕公：《東不落崗農民自己表演〈過渡〉》，《北平晨報・劇刊》，1936 年 8 月 30 日。

〔註176〕楊村彬：《論〈過渡〉的演出及其對於今後中國新興戲劇的影響》，《大公報・劇刊》（天津），1936 年 1 月 11 日。

〔註177〕張鳴琦：《我對於〈過渡〉上演的評價》，《大公報・戲劇》（天津），1936 年 1 月 11 日。

〔註178〕劉子凌：《話劇行動與話語實踐——二十世紀三十年代中國話劇史片論》，北京：人民出版社，2016 年。

著「戲劇對於感情和想像沒有什麼任務」，對於一般厭倦了大眾不能不賣弄癲狂一般的心機（trick）。這時代的梅葉荷特也苦悶在這危機的蛛網中，摸索在暗黑的裏面。〔註179〕

　　馮乃超以梅耶荷德對斯坦尼斯拉夫斯基「迎合小市民性的趣味」的這種觀點與戲劇系第一屆畢業生謝興（章泯）不謀而合，在謝興的畢業論文《梅伊阿特的劇場觀》中，強調構成主義的戲劇形式與新社會以及革命的關係：「在一九一七年大革命之後，產生出一種新社會，這大大的感動了梅伊阿特，從此以後他就在共產主義與新工業的文化上努力，探究那足以表達它們的精神和使命的劇場形式。直到現在，他所導演的戲劇些都應用構成主義（Constructivism）與動力的機械主義（Bio-nachanism）。這兩種形式——一適用於舞臺裝置上，一適合於演員的演作上」。他將這兩種形式稱為梅耶荷德演劇理論中「最高的形式」，也是符合蘇俄新社會的要求的形式。〔註180〕在戲委會同人間，楊村彬最接近左翼革命劇作家對梅耶荷德的認識，他最看重梅耶荷德的「革命精神」。1932年介紹梅耶荷德近況時就談到，「新俄劇場之最富革命精神的藝術家梅伊哈特最近又建了一個新的劇場」，該劇場「為了群眾的活動，完全打破舞臺與觀眾席，演員與觀眾的限制」〔註181〕。「革命」在這裡既指梅耶荷德對斯坦尼斯拉夫斯基的「超越」，而且標出了「群眾」在梅耶荷德戲劇體系中的重要性。楊村彬在評價《過渡》的表演、布景、燈光時，指出其與梅耶荷德「構成主義的演出法」的相似性，他甚至從中看出了與彼時左翼作家提倡的「新寫實主義」的關係：「劇中，由奮鬥到成功，由黑暗到光明，到處充滿力學底，集團底，怒吼底特色。更積極地以指導民眾為任務。我看，和批評家所提出的新寫實主義的寫劇技術很相似。」因此，作為戲委會的重要成員，楊村彬也為《過渡》這個文本也打上了左翼戲劇的色彩，試圖爭取更大的認同度和接受群體。1934年潤蓀、人鸮在翻譯馬爾可夫的《當代蘇俄戲劇》時，將梅耶荷德的重要演劇理念「Socio-Mechanism」一詞譯作「協和的配置法」，並指出「這種法則在舞臺上是想把各個人物的特殊的階級本質表達出來的」。張鳴琦同樣用「Socio-Mechanism」一詞形容《過渡》的演出方

〔註179〕馮乃超：《革命戲劇家梅葉荷特的足跡》，《創造月刊》，1928年第2卷第3期。
〔註180〕謝興：《梅伊阿特的劇場觀》，《戲劇與文藝》，1929年第1卷第7期。
〔註181〕村：《兩大導演家的信息》，《北平晨報・劇刊》，1932年9月25日。

法，他將其直譯為「社會學的機械主義」，摒除了其中的階級色彩。

朱君允、楊村彬，甚至熊佛西在論述戲劇問題戲劇與時代關係的問題時，都受到了梅耶荷德的影響。朱君允指出，梅耶荷德的演劇理論強調戲劇的教育功能，由此引申出「宣傳劇」與「藝術劇」的論爭沒有意義，只要一個劇本能夠反映作家的主體意識，又兼具藝術技巧，便是時代的藝術。〔註182〕斯坦尼主張演員完全與角色融為一體，繼而由內向外地表達他們對外部世界的理解，梅耶荷德的「有機造型術」則強調演員的外部動作性與表現力，「讓整個身軀都參與到我們的每個動作中來」〔註183〕，然後由外向內地作用於演員對人生的理解。譬如，他要求演員要融入進舞臺的節奏運動中，在他上場之前就要知道舞臺氣氛的緊張到了什麼程度〔註184〕，這意味著，演員必須在對外部環境有所把握之後，才能做出相應的動作和反應。這種「由外向內」的邏輯，也是社會改造思潮下，定縣劇人們把握現實的邏輯。

1935年張鳴琦將「近代劇的形式」形容為「有節奏，有起訖的行為」，這裡對戲劇「節奏」的強調，正是來源於梅耶荷德的「節奏」理論。梅耶荷德認為，一個好的演出建立在音樂法則之上，演員能夠將音樂語言轉化為動作語言。他以寫詩為例，類比戲劇節奏的產生：

　　　　詩歌的成功取決於對時間計量的精確把握。原來，大多數的詩歌是在街頭產生的。當我在開步走路的時候，我更容易寫詩，因為我的步子能踏出節拍來，而依靠這個節拍我就能創造出韻律來。〔註185〕

在梅耶荷德看來，「關心『表達什麼』總會引起『如何表達』的問題。藝術作品中的思想，只有存在著與之相應的技術時，才是真正強大的。」〔註186〕顯然，「節奏」並不是一個簡單的形式問題，背後關聯著劇人的心態與思想。

《過渡》一劇，呈現出了十分明顯的「節奏」特徵，第一幕是以歌聲為節奏的支點，第二、三幕採用的則是「平衡─破壞」的節奏處理方式。簡要分析這種對節奏的把捉方式，便會發現聲音在這部劇中扮演了重要的作用。

〔註182〕君允：《「宣傳劇與藝術劇」》，《北平晨報·劇刊》，1933年11月12日。

〔註183〕童道明編譯：《梅耶荷德談話錄》，北京：商務印書館，2019年，第10頁。

〔註184〕童道明編譯：《梅耶荷德談話錄》，北京：商務印書館，2019年，第210頁。

〔註185〕梅耶荷德：《關於幕間休息和舞臺上的時間》（1921年11月19日在國立高級導演講習班上的講稿），童道明編譯：《梅耶荷德談話錄》，北京：商務印書館，2019年，第135頁。

〔註186〕童道明編譯：《梅耶荷德談話錄》，北京：商務印書館，2019年，第232頁。

第二幕表現的是「夜與晨的過渡時候」,「橋工們還在露天下酣睡著,近的鼾聲和水聲,遠的雞聲和犬聲,很有節奏的呼應著。」陳豫源敏銳地捕捉到了第二幕聲音的層次感與複調性,而且讀懂了張弛有度的節奏安排:

> 全劇的表演都很緊張生動,其中以第二幕的光影,布景,表演,為最生色,夜色朦朧中,橋工在河邊的露天酣睡;船夫與橋工的鬥爭搏戰,都是很精彩動人的情節。〔註187〕

第三幕將老杜妻子的哭聲作為主要的節奏標記。胡船戶將杜妻一腳踢死,哭聲被打斷,劇情節奏被破壞,此時到達了劇情的最高潮。

誠然,梅耶荷德的「節奏」論為《過渡》的創作提供了理論支撐。但是,聯繫熊佛西及其學生在戲劇系時期的文藝實踐,便會發現,農民戲劇對於「節奏」的追求,並不是梅耶荷德戲劇理論的注腳。他們在注重節奏的同時,還注意到了另一個關鍵詞——「韻律」,比如「戲劇的音樂成分不僅表現在說白或歌唱,布景、燈光、服裝、動作、表情、發音的抑揚頓挫等等,都要有節奏,都要合乎韻律。」〔註188〕這裡強調韻律的重要性,很難說完全來源於梅耶荷德的理論學說。就戲劇系時期熊佛西及其學生與新月派的關係來看,對於戲劇「節奏」的推崇不無新月派詩歌的影響。有趣的是,與梅耶荷德由詩歌類比戲劇節奏相似,聞一多在論述詩歌節奏時也提到了戲劇,在他的名文《詩的格律》中寫道:「詩的所以能激發情感,完全在它的節奏;節奏便是格律。莎士比亞的詩劇裏萬個昂遇見情緒緊張到萬分的時候,便用韻語來描寫。葛德作《浮士德》也曾採用同類的手段,在他致席勒的信裏並且提到了這一段。」〔註189〕

從「國劇運動」借《晨報副刊》作陣地始,熊佛西與新月派的關係便十分密切。1930 年 12 月 21 日,熊佛西開始主持《北平晨報·劇刊》,首期便介紹了徐志摩、陸小曼合作的劇本《卞昆岡》。此時,第一次全國美展的風波落幕,徐志摩與徐悲鴻就現代主義美術的爭論引起了風波,而徐悲鴻又曾擔任北平大學藝術學院院長,作為藝術學院戲劇系主任的熊佛西此時推介徐志摩的劇本,聲援之意顯而易見。除此之外,新月派尤其是聞一多詩歌主張對於

〔註187〕陳豫源:《關於這一次〈屠戶〉的上演》,《北平晨報·劇刊》,1934 年 8 月 19 日。

〔註188〕張鳴琦:《為綜合藝術的戲劇》,《大公報·戲劇》(天津),1929 年 2 月 1 日。

〔註189〕聞一多:《詩的格律》,《晨報副鐫》,1926 年第 56 期。

戲劇系師生也產生了很大的影響，過去學界雖指出二者在人際交往上的聯繫，但是，詩學觀念究竟如何滲透到戲劇觀念，兩種文藝類型背後，又在什麼何種文化心理層面上達成共識？

如前所述，熊佛西主張戲劇作為綜合性藝術，強調「文學」的感覺對舞臺藝術的滲透，以此在感性上獲得了戲劇系學生的廣泛認可。詩歌是熊佛西戲劇創作的底色，也是他安置在戲劇與政治之間的重要一環。1928 年 7 月 23 日，熊佛西的三幕劇《孫中山》發表於天津《大公報》它甫一公演便遭到當局禁止，後改名《救星》才得以繼續上演。之所以被禁演，正是因為熊佛西對孫中山形象的詩意化處理，遭到了當局的反對，熊佛西因此為自己辯駁：「請注意這是用詩人的觀感寫的「劇」、不是以史家的態度寫的「史」！」〔註190〕在戲劇系諸生對小說、詩歌這兩類文體多有涉獵，尤其在詩歌創作上用力最勤。其中又尤其以左明和張鳴琦最為突出。1928 年 2 月，聞一多在給左明的回信中說：「我相信你很能做詩，不是客氣話。」〔註191〕1934 年 4 月，熊佛西主持戲委會期間，左明、王紹青合作發表了獨幕詩劇《釋放》〔註192〕，對人性進行了深刻的探索，與口號、標語式的左翼劇作在主題、情感基調上均差異極大。1928～1929 年間，張鳴琦在《大公報》上發表了《一個大兵底愛》《相信我》《你們……》《歸來……》《遺忘的海》《怎能》《風波》等一系列詩歌，形式上均採用整齊的韻腳，詩行整齊，這種近乎嚴格地追求格律上整齊的做法，正是對新月派格律理論的自覺實踐。

不僅如此，張鳴琦日後之所以在舞臺設計上表現出色，得益於他對繪畫的興趣，在《大公報》上發表詩歌的同時，他還介紹了印象主義、後印象主義、達達主義等美術流派，並創作了《禱》《想》《諷畫》等抽象畫，這種對於「繪畫美」的追求讓他更加敏銳地捕捉到事物的外形與其本質之間的關係。在《美底需要》一文中，他從「民眾的藝術」切入，指出，「普屬的藝術，是一件狠重要的東西，它包含日常任何凡瑣的事物——甚至於也包含我們家庭裏早餐時杯碟的排放，門前石階的打掃，鐵路車站上的整潔，和街頭夜燈的布置。」在他眼中，民眾的藝術便是日常生活的藝術，他認為，高談「為人生

〔註190〕熊佛西：《〈孫中山〉劇情之解釋》，《大公報·戲劇》（天津），1928 年 7 月 30 日。

〔註191〕聞一多：《致左明》，《聞一多全集》第 12 集，武漢：湖北人民出版社，2004 年，第 246 頁。

〔註192〕左明、王紹清：《釋放》，《文藝月刊》，第 5 卷第 4 期。

的藝術」、「裝飾的藝術」、「建築的藝術」都太抽象太技巧化了。許多人都把最簡單最可愛的「美」認作一種繁複而糾纏不清的對象，但其實美不是靠推理得來的，而是直覺而來的。他在這裡呼應的正是聞一多在談及詩歌「繪畫美」時對於「直覺」的強調。這種從日常生活中尋找美感的思路，也體現在熊佛西創作《過渡》的靈感來源上。《過渡》的靈感來源於定縣的標誌性建築——「瞭敵塔」。對於定縣人而言，此塔是習焉不察的日常生活景物，但對於熊佛西而言，卻是刺激他「直覺」的外部存在，它的古老陳舊以及代表的宗教符碼，在熊佛西看來都是不符合時代要求之物。因此，「再造古塔」的動機與他對「過渡時代」的理解聯繫在一起，由「塔」的外觀特徵衍生出更多內涵——「偉大、高超、團結、集中」。〔註193〕

張鳴琦1936年來到定縣參與戲委會的工作，而後參與《龍王渠》的舞臺設計，但是在此之前，他一直以「幕後」的方式關注、參與著戲委會的工作。不僅代表熊佛西主持《北平晨報·副刊》，而且在戲委會探索農民戲劇形式變革的過程中，翻譯了飯冢友一郎《農村劇場底出發點》《農村劇場底二目的》《農村劇場底舞臺》〔註194〕等文，當時眾多言說者將「打破幕線」等舞臺實驗置於歐美劇場變革的脈絡內，張鳴琦則另闢蹊徑，為戲委會的實驗提供了東亞的關照視野。雖是以學生的身份參與意見，但是從熊佛西對他的信任程度可見，他的意見在定縣農民戲劇實驗過程中起到的作用不可小覷，而他作為熊佛西的學生，在理解戲劇、藝術與國家、社會的關係時，也呈現出一種承襲關係。他在1920年代末談及「民眾的藝術」時說道：「民眾的藝術，就是一種誇耀，一種力量，使人人更有生氣，使人人更知道相愛。一個國家如果是最可愛的與最能愛的，便一定是強大的國家。沒有靈魂的補養，則民眾一定要變為脆弱，凋敝，與缺殘。」〔註195〕這種對於民眾的「力」的美的強調，十分接近聞一多1926年之後的文學與文化觀念。在以《死水》為代表的詩歌中，聞一多將瑣碎甚至破敗之物整合起來，獲得整飭的美感，繼而與統

〔註193〕楊村彬：《序》，熊佛西編著：《過渡及其演出》，重慶：正中書局，1937年，第9頁。

〔註194〕飯冢友一郎作，張鳴琦譯：《農村劇場底出發點》，《北平晨報·劇刊》，1935年7月21日。飯冢友一郎作，張鳴琦譯：《農村劇場底三目的》，《北平晨報·劇刊》，1935年9月1日。飯冢友一郎作，張鳴琦譯：《農村劇場底舞臺》（上篇），《北平晨報·劇刊》，1935年9月29日。飯冢友一郎作，張鳴琦譯：《農村劇場底舞臺》（下篇），《北平晨報·劇刊》，1935年10月6日。

〔註195〕張鳴琦：《美底需要》，《大公報·戲劇》（天津），1928年5月5日。

一的、整體性的民族國家聯繫在一起。對於「力」的追求，構成了以熊佛西為中心的戲劇系—戲委會同人的共識。

如前所述，聞一多對熊佛西切勿「輕浮」的告誡，是熊佛西創作轉型的重要動力。與聞一多《死水》之後轉向學術研究，以此「通過文化評論展開與歷史和現實互動」〔註196〕不同，熊佛西在 1930 年代仍試圖從「形式」入手，以表現一種貼合時代精神的「力」的美。當他意識到，中國社會需要從農村入手解決根本問題時，農村民間原有的戲劇形式便轉化為創造新形式的「材料」。譬如，高蹺、旱船、龍燈、小車等農村傳統露天的「會戲」，提供的是全然不同於劇場體驗的敞開的觀看模式，觀眾在看戲時需要調動全身的感覺系統，需要聽覺、視覺甚至觸覺系統的全面配合，「圍著看，追著看」，甚至「摸一摸」演員，或者自己走進演員中去。〔註197〕但是，這種模式雖然能夠充分調動農民的參與感，卻缺少規範性，不僅參與表演的戲班子是散兵遊勇，觀看的群眾也止步於節慶的快感、情緒的宣洩。它擴展至熊佛西對於民眾組織形態的觀察：「我們的民眾太頹廢了，太散漫了」。〔註198〕富有節奏的聲音在這裡不僅是一種梅耶荷德意義上的戲劇時間的標記，它真正地體現出「社會學」層面上的意義在於，它試圖帶給農民一種新的感受時間的方式。借助戲劇節奏的變化給觀眾心理波動，從而說明，生活的節奏與戲劇的節奏一樣，並不是一成不變的，它存在波動有時甚至被攪擾，當節奏驟變時，恰恰需要每個人對當下的處境做出正確的選擇。

除了重塑他們對時間的感知外，「節奏」更深層地寓意著社會力量的重新整合。「節奏」作為戲劇的「底色」，扮演著引領戲劇基調的作用，《過渡》第一幕以雄壯的《過渡歌》開場。其後，渡客雖不滿胡船戶肆意將渡船加價，卻奈何不了，此時大學畢業生張國本向群眾進行演說，演說之後又是一段過渡歌，勞動號子充滿節奏感：

〔這時八個橋工開始拉運或搬運一塊大石頭，國本在前面領導，口中很有節奏的呼出「大家都來出力吧……」橋工們響應著「來

〔註196〕張潔宇：《「我是在新詩之中，又是在新詩之外」——重評聞一多詩學觀念的轉變及其他》，《江漢學術》，2020 年第 5 期。

〔註197〕楊村彬：《序》，熊佛西編著：《過渡及其演出》，重慶：正中書局，1937 年，第 14 頁。

〔註198〕熊佛西：《〈過渡〉的寫作及其演出》，《過渡演出特輯》，北平：中華平民教育促進會，1936 年，第 5 頁。

吧！」……一呼一和，異常和諧雄壯。

　　國本（獨唱）大家都來出力吧！

　　橋工（合唱）來吧！

　　國本（獨唱）造好了這座橋啊！

　　橋工（合唱）哎呦！

　　國本（獨唱）大家都有利呀！

　　橋工（合唱）哎呀！

　　國本（獨唱）大家都流汗吧！

　　橋工（合唱）來吧！

　　國本（獨唱）造好了這座橋啊！

　　橋工（合唱）哎呀！

　　國本（獨唱）不受人家的氣呀！

　　橋工（合唱）哎呀！

　　國本（獨唱）大家都來苦幹吧！

　　橋工（合唱）來吧！

　　國本（獨唱）造好了這座橋啊！

　　橋工（合唱）哎呦！

　　國本（獨唱）我們的子子孫孫世世代代都便利呀！

　　橋工（合唱）哎呀！〔註199〕

　　如果說，以《牛》為標誌「打破幕線」，成為區別於以舊劇作為再造民眾的工具，那麼，《過渡》則進一步對形式有了更高的追求，如何在模擬「會戲」的演出—觀看模式上，一方面充分調動農民的感官系統，另一方面賦予這種形式以日常生活政治的意義，在觀看的過程中，除了讓農民宣洩情感外，重塑農民對於社群秩序的體認、對自我身份的認同。進而言之，「節奏」雖然是一種詩性的表達，但是其背後訴諸民眾的合作精神、向上的力量：「我們今日需要嚴整，需要上進，我們需要生活向上的力量！」〔註200〕

　　弔詭的是，農民戲劇中的「詩意」是作為反面被敏銳的批評家捕捉到，

〔註199〕熊佛西：《過渡》，本書編委會編：《熊佛西戲劇文集》上，上海：上海文藝
　　　　出版社，2000年，第289～290頁。

〔註200〕熊佛西：《〈過渡〉的寫作及其演出》，《過渡演出特輯》，北平：中華平民教
　　　　育促進會，1936年，第5頁。

並且作為攻擊的對象加以批評的，譬如，宋之的在熊佛西、陳治策剛開始進行農民戲劇實驗時便指出：「他們要求農民先有欣賞藝術的本領，要懂得美妙的技巧和格調，還要會領且幻美的詩意，這顯然是睜著兩隻眼睛說瞎話。」〔註201〕這種觀點認為，詩意的「非寫實」性背離了農民戲劇的基本要求，它在農民中間不具備接受基礎，更無法如實的反映出農民的苦難。事實上，1936年初蘇聯開始的「反形式主義」批判浪潮中，梅耶荷德不幸蒙難，原因正是因為蘇聯當局指出梅耶荷德違背了「寫實」的原則。楊村彬此時借用梅耶荷德的理論闡釋《過渡》中的革命性，其實與國際左翼的輿論走向已經產生了偏差，直至1939年吳天在《劇場藝術講話》中，將梅耶荷德的戲劇主張視作完全錯誤的觀點，「忽視了布爾喬亞現實主義的絕路」。梅耶荷德在重視外部形式的「美」的層面，與新月派的主張達成了一致。但是，對於左翼劇人而言，詩歌對於現實人生真相的美化與遮蔽，削弱了戲劇表現現實的意義。1935年8月，曾追隨熊佛西在定縣進行戲劇實驗的張季純在山西參與創辦西北劇社。他認為，現代的戲劇不同於舊戲，在形式上脫離了音樂、詩歌和戲劇三位一體的組合，讓它們回到各自的領域，題材上則普遍化、確切化，與以往的傳奇性質不同，這就打破了「崇敬驚奇的心理」，「撕破了那層蒙蔽，非要去認識了現實的生活情況不可」。他試圖割裂詩歌與戲劇的關係：

> 現世界不像有些詩人們所謳歌的樂土，或是圖畫般的魅力，並且，在一種人吃人的生活方式之下，遍地所呈現出來的，除了少數淫逸者外，大都困厄在飢餓的境地裏；俗話所說的『花花世界』，實際上卻是包藏了無限的悲慘與醜惡！現世界既然是這個樣子，戲劇上當然也只有赤裸裸地將它顯露出來。〔註202〕

另外，在熊佛西以「節奏」構建文化理想的同時，陳治策對於「節奏」則有另一種理解方式。相較之下，陳治策更傾向於以調和的方式，直接著手於民間資源、舊劇模式的創造性轉換。在進行「新歌劇」實驗之前，陳治策一直在思考有關轉化利用民間戲曲資源的問題。需要注意的是，與熊佛西不同，他所提倡的「民眾戲劇」沒有特定的指涉範疇，更沒有強調戲劇對於鄉村建設的重要性，而是將「民眾」普泛化後，從藝術本位出髮指出「民眾戲劇」應當具有的美學特徵。譬如，在談及露天劇場時，有這樣的描述：「在

〔註201〕宋之的：《1932年：話劇運動的姿態》，《藝術信號》，1933年3月16日。
〔註202〕張季純：《三忌》（上），《北平晨報‧劇刊》，1936年12月13日。

廣闊無涯的環境中，音樂的聲浪自然的擴大了，服裝，布景，化裝所用線條和彩色自然的加重了，演員表情的方式自然放大了，於是也自然的象徵出來戲劇藝術的莊嚴偉大之美。」他所追求的是一種美，一種「簡單樸素的美」。他在文中提出民眾運動的五個方向：一是建設露天劇場，二是建設室內劇場，三是解決流行的戲劇問題，四是組織民眾劇團，五是宣傳戲劇藝術。其中，在談到第三個問題時，又提到了轉化利用民間戲曲資源的問題。「從舊有的戲上去作民眾戲劇運動，也許更易成功些。」他這裡著眼的，正是「中國歌劇的新生命」。〔註203〕直至已經在定縣工作一年後，回答1933年《山東民眾教育月刊》「民眾戲劇問題徵答」時，陳治策還是認為不能輕易給「平民的戲劇」的形態下定論——「歌劇還是話劇？」「是野檯子式的，還是戲園子式的？」〔註204〕

陳治策之所以猶疑不決，是由農民積習已久的看戲「方法」決定的。說中國人「看戲」不如說是「聽戲」，熊佛西也說「昔日的戲是重聽」〔註205〕。梁實秋曾描述自己看南國社公演，觀眾席的「聲音」：

臺上演戲，臺下演更熱鬧的戲，說話的聲音依然沸騰，並且皮鞋的聲音格外的響亮，刮嗒刮嗒的聲音鬧成一片，若說是像馬蹄的聲音，那也未免形容過分，和驢蹄的聲音大概差不多罷。〔註206〕

之所以發生這樣的現象，是因為觀眾將「戲園子」裏的習慣帶進了新劇劇院。臺上臺下一齊作響，觀眾一心二用，一面用耳朵聽臺上的聲響，一面又不忘與身邊的人交談，臺下宛若交際場，但另一方面也說明，「聽」構成了中國觀眾欣賞戲劇的重心。陳治策1933年發表《發音術》〔註207〕、1934年談及農村「瞎子看戲」這樁怪事〔註208〕，這說明他一直在關注如何對於從「聲音」的角度上滿足觀眾要求。當然，陳治策比熊佛西走得更遠，尤其是以《三頭牛》《鳥國》為代表，彰顯了「歌」的元素在現代戲劇中的作用。前者以河北民間故事和表演形式「虎斗牛」為原型，後者則化用西洋歌劇的曲調。恰恰

〔註203〕陳治策：《民眾戲劇運動》，《北平晨報‧劇刊》，1932年6月5日。
〔註204〕陳治策：《定縣的農民戲劇工作》，《山東民眾教育月刊》，1933年第4卷第8期。
〔註205〕熊佛西：《梅蘭芳》（一），《晨報副刊》，1927年10月28日。
〔註206〕梁實秋：《看八月三日南國第二次公演以後》，《戲劇與文藝》，1929年第1卷第5期。
〔註207〕陳治策：《發音術》，《北平晨報‧劇刊》，1933年3月26日。
〔註208〕陳治策：《從鄉下得來的野趣》，《北平晨報‧劇刊》，1934年4月8日。

從「聽」還是從「看」入手創造農民戲劇，構成了陳、熊二人的分歧，二人雖然自戲劇系時期便是配合默契的搭檔，但是此時沿著這兩條線索進行探索，由此也折射了他們不同的文化政治觀念，也為未來不同的道路選擇埋下伏筆。

陳治策的原創獨幕劇歌舞《三頭牛》的誕生，潛在的對話對象便是熊佛西的《牛》。在《三頭牛》之前，陳治策對於農民戲劇而言一直屬於「幕後」的人物，主要原因在於他在《三頭牛》之前，沒有拿出像樣的原創劇本。雖因「劇本荒」，他一口氣改譯數個外國劇本，但是在效果上反響平平。與熊佛西在《鋤頭健兒》和《牛》中，轉化「虎」和「牛」兩個民間重要意象不同，陳治策的《三頭牛》直接取自在「虎斗牛」這個民間故事原型和河北地區盛行的「虎斗牛」表演形式，在熊佛西的兩部劇之後上演，也表明他試圖以這部劇與「打破幕線」的《牛》產生對話。

《牛》公演之後，陳治策又對 1931 年公演《軟體動物》進行調侃：「熊佛西費了牛勁去編著三幕劇的《牛》，房品章和楊村彬費了『牛』勁去設計舞臺裝飾，我費了牛勁去導演它，學生們費了牛勁去演它：約共費了兩個月的工夫，結果人閒牛乏，大家都弄得有倒斃之勢。」雖是玩笑話，卻也流露著一絲不滿，顯然，在他眼裏這部劇違背了熊佛西所謂的「經濟」原則。《牛》共四幕，演出時間需要三個小時。全劇人物 20 人，9 個人去輪扮，而且這 9 個人除了表演工作外，還得負責臺上其他一切工作。陳治策這樣描述演員的「忙」：扮演牛的演員分飾多角「除作牛叫外，他須在第四幕裏扮巡警，他須在第三幕裏扮偵探，他也須在第三景幕後屢次的呼喚彭二爺，他須在第二幕裏扮闊人，他還須在第二幕景後作炮聲和機關槍聲，他須在第一幕景後作提示人，作手槍聲，管理颶風機。每幕閉幕後，除幫忙布景和搬置道具外，他還須偷閒改變他的化裝。」與現代題材的《牛》不同，《三頭牛》將其背景放置在古典氛圍的田園下，音樂上則採用中國樂器演奏的小曲：「牧人的吹笛和唱歌必須用中國的小曲子，舊有的或新編的，都成。切忌用二黃或梆子之類的曲調。本劇自始至終，如能襯以音樂——準照著劇情而制定的——更好。但必須用中國樂器。切忌用洋樂器。」

這種思路，雖與王泊生提倡的以改良舊劇為根柢的「新歌劇」不同，它仍是建立在新劇的基礎上，但是顯在地化用傳統，從內容上滿足觀眾「聽」的需求方面達成了一致。但是，另一個細節更值得我們關注。從陳治策的描

述中可見，他與熊佛西在劇本結尾上有很大分歧，在開始導演《牛》之前，兩人「抬了好幾個星期的槓」，熊佛西一改往日的固執，同意了陳治策為本劇添加第四幕的意見。〔註209〕這裡的第四幕，是給主人公王四的一個「光明的尾巴」，突出的是政府所立之「法」的重要性。1935年以張道藩為首籌劃的國立戲劇學校成立，陳治策與籌備委員會一道擔任南京方面的招生事宜〔註210〕，足見國民黨對他頗為重視，這種政治立場，顯然反過來影響了他對農民戲劇形式的思考。

　　上述內容圍繞農民劇的「聲音」展開，在農民劇的「視覺」上，最為典型的特徵則在於「打破幕線」之後「燈光」的使用上。打破幕線對於打破真／幻兩個世界的界限，確實取得了成效。楊村彬記錄下了《過渡》演出中，「真」觀眾上臺向「假」小販買煙這一插曲。〔註211〕但是幕線指向的是都市戲中「curtain」（大幕）的改良，亦即熊佛西等人對過往都市戲劇經驗的突破。「幕」有「act」與「curtain」之別，熊佛西總結說，act偏重於動作方面的統一，許多動作肉眼可見，許多動作只有「心眼」才能看得到，著重需要發揮作者的作用；curtain則是有形的幕，在一幕表演終止時落下來，但在落幕的時間裏，劇情仍然在觀眾的腦海中繼續演著，這段時間裏的動作是肉眼不可見的。〔註212〕所謂「act」，源自拉丁文的actus，意思是行動，指的是「根據行動的時間和情節進展，對劇本的主要部分所作的外部分段。」西方戲劇史上，幕與幕之間的過渡方式多種多樣，比如格呂菲烏斯通過穿插合唱隊換幕，17世紀開始採用「關閉大幕、改變燈光或『暗場』。反覆奏樂、放置標語牌等。」〔註213〕《牛》雖然實現了「臺上臺下不分，演員觀眾打成一片」，但仍存在有形幕布，陳治策描述了閉幕時的緊張畫面：「幕布一聲閉攏了，九個人一齊動手，好像戰場上的最前線，短兵相接，大家象生龍活虎的活動起來。每幕布景無論多末繁難笨重，大家卻都能用『穩妥敏捷』四個字去應付一切。所謂沉著

〔註209〕陳治策：《〈牛〉後》，《北平晨報·劇刊》，1934年5月27日。

〔註210〕張道藩：《國立戲劇學校之創立》，國立戲劇學校編：《國立戲劇學校一覽》，南京：國立戲劇學校，1937年，第4頁。

〔註211〕村彬：《小販的插曲——〈過渡〉演出中的一個可怕又可喜的事實》，《北平晨報·劇刊》，1936年1月19日。

〔註212〕熊佛西：《戲劇的結構——怎樣寫劇》，《大公報·劇刊》（天津），1928年10月17日。

〔註213〕〔法〕帕特里斯·帕維斯：《戲劇藝術辭典》，宮寶榮，傅秋敏譯，上海：上海書店出版社，2014年，第5頁。

應戰，每景的『撤』『搭』都可以於八分鐘內完成。」〔註214〕陳治策發現，中國人看慣了臺上始終不閉幕的表演，農民「最不忍受的時間是臺上閉幕的時候」。〔註215〕儘管能在換幕控制在八分鐘以內，但如何保證「換幕」期間，觀眾的注意力仍在劇情上，則並不是一件容易的事情。1934年6月《牛》公演完畢後，熊佛西、楊村彬的設計下，改編後的《喇叭》在廢「curtain」的同時，採用了「燈光稱霸」的方式，以燈光代替了幕的作用：開演前燈光對著觀眾席，臺上一片漆黑；開演時燈光轉向臺上；燈光更引導觀眾的注意力，推動劇情發展。這種採用改變燈光來喻示開場、換幕的方式，在西方戲劇中並不鮮見。以燈光代替有形的幕布喻示「在場與不在場的對立二元語義系統」，但燈光並沒有改變「幕」作為休止符號的功能。

在鏡框式的舞臺上，導演和演員均習慣正中型舞臺調度，這當然符合觀眾的欣賞習慣。但是《喇叭》在燈光的幫助下，打破了這種欣賞習慣。「比如演員在臺下觀眾中經過或表演時，燈光就直射到那裡，演員移動時，燈光隨著移動，動作的中心在什麼地方，燈光便照到什麼地方，因此，劇場裏的一切動，都隨著燈光的動而動。」〔註216〕也就是說，由於演員不固定在舞臺中央，觀眾必須依靠燈光尋找演員的蹤跡，在梅耶荷德看來，這種方式下，「觀眾也不能再舒舒服服地靠在座椅上，而是正襟危坐起來。」〔註217〕在現代，「一個布景設計者必須具有一些叫做『藝術家的靈魂』之類的東西、他必須能直觀的考慮，視覺之美，充滿力量的線條，引人注意的色彩；而且還能把他所考慮過的注入其設計圖中。」〔註218〕因此，進行舞臺布景設計時，考慮到農民的接受水平，在沒有提前閱讀劇本（也不具備閱讀能力）的前提下，讓燈光推動情節發展的同時不令觀眾產生困惑，反而便於他們沉浸在燈光製造出來的氛圍當中，同時，燈光移動背後的含義隨著劇情發展被逐一揭示，這聽起來並不容易。然而，他們與城市市民或知識分子作為潛在觀眾不同，燈光對於定縣人而言，全然屬於陌生之物。電作為現代文明的產物，在這裡

〔註214〕陳治策：《〈牛〉後》，《北平晨報·劇刊》，1934年5月27日。

〔註215〕陳治策：《話劇下鄉的困難》，《北平晨報·劇刊》，1934年7月22日。

〔註216〕楊村彬：《關於改編後的〈喇叭〉的演出法》，《北平晨報·劇刊》，1934年10月14日。

〔註217〕童道明編譯：《梅耶荷德談話錄》，北京：商務印書館，2019年，第65頁。

〔註218〕H.HeLvenston作，趙越譯：《在戲劇演出中布景的功能》，《北平晨報·劇刊》，1937年3月13日。

顯示出特殊的意義。

定縣沒有電燈公司，舞臺的燈光來自平教會自己的發電廠。儘管如此，「兩旁自然有很完備的斑光，在普通的燈光設計上，已很可能的應付。」〔註219〕為什麼使用如此簡陋的燈光就可以「應付」了呢？有學者指出，「主體性的建構不單密切地關乎一個人的知性，也關係到一個人的感觀。」〔註220〕即便是簡陋的「燈光」，也為農民帶來了迥然不同的視覺感受，從而有助於引起視覺現代性的發生。燈光由此替代了象徵「舊戲」以及與之關聯的思維習慣、行為方式、歷史記憶的「幕」，以燈光之陌生化帶來的震驚體驗，引領觀眾的思路跟隨劇情進展，從而完全沉浸在舞臺的氛圍中。戲劇系學生賀孟斧便撰文介紹了以美國皮拉斯柯（今譯貝拉斯庫）為代表的寫實主義戲劇革命。這場舞臺革命，強調燈光對在舞臺上製造生活幻覺的重要性。「現代劇場是為觀覽的，舞臺裝飾便是裹助著去增加視覺美的，所以舞臺裝飾不僅是要指明一個地點，藉線條及團塊的組合，色彩的運用與光線的施射，以創造一種氛圍和風格」。〔註221〕但是並不能因此說，「燈光稱霸」是絕對移植西方舞臺革命經驗的結果。西方舞臺革命所借鑒的表現派、未來派藝術之所以打破寫實原則與固有的舞臺布景規則，而引入抽象的、機械的元素，是一戰後藝術家為了表達工業社會的異化與人的精神危機，總體立足於反思現代性的角度產生的。而在定縣，這種舞臺技術的用意則呈現出相反的向度，以燈光製造陰影明暗的主要目的在於視覺啟蒙。

楊村彬談及《過渡》演出時的燈光時，指出燈光是推動劇情發展最主要的動力，以及表示暗示的符號等〔註222〕，但是這也連帶出一個問題，農民究竟能在多大程度上理解燈光的寓意？此外，更大的問題在於，誕生於西方的形式革命背後的批判性、反思性與激發農民「向上」的內容發生了牴牾。因此，這種舞臺實驗可稱得上「打折扣」的啟蒙，燈光在明暗之間引領農民的視線，帶給農民全新的視覺感受的同時，帶給農民的新奇感受遠遠大於啟蒙效果。陳治策於 1934 年 4 月分析農民喜歡新劇的原因時列出五條：一是出於好奇心，二是話劇有娛樂性，三是話劇的劇詞能聽得懂，四是內容與自己相

〔註219〕陳豫源：《定縣的戲劇》，《北平晨報・劇刊》，1933 年 1 月 1 日。
〔註220〕彭麗君：《哈哈鏡：中國視覺現代性》，張春田、黃芷敏譯，上海：上海書店出版社，2013 年，第 15 頁。
〔註221〕賀孟斧：《現代舞臺裝飾》，《北平晨報・劇刊》，1931 年 1 月 18 日.
〔註222〕楊村彬：《定縣的農民戲劇實驗》，《自由評論》，1936 年第 8 期。

關，五是農民觀眾看見農民演員時驚訝、佩服、狂喜。這五條原因與熊佛西設想的「向上」的精神毫無瓜葛，卻可能恰恰言中了真相。

1934 年，熊佛西專為平教會所作的《屠戶》被搬上了都市的舞臺，作為北平戲劇學會第一屆公演劇目。與「平民教育」的目的不同，陳豫源稱，各地上演《屠戶》（如定縣平教會、通州民眾教育館、濟南民眾教育館、閩浙贛一帶的民眾教育機關）並不是站在戲劇的立場，而是站在教育的立場。「戲劇本身絕不能說就是教育」，是獨立性的藝術。有趣的是，這次《屠戶》劇組還是幾乎由定縣的原班人馬組成。熊佛西擔任導演，楊村彬也臨時由定返平，擔任舞臺管理（後又扮演孔屠戶）。此外，張鳴琦任舞臺設計，陳豫源加入了表演。更有趣的是，舞臺上如何表現「家徒四壁」成了一個問題，農村的天然布景到了都市則需要「頗費心機」。陳豫源指出「模仿現實」的困難：「把幕拉開，要使觀眾覺得不單調，這正如我們都未曾親身作過農民村婦而來扮演農民村婦一樣的困難。」〔註 223〕由梅耶荷德與斯坦尼斯拉夫斯基理論的區別看來，後者看重演員與角色融為一體，而前者則要求演員與角色之間保持距離。梅耶荷德的演劇論在這個意義上契合了戲委會在「改造平民」這一點上的姿態。通過聲畫效果營造的「群眾詩學」，旨在製造「大場面」和引人入勝的氛圍，使農民在劇中得到教育、宣洩情感，至於演員是否認真揣摩角色心理來表現角色的內心世界，並不直接影響到演出效果。「外形」的「像不像」決定了角色的成功與否，這也就是沒有經過專業訓練的農民「本色」出演反而效果更好的原因。演員與角色之間的疏離感，根本性地造成了「未曾親身作過農民村婦而來扮演農民村婦」的困難。

這不禁引發我們的反思，很大程度上，在 1930 年代平教會改造鄉村民眾的實踐過程中，鄉村的許多問題是由「都市的眼光」投射而來，按照都市的標準建構的。〔註 224〕就在這種有意的建構與區隔之間，作為改造主體的知識人理想中的「農民村婦」，也與「農民村婦」的實際需求產生了錯位。熊佛西等人希望以農民劇「指示給民眾應當走的路徑」〔註 225〕，甚至以農民自己演劇為契機教育自己，但實際情況卻與之相去甚遠。陳治策曾描述了農民演員

〔註 223〕 陳豫源：《關於這一次〈屠戶〉的上演》，《北平晨報·劇刊》，1934 年 8 月 19 日。
〔註 224〕 梁心：《現代中國的「都市眼光」——20 世紀早期城鄉關係的認知與想像》，《中華文史論叢》，2014 年第 2 期。
〔註 225〕 田禽：《中國現代戲劇的新動向》《北平晨報·劇刊》，1936 年 4 月 19 日。

在農閒時候刻苦訓練的情景：「一手搖著大鞭，一手拿著劇本在讀著。有時，一面搖著織布機，一面練習劇辭。甚至有時在睡夢裏，他們的囈語也都是劇本上的對話。即彼此隨便開個玩笑也還離不開劇本的內容。」〔註226〕農民的演劇熱情究竟源於何處呢？定縣西平朱谷平校女同學會的李書雲在《同學會週刊》發表的公開信中，申稱演劇的好處包括「練習說話」、「免去害臊的心」、「一種讀書的方法」等，是努力從「受教育」的角度鼓勵農民參與演劇，但在陳治策回答演員練習生的提問時，則指出演員則最起碼需要具備「健全的發音機關」、「健全的常識」、「富於想像能力的頭腦」等要素，這些要求已經遠遠超出了農民的能力範圍。某種程度上說，農民演劇的熱情與以平教會「再造『民眾』」的理想存在錯位現象。陳治策提到東不落崗劇團舉行遊行公演後，農民演員們耐不住「表演癮」，又在本村秧歌臺上連演了兩天。〔註227〕陳治策以一個「癮」字道出了農民演劇的本質，它更接近一種人類遊戲的本能，而非理性意義上的自我啟蒙。

〔註226〕陳治策：《定縣農民遊行公演話劇記略》（一），《北平晨報・劇刊》，1934 年 3 月 4 日。
〔註227〕陳治策：《定縣農民遊行公演話劇記略》（二），《北平晨報・劇刊》，1934 年 3 月 11 日。

第三章　平教會的語文教育與國語運動

在民眾教育蔚為大觀的 1930 年代，定縣平教會、山東省立民眾教育館，以及各地的民眾教育學校，為國語運動提供了實驗基地，更使得國語運動「落地生根」有了可能；當然，通過考察民眾對於國語運動中諸多理念的接受程度，也折射出國語運動與民眾的區隔，由此可以進一步反思國語運動的限度。這其中又勾連出三個需要注意的問題，第一，民眾教育者在缺乏接受基礎的民眾之間普及文字，教育的施—受雙方之間難免不相協調，民教實踐者如何認識、克服這些問題？第二，從塑造健全的民眾、增強民族凝聚力這一角度考量，一方面，民眾教育與國語運動籠罩在共同的目標下，二者既有妥協也有齟齬；另一方面，知識分子將語言文字視作塑造理想「國民」的途徑，也是一種文化政治的實踐。無論 1930 年代的國語統一籌備委員會還是地方性的民教機構，都不能忽視政府所起的重要作用。而民眾教育機構某種程度上扮演了「管道」的角色，一方面連接了政府意志與知識分子的文化政治理想，另一方面也溝通著政府與民眾，起著上傳下達的作用。這意味著，以定縣平教會為代表的民教機構在語文教育的實踐中雜糅著政府與知識分子的文化政治主張，可以將其視為雙方爭奪語文教育話語權的一個場域，值得我們透過那些在今天看來並不太高妙的語文教學改革，進一步加以辨析。第三，在 1930 年代的民教界，「語文教育」已經突破了單一化的識字教育，「文」的一面進一步得以彰顯。民眾的語文教育究竟如何連接了 1930 年代的大眾文學討論與國語運動，又可以分為以下兩個層面進一步分析，其一，平教會對「詞本位」

的強調，表明在語文教育上不僅限於「識字」這一基本要求，而對民眾提出了更高的要求，即要求民眾從思維邏輯與表達方式上重塑自我；其二，國語運動與民眾語文教育的合流，也為反思啟蒙的邏輯提供了另一重的視野，以孫伏園對魯迅啟蒙思想的接受與限度為例，可以總結出一種「降級」的啟蒙現象，而這種現象背後的政治因素也值得考慮。

第一節　多重力量交織下的平民千字課

一、有聲還是無聲？

　　早在 1922 年，晏陽初在湖南長沙推行平民教育，其中的一項重要舉措便是開展平民千字課，這也是最早利用「千字課」在中國進行識字普及的舉措。晏陽初指出，千字課本遴選「常用字」，主要是針對沒有時間讀書的下層民眾，「使他們於最少的時間，識得最多的文字（Maximum vocabulary, minimum time）」。〔註1〕晏陽初雖視「言文一致」為「千字課」的理論基礎，但實際上「千字課」的經驗主要來自於他 1918 年 6 月響應基督教青年會的號召前往法國白朗的協約國軍營，在華工間開展識字教育，而非中國本土經驗。這一在域外開展的識字教育，是現代中國掃盲運動的萌芽。大體而言，這場運動肇始於法國華工離家後為聯絡家人而誕生的「寫信」需求，而後晏陽初等人通過編纂識字課本、漢字的方式，在勞工之間掀起了識字的熱情。同樣致力於「言文一致」，「千字課」的起點與「五四」白話文運動的開端存在較大差異，值得我們重新審視不同源流在起點與發展過程中的區別、交融、博弈。

　　重新審視 1930 年代民眾教育界對「文盲」一詞的定義，這一帶有貶義色彩的稱呼，試圖反向刺激民眾的識字熱情，但是時人給出的定義卻充滿理性的思考：「文盲就是不識字的睜眼瞎子。就好像和生理學上有色盲一名詞相彷彿。文盲這個名詞並非由外國翻譯出來的，是我國獨有的，自己杜撰起來的。與英文中之 illiterate 一字相當。」〔註2〕其實，現代漢語中出了「群盲」以外，「～盲」這一結構是均是從日語中借來的，「文盲」一詞也不例外。〔註3〕但

〔註1〕晏陽初：《平民教育新運動》，《新教育》，1922 年第 5 卷第 5 期。
〔註2〕黃裳：《文盲研究》，廣州：廣東省立民眾教育館，1935 年，第 44 頁。
〔註3〕陳力衛：《東往東來──近代中日之間的語詞概念》，北京：社會科學文獻出版社，2019 年，第 252～253 頁。

是作者頗具想像力地將「文盲」與「色盲」聯繫在一起，這一基於病理學名詞給出的定義，延續的是晚清以來對國人「病夫」之身體隱喻〔註4〕，對應著「愚窮弱私」中「愚」的界說。晏陽初說「有眼看不見東西的人是盲人，有眼不識字的人也是盲人，盲人的生活是痛苦的，文盲的生活也是痛苦的。」〔註5〕而「睜眼瞎」之類的譬喻，更是頻繁出現在平教會出版的平民文學讀本中〔註6〕，反映了將病理術語口語化、日常化後嵌入民眾日常生活與思維中的努力——迫使民眾從內心深處自我反省，繼而在他們中間製造出一種「需要文字」的文化心理。「文盲」是一個社會意義上的詞語，在具體的實踐中，掃盲運動更是與之對應，呈現出科學性的特點。它立足民眾教育，在統計學、心理學、社會調查的基礎上，通過「千字課」這一基本形式普及識字。1932年，後來任職於定縣平教會並負責修訂平教會教科書《農民千字課》的傅葆琛，在《民眾識字教育與民眾基本字》一文中對民眾識字教育，特別是「千字課」做出了總結與檢討。他統計了27種以「千字課」命名或帶有「千字課」性質的識字課本，不妨抄錄如下，以示課本種類之繁：

書　名	編　者	出版處	不同字數
《平民千字課》	晏陽初、傅若愚	青年協會	998
《成人讀本》	湖南農村補習社	青年協會	1506
《平民讀本》	李六如	長沙廣文書局	1712
《平民千字課》	朱經農、陶行知	平民教育促進會	1262
《平民千字課本》	黎錦暉等	中華書局	1333
《新千字課》	曹典琦	湖南省平民教育促進會	1168
《千字課本》	魏冰心等	世界書局	1027
《青年平民讀本》	卓愷澤	上海書店	1330
《農民千字課》	傅葆琛	平民教育促進會	1138
《市民千字課》	陳築山等	平民教育促進會	1267

〔註4〕 參見〔美〕韓瑞：《圖像的來世——關於「病夫」刻板印象的中西傳譯》，欒志超譯，北京：生活·讀書·新知三聯書店，2020年。

〔註5〕 晏陽初：《有文化的中國新農民》，宋恩榮主編：《晏陽初全集》第1卷，天津：天津教育出版社，2013年，第122頁。

〔註6〕 譬如平教會出版的平民讀物——鼓詞《田家樂》就有一句「人生今日準得把書念，／別像我，大字不識，瞎子一般。」（吳星珮：《田家樂》，北平：中華平民教育促進會，1930年，第35頁。）此類勸人識字的作品還有很多。

《士兵千字課》	平民文學科	平民教育促進會	1220
《軍人千字課》	王琳	商務印書館	931
《軍人千字課》	中山書局	商務印書館	1019
《民眾教育讀本》	胡知非、沈圻	新時代教育社	835
《河南民眾讀本》	河南省教育廳	商務印書館	1516
《民眾千字課》	魏冰心	世界書局	1024
《平民識字課本》	張恩明等	奉天教科書編審處	896
《民眾課本》	江蘇楊山縣農民教育館	奉天教科書編審處	983
《民眾讀本》	江蘇無錫縣教育局	奉天教科書編審處	1044
《三民主義千字課》	曉莊學校民眾教育研究會	新時代教育社	1198
《識字課本》	沈百英	商務印書館	920
《三民主義民眾識字課本》	吳毓雲	廣益書局	588
《民眾讀本》	甘導伯等	江蘇省立教育學院黃巷試驗區	632
《婦女讀本》	秦柳芳等	江蘇省立教育學院工人教育實驗區	689
《民眾教育千字課本》	殷勤志等	蘇州文怡福記書局	990
《三民主義千字課甲種》	國民政府教育部	蘇州文怡福記書局	1120
《三民主義千字課乙種》	國民政府教育部	蘇州文怡福記書局	1063

以上 27 種識字課本，實際收生字不一定恰好千字，但都不超過兩千字。傅葆琛指出了千字課的侷限性，其一，雖然「千字」成為民眾教育者對於民眾最低識字限度的共識，但以「千字」劃定農民識字的範圍，實在過於武斷；其二，平教會最早編輯千字課時依據陳鶴琴的《語體文應用字彙》，該書有其侷限性，比如其中高頻使用的「載」、「矣」、「侮」等字均為文言常用字，「您」、「瞧」等字則屬於方言字，這也影響了後來的千字課本；其三，「千字課」中生字的遴選並無絕對的規範性，內容也不完全契合民眾的日常生活，以至於「十餘年來，還沒有一部真正實用的民眾識字課本」。〔註7〕值得注意的是，

〔註 7〕傅葆琛：《民眾識字教育與民眾基本字》，《教育與民眾》，1932 年第 3 卷第 6 期。

傅葆琛雖然不滿千字課存在的種種問題，但卻客觀陳述了千字課的編選方法。以平教會出版的《市民千字課》和《農民千字課》為例，他詳細描述了這兩部教材的選字過程，談到了「檢字」這一細節。其中《市民千字課》是劉德文負責的，1925 年 10 月開始收集材料，材料主要來源於平民書報和應用性文字，前者如平民叢書、報紙、坊間的平民唱本和平民讀物，後者則包括信札、帳簿、契約、執照等。1926 年 3 月開始檢字，共花費了十個月的時間。檢字採用的是「永字八法」，「以起筆之屬於何部者，分部歸納之」。檢字完畢後再統計每個字出現的頻率，以前述兩類材料為標準，分別列兩個表，而後按照順序合成為一個表，最後從中選出出現頻率最多的 1300 字。而《農民千字課》的選字標準與方法與之類似，檢字對象也分兩大類，一是農民閱讀的書報，二是鄉村應用文件。前者檢得不同的單字 3659 個，後者檢得 2301 個，兩者合起來不同的單字有 3672 個，選取前 1400 個作為課文，又添加了 100 個其他高頻字湊成了 1500 個字。由此可見，「千字課」是使用新式檢字法得來的。一般認為，「永字八法」檢字法由周策勳於 1936 年發明，其所遵循的檢字原則與王雲五發明的「四角號碼」檢字法不同，後者將字形結構分為左上、右上、左下、右下四角，周策勳則以「永」字的筆劃順序為檢字號碼。〔註 8〕顯然，在此之前，平教會在編著《平民千字課》的過程中，已經開始用此法進行檢字了，這一方法擺脫了以傳統康熙字典為基礎的檢字法，直截了當地根據漢字外形檢字，使用簡便的同時，更是對傳統檢字法的顛覆。黎錦熙日後與平教會合作下出版《平民百部字典》，談及該字典運用的「寒來暑往」檢字法十分得意。「寒來暑往」檢字法由黎錦熙和錢玄同共同發明，於此字典成書時形成，口訣如下：「『寒來暑往』左上傾。／點，橫，直，撇，次序明，／橫折，直折，兼撇折：／七系帶破百部分。」他指出，「平民字典編輯上的大問題，卻不在選字的多少和注音的繁簡，乃在這幾千字的排列法，要排列得使初學文字的民眾容易檢查。」民眾不瞭解繁瑣的康熙字典檢字法，這就需要教給他們一種簡單的檢索方式，通過辨認部首檢字。黎錦熙稱，平民百部字典的原稿成型於平教會初成立時，「用了科學的統計方法，選定日常應用最多的三千四餘漢字」，但採用的是康熙字典的排列方式，在日後修訂的過程中，如何排列構成了重點。「寒來暑往」檢字法的完善，正是基於孫伏園、李邵青對康熙字典檢字法的改良之上：「就舊部首大加省併，又就部首左方首筆歸納而

〔註 8〕劉霆：《民國時期的一部號碼檢字法》，《辭書研究》，2011 年第 4 期。

分成幾個系統」。〔註9〕總體而言，從「檢字法」這一細節可見，以平民千字課為代表的識字教育不同於中國傳統的「三字經」、「千字文」等，它是系統性、科學性的漢字普及工作的第一步。

問題是，1918 年晏陽初、傅葆琛在法國勞工營內「掃盲」，是與世界範圍的語音中心主義潮流相連的。晏陽初在 1929 年寫道，「中國掃盲教育系統方法開始形成於法國戰場的軍營」，而後才有了「從總字數超過一百六十萬的二百多種不同文章和出版物中，篩選出一千三百個『基本字』，在此基礎上用白話文形式寫出四本讀物」。〔註10〕其實，在法期間使用的識字教材與後來的「千字課」在形態上，存在較大區別。傅葆琛曾在法期間為勞工編著了《通俗六百字韻言》，「選比較普通常用的字六百個，分門別類，聯成五字一句的韻言」，課文如：「一二三四五，金木水火土，……天地日月星，雷電雨風雲，……牆壁門戶窗，桌椅板凳床，……」〔註11〕傅葆琛在美國耶魯大學主修森林專業，但在編纂識字教材時自覺選用了韻文這一形式，說明他十分看重韻文的可讀性。課文的聲音節奏朗朗上口，很接近傳統教育的誦讀方式。晏陽初稱其「雖無意義，因能協韻，讀者易於上齒」。確實，從句與句的連綴方式來看，它們之間並不構成絕對的意義，但是每句中的五個字屬於同一屬性，因此可以以此進行聯想記憶。這種藉重文學形式強化記憶的方式，是對其他「偏重實質，輕於形式」的識字課本的反撥。韻文的優勢與華工最先使用的千字課課文作比較便可得知：

> 全　全才不多見
> 求　求人不如求己
> 作　作事不可不信〔註12〕

當然，晏陽初所謂的「形式」表現在課文上是韻文的形式，其本質則是對語音這一外在形式的追求。值得注意的是，課文中出現了「牆壁」、「板凳」等複音詞，也意味著這裡的「識字」是以強調漢語的表音性為前提。漢語的最大

〔註9〕黎錦熙：《平民百部字典檢字法序》，《民間》，1936 年第 2 卷第 10 期。

〔註10〕晏陽初：《有文化的中國新農民》，宋恩榮主編：《晏陽初全集》第 1 卷，天津：天津教育出版社，2013 年，第 122 頁。

〔註11〕傅葆琛：《華工教育的追憶》，宋恩榮主編：《晏陽初全集》第 1 卷，天津：天津教育出版社，2013 年，第 431 頁。

〔註12〕晏陽初：《平民學校教材問題》，宋恩榮主編：《晏陽初全集》第 1 卷，天津：天津教育出版社，2013 年，第 74～75 頁。

特點是單音節化，字是最小的音義單位以及書寫單位。對照來看，以《平民千字課》為代表的教材，以單個生字為記憶對象，這本身就是對語音中心主義的悖反，傅葆琛客觀陳述的「檢字法」，卻恰恰折射了他焦慮的所在。

「五四」白話文將文言作對立面繼而建立自身合法性，其本質上仍是知識精英借鑒傳統文學資源後形成的一種語體，最典型的是胡適直接在晚清小說家吳趼人、李伯元、劉鶚等人的小說中尋求「活文學」的語言資源。〔註13〕因此，即使胡適宣稱「這一運動沒有『他們』『我們』的區別」，「白話並不單是『開通民智』的工具，白話是創造中國文學的唯一工具」，以白話實現「人上人」與「小百姓」的共贏。〔註14〕但是，「五四」白話文仍是一種書面語，無論「民眾」這一主體還是真正體現「言文一致」的「口語」，在「五四」白話文中都是缺席的存在。也正因如此，「五四」式的白話文甚至被1930年代的民教界人士形容為「半文不白，讀不出來，聽不懂的死文字」〔註15〕，與民眾產生了深深的隔膜。沿著「國語的文學，文學的國語」的路徑發展的白話文運動，語言問題始終與文學纏繞在一起，甚至錢玄同在國語運動中將國語運動的落腳點放在民眾文藝上，「我們要仔細地搜集考察民眾的語言和文藝底真髓，用它來建設種種新的民眾文藝。」〔註16〕當以文學化的書面表達為旨歸，而這種白話的命名與使用者又是知識精英時，白話勢必無法完全實現「言文一致」。相比之下，晏陽初、傅葆琛對於白話的理解，雖也建立在文言的對立面上〔註17〕，但他們從勞工寫信的需求出發，從教育的角度著手識字普及——既不同於清末乘著漢語拼音化思潮的切音字運動，也不完全等同於胡適以文學為媒介連接「我們」與「他們」。他們對於「言文一致」的踐行，更貼合口語書面化的要求。

〔註13〕1916年4月5日胡適日記，胡適著，曹伯言整理：《胡適日記全編》第2冊（1915～1917），合肥：安徽教育出版社，2001年，第356頁。

〔註14〕胡適：《五十年來中國之文學》，《胡適全集》第2卷，合肥：安徽教育出版社，2003年，第329頁。

〔註15〕蕭迪忱：《文字教育裏的語詞本位運動》，《山東民眾教育月刊》，1933年第4卷第3期。

〔註16〕錢玄同：《發刊詞》，《國語週刊》，1925年第1期。

〔註17〕傅葆琛說，教華工識字用的課本一開始採用的是滬江大學董景安編的《六百字編》，「因該書系文言，不合初學中文者使用，而一般華工又多歡迎帶韻的書，如國內流行之各種雜誌和《三字經》、《百家姓》、《千字文》等。遂由華工青年會總部請我另編。」（傅葆琛：《華工教育的追憶》，宋恩榮主編：《晏陽初全集》第1卷，天津：天津教育出版社，2013年，第431頁。）

　　晏陽初回國後從事平民教育意在普及智識，幫助民眾實現「做新民」做基礎，更強調如何以簡單易懂的方式傳遞給讀者國民意識〔註18〕，至於語言本身的問題，本不是他關注的重心。中國人自古以來樹立了文字中心主義的文化認同，真正將「國」與「民」勾連起來的，一直是文字而不是語音。因此，即使方言再五花八門，仍需通過印刷實現統一性的書面表達體系，這是晏陽初、傅葆琛最初編寫「千字課」的主要依據。當然，識字運動包含著兩部分，一是理論上的主張與宣傳，二是識字教學。傅葆琛對平民千字課的檢討集中於教材的層面，但是千字課不是靜態的、停留在「默讀」層面的課本，他在這裡沒有呈現的千字課的教學問題與國語運動的相互纏繞，才構成了引發民教界和語言學界最激烈討論的議題。

　　漢字分為形、聲、義三個部分，艾偉從心理學的角度將識字的過程描述為「見形而知道聲，義；聞聲而瞭解義，形」，他以下圖示之：

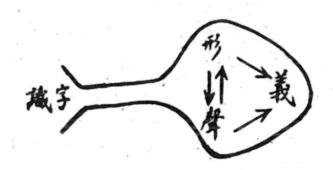

在他看來，形最重要，聲次之，義最末。原因有二，第一個依據是人們閱讀的時間多，聽講的時間少；其二則源於漢字「六書」的象形、指事二質。〔註19〕從心理學角度來看，艾偉的研究結果確實有一定的道理。識字課本即以識別、記憶字形為目的，將生字放在課文中，由教師教授字音，讓學生在語境中理解其意義，聯想記憶。以漢字字形為學習對象，這決定了「千字課」的生字材料主要來自書面材料，但問題的癥結也恰恰在此。要想普及識字，把文字作為「工具」授人以漁，必須採用一種書面的方式，但是民間尤其是鄉村社會以口語文化為主導，民眾缺乏與文字接觸的機會，在這種情況下，如何讓民眾口語與「千字課」的內容接合，真正實現「言文一致」？除了選字上要契合

〔註18〕郭雙林：《20世紀20年代平教運動與現代國民教育——以平民千字課本為中心》，《史學月刊》，2020年第1期。
〔註19〕艾偉：《識字運動與識字教學問題》，《教育彙刊》，1929年第1期。

民眾生活之外，更體現在教學上，一方面要處理漢字如何融入日常生活情境的問題，另一方面則要調和語言觀念上的漢字本位與語音中心主義的衝突，從而在教學方法的設計上兼顧漢字形與音的習得。

晏陽初、傅葆琛主編的《平民千字課》課文有獨特的排版：「本書每課的材料，是圖畫在首，課文在中，生字在後，所以教授的時候，也當順著這個次序……」〔註20〕

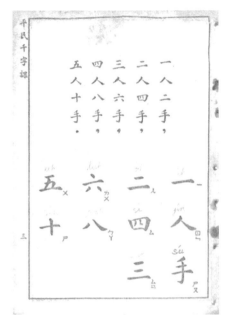

這種課文的排列方式由淺入深、循序漸進，被後來的各家千字課本普遍沿用。圖像提供了意義的生成語境，有助於學生理解生字：

> 在我們的農民課程開始時，我們發現，抓住故事的大意只要兩三分鐘。圖畫中包含的已知的知識對識字的人和文盲是相同的。因此，文盲便很容易從圖畫中的已知義推導出印刷符號中的未知義。學生們通過一個能引起個人興趣的圖畫來學習字詞，而不是像我們小時候那樣，只是依靠記憶，孤立地、逐個地學習字詞。然後在閱讀練習中學生使用詞來討論這幅圖畫。因此，當他們學習分開印刷的單個字時，學生能在五到十分鐘內學會所有十三個字。如果有人忘記了一個字，就讓他們回過頭去看閱讀課或者根據插圖向他們提

〔註20〕　《編輯大意》，晏陽初、傅若愚：《平民千字課》第1冊，北京：青年會全國協會，1925年，第3頁。

　　問，這樣他就記起來了。在二十五分鐘內，一課書就教完了。〔註21〕
上述課文的排列方式也決定了千字課的教學方法。晏陽初、傅葆琛將千字課
教學分為五步，概括起來便是（1）識圖；（2）教科文；（3）學生誦讀或復述
課文；（4）教生字；（5）複習。因為千字課重在識字，其次才是學習常識，如
果說課文對應的是常識的學習，那麼「教生字」才是教學的重中之重。那麼，
教員是如何教生字的呢？按照晏、傅二人的設想，生字的教學應遵循下列辦
法：先將生字「逐一讀出，並為解釋」。然後「叫學生隨著他讀，並自己解釋。」
最後「教員須教以書法，指明每字的先後筆劃，叫學生用手指作寫字姿勢，
以資練習。」〔註22〕概括而言，生字的教學上，遵循的是聲—義—形的順序，
筆劃的學習放在最後，它們甚至只需手指在空中寫出即可，無需在紙上寫出。
綜上，與艾偉以漢字書寫為旨歸而總結出的識字規律不同，晏陽初、傅葆琛
所謂的「識字」，其實指的是尋找聲音與意義的對應性，而不是記住筆劃。他
們所遵循的識字理論，其實遵從的是西方語音中心主義的相關原理。

　　在索緒爾看來，「語言符號連接的不是事物和名稱，而是概念和音響形象，
後者不是物質的聲音，純粹物理的東西，而是這聲音的心理印跡，我們的感
覺給我們證明的聲音表象。它是屬於感覺的，我們有時把它叫做『物質的』，
那只是在這個意義上說的，而且是跟聯想的另一個要素，一般更抽象的概念
相對立而言的。」〔註23〕艾偉提到的識字的形—聲—義三個關鍵要素，分別
對應著索緒爾語言學理論中的符號—能指—所指。在他看來，語言可視作一
張紙，「思想是正面，聲音是反面」。〔註24〕據此，索緒爾建立起來一種二元
的語言文字觀念。晏陽初、傅葆琛設定的由音及義的識字順序，遵循的正是
上述語言學規律。

　　可以與晏陽初、傅葆琛普及識字的辦法做一對比的，是1920年代的國語
運動中吳稚暉關於平民千字課的觀點。他的「草鞋主義」即圍繞普及識字與
平民教育提出，他說：「我國是一個共和國，內憂外患又很緊急，普及基本初

〔註21〕晏陽初：《有文化的中國新農民》，宋恩榮主編：《晏陽初全集》第1卷，天津：
　　　　天津教育出版社，2013年，第122頁。
〔註22〕《編輯大意》，晏陽初、傅若愚：《平民千字課》第1冊，北京：青年會全國
　　　　協會，1925年，第4頁。
〔註23〕〔瑞士〕費爾迪南·德·索緒爾：《普通語言學教程》，高名凱譯，北京：商
　　　　務印書館，2019年，第106頁。
〔註24〕〔瑞士〕費爾迪南·德·索緒爾：《普通語言學教程》，高名凱譯，第165頁。

等教育是救國的基本法子」〔註25〕，而「灌輸平民以漢文的試驗自然以最近的平民千字課為最好」。與晏陽初不同，吳稚暉以「二百兆平民大問題最輕便的解決法」吸引眼球，最為醒目的便是「輕便」二字，與「二百兆」這一沉重的字眼形成鮮明對比。其所描述的便是相對漢字更易於掌握、辨認的注音字母。在晏陽初的「千字課」設想中，也提出了標注注音字母以便「更易辨明字音，以期打到國音統一的目的」，但這是為學過注音字母的學生準備的，注音字母本身並不是學習的對象。〔註26〕吳稚暉則站在國語統一的層面，比晏陽初更明確地指出，所謂「最輕便」即注音字母與平民千字課的合作。其依據便是以國語統一的前提：「國語者，有聲音，有文法，有詞類，皆發生應為國語標準，或不應為國語標準的問題。合著三種問題，解決出來的，才算國語。」在吳稚暉這裡，選字的標準被擱置、千字課的內容也不予討論，而是強調「千字課」的核心是要樹立「聲音本位」的文字觀念。他將注音字母稱作」留聲機器」，認為在千字課教學上，應首先學習注音字母，使得民眾先學會以注音字母標注方言上音，「操練其耳朵，然後再教國音不可」。〔註27〕索緒爾認為，語言符號帶有任意性，能指與所指的聯繫是任意的。但這一觀點的提出是基於拼音文字的基礎上，將字音與字形視作一體的存在；但是漢字是一種「意音文字」，無法通過字形直接讀出字音，依照吳稚暉的想法，先普及注音字母而後實現國語普及，以打破文字中心主義來識字的做法，延續的是清末切音字運動在普及教育上的努力。吳稚暉直接以拼音文字代替漢字作為識字的工具，比晏陽初、傅葆琛在語音中心主義的道路上更進一步。他提出以注音字母代替漢字，其語言進化的觀點，呼應著比晏陽初更為激進的「新民」理想。〔註28〕吳稚暉關於「千字課」的設想帶有很強的理想色彩，沒有展開進一步說明。語言的發展存在惰性〔註29〕，直接以注音字母代替漢字作為識字工具，當然是他在推行注音字母上「矯枉才能過正」的嘗試，但是不能忽視的是，

〔註25〕吳稚暉：《草鞋與皮鞋》，《吳稚暉全集》卷4，北京：九州出版社，2013年，第297頁。

〔註26〕晏陽初：《平民教育新運動》，《新教育》，1922年第5卷第5期。

〔註27〕吳稚暉：《二百兆平民大問題最輕便的解決法》，《東方雜誌》，1924年第21卷第2期。

〔註28〕文貴良：《「替他娶一注音老婆」：漢字與國音——論吳稚暉的漢字觀》，《現代中國文化與文學》，2016年總第18期。

〔註29〕〔瑞士〕費爾迪南·德·索緒爾：《普通語言學教程》，高名凱譯，北京：商務印書館，2019年，第115頁。

無論晏陽初還是吳稚暉，都彰顯著識字運動中對「聲音」的重視。

1920 年代，在民眾教育大規模推廣以前，識什麼字，如何學習識字等問題，仍不構成急迫的提問。民教界與國語運動提倡者所理解的「千字課」的學習對象雖有不同，但二者都是為了提高民眾的智識能力，這種殊途同歸的目標暫時掩蓋了對「耳治」與「目治」兩種教學方法的辨析和取捨，及其背後對語言觀念本身的反思。隨著平教會識字教育的開展，經過長沙、南京、武昌、煙臺、杭州等地的實驗，以辨別單個字為導向的千字課，顯示出它的侷限性。晏陽初於 1927 年發現，「平教應否教授注音字母，為一最大疑問」。上述幾地方言差異明顯，在教授千字課的過程中，「定音」成了最難的環節。「吾國文字，讀音最難，一字一音，未經傳授，不能自讀。平民卒業平校，充其量不過識千餘文字，倘遇千字以外之生字，加以注音。惟統一國音之運動，尚未普遍，平校教師，多數不能傳授注音，中國幅員廣大，各地方語音不同，平民學習國音，無生活上應用之需要……」〔註 30〕因此，陶行知、朱經農改編過後的《平民千字課》並沒有額外加注音。但是，對比晏陽初、傅葆琛編寫的《平民千字課》，卻是添加了注音符號的，雖然「教與不教，讀與不讀，完全聽個人自便可也」〔註 31〕，但很能說明晏、傅對語音的重視，與黎錦熙、錢玄同、吳稚暉等人在國語運動中提出的以拼音文字實現「國語普及」〔註 32〕的思路產生了交集。同屬中華平民教育促進會成員，晏陽初、傅葆琛與陶行知對「千字課」的理解有所不同〔註 33〕，但是總體而言，重視「聲音」的語言觀念和教學方式貫穿了 1930 年代平教會主持的識字運動始終。

當時，有從事民眾教育的人指出：「語言文字本來只是教育的工具，可是因為漢字太難，需要四～五年才能學會，卻占去了真正受教育的大部分時間了。民眾學校學習時間只有四個月，連工具也學不會，更談不到用文字吸收知識了。」〔註 34〕在這種特殊語境下，作為工具專門用來教育大眾的文字，

〔註 30〕 晏陽初：《平民學校教材問題》，《世界日報》副刊第 7、8 期，1927 年 3 月 21 日。張哲農記。轉引自宋恩榮主編：《晏陽初全集》第 1 卷，天津：天津教育出版社，2013 年，第 76～77 頁。

〔註 31〕 晏陽初、傅若愚：《平民千字課》第 1 冊，北京：青年會全國協會，1925 年，第 3 頁。

〔註 32〕 黎錦熙指出，國語運動有兩大宗旨，一是「國語統一」二是「國語普及」。（黎錦熙：《全國國語運動大會宣言》，《國語週刊》，1925 年第 29 期。）

〔註 33〕 朱經農、陶知行：《平民千字課》第 1 冊，1923 年，上海：商務印書館。

〔註 34〕 《編輯後記》，《山東民眾教育月刊》，1934 年第 5 卷第 10 期。

被黎錦熙稱作「大眾語文」。究竟什麼是「大眾語文」？首先，它「是紙上的，眼前的，故其功用可以普被於散在的『大眾』。」〔註 35〕其次，大眾語文是一種寫作的工具，它「就是要把『大眾』『聽得懂說得出的』寫在紙上叫他們也『看得懂讀得下去』，進一步叫他們也『曉得寫，寫得出來』」。〔註 36〕黎錦熙所謂的「大眾語文」，針對的是左翼文化人士倡導的大眾語運動。瞿秋白、陳望道等大眾語運動的倡導者認為，國語運動將語言視作工具，忽視了語言背後的階級屬性。但是，瞿秋白等人對「大眾語」的描述仍是模糊的，他們將大眾語建立在「五四」以來半文不白的「新文言」的對立面上。黎錦熙早在 1925年全國國語運動大會上指出，學習漢字形體與文字教育的目標相悖。在他看來，文字教育「第一要能普遍，要普遍便須簡易；第二要真有用，要有用便須活潑。」然而，「一般人讀書的心理作用只是『聲入心通』，而漢字卻要先記住許多許多繁雜凌亂的形體；『聲入心通』的作用就在腦中先有自然的語言作基本，而漢字因單個的形體太繁，就不能不把語句組織弄成一個簡短習慣，不能活潑潑地表示那自然的語言。」因此，他主張廢除漢字，以拼音文字代之。〔註 37〕這一點在孫伏園那裡也得到呼應，1925 年孫伏園也撰文指出以拼音文字代替漢字。他站在語言進化論的角度上稱，白話並不比文言高級，或者說這種「進步」不足為道，語言上的真正進步體現在「國語統一以後，把所統一的國語全寫作拼音文字」。其後，再用北京話、山東話、江浙話、閩粵語代替之，而用這些方言寫出的文學才可稱得上「方言文學」。〔註 38〕孫伏園在語言觀念上的激進態度，為促成國語統一籌備委員會與定縣平教會的合作埋下了伏筆。

民眾到底應該學什麼字？究竟是不是漢字？無論語言學界還是民眾教育界，都掀起了改革漢字，以簡體字、注音符號、國語羅馬字等代替之的興論。1932 年冬季，晏陽初召集瞿世英、孫伏園、趙水澄、趙冀良討論注音符號的教學問題，得到的報告是「自從各平民學校改用『結合韻母的兩拼法』及開始即教讀平上去各聲以來，注音符號在教學上已感覺得不很困難。」〔註 39〕在此之前，定縣便已是國語會的「實驗基地」，黎錦熙、白滌洲 1929 年便在平教會

〔註 35〕黎錦熙：《國語運動史綱》，上海：商務印書館，1934 年，第 28 頁。
〔註 36〕黎錦熙：《國語運動史綱》，第 62 頁。
〔註 37〕黎錦熙：《全國國語運動大會宣言》，《國語週刊》，1925 年第 29 期。
〔註 38〕孫伏園：《國語統一以後》，《國語週刊》，1925 年第 27 期。
〔註 39〕袁戢甫：《語文教學在定縣的實驗》，《國語週刊》，1934 年第 136 期。

出版了《注音符號無師自通》一書。〔註40〕1932 年文字改革討論會結束後，決定「一是參照王照氏的音素分析和拼法，『必』合介毋於聲母；二是『可』先數以整個陰平字凡四百十一音而後拼音。」把注音符號增加到 65 個。1933年起定縣有 11 個鄉村實驗學校（共計學生 820 餘人）採用這種新法。〔註41〕

二、識字背後——政治力量如何介入識字課本

儘管黎錦熙將定縣平教會的語文教學成果視作國語運動的一大成績，但是，這種成績是國語運動與民眾教育相互妥協的結果。廢漢字而啟用國語羅馬字符合國語運動倡導者社會進化的構想，卻存在顛覆民眾教育根基的可能性。在晏陽初看來，識字教育是公民教育的基礎，所謂「公民」即為具有國家政治認同的國民。因此，如何在提高識字率的同時，保留漢字作為凝結「想像的共同體」的作用，這一「底線」，貫穿了平教會語文教育的始終。傅葆琛就從民族認同的角度指出漢字不可廢的原因，「漢字已成了與漢族共同存亡的一種文化遺傳品，雖然很蹩腳，很累贅，卻是根深蒂固不易動搖」，是「國故文化精華之所在」。〔註42〕甚至有人進一步指出，「千字課」效果不佳，是因為對字形字義的教學均不透徹，並提出將「文字學」落實到實際生活中，比如以「六書」去教識字的觀點。〔註43〕「千字課」、「平民字典」不能脫離漢字字形而存在，這也使它們置身於語音中心主義之外，以至於讓提倡廢漢字實行拼音文字的黎錦熙有些尷尬。因此，在《平民百部字典檢字法序》一文的末尾，他不忘申明自己的主張，他將依據漢字字形排列的《平民百部字典》，視作向注音字典的過渡階段。在讀物全部注音之前，「平民也許要看沒有注音的書，事實上也還需要這個」；而「依音排列」的平民字典出現之後，「檢字法上的種種困難，便可一掃而空」。〔註44〕依漢字部首順序排列的字典，原本就是對黎錦熙語言觀念的一種挑戰，以他的一番辯解再來反觀傅葆琛對千字課的不滿與焦慮，顯示了二人在語音中心主義的語言觀念在「下沉」到民眾教育這一層時所遭遇的挑戰。

〔註40〕黎錦熙、白滌洲：《注音符號無師自通》，北平：中華平民教育促進會，1929 年。

〔註41〕袁戠甫：《語文教學在定縣的實驗》，《國語週刊》，1934 年第 136 期。

〔註42〕傅葆琛：《民眾識字教育與民眾基本字》，《教育與民眾》，1932 年第 3 卷第 6期。

〔註43〕盛文浩：《識字教育的改良談》，《教育與民眾》，1931 年第 3 卷第 3 期。

〔註44〕黎錦熙：《平民百部字典檢字法序》，《民間》，1936 年第 2 卷第 10 期。

　　如前所述，「識字」自晚清以來就勾連著知識分子「開民智」、「造國民」的政治期許，隨著社會教育的制度化，從語文教育問題尤其是「千字課」入手解決平民問題，也得到了政府的重視。1929 年 2 月，教育部公布了「識字運動宣傳計劃大綱」。經官方統計，中國不識字者約有二萬萬八千萬之多，「而目今救濟之道，則宜從事於民眾教育及識字運動之宣傳」，因此要求發揮民眾教育的優勢，以講演、標語、書報、旗幟、幻燈及電影、留聲機等形式，利用公共場所進行宣傳。〔註 45〕中央黨部也將識字運動列為七項民眾運動之一，隨後的中央執行委員會第二次會議又提出「全民識字實施法及編製三民主義千字課」一案。譬如，徐錫齡引用列寧的話稱，「文盲不是政治的問題，而是政治的條件。」〔註 46〕河北教育廳編審員林宗禮也稱：「國內無知識者過多的時候，討論政治是極困難的。這個問題，不是政治問題，他只是政治的一個條件，沒有他便不能談政治。一個無知識，沒有受過教育的人，是站在政治之外的，在他能夠被拉進政治之先，必須首先給他以初步的教育。非此便不能夠有政治——只有謠言、閒話、奇談、迷信。」〔註 47〕1934 年，有民教界人士總結 1929 年以來民眾教育的發展時，指出民教的重心已經由側重除文盲的語文教育，轉移到了到公民訓練、生產訓練與民族意識的培養。〔註 48〕但是口號的流轉、教育重心的轉移並不代表語文教育的消失，相反，進入 1930 年代的民眾語文教育已實現常態化，單純的「識字」教育是不存在的，其背後有著更為急切的政治訴求。譬如，教育部社會教育司司長張炯從官方的角度建議民眾學校課本進行改革，與傅葆琛認為「灌輸常識」阻礙了「千字課」選字的標準相反，張炯則認為「識字」在過去的教育目標中所佔的比重過大，「我國昔日民眾學校課本，大概均注重識字一方面，其他常識、公民、三民主義等，都是附屬的。」據此，他提出了「關於做人做國民重要之知識，擬儘量編入課本中」。〔註 49〕以張炯為代表的從內容層面入手改良千字課的主張代表了官方的意志，將黨義引入千字課，除了內容上的政治傾向，更看重的是

〔註 45〕《中華民國法規大全》第 3 冊（財政　實業　教育），上海：商務印書館，1936
　　　　年，第 4269～4270 頁。
〔註 46〕徐錫齡：《中國文盲問題》，1932 年，廣州：南國書社，第 2 頁。
〔註 47〕林宗禮：《我所主張的民眾讀本編製法》，《教育與民眾》，1934 年第 6 卷第 3
　　　　期。
〔註 48〕顧良傑：《五年來民眾教育之進展與今後著手之途徑》，《教育與民眾》，1934
　　　　年第 5 卷第 8 期。
〔註 49〕張炯：《民眾學校課本改編之我見》，《教育與民眾》，1934 年第 6 卷第 3 期。

教學者發揮主動性，引發民眾的政治認同，識字本身在這種情況下反倒成了次要的。1929 年 8 月，陳布雷就任浙江省教育廳廳長，主管社會教育。1930年他主持創辦了浙江省立民眾教育實驗學校，與定縣平教會以學術研究為旨歸不同的是，這所學校帶有鮮明的官辦色彩。該民眾學校的機關刊物《民眾教育季刊》創刊號便有趙廷為的《民眾千字課的編輯問題？》一文，可以代表國民黨官方對於千字課的態度。趙廷為指出，以千字課灌輸黨義，兼具識字與黨化教育「一箭射雙雕」的效果，「無論宣傳黨義或實施黨化教育，情感的引起似比知識的灌輸更加重要。」〔註 50〕所謂「黨化教育」即三民主義教育。1928 年第一次全國教育會議規定黨化教育改稱為「三民主義教育」，「所謂三民主義教育，就是實現三民主義的教育，就是各級機關的設備和各種教學科目，都是以實現三民主義為目的的教育。」〔註 51〕據此，《三民主義千字課》一類教科書更帶有明確的政治教育意義，直接將「普及三民主義」、「培養國民道德」作為編輯方針，更依賴編纂者的政治修養。〔註 52〕當然，這一類型的千字課教科書多受到彼時民眾界的批評，傅葆琛便指出《三民主義千字課》一類的教科書以灌輸政治常識為出發點，所選的字與民眾的日常生活關係不大〔註 53〕，而這些千字課課文的單調、枯燥，甚至引發了教科書編審者的不滿。〔註 54〕千字課重視課文政治意義的上升，也體現在平教會 1930 年以後使用的識字課本上。

定縣平民學校分三種：實驗平民學校（又分高級實驗平民學校、初級實驗平民學校和青年補習學校）、表演平民學校和普通平民學校。其中，高級實驗平民學校的學生已經具備一定的識字量，因此不需再從「識字」教起。1929年以前，高級平校用識字課本為教本，1930 年則改用農民文藝課本，考察《農民高級文藝課本》（初次改正實驗用本），內容仍以普及常識為主，課文篇幅普遍較長，與初級千字課相比，更強調其「文藝」的性質。有些課文具有故事

〔註 50〕趙廷為：《民眾千字課的編輯問題？》，《民眾教育季刊》，1930 年第 1 卷第 1 號。

〔註 51〕《「黨化教育」之意義及其方針》，《教育雜誌》，1927 年第 19 卷第 8 號。

〔註 52〕中國國民黨中央執行委員會訓練部：《中國國民黨中央執行委員會訓練部法規彙刊》（第二集），內部刊物，1930 年，第 133 頁。

〔註 53〕傅葆琛：《民眾識字教育與民眾基本字》，《教育與民眾》，1932 年第 3 卷第 6 期。

〔註 54〕林宗禮：《我所主張的民眾讀本編製法》，《教育與民眾》，1934 年第 6 卷第 3 期。

情節，或以韻文的形式呈現，譬如第一冊第三課《春天》：「春風吹到三月三，大家都著單衣衫。清早起來洗淨臉，各揣農具到田間……」。值得注意的是，《農民高級文藝課本》的課本雖不見圖畫，但課文仍保留了「生字」部分。實際上，此時的「識字」已經不再是尋找聲音與意義的對應關係，意在用長篇的、甚至帶有文學性質的課文闡釋甚至屈就「生字」的意義。《農民高級文藝課本》第一課便是《中國民族》：

如果說學習「生字」對應著平教會對「言文一致」的要求，是基於對現代社會的構想而提出的，那麼這裡開列的「生字」顯然違反了這一原則，尤其是「庸」、「倫」、「偁」、「仁」、「慈」、「孝」、「睦」等帶有明顯指向傳統道德範疇的字。同一時期小學教材《新中華三民主義課本》中《恢復舊道德》一課，內容更加直白：「中國固有的舊道德恢復起來，固有的民族地位才可以圖恢復。固有的舊道德，首忠孝，次仁愛，次信義，次和平……」〔註55〕平教會主張「公民教育」，即培育健全國民，從課文可見，所謂「公民教育」此時已與國民黨的黨化教育同流，此時國民黨主張恢復舊道德，以忠孝、仁愛等傳統道德塑造

〔註55〕陸紹昌編輯，葉楚傖校閱：《新中華三民主義課本》第 1 冊，上海：中華書局，1931 年，第 13 頁。

國民性，作為教科書的識字課本也不例外。如論者指出：「1920年代後期『公民』教育及其後『社會』教育的出現，標誌著晚清以來『修身』教育的斷裂終結。這種歷史的替換有其必然性，正如當時有教育界人士指出的，修身科有許多弱點：範圍太狹；標準太舊；太重學理；教材支配不適當；不能造成法律的觀念等。總而言之，修身科從內容到形式都已落後於時代，不能滿足社會前進對教育的要求。『公民』教科書的誕生，讓我們看到為塑造現代國民的希望。」〔註56〕從晚清修身教育衍生出來的以國家主導的公民教育，為了實現最大程度地普及開來，也借助了「識字課本」這一基本的教科書形式。而《農民高級文藝課本》作為更「高級」的識字課本，「識字」的作用也隨之發生變化。具體而言，當識字運動已經成為一項國家層面的運動時，一個健全的公民應當識什麼字，帶有強烈的國家意志。這種「高級」課本，也是為「國民」樹立道德標準的表現。湯茂如是哥倫比亞大學教育碩士，後擔任平教會學校式教育部主任。他在1932年總結平教會工作時，也談及知識人從理想到現實所遭遇的困境，當初有志於鄉村建設的知識人「在農村裏參加了幾年實際工作之後，心定了，氣平了，誰也不敢太自信了」。〔註57〕湯茂如的「自謙」是一種自我省思，一方面道出了鄉村建設深入開展過程中，知識人脫離了高蹈的理想，更踏實肯幹；另一種言外之意則是平教會「新民」理想與國民政府對「國民」的期許相碰撞後，知識人不得不做出讓步與妥協。在晏陽初、傅葆琛撰寫的《平民千字課》中，有這樣一課：

> 青草地上，
>
> 有雞有豬有狗。
>
> 走的走，
>
> 睡的睡，
>
> 吃草的吃草。
>
> 非常自由。〔註58〕

這篇課文全用口語寫成，語言靈動，節奏輕快，甚至有現代白話詩的韻

〔註56〕畢苑：《建造常識──教科書與近代中國文化轉型》，福州：福建教育出版社，2010年，第187頁。

〔註57〕湯茂如：《定縣農民教育》，北平：中華平民教育促進會，1932年，第3頁。

〔註58〕這一課的生字為：「青」、「草」、「雞」、「豬」、「狗」、「睡」、「非」、「常」、「自」、「由」。（晏陽初、傅若愚：《平民千字課》第1冊，北京：青年會全國協會，1925年，第19頁。）

味，可讀性極強。再來對比此時的《農民高級文藝課本》「父母仁慈，子女孝順，兄弟友愛，夫妻和睦，朋友講信義」，它雖稱「文藝課本」，語言卻是套語，甚至成為了黨義教育的傳聲筒。套用胡適「活語言」／「死語言」的公式，後者這類語言死氣沉沉，早已失卻了前者的活潑靈動之氣。喬治・斯坦納在論及逃離納粹魔掌的德國作家時，提到沃爾夫斯克爾（Karl Wolfskehl）在《流亡之歌》（Song of Exile）中的觀點「真正的語詞，生靈的語言，已經死掉：無論你們是否有千言萬語：／語言，語言已經死去。」〔註59〕新的高級農民課本雖稱「文藝」，卻是對鮮活的口語的扼殺，因此，這類課文雖然也有意以韻文的形式呈現，其內容卻傳遞的是專制時代的封建思想，如果說晏陽初等在西方接受過科學教育的人，以西方啟蒙理性精神為思想內核，繼而產生了對語音中心的信仰，那麼《中國民族》等課文則不啻為對西方語言學意義上「言語」的背離。

　　1918年法國華工教育以來，晏陽初等人立足精英立場開展識字運動，其最終目的是塑造符合現代社會的公民，繼而實現「民族再造」。在這一過程中，傳統思想作為思想資源，在平教會出版的平民讀物中有所體現，這一點留待下一章具體分析。但正如鍾雨柔所觀察到的，晏陽初在法國創辦《華工週報》期間，以白話發表的文章帶有很強的文言色彩，因此他所主張的口語化書寫與真正的書面語有較大的差距，從一開始就表現出「妥協」的性質。〔註60〕其中蘊藏的文化心理，也潛移默化地進入到識字運動過程中。以「千字課」為基本形式的識字運動，雖然追求語音中心主義，但其內核卻仍然沒有完全擺脫「文以載道」的傳統觀念。由上述兩篇課文的對比可見，與「五四」白話文不同，誕生於識字運動的「千字課」所面臨的困境不全是文言文的復興，而是傳統社會向現代轉型過程中所面臨的整體性困頓在文化上的表現。晏陽初、傅葆琛等人在國外修習的專業與語言文學無關，卻要從識字入手救國，這是林毓生所謂的「借思想文化以解決為題的途徑」。林毓生認為，辛亥以後，「借思想文化以解決問題的途徑的確演變成了一個整體觀的思想模式，從而使它變成一個全盤性反傳統主義的工具，它將中國傳統看作是一個其形式是

〔註59〕〔美〕喬治・斯坦納：《語言與沉默──論語言、文學與非人道》，李小均譯，上海：上海人民出版社，2013年，第62頁。

〔註60〕Yurou Zhong：*Chinese Grammatology: Script Revolution and Literary Modernity, 1916-1958*, Columbia University Press, 2019, p.114.

受中國傳統思想痼疾感染的有機體整體而加以抨擊。」〔註61〕平民教育從「除文盲」入手的原因正在於此。問題在於，以平教會為代表的「除文盲」的最終目的是「做新民」，背後的終極訴求是具有現代文明的民族國家。它不僅是思想文化上的「想像的共同體」，更是以西方民主國家為藍圖，一個在社會、經濟、政治等層面均具有現代文明特質的國家。簡而言之，在傳統向現代民族國家轉型的過程中，這種語言文字層面的改造手段以現代化為目標，其根本目的是鑄造政治意義上的國家實體。1927年國民政府成立以後，這種理想有了與現實接軌的可能，此時在民眾間普及識字，就應當考慮與政治話語的接合，此時的語言文字因此承載著闡釋政黨合法性的功能，更承載著中國獨特的「文以載道」心理結構。這也導致，當識字運動與國民黨官方塑造國民的目標合流，晏陽初等人強烈的民族國家意識與政黨意志的相互碰撞，識字運動的真正對象──「民眾」只能身處無聲的狀態中。

最後可以延伸的是，識字運動的收效究竟如何？1932年，徐錫齡在檢討千字課的問題時發現，各地民教機構雖普遍實行識字教育，但其效果究竟如何，幾乎很少有人統計，民眾在學習完千字課後是否具備了看報讀書記帳寫信的能力，這種能力也很難被量化。以中山大學教育系附設的民眾教育學校為實驗基地為例，學生學習了千字課之後根本無法做到「一日識十個字，四個月便識一千個字」。〔註62〕再加上一板一眼的鉛板印刷字，與日常生活中最常見的手寫體還是不同，導致民眾或許認得了書本上的字形，但回到生活中還是不識字，因此，千字課的教學收效甚微。直到民眾教育漸入佳境的1935年，根據江蘇省立教育院成人心理研究室的一項調查顯示，「民眾無須讀書」的觀念仍根深蒂固地存在於民眾頭腦中。至於他們「不讀書的理由」，最主要的則是經濟困難。〔註63〕在生存問題解決前，識字對民眾而言從來不是頭等大事，而當「識字」成為政府的一項強制性行為〔註64〕，更會在民眾中造成反作用。

〔註61〕〔美〕林毓生《中國意識的危機──「五四」時期激烈的反傳統主義》（增訂再版本），穆善培譯，貴陽：貴州人民出版社，1986年，第49～50頁。
〔註62〕徐錫齡：《中國文盲問題》，1932年，廣州：南國書社，第78頁。
〔註63〕陳禮江、陳友端：《農民對於文化反應心理之調查與研究》，《教育與民眾》，1935年第8卷第1期。
〔註64〕參見孫曉忠：《識字的用途──論1950年代的農村識字運動》，《社會科學》，2015年第7期。

第二節　平教會的「詞本位」教學及其思想意涵

一、語文教育的思想性──「詞本位」與「文法」的提出

　　1934 年孫伏園在《山東民眾教育月刊》發表了《定義與文法的重要》一文，強調語文教學中應加強對詞彙和文法的關注。他指出：「我們在語文教育裏，向來沒有把定義的重要性看出來，所以要下一個字或詞的定義，就是在一位很有學問的人，也覺得並不容易。」比如教學生「紅」字，常常說是「紅花的紅」，而「人」則是「一個人的人」，但其實並沒有對這兩個字進行定義──「紅是淺赤色」，「人是具有最高性靈的動物」。之所以強調「定義」的重要性，是因為「這件事影響我們的思想，使我們成為一個含糊的，不精確的，隨隨便便的民族」。此外，他也不滿現在語文教育對文法的忽視：「句子是怎樣構成的，構成句子的分子是些什麼，這文法的第一步就沒有人注意，至於句子怎樣構成段落，段落怎樣構成整篇，第二步自然更沒有人注意了。」過去的文言文不分段，是從「字」到「篇」，所以「間斷的處所絕不表示文法構造上的什麼意義」，但是現在很多人做文章仍沿用這種習慣，先作好一篇白話文，再用標點分句分段，這與文言沒有區別。孫伏園認為「這種情況絕對不應該再繼續下去了。思想是一切行動的源泉，語言文字能整理思想的路徑；語言文字的規範一日不研究清楚，思想是永遠不會有條理的」。大體而言，這裡的「定義」與「文法」分別對應著語言學中詞彙與語法兩個層面，與當時民教界普遍關注的文字工具問題有所區別。《山東民眾教育月刊》的編輯也在附記中指出，這「實在是一般人不注意的重要問題」。〔註65〕

　　孫伏園獨特的思考，一方面來源於平教會在語文教學實踐中積累的經驗，因此我們有必要回到民眾教育的語境中，重新考察孫伏園這一觀點在民教界的位置。另一方面，與彼時的民教者相比，孫伏園是從反思「五四」新文學的角度進入民眾語文教育的。這裡對「定義」和「文法」的強調，即孫伏園反思「五四」創製的白話文文體的結果。從他對「定義」和「文法」的界定可見，這兩個概念均不能歸入規範的語言學範疇，他對於二者背後的「思想」更為關注──更關注如何用白話更為準確、有邏輯地表達思想。尤其值得注意的是這一觀點提出的另一個重要背景──大眾語論爭。1933 年廣東、湖南軍閥

―――――――――――――――

〔註65〕孫伏園：《定義與文法的重要》，《山東民眾教育月刊》，1934 年第 5 卷第 10 號。

掀起「讀經運動」，1934 年 2 月蔣介石在南昌發表《新生活運動要義》，主張尊孔復古，而後教育部汪懋祖發表《禁習文言與強令讀經》，成為大眾語論爭的導火索。〔註66〕繼 1915 年康有為、陳煥章提倡讀經以來，文言的復興又引發了新文化人的警覺。隨後《申報・自由談》發表了陳子展的《文言──白話──大眾語》和陳望道的《關於大眾語文學的建設》，圍繞「大眾語」又展開了進一步的辯論。在文言、大眾語論戰的語境中重新看待孫伏園的主張，他在普及識字尚未成功之時提倡追求更高的詞彙、語法的系統學習，乍看上去略顯突兀，其實一是出於捍衛白話文的本能，二則也是在文言復興之際，反思新文學在接受層面的羸弱的表現。孫伏園沒有捲入陳望道、瞿秋白等上海左翼知識人的論戰，借用魯迅的話來說，與其打著大眾的旗，說些大眾聽不懂的話〔註67〕，不如從思考如何提高大眾的智識水平入手創造大眾文。

　　1932 年春，許多民教機關和組織還停留在選生字編「千字課」的階段，而定縣的語文教學則已經進入了一個新階段。平教會平民文學部開始檢編《農民常用詞表》，東朱谷村的實驗學校採用「詞本位」教學實驗。平教會平民文學部在詞彙教學方面，以詞彙研究為基本工作，「它包括單字和合成詞（短語）的選擇和系統化，以此作為編寫千字課本的基礎語彙」。〔註68〕此時平教會與國語會已經合作，以黎錦熙為代表的詞彙學思想也影響了平教會的語文教學主張及實踐。1922 年黎錦熙就指出，漢語不是單音語，「語言中的單位，乃是語詞（Words）；一種試用的活語言，其中大多數的語詞，至少也是雙音構成的……一個語詞，往往要用兩個以上的漢字來表達」。在黎錦熙看來，駢文、律詩等「死文學」以單音字為標誌，因此若想實現「言文一致」，必須首先恢復複音詞的地位。〔註69〕黎錦熙不僅證實了「詞」這一結構在漢語中的重要位置，並探索了漢語的構詞法理論〔註70〕，而且他還較早地觸及到了詞的意

〔註66〕參見李永東：《語體文的歐化與大眾化之辯──評 1934 年的大眾語論爭》，《湘潭大學學報》，2007 年第 9 期。

〔註67〕魯迅：《門外文談》，《魯迅全集》第 6 卷，北京：人民文學出版社，2005 年，第 103 頁。

〔註68〕晏陽初：《定縣的鄉村建設實驗》（一九三四年七月），宋恩榮主編：《晏陽初全集》第 1 卷，天津：天津教育出版社，2013 年，第 225 頁。

〔註69〕黎錦熙：《漢字革命軍前進的一條大路》，《國語月刊・漢字改革號》，1922 年第 1 卷第 7 期。

〔註70〕參見劉曉玥、劉曉明：《黎錦熙文字改革中的詞彙學思想研究》，《漢字文化》，2020 年第 3 期。

義的討論。即使在西方，語義學也是一門出現於 20 世紀初期的晚近的學問，我國現代意義上關於的詞義的研究發生較晚，1930 年代方才引起語言學界的一些關注。〔註71〕1920 年代有學者關注到了詞義問題，主要沿用訓詁之法對國語進行「釋義」。〔註72〕黎錦熙也受到了這種方法的影響，發表於 1930 年的《國語中複合詞的歧義和偏義——〈古書疑義舉例〉的理董和擴張》一文中〔註73〕，通過現代語言學中的成分分析法，重新解讀了俞樾的訓詁學名作《古書疑義舉例》中有關詞語的「歧義」、「偏義」現象，是黎錦熙以西方語言學理論激活傳統訓詁學的一種嘗試。黎錦熙此時對於詞義的討論之所以能與訓詁學產生交集，原因是訓詁學「因聲求義」的方法，與黎錦熙秉持的語音中心主義均將「聲音」置於「文字」之先。因此，黎錦熙此時雖然涉及到了詞的意義的討論，但仍基於以傳統訓詁學方法印證語音本位的語言觀念，其重心並不在語義本身。此外，總體來說，國語運動以「定音」為主要目標，從國語統一的事態緩急上而言，對語義的解釋遠不如語音統一來得迫切。

　　一方面，我們應當注意到黎錦熙等人對詞彙的關注影響了孫伏園的主張，他所謂的「紅是淺赤色」，「人是具有最高性靈的動物」都是從詞的意義層面強調詞彙的重要性，而他用來形容一個民族「含糊的，不精確的，隨隨便便的」等修辭，正是對應著語言的歧義現象。另一方面，這種迫切剷除語言「模糊性」的觀點，已經比黎錦熙從傳統訓詁學延伸出來的學術研究的思路更進了一步，直接訴諸於解決現實問題本身。因此，在定縣平教會的語文教學中，尤其是從孫伏園制定「新詞」的情況看來，尤其反映了定縣語文教育在國語運動中的獨特價值。

　　平教會之所以將「詞本位」作為語文教育的重心，主要是由於他們在與民眾相處的過程中，發現了千字課教學的弊端。根據平教會「平民學校研究設計」二十一年度工作報告「關於詞本位教學的實驗」，「詞本位」原則的確立很大程度上來源於他們在定縣「聽說書」的經歷。平民文學部的採訪員「記

〔註71〕許威漢：《二十世紀的漢語詞彙學》，上海：書海出版社，2000 年，261 頁。

〔註72〕比較典型的是何仲英的《國語釋詞》（《教育雜誌》，1920 年第 12 卷第 8 期）、寒蟾的《國語釋詞的商榷》（《教育雜誌》，1920 年第 12 卷第 12 期）。

〔註73〕黎錦熙：《國語中複合詞的歧義和偏義：〈古書疑義舉例〉的理董和擴張》，《女師大學術季刊》，1930 年第 1 卷第 1 期。（查《黎錦熙先生著作目錄繫年》（曹述敬，《北京師範大學學報》，1990 年第 2 期），此文為黎錦熙最早專門論述詞義的單篇論文，如有錯漏，文責自負。）

錄一個說書人的講演時，仔細聽那一字不識的說書人的說話，只要是表示一個單純的觀念的詞，無論其為一字或兩字三字（亦可稱為單音或多音），從他的口裏說出來都是連著的。」這反映了在識字運動中被忽略一個常識，即民眾在日常生活中不會單個字單個字地說話，而是以詞為單位表達意思。「茶碗」不會說成「茶」「碗」，說話人也不會聯想到兩樣單獨的東西，頭腦中更不會浮現出這兩個漢字。如果按照千字課的教學方法，教師寫出「目的」一詞，學生會說「目是眼睛」，「的是我的你的」，有的則會疑惑「眼睛的什麼呢？」發生這種情況的主要原因就在於對「目的」一詞詞義的不理解。那麼，「詞」應該怎麼教呢？平教會認為，「他們的需要是工具的運用與介紹」，而不是把「工具」拆開了——介紹給他們聽，換句話說，民眾的語文教學應該回到詞的本義及其運用上去。以東朱谷實驗學校為例，「教員預先擬好一篇談話，當中採用著不少的新詞，當學生們練習縫紉的時候，細細的講給她們聽，再叫她們復述。資質好的學生，很快的就學會了，並能運用不錯；笨一點的學生，有時候用的雖然不很恰當，可是別人用到的時候，她聽了也很能瞭解。」但是，寫在黑板上一板一眼地教學則是行不通的，「因為受了一層文字的障礙」，這些單字無法變成他們自己的語言，反而會增加他們的困擾。〔註74〕

1932 年平教會與清華大學心理學系合作成了教育心理研究委員會，聘浙江大學心理學教授沈有乾為顧問，瞿世英、湯茂如、孫伏園、黎季純等人為委員，周先庚為名譽主席委員，兼代主持研究工作，「一面指導平校畢業成績測驗的編製與實施，一面規劃正式進行成人學習記憶研究的方案。」〔註75〕其中，有農民千字課分冊測驗報告，測驗識字的方式，有以下數種：考察識字成績（聽讀識字，看圖識字，辨別字形）；考察寫字成績（改正錯字，看圖填字，聽讀默寫）；考察綴字成績（填字造句，除字成句，詞句重組）；考查讀書成績（朗讀瞭解，默讀瞭解）。〔註76〕在《定縣平民教育測驗統計報告》的附錄中有《農民千字課分冊測驗內容及說明書》，比如測驗二戊 A 項中有填詞造句一項，試舉一例：

國慶＿＿念（紀副節旗）

〔註74〕袁戲甫：《語文教學在定縣的實驗（續）》，《國語週刊》，1934 年第 137 期。
〔註75〕中華平民教育促進會教育心理研究委員會：《定縣平民教育測驗統計報告》，北平：中華平民教育促進會，1935 年，第 5 頁。
〔註76〕中華平民教育促進會教育心理研究委員會：《定縣平民教育測驗統計報告》，北平：中華平民教育促進會，1935 年，第 89 頁。

這種將詞語放置在具體語境中測驗的方式，反向證明了平民學校「詞本位」的教學是以學生理解「意義」為前提的。

定縣平教會「詞本位」教學最突出的一個成績便是以「新詞」代「生字」。所謂「新詞」即「新民用詞」，與「平民用詞」一同構成平教會語文教學用的「詞表」。在編輯書報的過程中，也要區別對待：「平民用詞表中之詞是平民口頭所已有了的詞，故編輯書報時，只得加上注音符號，則聆音可以知義，便可以無限制地使用。新民用詞表中之詞，是受過教育的平民口頭所必須有的詞，故編輯時需有意識地介紹」。〔註 77〕

值得注意的是，孫伏園如何以《大眾語怎樣提高》一文回應 1934 年的大眾語論戰。這一立論顯示了平教會彼時從事的民眾語文教育的特殊之處，一方面，與左翼知識分子顛覆以「大眾語」質疑甚至顛覆「五四」以來建立的啟蒙圖景不同的是，平教會恰恰將「五四」的啟蒙邏輯具體化、在地化為定縣的語文教育；另一方面，平教會的語文教育在新詞制定的標準上始終受到新民──國民這一公式的影響，帶有很強的政治性，平教會為「新詞」做出統一性的闡釋，甚至出版《平民字典》《平民詞典》的行為，也是為語言立法的表現。

總體而言，大眾語論戰集中在上海文壇，北方學者對當時膠著不下的論戰並不熱衷。沈從文 1934 年在《從「小學讀經」到「大眾語問題」的感想》中談到「這問題在北方沉默的理由，似乎是各人觸摸的『多』一點，從事實方面認識稍『深』一點，空泛激揚的議論自然也就『少』了一點。各人正在『注意』這個問題，『研究』這個問題，故反而不能來隨便談論這個問題了。」〔註 78〕面對輿論對北方學者的指責，沈從文將定縣平教會的語文教育置於「從事研究與試驗」這一脈絡中去，與之同列的，還有顧頡剛改編平民讀物、黎錦熙編纂國語詞典等。大眾語論戰反映了「五四」新文化運動以來積累已久的「大眾化」問題，尤其是精英與民眾、口語與文言等問題藉此契機再被提及，但實際上在論辯過程中存在許多錯位之處。無論如何，在論戰參與者左支右絀的辯詞中暴露都暴露出一個重要問題。那就是無論「五四」以來的白話文學還是 1930 年以捍衛民眾口語為名的大眾語論戰，其實都只發生在知識分子

〔註 77〕晏陽初：《中華平民教育促進會定縣實驗工作報告》（一九三四年十月），宋恩榮主編：《晏陽初全集》第 1 卷，天津：天津教育出版社，2013 年，第 275 頁。

〔註 78〕沈從文：《從「小學讀經」到「大眾語問題」的感想》，《大公報·文藝》，1934 年 8 月 1 日。

層面，與實際的民眾並不發生什麼關係。孫伏園的發言帶有很強的針對性，通過展示定縣平教會語文教育的成績，批評了大眾語論戰脫離實際的弊端，也一併反思了五四白話文的知識分子氣導致與民眾的隔膜。孫伏園將「大眾語」定義為中國大多數國民所說的話，由於大部分國民沒有受過教育，所以大眾語又可以叫做文盲所說的話。「我們希望擺脫一切智識階級的用詞，寫出真正的大眾語來，讓大家能夠瞭解。至於語法，也是越求簡單越好，不用長句，不用連句，不用套句，不用成語，並且少用聯詞。」〔註79〕黎錦熙在回應大眾語論戰時，也是拿孫伏園創製的「新民用詞」來舉例的。「語言中的單位分子就是詞，新詞的分量增加，語言的程度自然提高，階級性就打破了。」黎錦熙將學習新詞視作打破階級的前提，顯然與左翼知識人階級分析的基礎不盡相同。「所以與其那麼說：『大眾語』是我們要『利用它來從教育的意義上，把那些落後的大眾意識，變換成前進的大眾意識』的，不如這麼說：『大眾語』者，是我們從教育的意義上來建設把那些落後的大眾和前進的大眾所有意識間的衝突的矛盾，逐漸統一起來的。」〔註80〕我們發現，無論孫伏園還是黎錦熙在文中都表達了不滿於左翼文人空談「大眾化」，但又或多或少地借用了左翼關於「階級」的話語資源。

孫伏園的《大眾語怎樣提高》雖然策略性地借用左翼話語，指明理論大眾語論戰的缺陷，但他的本意更著重於提出一種擴展大眾詞彙量的解決辦法，因此這就讓他的觀點看起來有些自相矛盾：一方面強調自己所從事的是研究「真正的大眾語」的工作，要求擺脫一切智識階級的用詞，少用連詞；另一方面，他列出的「新民用詞」似乎應該恰恰歸類於智識階級的用詞和連詞。他列出的平民用詞和新民用詞分別有：

平民用詞：太陽、月亮、我、我們、你、你們……

新民用詞：國家、民族、社會、前途、悲觀、樂觀、解決、方

案、目的、因為、所以、雖然、但是……〔註81〕

如何理解他立論的矛盾之處呢？那就應該重新討論上述「新民用詞」是否專屬於智識階級。這裡引人注目的「新民用詞」究竟出於何意而制定？孫伏園寫道：

〔註79〕著重號為引者所加。

〔註80〕黎錦熙：《國語運動史綱》，上海：商務印書館，1934 年，第 15 頁。

〔註81〕孫伏園：《大眾語怎樣提高》，《民間》，1934 年第 1 卷第 10 期。

　　一旦城裏有幾個熱心的學者，跑到鄉下的大眾社會裏來演講，一開口便是「國家、民族、社會、前途、悲觀、樂觀、解決、方案、目的、因為、所以、雖然、但是」一大串，大眾社會中沒有一個人聽得懂，才知我們的大眾語教育沒有用途了。一旦鄉下有幾個大眾的代表，跑到城裏去要求參政權，因為大眾語的詞彙貧乏的關係，不知道要轉多少個灣子，才把『國家』這個詞兒所代表的意義表達出來，再轉幾個灣子才把『民族』這個詞兒所代表的意義表達出來，試問這種大眾語的教育還有什麼用處？〔註82〕

制定新詞的背後，折射了孫伏園等人意識到，白話從一種工具性語言逐漸向「國語」的轉化，其中最主要的是思想性的變革。如果說國語是以口語做基礎而形成的，那麼民眾早就熟悉了這種語言，但是為什麼還要在鄉村普及國語呢？正是因為，國語是一種區別於古典白話與民眾口語的語言體系，它吸收了古白話與民眾口語，但是更吸收了西方的新詞語、新概念、構詞法以及歐化句法，從而在思想面貌上區別於古代漢語。〔註83〕但是在 1930 年代大眾語運動的語境下繼續審視這一問題，五四白話文學的思想成果無法「下沉」到民眾之間，反而成為它被攻擊的重要原因。具體來說，孫伏園提到的智識階級所熟悉的「術語」來到民間「水土不服」，一是因為它們多具抽象的思想史意義，比如最典型的以「社會」、「啟蒙」為代表的從日本輸入的新詞；二是在構詞法上，晚清以來新名詞的輸入帶來了漢語由單音節向雙音節轉換，「中國語向來被稱為單音語，就是因為大多數的詞都是單音詞；現在複音詞大量地增加了，中國語也就不能再稱為單音語了。這是最大的一種影響。」〔註84〕譬如平教會所從事的「鄉村建設」，這個詞的結構也是從日語輸入的〔註85〕。在很大程度上，儘管平教會努力與定縣的平民百姓打成一片，但雙方力量仍處於一種各自為政的狀態，甚至如前文所述，平教會的一系列改革舉措不為人理解，被定縣鄉紳形容為「斯大林」。如何解除啟蒙者與被啟蒙者之間的隔膜，左翼文人與平教會的真正分歧在於，瞿秋白等人認為應該用拼音文字代

〔註82〕孫伏園：《大眾語怎樣提高》，《民間》，1934 年第 1 卷第 10 期。著重號為引者所加。
〔註83〕高玉：《重審「五四」白話文學理論》，《學術月刊》，2005 年第 1 期。
〔註84〕王力：《中國現代語法》，北京：商務印書館，1985 年，第 339 頁。
〔註85〕陳力衛：《東往東來：近代中日之間的語詞概念》，北京：社會科學文獻出版社，2019 年，第 254 頁。

替漢字，實現語言文字的徹底大眾化；而在平教會平民文學部看來，則應當從詞彙開始，打破智識階級對這些詞彙的壟斷，讓民眾真正在理解這些詞的同時，也將它們變為自己口語中的一部分。

「文法」教育也是孫伏園主持平教會語文教育的工作重心。其實，在「詞本位」的教學中，本身就包含著「文法」的教學，具體便是指連接詞和助詞的教學。在上述「新民用詞」表中有所涉及。袁戲甫曾總結農民在文法知識上的匱乏：「一，缺少文法上的連詞——雖然，但是，因為，所以，然而，並且，等——的運用；二，缺少文法上的助詞——來，去，嗎，呢，——的運用。」平民文學部之所以提倡文法教育，是著眼於民眾寫作的要求「如果不讓學生們注意到國語文法的規律；那麼，他們將永遠寫不出一篇使人容易瞭解的文章來。」平教會很快便實施了與之相應的配套措施，東朱谷村兩個平民實驗學校，從第二學月始，教學生練習連詞和助詞的運用。〔註86〕「文法」教育亦引起其他民教界人士的共鳴，比如孟起也認為，「在我國，多數人所以沒有寫作的能力者，除掉方塊字難識，文化水準太低，無法把握寫作的材料外，文法知識的匱乏，實在也是一個主要的困難。」他指出，舊文法有許多問題，第一是「靜止的分析之架空」，比如不注意詞性分類，不注意字的詞性的變化，導致「靜止的分析與我們說話、寫作的實踐全然隔離，成了書本上的死知識」。第二是「支離割裂分析之不切實際」，比如「日上已三竿而未起」的「起」是動詞，「他是起手開這一爿店的」中「起」則必須與「手」和「開」字連起來理解。在他看來，新文法有三個特徵，一是大家看得懂，二是大家想得通，三是大家用得著。魯迅曾注意到，自清末以「白話報」作為啟蒙媒介以來，對民眾的智識教育一直停留在致力於「聽得懂」的層面上，而忽略了他們「寫得出」的可能。實際上，誰能擁有寫作的權力，從來就不只是一個語法問題，而是與文化政治息息相關。

如前所述，「文法」教學是定縣平教會語文改革的創新之處。在文盲尚未除盡的中國開展語法教學，似乎帶有一定的理想主義色彩，但是在孫伏園等人看來，民眾之所以邏輯不通、表達不暢，恰恰是因為缺乏語法常識，在此意義上，語法教育肩負著根本性地改造民眾思維邏輯的重任。思維邏輯是進行理性思考的前提，只有具備了語法知識，才能有條理地、完整地表達自己的思想。因此掌握語法規則，是民眾自己書寫自己的前提。1898 年出版的《馬

〔註86〕袁戲甫：《語文教學在定縣的實驗（續）》，《國語週刊》，1934 年第 137 期。

氏文通》是漢語語法學的第一部著作，作者馬建忠在該書「後序」中有一段
話專門談及教育與文法的關係：

> 斯書也，因西文已有之規矩，於經籍中求其所同所不同者，曲
> 證繁引以確知華文義例之所在，而後童蒙入塾能循是而學文焉，其
> 成就之速必無遜於西人。然後及其年力富強之時，以學道而明理焉，
> 微特中國之書籍其理道可知，將由是而求西文所載之道，所明之理，
> 亦不難精求而會通焉。則是書也，不特可群吾古今同文之心思，將
> 舉夫宇下之凡以口舌點畫以達其心中之意者，將大群焉。夫如是，
> 胥吾京陔億兆之人民而群其材力，群其心思，以求夫實用，而後能
> 自群，不為他群所群。〔註87〕

劉禾從中發現，「學生通過掌握『華文義例』，可以避免死記硬背，從而轉向
現代科學的學習。」而孫中山此後對馬建忠以「證明中國古人之文章無不暗
合於文法」的批評，則對應著他對於教育普及的另一套觀念，即教育者編寫
與新語言對應的新的語法規則，傳授給初學者，「充滿了對未來的主權想像」。
〔註88〕馬建忠是洋務派的重要人物，這段話大致道出馬建忠語法學理論背後
的政治理想，筆者更偏重將其解釋為以語法而「明理」，以「明理」而實現「大
群」。馬建忠以語法實現「自群」而「不為他群所群」的政治思想，是借鑒西
方語言學理論構建本民族共同體，從而在語言上區隔於其他民族，繼而形成
民族認同。這種思路也影響了「五四」以後的語法學者，尤其是新興白話文
之後，「漢語的句子結構……基本的要求是主謂分明，脈絡清楚，每一個詞、
每一個仂語、每一個謂語形式、每一個句子形式在句中的職務和作用，都經
得起分析。」此外，「還要求語言簡練，涵義精密細緻、無懈可擊。」〔註89〕
「五四」以後語法的理論和實踐背後，訴諸的是現代人系統性、科學性的認
知方式，這就要求語言學家在學理上對現代白話與古白話做出區分，而在這
種區分之中也蘊含著兩種文化的區分。平教會對「文法」的重視，實際上是
引入五四以來逐漸形成規範的白話文規則，及其背後豐富的啟蒙內涵，從語
言的角度更新根植於鄉村的傳統文化。

〔註87〕馬建忠：《馬氏文通》，北京：商務印書館，1983 年，第 13～14 頁。
〔註88〕劉禾：《帝國的話語政治：從近代中西衝突看現代世界秩序的形成》，北京：
　　　　生活・讀書・新知三聯書店，2008 年，第 276～278 頁。
〔註89〕王力：《漢語史稿》，北京：中華書局，2004 年，第 553 頁。

二、「降級」的啟蒙──孫伏園對魯迅思想的接受與限度

這裡可以與孫伏園形成對比的，是國語統一籌備委員會委員蕭迪忱提出的「語詞本位運動」及其背後的文化立場。蕭迪忱也試圖從詞語的角度更新民眾的語文教育，這一主張是以貶抑知識分子的啟蒙者身份為出發點的。他的中心觀點是，大眾才是現在文化的標準，大眾看不懂的字眼應該徹底摒棄。他所謂「語詞本位運動」有以下三個綱領：「（1）採用大眾說的活語言；（2）搜集民眾詞彙；（3）編纂訓練閱讀的民眾讀本。」所謂「活語言」要打倒的對象「五四」式的白話文──「半文不白，讀不出來，聽不懂的死文字」。他將這種文字稱為「新文言」，與瞿秋白等左翼文化人的觀點產生了交集。不僅如此，他據此貶抑知識分子在啟蒙中扮演的角色，他在進化論的原理上分析道，「新」對應著民眾本位，而「守舊」則對應著知識分子的固有常識。其中，知識分子使用不進化的漢字，便是最守舊的表現：「漢字到了現在，本來只是標音節的符號，所謂『六書』，簡直講不通了，竟有些人還主張教學文字要講『六書』，真『荒謬絕倫』！所以說到守舊，恐怕再沒有教育界對於流傳的方塊字守舊的了，還憑什麼說農夫守舊呢！」需要注意的是，蕭迪忱提出的「語詞本位運動」，以「詞」對抗「字」，借用的現成的左翼文人將知識分子與大眾對立起來的論述資源，但終極目的是為了證實漢字廢除與拼音化及國語統一的內在聯繫。以大眾為本位的「語詞本位運動」只是漢語拼音化到來之前的一個過渡階段，在他看來「學習文字的人，要是文字的單體都是活語言的語詞，只要念出文字的聲音，就可以『聲入心通』，知道文字的意思，不必另外要別人加一番翻譯的講解。換句話說，就是學習文字，只把工夫用在辨別形體上，文字的意思包含在聲音裏，不必學習，就可以心通了。」如何才能讓大眾「聲入心通」呢？那就是以他們的日常生活作為標準，「一個公民至少要有用文字應付日常生活的能力」，如看報、寫信、記帳等。他據此批評了平教會制定的「基本字表」，如這個字表沒有「奢」和「賒」兩個字，也就沒有相應的音；而「三劃」之下有文言用的「於」卻沒有日常用的「丸」。表裏有「雲」、「勿」，卻沒有「匀」、「霧」。他認為，之所以出現這種現象，是因為制定基本字表的人並不瞭解民眾的日常生活，「毫無根據的預先硬定一千字」。他認為，真正的基本字表，應以民眾的口語作標準，數量應在兩千字左右。〔註90〕

〔註90〕蕭迪忱：《文字教育裏的語詞本位運動》，《山東民眾教育月刊》，1933 年第 4 卷第 3 期。

　　上述觀點存在諸多漏洞，第一，作者為了證明自己的「語詞本位運動」具有革命性，避而不談平教會此時主張的「詞本位」教學。第二，他一方面反對「千字課」，另一方面又自作主張地為大眾制定「基本字表」的標準，與他批評的千字課並無分別。第三，如果完全依照大眾已有的智識水平劃定語文教育的標準，滿足於日常生活的需求，大眾就可以成為他所謂的「好公民」了嗎？歸根結底，蕭迪忱主張「語詞本位運動」還是為了配合國語羅馬字的推行，因此並未在民教界引發輿論上的波瀾，反而推動了「國羅」的推行。山東省立民眾教育館編輯注音讀物時，便有「以民眾活語言為根據，避免『新文言』」的原則，其中「活語言」「新文言」的說法來自蕭迪忱。如黎錦熙所說「全國定期刊物中，宣傳國語羅馬字最力，而其實際上的推行傳習又頗能相應的，卻要讓濟南和鄭州兩處作中心了。」〔註91〕山東省民教館吸收蕭迪忱等人的觀點後致力於推行注音字母，1935年11月，國語會與山東省立民眾教育館合作，在山東省立第一民教輔導區內劃一區，以平原縣二十里鋪為辦事中心，作為雙方合辦之「國語羅馬字實驗區」。〔註92〕但是，蕭迪忱的語詞本位運動也暴露了一個問題，如果推行「國羅」遵循的是「以文就言」的原則，同時這裡的「言」又以大眾日常口語為本位，也不啻為對現代漢語豐富性的貶損，繼而限制了大眾接受知識的範疇。

　　近代中國的知識生產離不開新詞語和新概念。雖然從普及「千字課」到研究「定義」與「文法」，表面上是語音中心主義語言觀的影響，但是背後歸根結底是一個思想問題，平教會語文教育的教學重心之所以發生轉移，是發現「千字課」的編選者低估了民眾的智識能力與水準，也脫離了人類的認知規律。孫伏園對於「真正的大眾語」的反思有著「思想」的根柢，究竟與黎錦熙國語運動史的角度都有何不同？這種對普及與提高、啟蒙與被啟蒙者關係的探索，帶有很強的「五四」思想革命特質，尤其不可忽視魯迅的思想觀念對孫伏園的影響。魯迅在《門外文談》中直截了當地談到了這一點，他在左翼知識分子之外，發現了「大眾語」討論中民眾教育這條脈絡，並且批判地指出：

> 文字難，文章難，這還都是原來的；這些上面，又加以士大夫故意特製的難，卻還想它和大眾有緣，怎麼辦得到。但士大夫們也

〔註91〕黎錦熙：《國語運動史綱》，上海：商務印書館，1934年，第287頁。
〔註92〕《山東省立民教館復本會函》，《國語週刊》，1935年第217期。

正願其如此，如果文字易識，大家都會，文字就不尊嚴，他也跟著不尊嚴了。說白話不如文言的人，就從這裡出發的；現在論大眾語，說大眾只要教給「千字課」就夠的人，那意思的根柢也還是在這裡。〔註93〕

魯迅在這裡把教「千字課」與提倡文言者放在一起討論，指出他們同樣地驕傲自滿，「千字課」人為地區別出了「難學」與「易學」，製造這種區別的人忽視了民眾真正的需求。

說起大眾來，界限寬泛得很，其中包括著各式各樣的人，但即使「目不識丁」的文盲，由我看來，其實也並不如讀書人所推想的那麼愚蠢。他們是要智識，要新的智識，要學習，能攝取的。當然，如果滿口新語法，新名詞，他們是什麼也不懂；但逐漸的檢必要的灌輸進去，他們卻會接受；那消化的力量，也許還賽過成見更多的讀書人。初生的孩子，都是文盲，但到兩歲，就懂許多話，能說許多話了，這在他，全部是新名詞，新語法。他那裡是從《馬氏文通》或《辭源》裏查來的呢，也沒有教師給他解釋，他是聽過幾回之後，從比較而明白了意義的。大眾的會攝取新詞彙和語法，也就是這樣子，他們會這樣的前進。所以，新國粹派的主張，雖然好像為大眾設想，實際上倒盡了拖住的任務。不過也不能聽大眾的自然，因為有些見識，他們究竟還在覺悟的讀書人之下，如果不給他們隨時揀選，也許會誤拿了無益的，甚而至於有害的東西。所以，「迎合大眾」的新幫閒，是絕對的要不得的。〔註94〕

在魯迅看來，「大眾化」的本質，不應在於知識分子或大眾哪一方來主導的語言標準的擬定甚至掌握文化闡釋權，而是知識分子要從根本上審視民眾的需求。民眾日常生活中的口語固然重要，但新詞彙與語法未嘗不能轉變為日常生活的一部分，將新詞彙與語法潛移默化地教授給民眾，才能引導大眾獲得新的智識，而一味地「迎合大眾」恐怕會變成「新幫閒」。魯迅眼中提高民眾智識的兩個關鍵環節，正是孫伏園所說的灌輸新詞彙和語法。魯迅一針見血

〔註93〕魯迅：《門外文談》，《魯迅全集》第 6 卷，北京：人民文學出版社，2005 年，第 95 頁。

〔註94〕魯迅：《門外文談》，《魯迅全集》第 6 卷，北京：人民文學出版社，2005 年，第 104 頁。著重號為引者所加。

地指出了大眾語論戰中忽視大眾需求這一最根本的問題，這種清醒與透闢使他與與一般的大眾語論戰者拉開了距離。與之對應，在對大眾語論戰不甚關心的北方學術界，以及此時仍普遍主張千字課改革民教界中，孫伏園與魯迅相似的觀點也成為了「一般人不注意的重要問題」。〔註95〕與停留在「千字課」階段的民教者相比，孫伏園通過制定「新民用詞」表等主張突破單字侷限性的主張，帶有很強的革命色彩。這一創舉在《國語運動史綱》中被黎錦熙視作語音中心主義在現實實踐上的成功，但究其根本，孫伏園語言觀念背後貫穿的是他與魯迅民眾觀的聯繫。

這一聯繫集中體現在 1936 年魯迅逝世後孫伏園在自己主編的《民間》雜誌上刊發的《談〈藥〉——紀念魯迅先生》一文中，這篇文章一方面表現出孫伏園對於魯迅的思想的接受，另一方面也表現出這種接受的限度，可見二人對待知識分子與民眾關係態度上仍存在較大分歧。在《談〈藥〉——紀念魯迅先生》一文的開篇，孫伏園便指出《藥》這篇小說的象徵性意義——群眾的愚昧和革命者的悲哀。並在群眾的愚昧與革命者的悲哀之間，直接建立了因果關係：「因群眾的愚昧而來的革命者的悲哀」。文章大部分篇幅都在論證「群眾的愚昧」所導致的革命者的犧牲。孫伏園將夏瑜的身份指認為「革命者」而非「啟蒙者」，更加符合 1930 年代革命的時代語境，無論左翼革命陣營還是民眾教育界，都能因此產生共鳴。為了進一步論證自己的觀點，他還談到了魯迅自己親口對自己提及《藥》與安特萊夫《齒痛》的關聯，並努力地在細節上兩篇小說的對應性特徵。有論者發現，《藥》的主題應該是「啟蒙者不被當做啟蒙者而被吃掉」，體現了魯迅在寫作《藥》的時期雖「肯定啟蒙」卻「無法啟蒙」的荒誕感與虛無感。但他不是否定啟蒙，他的啟蒙觀最為獨特之處就在於他更進一步提出了啟蒙的方法問題。如果說啟蒙是必然的，那麼選取正確的方法進行啟蒙，才是啟蒙成功的關鍵之所在。〔註96〕

孫伏園對魯迅思想理解的深刻之處在於以下兩個方面。第一，他洞見了魯迅在「夢醒了卻無路可走」之後對啟蒙一如既往的堅持。魯迅說自己原本不主張在夏瑜的墳上放花環，這一「曲筆」是他「聽將令」的結果。但孫伏園

〔註95〕孫伏園：《定義與文法的重要》，《山東民眾教育月刊》，1934 年第 5 卷第 10 號。

〔註96〕周維東：《〈藥〉與「聽將令」之後的魯迅》，《魯迅研究月刊》，2013 年第 12 期。

認為，這花環「很自然」，「放得合理」。為什麼呢？這不是象徵著絕對光明的未來，而是因為「愚昧的群眾中往往有極少數極少數比較清醒，各各他地方的耶穌十字架下還不是跪著一堆人嗎？」〔註97〕如果上述群眾的愚昧與革命（啟蒙）者的悲哀之間的因果關係是必然的，那麼革命（啟蒙）便會走向虛無主義，這其實不符合魯迅的啟蒙觀。孫伏園區分了愚昧的群眾／清醒的群眾，其實是意識到了啟蒙的可能性。如果說，只有清醒的群眾才有獲得啟蒙的可能，那麼，孫伏園主持平教會平民文學部所從事的治「愚」的工作，恰恰是試圖從將教育融入民眾的日常生活，逐步改造民眾知識水平，繼而逐步縮小愚昧的群眾與清醒的群眾之間的差距。因此，文章的結尾發生突轉，筆調從灰色轉向了光明，以最後的一抹亮色對應夏瑜墳上的「花環」。他對於所謂「群眾的愚昧」的觀點有這樣的看法：「對於群眾的愚昧，我個人的看法，以為一則不必否認而樂觀，再則不必是認而悲觀。許多太樂觀的人，以為群眾的力量如何如何偉大，或以為『群眾一點也不愚昧，只有我們才真愚昧！』這在我看來，覺得不近事實。有的太悲觀的人，以為群眾永遠是這樣愚昧下去，先知先覺的人永遠是這樣被誤解下去，那在我看來，也覺得不近事實。」前者指的是看重群眾的革命力量的左翼知識分子，而後者則影射持「農村破產」論者。他在文章最末宣稱，「愚昧是一時的現象」，「群眾蘊蓄著無限的可能性」。〔註98〕魯迅絕非質疑啟蒙本身，相反，他一生都在尋找能夠醫治中國的「藥」。而孫伏園對於啟蒙未完成狀態的理解，更將他投身民眾教育與鄉村建設運動的行為，與魯迅一生為救中國尋找「藥方」的道路聯繫在了一起。

　　第二，孫伏園的「詞本位」教學也體現了以「人」而非「工具」為中心的教育觀念。平教會將中國的現實問題切割為四個部分，分別對應「愚、窮、弱、私」的四大弊病，並對症下藥地開展「四大工作」。平民文學部的工作肩負著「治愚」的任務，構成了平教會教育事業的基礎。在晏陽初看來，「從文字及藝術教育著手，使人民認識基本文字，得到求知識的工具，以為接受一切建設事務的準備。」〔註99〕如果說，晏陽初注重的是文字的工具屬性，那麼落實在以「部門」為執行單位的實踐中，1931年孫伏園執掌平民文學部以

〔註97〕孫伏園：《定義與文法的重要》，《山東民眾教育月刊》，1934年第5卷第10期。

〔註98〕孫伏園：《談〈藥〉——紀念魯迅先生》，《民間》，1936年第3卷第13期。

〔註99〕晏陽初：《中華平民教育促進會定縣工作大概》（一九三三年七月），宋恩榮主編：《晏陽初全集》第1卷，天津：天津教育出版社，2013年，第214頁。

來，則更著力於從精神層面將民眾從「非人」世界中解救出來。魯迅早在《科學史教篇》中便有「致人性於全」的表達，發現了現代文明轉型過程中於「器物」之外更有世道人心的層面。平教會將培養「健全的國民」當作工作目標，在對外宣傳上，主張「沒有健全的國民，決不會有進步的國家。」〔註100〕但從平民文學部同人的主張及實踐看來，做「國民」的前提是做人，首先要承認民眾是獨立的個體。堵述初是平民文學部的主要幹事，1928 年畢業於北平私立民國大學法律科，參加平教會平民文學部工作，1934 年參與編輯《瀟湘漣漪》，與孫伏園交往密切。據他說，在工作之外，孫伏園「談得最多的，還是魯迅的著作和生活。」〔註101〕他的《一部描寫農村的新小說》一文，較早地評論了蕭紅的小說《生死場》，將其視作「平凡生活最好的寫照」，這篇文章對於理解平教會的民眾觀有一定幫助。堵述初認為，《生死場》之所以值得珍視，是因為「作者把握了農民的靈魂」。「農民是一種平凡的人類。（我這裡所說的平凡，是指農民生活的實質，不是指生活的價值而言。）一個作家，能把農民的這種平凡處，如實地表現出來的，就是他的偉大的成功。」堵述初自稱「是喜歡文學的，但才華不足」〔註102〕，事實的確如此，這篇評論在無論在藝術分析還是思想深度上，均無法與魯迅的「序言」〔註103〕、胡風的「讀後記」〔註104〕相比。作者對話的對象，是那些把農民誇讚為時代英雄的左翼文學作品，在堵述初看來，這些作品「過火的描寫」，「違背現實」。〔註105〕文章試圖借由《生死場》表達的，恰恰是寫農民要回到農民本身，繼而反思了強行附加在農民身上的意義。同時，堵述初借《生死場》表達「農民本是一種平凡的人類」的同時，也是將農民天然地視作「愚眾」的觀點的一種反思，繼而進一步反思了「愚窮弱私」這一口號中隱含的居高臨下的「導師」姿態。

〔註100〕瞿菊農：《街上的小孩》，趙水澄編選：《街上的小孩》，北平：中華平民教育促進會，1930 年，第 10 頁。

〔註101〕堵述初：《憶孫伏園》，浙江省政協文史資料委員會：《浙江文史集粹》，杭州：浙江人民出版社，1996 年，第 323 頁。

〔註102〕堵述初：《我的老師陳築山先生》，中國人民政治協商會議四川省委員會文史資料研究委員會編：《四川文史資料選輯》第 41 輯，成都：四川人民出版社，1993 年，第 17 頁。

〔註103〕魯迅：《序言》，蕭紅：《生死場》，上海：容光書局，1935 年。

〔註104〕參見教鶴然：《從胡風的讀後記出發重新進入〈生死場〉》，載李怡、毛迅主編《現代中國文化與文學》，第 24 輯，巴蜀書社，2018 年版，第 123～131 頁。

〔註105〕堵述初：《一部描寫農村的新小說》，《民間》，1936 年第 2 卷第 22 期。

　　對應到語文教育的層面，如果我們引入認知語言學的理論，便可以進一步釐清平教會平民文學部重視語言變革與認知方式變革具有同構性的原理。其一，根據認知語言學原理，現實、認知、語言是三位一體的關係，「現實決定認知，認知決定語言，語言是人們對現實世界進行互動體驗和認知加工的結果」，「語言影響認知，認知影響語言」。〔註106〕新詞和新語法是現代社會的產物，那麼，學習新詞與新語法就是民眾進入現代社會的必要前提。其二，認知語言學家認為，意義具有客觀性和主觀性兩個特徵。一方面，語言是在人與現實世界互動體驗和加工的基礎上形成，因此意義具有客觀性；另一方面，意義依靠人的主觀能動性被認識，人的認知方式在其中發揮重要作用，因此意義也具有動態性、可變性和模糊性。也就是說，意義是客觀的，但人可以發揮主觀能動性闡釋意義，平教會的「詞本位」原則重視發揮教師啟發學生理解詞義作用的依據正在於此。其三，認知語言學家提出「體驗內在論」的意義觀。「語義一方面來源於身體經驗，是主客體之間互相作用的產物，與客觀的現實世界，人們的生理特徵、神經系統密切相關；但另一方面語義是基於人類認知與概念結構的，與人的主觀因素不可分離，是人們通過相互理解而達成的共識，具有主體間性（Intersubjectivity）。」〔註107〕語義是人們發揮主觀因素而達成的共識，對於凝聚民眾的精神力量，具有重要意義。孫伏園主張「詞本位」，而不是專挑一些「容易」的字詞教給民眾，一方面遵循的是人類語言的基本認知規律，另一方面試圖讓啟蒙者與被啟蒙者通過通用的語言而形成一個共同體。

　　綜上，孫伏園在「普及」之外兼及「提高」，是出於對魯迅啟蒙觀念的繼承，這也使平教會的語文教育帶有很強的「五四」式啟蒙色彩，這種對思想性的重視，在彼時的民眾教育界別具一格。具體來說，國語運動與民眾教育之所以在簡化漢字、推重拼音文字上達成共識，基於「普及」的基本訴求；但從孫伏園區分清醒的民眾與愚昧的民眾可以看出，他認為啟蒙也要分先後順序，讓那些較為清醒的民眾得到更多的知識，走到愚眾的前面，也是民眾教育的一種思路。〔註108〕

〔註106〕王寅：《什麼是認知語言學》，上海：上海外語教育出版社，2011年，第14頁。
〔註107〕王寅：《什麼是認知語言學》，第79～80頁。
〔註108〕孫伏園：《定義與文法的重要》，《山東民眾教育月刊》，1934年第5卷第10號。

　　問題是，《藥》所承載的魯迅複雜的民眾觀，不僅是批判民眾與讚頌民眾雙重立場那麼簡單。〔註 109〕魯迅堅持將夏瑜墳上的花環稱作「曲筆」，在他眼裏，啟蒙者是否真如孫伏園所謂的「耶穌」那般神聖且天經地義？孫伏園稱它「放得合理」，這一細節也顯示出他與魯迅思想的區隔之所在。1935 年 10 月 16 日，魯迅在給蕭軍、蕭紅的信中談到《生死場》中王婆的形象時，提及了《藥》的結尾：「至於老王婆，我卻不覺得怎麼鬼氣，這樣的人物，南方的鄉下也常有的。安特列夫的小說，還要寫得怕人，我那《藥》的末一段，就有些他的影響，比王婆鬼氣。」〔註 110〕《藥》的最後一段是這樣寫的，夏四奶奶和華大媽在墳場相遇後，華大媽看到一隻烏鴉，絮絮叨叨地說，如果夏瑜在天之靈能看聽到自己的話，便讓烏鴉飛過墳頂，這時：

　　　　他們走不上二三十步遠，忽聽得背後「啞——」的一聲大叫；
　　兩個人都竦然的回過頭，只見那烏鴉張開兩翅，一挫身，直向著遠
　　處的天空，箭也似的飛去了。〔註 111〕

　　「烏鴉」真的「顯靈」了——「鬼氣」誕生於陰陽兩隔的世界突然相通。如果說「墳」象徵著啟蒙的虛無，是那麼高遠的天空則讓人聯想到《秋夜》「奇怪而高的天空」，是更為莫可名狀的神秘存在，代表著魯迅思想的幽深之處。烏鴉沒有飛過墳頂，而是如箭一般沖向了高遠的天空，這讓「鬼氣」不僅停留在文學氛圍的渲染上，而且蔓延到思想的層面。烏鴉先是逃離傳統社會信仰的「陰間」，又決絕地、毫不留戀地離開人間，最後飛向了更為神秘的高空。烏鴉「否定」式的運動軌跡，也是魯迅對待啟蒙的態度的深層邏輯，即雖主張將人從傳統「非人」的社會解救出來，但是又對啟蒙本身以及啟蒙的對象保持警惕。魯迅的「鬼氣」對應著「安特萊夫式的陰冷」，但它不是沈寂的，而是死火一般極具生命力甚至破壞力的。魯迅借「鬼氣」製造了一個游離於現實世界之外的美學空間，更釋放著自己身為啟蒙者卻「不憚以最壞的惡意來推測中國人」的懷疑，以及帶著懷疑的吶喊。

　　孫伏園《談〈藥〉——紀念魯迅先生》一文勾勒的平順光明的啟蒙前景，

〔註 109〕張福貴：《魯迅思想的民眾本位與魯迅研究的大眾化價值》，《武漢大學學報（人文科學版）》，2011 年第 5 期。

〔註 110〕魯迅：《〈中國新文學大系〉小說二集序》，《魯迅全集》第 13 冊，北京：人民文學出版社，2005 年，第 584 頁。

〔註 111〕魯迅：《藥》，《魯迅全集》第 1 冊，北京：人民文學出版社，2005 年，第 472 頁。

與魯迅的文化觀念有根本的齟齬之處，這一點，從二者對翻譯與讀者的接受這一問題的態度上可以看出來。孫伏園主張「詞本位」，通過講解外來詞，將其中蘊含的「思想」作為知識傳遞給讀者，從增進農民智識的角度來看，似乎並沒有什麼問題，甚至彌補了瞿秋白等人在大眾語實踐層面上的匱乏。但是，將「新詞」作為一種固定的知識進行講授，也消解了詞語內部的複雜性。第一，「詞本位」教學選取的「國家」「民族」一類詞語，旨在於農民之間形成政治認同，直接對應著國民政府形塑公民的要求。如此，定縣「詞本位」為重心的語文教育，便打上了很強的政治教化的烙印。第二，如果將新民用詞之於農民而言是一種異質性的語言，那麼平教會對它們的「翻譯」也就成為了魯迅所批評的「順而不信的翻譯」〔註112〕。魯迅在1930年代主張「硬譯」，他說「我的譯作，本不在博讀者的『爽快』，卻往往給以不舒服，甚而至於使人氣悶，憎惡，憤恨。」〔註113〕也就是說，魯迅在翻譯時並不以將信息準確無誤地「翻譯」給讀者為翻譯的最終目標。在他看來，語言與語言之間無法實現對等的翻譯。孫伏園試圖彌合知識分子與大眾之間語言的差異性，繼而在語文教學以講授「新民用詞」來「翻譯」知識分子的語言，但是，這種「順而不信」的翻譯，實質上是將啟蒙對象視作同質化的存在，忽略了啟蒙的先後順序。這也導致了，「詞本位」教學方法雖然觸及了比一般民眾教育更深刻的對民眾思維方式教育層面，但終究還是流於平面的知識講授。

後者也表現在平教會對待翻譯作品的態度上，最典型的便是陳治策對安特萊夫的劇本《鄰人之愛》的改編。這個劇本最早由沈澤民翻譯，於1921年發表在《小說月報》第12卷第1期，陳治策的改編依據的也是這個版本。他將《鄰人之愛》一題改為《愛人如己》。〔註114〕所謂「愛人如己」是平教會宣傳的一種「群」的觀念，正如一位作者寫道：「當我們營群的生活的時候，一方面要盡心盡力把自己的所知所能貢獻於群，他方面要視人如己，愛人如己，不傷人，不害人，而求得和和睦睦，歡歡喜喜的過一生，才無愧於己，無愧於

〔註112〕 魯迅：《幾條「順」的翻譯》，《魯迅全集》第4卷，北京：人民文學出版社，2005年，第352頁。

〔註113〕 魯迅：《「硬譯」與「文學的階級性」》，《魯迅全集》第4卷，北京：人民文學出版社，2005年，第202頁。

〔註114〕 〔俄〕安特萊夫：《愛人如己》。陳治策改編，沈澤民譯，北平：中華平民教育促進會，1933年。

人哪！」〔註115〕標題改「鄰人之愛」為「愛人如己」，帶有強烈的道德說教的色彩，更不啻為一種特殊的「翻譯」，即將原譯作「翻譯」為在他看來更符合民眾接受心理的作品。與之相應，對劇本內容改編主要集中在三個方面：第一，對場景和人物的本土化改造，比如改咖啡館為茶館；「高身客」的角色改為「學者」「牧師」一角換成「老頭」。第二，摻入了很多與現實相關的細節，有直露的教育意義。如少婦鄙夷「洋鬼子」；又如加入「不賣日本仁丹」的細節，以教育讀者提倡國貨。第三，也是最重要的，便是對劇作主題的更改。如果說安特萊夫的原作「揭露在『同情』的假面掩蓋下的冷淡隔膜、以『關心』的面目出現的旁觀態度和在『憐憫』的面紗下隱伏著的幸災樂禍」〔註116〕，那麼，由於原劇本中許多具有豐富解讀空間的細節都被「坐實」——陳治策對劇本的線索進行了簡單化處理——「不識者」完全被塑造為一個被勒索的弱者，而帶給他悲劇的是茶館掌櫃的「欺詐取材」，看客們的「冷漠」似乎也因為茶館掌櫃的劣行而有了理由，人與人之間有隔膜、不相通的呈現，原劇本中的荒誕感也隨之消失了。陳治策的「再創作」彌合了因原譯作與民眾現實生活間存在異質性而難以理解的部分，改編之後的劇本確實比沈澤民的譯本更「順」，甚至更容易在臺上表演，但他在為劇作理解難度「降級」的同時，也一併取消了魯迅所說的啟蒙對象——「覺醒的人」可以讀懂原作的機會。

〔註115〕 王次元：《群的生活》，趙水澄：《街上的小孩》，北平：中華平民教育促進會，1930 年，第 19 頁。
〔註116〕 王富仁：《魯迅前期小說與俄羅斯文學》，西安：陝西人民出版社，1983 年，第 110 頁。

第四章　民眾讀物與「閱讀共同體」的形成

　　1920 年代以來，民間的閱讀風氣與學院知識分子的研究仍呈現出分立的態勢。在新文學界，以歌謠為例，無論是以北京大學為中心的關於歌謠的民俗學研究，周作人提出的歌謠「為文藝」亦即強調歌謠對新文學的啟示作用，還是谷鳳田、錢玄同等人在國語運動中提及的將民歌當做國語讀本的願景〔註1〕，首先是將其作為一種客觀的研究對象，其次是將其視作可以為現代社會利用與反思的民俗學知識、文學資源以及語言資源存在的。他們並非沒有意識到五四時期創造的「平民文學」與民眾的區隔，相反，研究歌謠、傳說等潮流背後折射了他們的一個共識：真正的「平民文學」只能誕生於民間，其創作主體只能是平民。譬如錢基博就認為，真正的平民文學應取材於里諺與歌謠。〔註2〕

　　1930 年代，新文學家對進一步借鑒、轉化民間文學資源提出了要求，胡適在《歌謠週刊》的復刊詞中寫道：「我以為歌謠的收集與保存，最大的目的是要替中國文學擴大範圍，增添範本。我當然不看輕歌謠在民俗學和方言研究上的重要，但我總覺得這個文學的用途是最大的，最根本的。」〔註3〕新文學家不斷強調民間文學對新文學提供資源甚至文化反哺的重要性，卻並沒有為民眾製造出適宜閱讀的文學產品。之所以發生這種情況，與 1930 年代學院化的知識生產也有重要關係。眾所周知，大學教育之於「五四」新文學的發生與發展有著重

〔註1〕谷鳳田、錢玄同：《關於山東民歌等》（通信），《國語週刊》，1926 年第 16 期。
〔註2〕錢基博：《語體文範》，無錫：無錫縣公署三科，1920 年，第 2 頁。
〔註3〕胡適：《復刊詞》，《歌謠週刊》，1936 年第 2 卷第 1 期。

要作用，但是直到 1930 年代，大學國文系中傳統學術的地位依舊沒有削弱，新文學家地位低下，更不要提在學術譜系中居於「末流」的「民間文學」。學院知識分子對待民間文學的方式集中在整理與研究的層面；但與此同時，這也導致了一些知識分子開始在學院之外尋找民間形式與現實接合的可能性。

　　1933 年，顧頡剛從搜集、研究歌謠轉向關注唱本、小說、戲劇、大鼓書等民間文學，並向燕京大學國文系主任郭紹虞建議添設「通俗文學寫作」一課。〔註4〕這種建議對於當時以為古典文學為學術根柢的燕大國文系而言，著實有些格格不入。〔註5〕顧頡剛提倡「通俗文學寫作」課，在民族危機深重的 1930 年代，著意於發揮民間文學在「形式」層面上的宣傳功能，試圖激活大學國文系知識生產與現實之間的聯繫，但是這一提議沒有回音。因此，此後顧頡剛主持的通俗讀物編刊社致力於下層民眾發生關係，也是民間文學在進入大學知識生產受挫後的一種必然選擇。對於顧頡剛而言，「民間」是維繫中華民族精神生生不息之根柢，在民族危機下蘊含著反抗外來侵略的重要力量，因此民間文學如果被拘囿在「研究」的範疇內，割裂了與文化政治的聯繫，勢必無法發揮其在塑造國族凝聚力層面的意義。在顧頡剛的倡導下，1934 年成立的通俗讀物編刊社以「舊瓶裝新酒」為主要策略，出版了一系列讀物，多為鼓詞、改編舊劇本等。「舊瓶裝新酒」的讀物大多保留了民間文學的形式，並注入了與現實有關的新內容。顧頡剛從 1920 年代民間歌謠研究的主要幹將，到主張激發民間文學的宣傳作用，與他在「五卅」運動中以民歌寫「傳單」的嘗試以及收到的良好效果有關。〔註6〕通俗讀物編刊社在簡章中宣稱「以擔負民眾教育一部分之責任，編纂下層民眾讀物，藉以換起下層民眾之民族意識，鼓勵抵抗之精神，激發向上之意志，灌輸現代之常識為宗旨。」〔註7〕可見，這些民眾讀物以激發民眾的民族意識為目的，帶有很強的時效性。

　　1930 年代民眾教育意識高漲的時期，知識分子逐漸發現閱讀在民眾教育中塑造人的作用。「讀物是用意獲得先知先覺者的學識、技術、經驗的重要媒介物，人類的文化，均依賴他傳遞於永久，散播於四處。若是沒有豐富的讀

〔註4〕顧頡剛：《顧頡剛日記》第三冊（1933～1937），臺北：聯經出版事業公司，2007 年，第 9 頁。

〔註5〕鳳媛：《燕京大學時期的郭紹虞和 1930 年代新文學的學院化》，《學術月刊》，2020 年第 9 期。

〔註6〕顧頡剛：《顧頡剛自傳》，北京：北京大學出版社，2012 年，第 72～73 頁。

〔註7〕《通俗讀物編刊社宣言及簡章》，北平：通俗讀物編刊社，1934 年，第 13 頁。

物依我們利用，欲獲得種種的學術經驗雖然也有可能，不過總不如利用讀物的來得簡便迅速。」〔註8〕但是中國的民眾讀物卻十分匱乏。在這一前提下，讀什麼、不讀什麼，都不是不言自明的選擇，其背後關乎各類知識的再生產。不同於學院內相對順暢的知識生產，知識分子與民眾存在極大的文化差距，因此作為讀物作者的知識分子必須考慮到民眾的接受情況。因此，「民眾讀物」的相關知識生產是與民眾的迎拒緊密結合在一起的，是在知識分子之間以及知識分子與民眾的相互辯駁中產生的。1926 年開始，平教會設計編寫的「平民讀物」陸續出版，這是中國較早以叢書的形式出版的民眾讀物。這些讀物內容涉及歷史、科學、人物傳記、戲劇、故事等，「都是按照平教運動的四個方面建設的意圖和理想編寫而成的」。〔註9〕其中，發揮文學在知識普及和宣傳上的重要作用，成為知識分子的共識。借助舊小說、戲劇、鼓詞等形式講述歷史故事、各類常識，背後折射出他們基於民眾接受出發的在地化的考量、舊形式的翻新轉換等問題。這種類型的文學讀物主要在當時被稱為「舊瓶裝新酒」〔註10〕。除了顧頡剛的通俗讀物編刊社出版的各類讀物之外，陶行知編的「曉莊叢書」中收錄的陸靜山編的《曉莊歌曲集》也十分典型〔註11〕，《曉莊歌曲集》所收錄的陶行知的《鋤頭舞歌》《鐮刀舞歌》等歌曲，即根據南京北固鄉一帶的山歌調子改編。平教會主編的一系列平民讀物中也不乏「舊瓶裝新酒」的鼓詞，但最引人注意的還是新式白話文體創作的各類讀物，這些讀物在內容取向上除了宣傳「新民」理想，還兼顧日常化的一面，一定程度上顯示了平教會試圖以白話溝通知識分子與民眾的努力，在彼時的民教界獨樹一幟。

第一節　平教會平民讀物的閱讀史與文學史意義

一、從建構「文法」說到「讀者」的形成

　　1930 年代文化界對民眾閱讀的關注，是沿著反思「五四」白話文學的脈

〔註8〕盛文浩：《怎樣才會產生良好的民眾讀物》，《民眾教育通訊》，1934 年第 4 卷第 3 期。
〔註9〕晏陽初：《定縣的鄉村建設實驗》（一九三四年七月），宋恩榮主編：《晏陽初全集》第 1 卷，天津：天津教育出版社，2013 年，第 226 頁。
〔註10〕樊月培：《民眾讀物的研究》，《山東民眾教育月刊》，1934 年第 5 卷第 10 號。
〔註11〕陸靜山：《曉莊歌曲集》，上海：兒童書局，1933 年。

絡開始的。1918 年胡適《建設的文學革命論》一文提出「國語的文學，文學的國語」的口號，標誌著「文學革命」與「國語統一」潮流的匯合。〔註 12〕胡適對於「死文學」、「活文學」的定義是以文言／白話為標準產生的，1930年代以來，「五四」白話文學在國語運動、大眾化運動以及民眾教育之內，均被當做反思的對象，三者在觀點上既各有側重，亦有一些重合之處。具體而言，國語運動的主張者主要是在主張進化論與語音中心主義的理論前提下，基於漢字改革的基礎上，整體性地質疑「五四」白話文採用的漢字工具本身。其中以蕭迪忱為代表的國語會成員也從語言過渡到文體反思，指出「五四」新文學家是以半文不白的白話文來寫「大眾文藝」是一種「新文言」，「專就文體來說，大家雖然都是用的所謂『白話文』，可是這個『白話』，仍舊不是說起來大眾能夠聽得懂的口語，而是由文言稍微加進去一些口語詞，轉變成的半文不白的白話『文』。大部分的詞及文法，還是文言的底子，朗讀起來，即對於文言，已有相當研究的人，也不能完全聽懂。」〔註 13〕以瞿秋白為代表的左翼知識分子則主張「文腔革命」，與蕭迪忱的觀點有重合之處，他檢視文學革命的成績後發現：「現在沒有國語的文學！而只有種種式式半人話半鬼話的文學，——既不是人話又不是鬼話的文學。亦沒有文學的國語！而只有種種式式文豔白話混合的不成話的文腔。」據此，他提出「第三次文學革命」以建立「真正現代普通話的新中國文」。〔註 14〕但與蕭迪忱不同的是，瞿秋白將文學革命中誕生的「文腔」視作權力的象徵，為這一概念注入了階級分析的意涵。〔註 15〕其三則是民眾教育者從白話文是否增強了漢語的表達能力和普及範圍這一角度出發，試圖彌補「五四」白話文學與大眾的隔膜。這一觀點與前面提及的兩種觀點既有交叉，也有其獨特之處，值得進一步分析。

瞿秋白在描述理想中的「現代普通話的新中國文」時，也十分關注語法的問題，他主要分兩個部分討論，一是重視虛詞的作用，二是在字法、句法層面批判「五四」以來過分歐化的語體形式。他認為「現代普通話的新中國

〔註 12〕黎錦熙：《國語運動史綱》，上海：商務印書館，1934 年，第 70 頁。

〔註 13〕蕭迪忱：《詞典的需要和民眾詞典的產生》，《山東民眾教育月刊》，1932 年第 3 卷第 11 期。

〔註 14〕瞿秋白：《鬼門關外的戰爭》，《瞿秋白文集》文學編 3，北京：人民文學出版社，1998 年，第 138、152 頁。著重號為作者所加。

〔註 15〕參見楊慧：《思想的行走——瞿秋白「文化革命」思想研究》，北京：商務印書館，2012 年，第 118～119 頁。

文」「必須寫現在人口頭上講的話」，因此「尤其要注意言語之中最重要的部分：所謂虛字眼——關係詞（preposition），聯絡詞（conjunction），代名詞跟詞尾。」瞿秋白將大眾是否「聽得懂」作為檢驗「文腔革命」的標準，強調上述語法的規則正是為了讓文學語言更加貼近大眾口語，但瞿秋白大眾語的觀點缺乏相應的文學實踐加以支撐，更缺失了最重要的讀者反饋環節，他所主張的「習慣上中國各地方共同使用的，現代『人話』的，多音節的，有詞尾的，用羅馬字寫的一種文字」，究竟能否在大眾之間產生效應？「聽得懂」的大眾語能否全面地落實為書面語，真正實現言文一致？這些問題都無法得到印證。瞿秋白以「聽得懂」作為大眾語的標準，根本上存在很大的理想性和侷限性。瞿秋白認為，漢語「僅只是紙面上的書本上的言語」〔註16〕，這是導致言文不能一致的根本原因，因此他在文藝大眾化論爭中主張廢漢字和拉丁化。瞿秋白以「聽得懂」、「人話」等聲音標準作為「新中國文」的標準，是提倡漢字拉丁化的策略，但卻根本性地忽視了語言文字的根本功能——交流。〔註17〕在拉丁化得不到普及的前提下，人們又如何以此作為工具交流呢？同時，瞿秋白這一主張也對應著魯迅所說的對大眾智識能力的「低估」。

具體而言，他在強調聲音文化上升的背後，存在著對書面文化的貶抑。王東傑在論及近代文化的「聲音轉向」與知識革命時，提出了「視覺型的認知習性」和「聽覺型的認知習性」兩種認知模式。他認為，視覺型認知習性與傳統知識論相關，「以文字為中心」，「主要的求知方式是『取象』」；聽覺型認知習性則「強調聲音在知識構成中的重要，以抽象性、邏輯性、公開性或公共性作為判別知識等級的標準」，並且以淡化書本為前提，重新尋找民間文化中的價值。〔註18〕瞿秋白基於近代「聲音轉向」的學術轉型提出的「聽得懂」的白話，目的在於克服傳統學術將文字作為壟斷式的權力符號，並打破由此形成的知識精英獨佔知識的局面。與之相比，孫伏園在定縣語文教學中提倡詞彙、語法的重要性，的確在一定程度上匯入了西方語音中心主義的學術潮

〔註16〕瞿秋白：《鬼門關外的戰爭》，《瞿秋白文集》文學編 3，北京：人民文學出版社，1998 年，第 165～168 頁。

〔註17〕參見〔澳〕張釗貽：《瞿秋白與「大眾語」違背語文改革初衷的「文字革命」——兼論魯迅之廢除漢字乃為了「開窗」而主張「拆屋頂」》，《魯迅研究月刊》，2019 年第 3 期。

〔註18〕王東傑：《歷史‧聲音‧學問——近代中國文化的脈延與異變》，北京：東方出版社，2018 年，第 161 頁。

流，但與瞿秋白從根本上質疑發源於傳統士大夫的書寫傳統相比較，平教會在將語文教育落實一種真正改造民眾精神的文化實踐時，並沒有採取激越的態度，相反，它直面了「五四」以來新文學的創作實績遠離民眾的問題，在作為政治主張衍生物的大眾文學之外，試圖通過「讀物」這一閱讀載體，以文學的形式重新激發民眾與社會現實之間的聯繫，從而在民族危機之中，建構一個以民眾為中心的「閱讀共同體」。

孫伏園之所以關注「文法」，與定縣當地的說書表演有密切關係。根據袁戲甫的介紹，定縣的說書人「在講演的時候，面部的表情，手的動作，聲調的抑揚，好像都有一定的法則。」「再看那鄉下的文盲，說話的時候，也常常需要這些動作的幫助。」這些無法落實在紙張上的表情、動作、聲調作為符號，代替了語言文字，構成了農民們特殊的「文法」。〔註19〕「聽說書」保留著口語文化社會的特徵。因此，講求「文法」教育，首先反映的是口語文化和書面文化兩種文化體系的碰撞，以及平民文學部試圖通過印刷文字改造前者的努力。沃爾特·翁曾細緻地區分過口語文化和書面文化兩種文化體系，認為兩種文化分別代表了兩種不同的思維與表達方式，他先是從語音中心主義的角度指出書面文化對口語文化的遏制：「文字或書寫和言語的差別是，它未必是從無意識中湧現出來的。把言語轉換為文字的過程受到有意識制定的、說得清楚的規則的制約」。這裡的「說得清楚的規則」即是平教會所謂的「文法」。誠然，沃爾特·翁對書面文化不無批判，但是他也承認「文字不只是言語的附庸。它把言語從口耳相傳的世界推進到一個嶄新的感知世界，這是一個視覺的世界，所以文字使言語和思維也為之一變。」〔註20〕徐錫齡曾不無驚訝地描述定縣民眾的讀書熱情，這種驚訝意味著他似乎看到了一個擺脫口語文化之後的「嶄新世界」：「有一次我曾調查定縣平民學校情況，很詫異的發現了一件事。有兩課學校未嘗教授過的功課，其新字之大部分，均已為百五十以上之學生所認識。他們除了三個學生以外，以前都是沒有從過先生的。後來我再考查這裡的因由，原來他們讀書興趣很高，對於未曾教授的新字，也當自己詢問那些已識字的人，於是把新字的大半，也都認識了。」他又提到有一個平教會的職員跟作者談及自己家中有個四十歲的廚子，以前並不識字，

〔註19〕袁戲甫：《語文教學在定縣的實驗（續）》，《國語週刊》，1934年第137期。
〔註20〕〔美〕沃爾特·翁（Walter J. Ong）：《口語文化與書面文化：語詞的技術化》，何道寬譯，北京：北京大學出版社，2008年，第62～64頁。

現在卻能記帳、開藥方、寫信了。〔註21〕這個細節很值得我們思考。定縣的語文教育之所以能在全國範圍內走在前列，從識字教育發展到「詞本位」教學與文法的學習，除了與國語會等研究組織的合作、實驗之外，最重要得因於民眾閱讀水平的大幅度提升。也就是說，「讀書興趣」反過來推進了民眾的識字熱情，這也符合「詞本位」教學將詞彙放回語境中理解的規律。

「訓練讀者」是定縣平民教育的重要環節。平教會平民文學部自 1925 年起創辦《農民》報，同時出版了一系列「平民讀物」，「是用極淺現的文字，說明簡明的事情」〔註22〕，旨在培養具有閱讀能力的民眾。截至 1936 年，平教會共編印了平民讀物 491 種，內容極其豐富。堵述初將其概括為科學與文藝兩大類，科學類主要對應的是平教會主張的生計教育與衛生教育，文藝類則對應文藝教育與公民教育。〔註23〕

有論者論及定縣「平民讀物」這一現象時，主要側重於論述平教會「迴向民間」這一工作時遭遇的挫折，尤其意在指明「迴向民間」的失敗，構成了熊佛西領銜的農民戲劇發生的起點。〔註24〕但實際上，平民讀物在文學史與閱讀史上均有其獨特的意義。

在 1932 年以前，平民讀物一方面為配合「識字」使用，是讀者用來複習鞏固「千字課」的主要材料，另一方面也是灌輸常識的主要手段。1932 年確立「詞本位」教學以後，培養民眾的閱讀能力被明確地提出來：

> 對於人民沒有能力閱讀的推論應理解為缺乏人民能夠閱讀的文學作品。中國豐富而卷帙浩繁的文學作品是用「文理」即古典語言寫成的並供貴族學者閱讀的。這樣的文學作品，遠遠超過人民大眾閱讀能力。對於他們可以說，實際上是沒有文學作品的。創造人民文學的含義，一方面是為教人民閱讀準備語言工具，另一方面是培養學者為人民寫作的技巧、思想感情和主題。〔註25〕

〔註21〕徐錫齡：《中國文盲問題》，1932 年，廣州：南國書社，第 24 頁。

〔註22〕堅之：《介紹平民讀物》，《農民》，1931 年第 6 卷第 29 期。

〔註23〕堵述初：《「定縣實驗」中的平民文學》，宋恩榮主編：《教育與社會發展——晏陽初思想國際學術研討會論文集》，長沙：湖南教育出版社，1991 年，第 239 頁。

〔註24〕江棘：《「新」「舊」文藝之間的轉換軌轍——定縣秧歌輯選工作與農民戲劇實驗關係考論》，《中國現代文學研究叢刊》，2018 年第 12 期。

〔註25〕晏陽初：《定縣的鄉村建設實驗》（一九三四年七月），宋恩榮主編：《晏陽初全集》第 1 卷，天津：天津教育出版社，2013 年，第 275～276 頁。

　　平教會之所以重視民眾讀物，首先是基於中國傳統社會「敬惜字紙」的文化心理。老向曾將這種心理稱作「吾國民眾最大之優點」，「無論曾否入學，均知尊崇文字，看重圖畫。窮鄉僻壤之人，『敬惜字紙』，認為公德；裝訂成冊，視為神聖。」〔註 26〕愛惜字紙是需要組織來推動的，譬如清代乾隆年間的「惜字會」便將字的神聖性推到極致，不僅珍惜有字的紙，而且通過組織的力量確保字不會出現在不妥當的地方。〔註 27〕

　　其次，閱讀在世界文明的現代化進程中扮演了重要角色，其中一個重要的轉變便是閱讀形式從朗讀到默讀的轉變。有研究者論及宗教改革的發生與默讀的關係，中世紀的歐洲學者在釋讀古文獻時往往會讀出聲，但 14 世紀以來，以默讀取代朗讀，私密的閱讀掩蓋了思想上異端的傾向，為宗教改革埋下伏筆。〔註 28〕伴隨著印刷術的興起，「印製的書本更加小巧且方便攜帶，這就為安靜角落裏的獨自閱讀搭建了心靈舞臺，最終為完全的默讀做好了準備。」〔註 29〕1930 年代，以莊澤宣為代表的民教界人士認為，教育界流行著兩個錯誤觀念，分別是識字與朗讀。〔註 30〕在《識字，目的歟？手段歟？》一文中，莊澤宣表示了對「千字課」為中心的識字運動的懷疑，「老實說起來，單獨識各個的字，不但不合於社會經驗，也不合於教學心理」，他認為，「為養成閱讀的能力與習慣起見，『識字』課本的課文不但須以句為單位，而且萬不可太短，因為實際經驗中文字，尤其是書報，都是長篇大論的。識字既為求更深教育的基本，斷不能以造成些僅為演習不合實用的短文短句來過渡」。也就是說，識字的最終目的是為了能閱讀，所謂的閱讀不是朗讀，而是默讀。但是一般的識字教育提倡朗讀教學法，識字課本也是按照朗讀的要求編寫的。〔註 31〕從閱讀史的角度來看，朗讀是中世紀的遺留物，「朗讀必須注意到形，真正的默讀更要注意到意，但盡可能可以不必逐個字看。因為朗讀的目標至

〔註 26〕老向：《民眾讀物》，重慶：正中書局，1941 年，第 1 頁。

〔註 27〕梁其姿：《施善與教化——明清的慈善組織》，石家莊：河北教育出版社，2001年，第 181 頁。

〔註 28〕戴聯斌：《從書籍史到閱讀史——閱讀史研究理論與方法》，上海：新星出版社 2017 年，第 141～143 頁。

〔註 29〕〔美〕沃爾特·翁（Walter J.Ong）：《口語文化與書面文化：語詞的技術化》，何道寬譯，北京：北京大學出版社 2008 年，第 99 頁。

〔註 30〕莊澤宣：《打倒教育界中流行的兩個錯誤觀念——識字與朗讀》，《民眾教育季刊》，1931 年第 1 卷第 2 期。

〔註 31〕莊澤宣：《識字，目的歟？手段歟？》，《教育與民眾》，1934 年第 6 卷第 1 期。

多是優閒式的欣賞，默讀的目標則在於得到書中的內容。」因此，他認為「默讀訓練是基本教育中最重要的工作。」〔註32〕

　　默讀的訓練一直貫穿平教會的語文教育始終，然而基於民眾接受的基礎上，使用哪種書面語，閱讀哪些內容，都不具備現成的方案，而是在平教會的辦報、編寫民眾讀物的過程中逐步確立起來的。莊澤宣畢業於清華學堂，而後留美，在哥倫比亞大學獲得教育學博士學位，1922 年回國任教於國立清華大學，1925 年任廈門大學教育系主任。1927 年他特為平教會主辦的《農民》報撰稿，稱該報意義重大。〔註33〕莊澤宣的這篇文章屬於為《農民》報的約稿所作，此時《農民》報打出的旗幟便是「讀物」。有趣的是，平教會主張默讀，《農民》報在一開始是訴諸「說話」這一發聲方式而進行書面語寫作的，它主要借鑒的是晚清白話報的書寫方式，顯示出平教會試圖以此接近民眾口語的努力。譬如《農夫之子弟要趕快識字》一文，模擬演講的口吻寫道「諸位！我們為什麼要叫人家這樣的看不起呢？我們都是中華民國的國民，難道我們就真個連點志氣都沒有嗎？」〔註34〕《農民》報在形式上模仿晚清白話報的演說體，目的之一在於「言文一致」的追求，二則提取「演說」中特有的語勢和感染力。反問句是晚清白話報中慣常使用的句式，以創辦於光緒二十七年（1901 年）的《杭州白話報》為例，其中有一篇謅者（陳書通）演的《勸人識字說》，與上舉《農夫之子弟要趕快識字》均表達了識字救國的思想：

　　　　我們做了中國人　那第一件要緊事　便是要大家曉得保中國的
　　道理　現在連中國的字　也不識得　那裡還曉得保中國呢〔註35〕

兩篇文章均以「我們」這一人稱代詞製造作者與讀者之間親密無間的交流，從而消除作者居高臨下的說教感；並以反問句的形式拋出問題，以此更進一步地與讀者製造互動，引發讀者思考。這些特點都反映了作者體察讀者的考慮，以及希望讀者作出反饋的期許。但是，晚清報刊白話文還保留有許多文言的痕跡，這種情況也發生在晏陽初在法國華工中舉辦徵文比賽時，要求投

〔註32〕莊澤宣：《打倒教育界中流行的兩個錯誤觀念——識字與朗讀》，《民眾教育季刊》，1931 年第 1 卷第 2 期。
〔註33〕莊澤宣：《農民不要輕看了自己》，《農民》，1927 年第 3 卷第 19 期。
〔註34〕《農夫之子弟要趕快識字》，《農民》，1925 年第 4 期。
〔註35〕謅者（陳書通）演：《勸人識字說》，《杭州白話報》，光緒二十七年五月十五日，第 2 冊。

稿者用「官話」寫作,而自己卻使用介於白話與文言之間的語言寫作。〔註36〕顯然,傅葆琛在編輯《農民》報時意識到了上述問題,《農民》報因此摒除了文言的習氣,它更多所保留的是晚清白話報中語言表達的語氣,具體來說即通過特定的句式、人稱代詞拉進作者與讀者的關係。當然,《農民》報借鑒晚清白話報的經驗也反過來說明,「五四」以後的民眾教育中,究竟用何種白話文啟蒙下層民眾,各界並無定論。

平教會為尋找適合農民接受的白話文的努力,也體現在《農民》報呈現出來的駁雜的白話資源與文學形式上,最為典型的便是在新式白話文與傳統民間文學、文化形式之間尋找對接。《農民》報不僅試圖傚仿晚清白話報的表達形式,而且還出現了「古白話農村詩選」等刻意標榜「古白話」的文學作品。這個欄目由傅葆琛負責,收錄了《牧兒歌》《插秧詞》等農村題材的古詩,引人注意的是每首詩後附有署名「湘靈」的白話注解。對此,湘靈解釋說:「我以為中國詩人詠農家的雖然很多,但是作出來的字句,有些實在不能讓一般農民都看得懂,我們稱這些詩為白話詩,自然是指它的大體說。至於不易明白的字句,如果能在原詩後面加點解說,料想大家必定是許可的。」〔註37〕與這一思路相近的還有以白話闡釋民間格言。比如《關於作事的淺近格言》中,就有下列幾條:

求人不如求己。

這是教我們不要依靠別人去作事。

做到老,學不了。

世上的事情很多,不雅因為我會作一兩件事,便自己得意起來。

今天的事推明早,明早事推後早,過了一世弄不好。

我們要作的事,應當立刻就去作,越延遲越懶,自然作不成功了。

一生之計在於勤。

這是說做事能勤,一世都有希望。

吃得苦中苦,方為人上人。

這也是勸我們努力的。不肯吃苦的人,便是沒有志氣,怎麼能

〔註36〕 Yurou Zhong: *Chinese Grammatology: Script Revolution and Literary Modernity, 1916-1958*, Columbia University Press, 2019, p.114.

〔註37〕 湘靈集:《古白話農村詩選》,《農民》,1927 年第 3 卷第 24 期。

夠比別人強呢！

一人做事一人當，那有嫂嫂替姑娘。

事是你做錯，不可推別人；做錯肯認錯，即此是好人。

　　　這兩則意思相同，都是要我們作了事肯負責任。〔註38〕

　　格言是習語的一種，一般使用比喻、擬人、類比等修辭手法，言簡意賅地表達一個具有啟示性的道理，凝聚著民族文化和民族性格。在「作事的淺近格言」中，作者有意挑選了上述幾則激勵人奮發向上的格言，以淺近的白話解釋寓意，並以「我們」一詞喚起讀者的參與意識，訴諸團結向上的精神力量。有意思的是，這一形式也是傚仿晚清白話報而來。在《杭州白話報》上，有醫俗道人連載的一系列《俗語指謬》。醫俗道人在《序》中，表示俗語對人的影響潛移默化「同聖經一般」，並且基於讀者的接受水平，不惜扭曲《聖經》的本義，他夾注解釋「聖經」一詞：「孔夫子做的書　喚聖經」。〔註39〕與格言勉勵人心的作用相反，作者對於俗語的理解基於國民性批判的角度：「可憐中國四萬萬人　不知有多少人　中了俗語的毒　還是懵懵懂懂　昏天黑地地做人　害了自己　又害別人　又害國家　唉　那第一個造出俗語來的人真正是作孽呢」。《俗語指謬》全用白話，詼諧幽默又不無譏諷地注解了一些常見的俗語，頗有模仿經書的意味。譬如「不聽老人言　吃苦在眼前」一句，作者注解為：

　　　這兩句俗語　是老年人造出來　壓服少年人　好叫少年人　一言不
　　發　一事不做　躲在老年人脅肋底下　莫想動得分毫　做成一個死人　中
　　國的衰敗　中國的無用　暗地裏受這兩句話的害處　真是不淺〔註40〕

周作人將《俗語指謬》視作「小品」書〔註41〕，無疑是看中了它評點世道人心時詼諧與辛辣並存，並與國家的命運聯繫在一起，這些文字融趣味與說理於一爐的高妙，顛覆了俗語中根深蒂固的傳統思想。與之類似，《農民》當中對格言進行「再闡釋」，格言因此轉化為平教會教育農民煥發進取心時一種可

〔註38〕湘靈：《關於作的事淺近格言》，《農民》，1927年第3卷第25期。
〔註39〕醫俗道人：《〈俗語指謬〉序》，《杭州白話報》，光緒二十七年八月二十五日，第12冊。
〔註40〕醫俗道人：《〈俗語指謬〉卷一》，《杭州白話報》，光緒二十七年十月初五日，第16冊。
〔註41〕周作人：《入都日記》，《藥堂語錄》，北京：北京十月文藝出版社，2012年，第56頁。

資利用的資源。更重要的是，與周作人、顧頡剛等人搜集整理歌謠、民間傳說等工作不同，《農民》報另闢蹊徑，以白話文重新演繹傳統，不啻為對傳統的「再發明」。

默讀可以給人帶來豐富的聯想，同時，「還更新了書寫與閱讀的關係，兩者都變得更私密、更自由自在，並內化為精神世界的一部分。」〔註42〕在傅葆琛的設想中，《農民》報可以給讀者提供一方自娛自樂的天地——「茶餘飯後，隨時翻閱，真是一種消遣的妙品」。〔註43〕《農民》報反映了編者強烈的讀者意識，不斷撰文強調農民識字讀書的必要性，甚至向讀者發出有獎徵文，問題與讀書相關：「（一）人為什麼要讀書？（二）讀書有什麼好處？（三）不讀書有什麼壞處？」〔註44〕毋庸置疑，閱讀對人的塑造有重要作用，但對於平教會平民文學部而言，更亟待解決的是「用什麼樣的內容與形式培養讀者」以及「培養什麼樣的讀者」兩個問題。《農民》報創造性地轉換古典白話、晚清報刊文體為新式白話文，訴諸於五四白話文以建構現代人全新的語言表達與思想體系的要求，呼應的是平教會養成「新民」的目標。在平教會的設想中，《農民》的欄目豐富、文章篇幅短小，讀者可以專拾感興趣的部分閱讀，利用「茶餘飯後」的碎片時間瀏覽，相比之下，平民讀物訴諸書籍的形態，則更需要讀者集中注意力進行閱讀。一些在《農民》報上連載過的文學作品，如熊佛西的《平民之光》、湯鶴逸的《孔子與曾參》以單行本的形式重新出版，閱讀載體的改變也改變了讀者的閱讀方式與閱讀心理。就《農民》報而言，其一，內容的豐富性使它容納讀者的不同閱讀興趣，報紙內容不僅包括新聞、論說文，也有供讀者發笑的笑話小品，譬如趙水澄創作的《雪大的對聯》，將「屎尿」這類被新文學排除出園地的字眼，活靈活現地運用在笑話中。〔註45〕即便1927年第3卷第29期起，「格言，笑話等，不另闢將專欄，而只作各頁末尾的補白」，也意味著編者有意將笑話等文體作為報紙的「點綴」，起著調和報紙嚴肅性的功能。其二，它通過傚仿晚清白話報演講式的語氣形態，以及舉辦徵文等活動，製造了一種開放的、與讀者對話的公共空間。但相對報紙而言，第一，平民讀物是密閉的，它營造了一種作者與讀者之間的私人氛

〔註42〕戴聯斌：《從書籍史到閱讀史——閱讀史研究理論與方法》，上海：新星出版社2017年，第143頁。

〔註43〕葆琛：《農民報第三年合訂本序》，《農民》，1928年合訂本。

〔註44〕《問題》，《農民》，1925年第10期。

〔註45〕水澄：《笑林》，《農民》，1930年第5卷第23期。

圍，也要求讀者以更為嚴肅的態度投入閱讀過程中去。第二，書寫和印刷對人的秩序觀念的養成有著重要的作用，沃爾特・翁就批判地指出：「印刷術對空間的控制給人的典型印象是整齊，其形象必然是：行列規整，頁邊留出空白，一切給人視覺上井井有條的印象，而不必借助手稿中常用的格子和邊框。」〔註 46〕書籍比報紙的開本更小，但對人的視覺規訓更為強烈。從外觀上看，為了便於攜帶，平民讀物為 50 開本的小冊子，也就是相當於當時流行的連環畫的大小。〔註 47〕讀物的封面統一印刷，有平教會的標誌，封面下方為一幅黑白版畫，畫面內容為一群手持鋤頭等生產工具的農民，身體姿態微傾向前，人物線條充滿了力量感。正文統一採用最適宜閱讀的四號字和宋體。〔註 48〕這些附著在讀物上的物質信息都透露著一個信號，即平民讀物共同統攝於平教會的「四大工作」之下，他們的內容共同朝向平教會「除文盲，做新民」的目標。這種書籍物質形態上的統一性不僅給讀者帶來一種閱讀壓力，也給平教會平民文學部的新文化人帶來了壓力，究竟如何在新文學、讀者與灌輸教育理念之間取得平衡？

二、新文學與新讀物

　　根據孫伏園的描述，平民讀物稿件的來源有三：「一是平民讀物工作人員自撰；二是本會四大教育（即文藝教育，生計教育，衛生教育，公民教育）

〔註 46〕〔美〕沃爾特・翁（Walter J.Ong）：《口語文化與書面文化：語詞的技術化》，何道寬譯，北京：北京大學出版社 2008 年，第 93 頁。

〔註 47〕許歡：《二十世紀上半期我國大眾通俗讀物的閱讀與傳播研究》，《高校圖書館工作》，2013 年第 3 期。

〔註 48〕陳孝禪在《讀物字形大小對於閱讀效率影響之研究》一文中指出，過去只對讀物的內容有研究，但是「讀物形式的衛生問題，和閱讀效率問題，就很少人注意了」他以兒童讀物為例指出，「依心理學家的見解，如果字形過大，在已有閱讀訓練的學生眼停（fixation）的次數必多，而減少認識的字數，在每一個識別距（span of recognition）所看見的字數較少，眼停的次數增多，故閱讀的速率必慢，而理解程度當隨之而降低。反過來說，字形過小，印象就不很清楚，認識也就不正確，或因眼的掃視（sweep of eyes）行次錯亂，以致擱延閱讀的速率，降低閱讀的理解。」這裡他梳理了西方對於讀物字形大小研究的歷史，但是漢字與西洋文字不同，因此上述研究成果沒有借鑒的必要，因此應當重新研究。陳孝禪的研究重在調查哪種大小的字閱讀效率最高，並以有意義的文字為標準。實驗中，他使用了包括速示機、碼表、乾電池和電擊等儀器，實驗表明，四號字閱讀效率最高，次為三號，再次為二號，一號最差。（陳孝禪：《讀物字形大小對於閱讀效率影響之研究》，《教育研究》，1936 年第 70 期）

各部編撰；三是會外專家特約編撰。稿件匯齊以後，先由工作人員審查校改一次，然後用石印或鉛印，印成『實驗用本』以備試讀。」〔註49〕而在晏陽初為平教會設計的編輯平民讀物的方案裏，文學並不是讀物的重點，而他對文學部分的期許，又主要集中在民間文學和舊文學的搜集與改編上。他在 1934 年的工作報告中稱打算以農民的立場出版平民讀物一千冊，其中百分之七十是常識，百分之三十是文藝。他特意強調文藝分為三個部分，第一是「採集得來的或經刪改的民間文藝」，第二是「刪改的選錄的流行民間的大部舊小說」，第三是新文學的創作。三部分按照程度的深淺排列，先民間文藝，次舊小說，再次新創作。〔註50〕在晏陽初的設想中，「新創作」是接受難度最高的平民文藝讀物。相比新文學，他認為鼓詞這類民間文學的接受程度更高，因此他傾注的心力也更大：「在平民文學研究工作中，得到平民已用的文法構造，描繪技術和篇章組織，並及其內容所反映的思想和環境。此種工作的步驟，分採訪、研究、刪改、出版諸項。」〔註51〕如果說《定縣秧歌選》還是基於對民間口傳文化的研究，其潛在讀者是精英階層的民俗學研究者，那麼作為平民讀物的鼓詞則直接面向下層民眾。但是這些作為平民讀物的鼓詞帶有很大限度，一方面本身很難祛除鼓詞中「故事」本身所攜帶的封建色彩，與平教會期待的「新民」理想有所衝突；另一方面，鼓詞作為一種現場的表演藝術，若要其作為讀物承載教育意義，其成效也令人懷疑。

晏陽初所謂的「平民已用的文法構造」就是鼓詞等「舊形式」。不過這些鼓詞在收入平民讀物之前，都經過新文化人的審定與刪改。首先，這些文本帶有很強的文人化的痕跡。比如田三義口述、席徵庸記錄並刪改的《打黃狼》，就有一段文白夾雜的曲子詞，以景物鋪陳起興：

> 秋天高，秋風爽，秋氣幽，秋景凄涼；
>
> 風吹樹葉，嘩啦啦的響，遍野的青草漸衰黃。
>
> 柳殘花敗色黯淡，只有那，不怕冷的菊花開得香。
>
> 鴻雁南飛，三五成行，逍逍遙遙到南方。

〔註49〕 孫伏園：《平民讀物的編輯試讀與校訂》，《國聞週報》，1934 年第 11 卷第 1 期。

〔註50〕 晏陽初：《中華平民教育促進會定縣實驗工作報告》（一九三四年十月），宋恩榮主編：《晏陽初全集》第 1 卷，天津：天津教育出版社，2013 年，第 277 頁。

〔註51〕 晏陽初：《中華平民教育促進會定縣實驗工作報告》（一九三四年十月），宋恩榮主編：《晏陽初全集》第 1 卷，第 225 頁。

江水汪汪如碧玉，江裏的魚兒好悠揚。

蕩飄飄，飄蕩蕩，打魚的小船在水中央。

兩岸邊，秋風吹透蘆葦黃，光裏光當響淙淙。〔註52〕

第二，許多鼓詞也結合時代語境而進行了「故事新編」，譬如有魯達拳打鎮關西後，借圍觀群眾之口說「土豪劣紳，終有一天要給打倒，／若不信，請看鎮關西。」〔註53〕也有從班超定西域的故事引申開來借古喻今：「漢族的德威，永震西域；班超的聲明萬古標。／而到今，國難危急了，小日本，欺負我國如草茅。」〔註54〕但是，我們很難說這些鼓詞是「舊瓶裝新酒」。譬如《打黃狼》講述傅恒昌上京趕考，路遇一隻被獵人追捕的小黃狼，小黃狼突然開口說人話，傅恒昌被它的孝心感動，於是搭救它一命，不料小狼竟要吃他。這個寓言告誡人交友要慎重，但值得注意的是，傅恒昌之所以被小黃狼打動，是因為「披皮的畜類也知孝敬，它懂得，三綱和五常。」〔註55〕也就是說，儘管有新文化人對鼓詞內容進行審定，但沒有完全祛除其中的封建思想。其中的根本原因在於，鼓詞所講述的故事對於聽眾而言是熟悉的，聽眾帶著自己的經驗去聽說書，因此他們不會將其視作虛構的藝術，而是與真實世界不可分割的一部分。《打黃狼》中，黃狼之所以得救，基於傅恒昌對「三綱五常」的認同，「三綱五常」構成推動故事情節發展的動力，如果不是基於「三綱五常」的孝道，黃狼得救的理由便很難說得通。這就形成了一個悖論，平教會試圖利用定縣農民對鼓詞的喜愛而培養他們的閱讀興趣，但是定縣農民對鼓詞的理解基於對故事的理解之上，因此基於基於鼓詞內核——故事的完整性，新文化人對鼓詞的修改是有限度的，對於諸如《打黃狼》這樣的經典橋段，農民憑藉「孝」打通真實世界與道德寓言之間界限從而產生共鳴，晏陽初所謂的「平民的文法構造」，在定縣一隅無法完全改造為現代的思想載體。

〔註52〕田三義口述，席徵庸記錄並刪改：《打黃狼》，北平：中華平民教育促進會，1934 年，第 1 頁。

〔註53〕田三義口述，席徵庸記錄並刪改：《魯達拳打鎮關西》，北平：中華平民教育促進會，1933 年，第 26 頁。

〔註54〕田三義口述，席徵庸記錄並刪改：《班超定西域》，北平：中華平民教育促進會，1933 年，第 18 頁。

〔註55〕田三義口述，席徵庸記錄並刪改：《打黃狼》，北平：中華平民教育促進會，1934 年，第 7 頁。

　　田三義是定縣影響力極大的鼓書藝人，當時已有四十多年的表演經驗，在他的幫助下，平民文學部收集了 200 餘段大鼓詞。在外來參觀者看來，田三義演繹的大鼓詞感染性極強，「比任何黨國要人，社會聞人都要有名聲，受歡迎」，並慨歎「那一個平教推廣員含有他那種魔力，那種影響。」〔註 56〕田三義之所以在當地受到歡迎，與他多年來的表演經驗與藝人的韻文創作能力有關。對於鼓詞而言，「十三道大轍」的押韻規則以及鼓詞常用的排比句、對比句、對稱句、珍珠句等句式能否運用得當〔註 57〕，決定著表演的成功與否。相反，如果鼓詞內容讓聽眾感到隔膜，韻文又運用得不熟練，則會起到相反的效果。1932 年 5 月 4 日，平教會組織公演話劇前，穿插了兩段鼓書表演，分別是平教會所編的《國難》和田三義表演的流行的曲子《疼姑娘》。根據河北觀眾蹇動丁描述，前者唱辭「稍嫌典雅」，「而且唱者，對於原辭似乎沒懂得透澈，又因記得略為生澀，於是觀眾不很感覺有興趣。唱的人總是大張其嘴高喊，聲音欠含蓄，所以唱來不很動聽。」〔註 58〕如前所述，鼓書藝人表演成功的秘訣在於創造性地利用韻文，通過聲音與節奏的變換，重新講述聽眾熟悉的內容；平教會新編的鼓詞內容陌生，又沒有熟練的韻文技巧和老到的表演經驗，必然招致聽眾的詬病。不僅如此，刪改之後作為平民讀物的鼓詞仍很難被讀者接受。江蘇省立教育學院研究實驗部以及平教會平民文學部等民眾教育機構在出版平民讀物之前，有一個極為重要的「試讀」環節，為我們瞭解下層民眾的閱讀接受情況提供了一定的幫助。

　　楊開道在《定縣的文藝教育》一文中談到「平民讀物的編輯，似乎不以基本字或通用字為基礎，編者著作的時候自然比較自由，不過農民閱讀的時候便要比較困難。」〔註 59〕試讀工作應運而生。所謂試讀，就是由平教會工作人員做主試者，平民學校的學生或畢業生做試讀者，試讀者在閱讀平民讀物後，將看不懂、不好念、沒有意思的詞句記錄下來，並做修改，並將此填於試讀表上（如下圖所示）〔註 60〕，最後交給老師或平民文學部。

〔註 56〕楊開道：《定縣的文藝教育》，《大公報》，1934 年 6 月 7 日，第 11 版。
〔註 57〕〔日〕井口淳子：《中國北方農村的口傳文化——說唱的書、文本、表演》，林琦譯，廈門：廈門大學出版社，2003 年，第 86 頁。
〔註 58〕蹇動丁：《定縣的摩登戲劇》，《北平晨報·劇刊》，1932 年 5 月 22 日。
〔註 59〕楊開道：《定縣的文藝教育》，《大公報》（天津），1934 年 6 月 7 日。
〔註 60〕汪錫鵬：《編著民眾讀物中的兩問題》，《教育與民眾》，1934 年第 6 卷第 3 期。

書名：

ㄅㄨㄟㄨㄜ老　ㄍㄨㄜ刀尢　刀亡　的　地　方　ㄖ

讀者的姓名：　　　年歲

在那一個學校？

第幾頁	第幾行	那幾句話或者那幾個詞？	不受當的原故：1.看不懂。2不好唸。3.沒有意思。我想把他改成這個樣兒。

（注意）填好以後，請交給老師。由老師購寄平教會文學部。

對於大多沒有接受過教育的民眾而言，新文學終究是陌生之物；而宣稱與民眾息息相關的新文學，卻缺失了民眾接受這一環節，仍舊是精英的產物。孫伏園等人提倡「文法」在民眾語文教育中的重要性，試圖將黎錦熙等語言學家的語言學研究成果下沉到民間，以此重新檢視「五四」文學革命以來遺留下來的民眾接受問題。但從 1933 年 11 月一位農民「試讀」平民讀物大鼓詞《小姑賢》的情況來看，閱讀過程中共有 13 處讀不懂的地方。針對這些讀不懂之處，平教會的處理方式是以國語為原則修改，其中，看不懂的詞依據詞表（特別是新民詞表）修改；而針對成語的難懂，「在國語的成語表未編成以先，去取全憑校訂者主觀的標準：大抵知識階級中人口頭所用的成語可存；知識階級中人書面所用的成語宜改。」〔註61〕也就是說，作為平民讀物的鼓詞最終呈現出來的樣貌，已與定縣農民喜愛的鼓書形式相距較遠，這種改頭換面的文學形式，又如何取代田三義的表演在農民心中的地位呢？

實際上，民間文學是一種口頭文學，一旦被落實在紙面上變成視覺文字，其效果便大打折扣，換句話說，民間文學的審美性不是被「看」出來的。〔註62〕

〔註61〕孫伏園：《平民讀物的編輯試讀與校訂》，《國聞週報》，1934 年第 11 卷第 1期。

〔註62〕陳泳超在指出鄭振鐸建構俗文學史的錯誤時說道：「他的根本錯誤在於用視覺藝術的期待和標準對待這些聽覺藝術的記錄文本了。」變文、諸宮調和彈詞等長篇作品的審美效應「主要存在於文本之外的上下左右，決不是被『看』出來的。」（陳泳超：《中國民間文學研究的現代軌轍》，北京：北京大學出版社，2005 年，第 17 頁。）

因此，無論如何改良民間文學，都會削弱它原有的藝術魅力。將現代的思想精神勉強填充進舊形式，更不可避免地出現削足適履的情況。因此與現場表演相比，作為平民讀物的鼓書詞變為了功利性的存在，除了在識字上能發揮功用外，無法真正觸發人的心靈，這也構成了平教會同人另闢蹊徑，從新文學入手編纂平民讀物的重要原因。平民讀物中涉及新文學門類的主要包括「文藝」、「小說」和「劇本」三種，作者主要有黃盧隱、熊佛西、陳治策、李谷詒、黎錦皇等。讀物在內容上多取農村題材，或表現農民生活困苦，或講述不識字的危害，或改編外國戰爭小說。這些作品的共同點是均以白話寫成，語言平易，故事情節簡單。筆者將這些具有新文學特質的讀物分為兩類，一為小說，二為「類小說」。前者以黃盧隱的《穴中人》《月夜笛聲》《不幸》《杳無音信》等為代表，作品帶有很強的虛構性質和可讀性；後者則主要借鑒小說的筆法，將故事情節的發展基於人物對話之上，但更注重小說與現實之間的聯繫，以及內容上的教育意義。「文藝」、「小說」和「劇本」這三類平民讀物均十分看重新文學在民眾閱讀中扮演的角色；但平民讀物究竟「讀什麼」，真正意義上的新文學能否進入平民讀物中來，平教會平民文學部內部是存在商討辯駁的，這些不同取向的讀物，呈現出知識分子在探索民眾閱讀與新文學關係上認識的駁雜。

　　「類小說」是平教會平民讀物中的主流。比如黎錦皇的《小靜和她的弟弟》，寫的是小靜帶著弟弟在水災中機智地逃脫了人販子之手，開頭便煞有介事地寫道「這是民國二十年八月間的事」以此努力拉進小說與現實的關係。〔註63〕「類小說」更接近新聞或故事，有著強烈的說教色彩。譬如陳築山的小說《一滴水》，書寫下層民眾悲苦生活的，雖依託小說的形式，但「小說」在此更接近一種表達理念的工具，說教意味明顯。小說描寫戰亂之下老百姓舉步維艱，主人公王九的妻子死去，一個人肩負著母親和女兒的生計，先是在警局做警員，無奈久久得不到薪水，便轉而拉人力車，有一天不料被拉去軍營做苦力，一連七日，回家後父親與女兒早已氣絕。他悲痛欲絕之時想要自殺，老和尚一番點化讓他重新燃起了希望。王九講述了自己看到滴水穿石的現象後的心得，「難道我是一個人，怎樣不能夠憑自己的力量，打出一條生路來呢？」老和尚點化他道，「你這一念，就要成佛、這是菩薩點化你的。」隨後老和尚以禪宗的第一公案「拈花一笑」，告誡王九忍

────────────────

〔註63〕黎錦皇：《小靜和她的弟弟》，北平：中華平民教育促進會，1933年，第1頁。

耐與努力的重要性。〔註64〕陳築山是平教會公民教育部主任，在這裡著意講述王九窮且志堅的道德品質、百折不撓的意志力。根據陳築山的設想，公民教育不能用一般學校式的課本教授，因此將文學作為載體出版平民讀物，就成為公民教育的主要方式。〔註65〕

　　與上述「類小說」不同的是，以黃盧隱為代表的新文學作家對於平民讀物的理解，基於他們對下層民眾生存狀態的關照之上，仍以新文學的筆法書寫鄉村或底層民眾，試圖引發讀者的共鳴，因此在她擔任平民文學部幹事期間，創作了許多不同於上述「類小說」的讀物。當然，她筆下也不乏歷史人物故事，屬於典型的教育讀物。比如寫少年林肯住在鄉下，喜愛讀《華盛頓》一書，「差不多時刻不離，無論是在田間，或在隴旁，都帶著書去念，不久都能背誦了。」〔註66〕作者以此來教育農民讀者傚仿林肯，養成愛讀書的習慣。但類似讀物在她看來是屬於「機械死板」一類的。〔註67〕她用來對抗這種機械性工作的，主要有兩種方式，其一是策略性地將自己的文學經驗與平民讀物說教的要求結合。比如《介子推》，從內容上看，這個文本更傾向於表達「知恩圖報」的道德說教，但是盧隱採用的仍是「五四」時期創製的優美、精緻的白話文體。這個讀本雖然標「故事」，但與其他「故事」類平民讀物相比，黃盧隱更強調文學性的描寫：「山西境內有一座綿山，那山勢又高又陡，一層一層的峰崗，就彷彿是幾十座翡翠屏風砌成的……」〔註68〕風景描寫在黃盧隱筆下頻頻出現，這一特點使她的作品與其他平民讀物拉開了距離，這也使她回到了自己擅長處理的細節刻繪的小說創作，從而展現出第二重與「機械死板」的工作相衝突的特徵，帶有強烈的個人風格。

　　譬如1929年出版的《月夜笛聲》寫老婦人聽到青年人吹笛以為是戰死的兒子歸來，心情過於激動而死去。開頭對戰場的描寫帶有強烈的視覺衝擊力：

　　　　在這戰場上，看見過兵士們的肢體，在紅色的火焰中橫飛；看
　　見過殷黑色的血水，漬成一個小池，一股腥臭的氣味，隨著風散佈

〔註64〕陳築山：《一滴水》，北平：中華平民教育促進會，1929年，第25頁。
〔註65〕陳築山：《平民的公民教育之計劃》，《教育雜誌》，1927年第19卷第9期。
〔註66〕黃盧隱：《林肯》，陳築山、黃盧隱：《公民圖說講稿》，北平：中華平民教育促進會，1929年，第73頁。
〔註67〕盧隱：《盧隱自傳》，《盧隱全集》第6卷，福州：福建教育出版社，2015年，第72～73頁。
〔註68〕黃盧隱：《介子推》，北平：中華平民教育促進會，1929年，第1頁。

> 在左近的地方；也看見過長著黑毛的野狗，嚼著死人的腸肚五臟發
> 出快活的吼叫；也看見過成千萬的老鴉，圍著一個將要腐爛的屍體，
> 扯著嗓子啞啞的叫，那聲音真是淒慘極了，聽了叫人全身的寒毛，
> 都要豎起來。〔註69〕

在這裡，與其說盧隱是在描寫戰爭的殘酷，倒不如說她製造了一種恐怖的氣氛。以戰場為視角回溯它見證死亡的過程，死亡雖然已過去，但是由無數個體拼湊而成的大規模的死亡圖景，卻因為這戰場的永恆而飄蕩在天空。「死」成為鄉村社會的一個隱喻。其後，與開頭血腥的描寫不同，作者又對照式地寫了一座富麗的花園，在審美效果上達到了極致的張力：

> 月色也是一樣的明亮，一樣的溫柔，照著花園。在這小花園裏
> 的一切都沐浴在月的軟光中。果子樹的影子，倒映在地下，好像一
> 幅水墨畫。很高大的金銀花樹的藤蔓直爬到屋頂上，吐出清甜的暗
> 香。一切都好像沉在酒裏，使人迷離若醉。〔註70〕

花園給了人美好的想像，但夢境終究是夢境，吹笛者給老婦人製造夢境的同時，也讓老婦人在睡夢中走向死亡。在這種強烈的對比中導向了我們對死亡之成因的追問——鄉民無力抵禦命運的現實，才真正導致了對生命的絕望。與之類似，瞿世英在《賭鬼》中也十分注重風景描寫。小說的場景設置在鄉村，故事講述了一群賭徒合夥騙錢的故事，沒有直接指出教育意義，卻是通過一系列場面描寫，其中開頭的景物描寫渲染了破敗的鄉村圖景：

> 萎黃的枯葉，無力的掛在枝頭；東倒西歪的竹籬，圍繞在房屋
> 的四周。陣陣狂風誰來，樹葉相打發出沙沙的聲響；竹籬的竹竿縫
> 裏，也在「許許」的狂嘯，配合著屋裏竹牌聲和喧鬧的人聲。〔註71〕

隨後，作者聚焦在房屋內部的人物對話的描寫，不時傳來「放屁」、「滾」、「裝孫子」、「不要臉」等粗俗語言，以此刻畫賭徒的粗暴形象。無論黃盧隱還是瞿世英筆下的農村，都有實體性的依託，比如戰場、花園、屍體、烏鴉、賭局，它們都是底層民眾熟悉物象與場景，但拼湊起來便使得作品具備了精神性與抽象性的內涵，飄蕩著腐朽與破敗的氣息——即使有花園一樣的美好出現，也是轉瞬即逝，最終的結局仍舊是死亡。

〔註69〕黃盧隱：《月夜笛聲》，北平：中華平民教育促進會，1929年，第1頁。
〔註70〕黃盧隱：《月夜笛聲》，北平：中華平民教育促進會，1929年，第4頁。
〔註71〕瞿世荃：《賭鬼》，北平：中華平民教育促進會，1929年，第1頁。

在盧隱看來，以「死亡」為歸宿的民眾並不是依靠政府的力量便可以得救的。在 1933 年出版的《水災》中，盧隱寫的是水災帶給農民的悲劇。這篇小說的開頭便給人一種「荒原」感：「這是怎樣沉悶的天氣呵，絲絲的細雨，從早飄到夜，又從夜飄到明。天空黑沉沉的，如同潑了一層淡墨，人們幾乎忘了太陽的形狀。那雨雖不是非常急驟的落著，而簷前仍不時有滴搭的聲音……」開頭的景物描寫營造了沉悶的氣氛，繼而寫人的沉悶，洪澇災害讓靠天吃飯的農人叫苦連連。洪水彷彿人的命運的寫照，她寫道：「那些高掀的浪頭，埋葬了人類的生命和屍骸，可憐從前人民安居樂業的忠信村，現在成了一片白茫茫的大河了。有時上面飄著門板和箱籠，彷彿海上的船兒，在浪頭上流蕩著。」〔註 72〕王三的妻子被洪水沖走，只有王三一人獲救。他其後回到村莊，這時小說調子突轉，突出政府的力量。政府出資修築堤壩，使村民重獲家園。王三也參與了築堤的工程，但是在小說結尾，盧隱寫道：「他已無福享受自己創造的命運。在夏天還沒完的時候，他已被沉重的憂傷，銷滅了生命的火焰。他睡在草房的木板上，眼望著樹林外遙遠的萬人冢死去了。」眼前的繁榮之景無法消除王三內心失去親人的痛苦，這也是作者的思考之處，農民的命運豈能依靠政府一時的資助而得以改變？杜贊奇曾指出，華北鄉村的苦難主要來自於國家與社會之間的關係，包括「經濟上橫征暴斂、政治上壓迫專制、鄉村公職成為謀利的手段等」。〔註 73〕如果不從根源上消除賦稅、土豪以及貪污腐敗等種種行為，即便政府投注資金進行生產，都是治標不治本的辦法。

　　「荒原」之境承載著作者對農民生存方式的理解，這些小說的結尾並沒有導向光明的未來，救贖之路在何方，作者語焉不詳。這種對鄉村建設道路的理解方式，基於作者對農民情感的把捉，在具體解決措施上並沒有指出具體的方向。其實，相比灌輸積極向上的思想或者揭示未來的道路，盧隱更在意如何觸動讀者心理感受。與陳築山的《一滴水》取材相似，小說《杳無音信》中，盧隱塑造了小市民陸清這個形象，他是「衙門」裏的書記員，生活安穩，但是好景不長，由於「衙門」裏發不出薪水，家裏的經濟狀況愈來愈差，找朋友借錢無果，他只好變賣父親遺物勉強讓家里人糊口。最後，陸清因為

〔註 72〕盧隱：《水災》，北平：中華平民教育促進會，1933 年，第 17 頁。
〔註 73〕〔美〕杜贊奇：《文化、權力與國家——1900～1942 年的華北農村》，王福明譯，南京：江蘇人民出版社，2004 年，第 183 頁。

聽到發薪「杳無音信」而死去。小說帶有很強的「五四」時期「問題小說」的特徵，作者對人物的心理刻畫十分深刻，比如陸清借錢前後的躊躇、失落；對他臨死之前一系列心理描寫更是細膩得令人感同身受：「耳邊好像聽見一聲轟雷激電，眼前一陣昏黑，喉中如有東西堵住，一口氣接不上來，便摔倒在地上。」〔註 74〕這個戛然而止的結尾留給讀者無限深思，誰應該來負責這個這個普通底層市民的死？這些小說的筆調冷峻而克制，敘述者並不對現象本身做出什麼評判，在描繪這些殘酷現象的背後，反而充滿了對下層社會的同情與悲憫。

黃廬隱、瞿世英作為文學研究會的成員，在「五四」落潮之後堅持用新文學的筆法書寫對時代感受，一方面延續著他們對社會改造總體性命題的關照，另一方面也是以這種方式迴向「內面自我」，在鄉村建設這一宏大命題前，知識分子應當置身何處？這些作品中壓抑的氛圍、悲劇式的結尾也折射了他們的焦慮與苦悶。而從閱讀史的角度進入，這些讀物以民眾作為潛在讀者，相比「類小說」和通俗性的讀物而言，它們的閱讀難度更高，但卻因此更加耐人尋味。它們並非故意為讀者設置難度，恰恰嘗試著為民眾提供了一種全新的閱讀視野。廬隱在《婦女的平民教育》一文中指出，「現代教育的中心理想，便是以教人作人，作完全發展的人為目的。」〔註 75〕所謂「教人作人」是五四「人的文學」觀念的延伸，此時的她並非不曉得民眾的識字能力低下，但她筆下的平民讀物關聯著從閱讀入手，促使民眾變為健全的人的希望。新文學在這裡成為了啟迪人的「方法」，它關係著讀者是否願意打開自己的認知，重新認識他所處的世界。因此，不管這些作品內容上注重氣氛渲染與心理描寫；還是語言上運用「五四」新興句法的特徵，比如無定冠詞「一個」、「一股」、「一幅」的使用〔註 76〕，以及句子結構嚴密化〔註 77〕，比如長定語（「很高大的金銀花樹的藤蔓直爬到屋頂上」）的運用等，都不僅指向文學或語言本身，而是致力於將「五四」新文學從「理念」轉化為一種實踐，真正與啟蒙的對象發生關聯。

在識字尚未普及的中國，新文學究竟可否作為民眾讀物被接受呢？如果

〔註 74〕黃廬隱：《杳無音信》，北平：中華平民教育促進會，1929 年，第 20～21 頁。
〔註 75〕黃廬隱：《婦女的平民教育》，《教育雜誌》，1927 年第 19 卷第 9 期。
〔註 76〕王力：《漢語史稿》，北京：中華書局，2004 年，第 537 頁。
〔註 77〕王力：《漢語史稿》，第 554 頁。

不能，我們又將如何看待上述盧隱等人的文學實踐呢？盧隱編寫的平民讀物，其實仍延續著「五四」以來批判「舊小說」中低俗、無聊甚至專制思想的脈絡。作為相關「事件」，最為典型的便是，「五四」時期羅家倫、錢玄同、周作人等人針對新聞出版界的亂象，展開了對「黑幕派」的批判。〔註78〕民國初年出版的諸如《中國黑幕大觀》《繪圖中國黑幕大觀》等書拼湊社會各界材料，憑空編造了一些格調低下、聳人聽聞的筆記文字，經過新聞出版界的宣傳逐漸發酵，廣受市民以及青年學生的追捧。儘管清末下層社會啟蒙運動以來的民眾閱讀，長期游離在研究者的視野之外。〔註79〕但是，這並不意味著民眾沒有自己的閱讀趣味，批「黑幕」正是「五四」新文化人試圖改造讀者閱讀趣味的一種體現。因此，如果把平教會的平民讀物放置在民眾閱讀史的語境中，它們也蘊蓄著盧隱等「五四之子」對抗知識分子眼中日益頹敗的民眾閱讀趣味的努力。

　　從獲取圖書的渠道上來看，無論鄉村還是城市，廟會或冷攤是讀者閱覽、購買圖書的主要途徑。1934 年河南開封教育實驗區的張履謙調查了開封相國寺的書業狀況，為我們考察民眾閱讀興趣提供了重要的歷史細節。這項調查有關情況大致如下：第一，書商所售書籍中，小說佔據了主要部分，其次是鼓詞，此外還有書信、醫學、經書、占驗、相術、星命等。其中小說以晚清以來的通俗小說最受歡迎。第二，除小說外，最受民眾喜愛的便是連環畫，在被調查的 182 部連環圖中，武俠、劍俠和神怪所佔的有 80%。第三，是關於

〔註78〕參見嚴家炎：《「五四」批「黑幕派」一解》，《中國現代文學研究叢刊》，2001
　　　　年第 2 期。

〔註79〕李孝悌對這一問題有較深入的研究，指出清末的下層民眾是具備閱讀能力
　　　　的，從 1904 年開始各地陸續成立的「閱報社」可以看出民眾的閱讀需求。儘
　　　　管如此，我們只能從側面推測民眾閱讀的情況，譬如輿論、「閱報社明白揭櫫
　　　　的目的」、「報社中陳列的報刊」──「北京民政部在部內設立的閱報社，陳
　　　　列的報紙既有文言，也有白話，其訴求對象顯然分屬不同的讀者群（當然這
　　　　種劃分只是理念上的，以當時白話風行的程度看，懂文言的人當然很可能也
　　　　同時讀白話報；不過機關內的下層雇員很可能就只閱讀白話報）。」李孝悌：
　　　　《清末的下層社會啟蒙運動：1901～1911》，石家莊：河北教育出版社，2001
　　　　年，第 60 頁。近年來，愈來愈多的研究者開始關注清末以來下層民眾的閱讀
　　　　情況，譬如張仲民的《種瓜得豆──清末民初的閱讀文化與接受政治》中闢
　　　　單章討論清季啟蒙人士改造大眾閱讀文化，尤其是對民眾接受小說、戲曲的
　　　　改造。（張仲民：《種瓜得豆──清末民初的閱讀文化與接受政治》，北京：社
　　　　會科學文獻出版社，2016 年，第 1～63 頁。）

社會現行的「大眾讀物」，調查者在文中列舉了 93 種，其中占比例最大的是善書和社會類，其次是神怪和愛情類。針對這一點，作者指出：「大眾對於讀物的領受和理解，不是利用他們的眼，而是利用他們的耳。」即他們是通過聽聖論、說書、賣唱理解讀物的。「所以大眾的教育，我們可以說是音樂式的教育，是完全用聽的官能。」〔註80〕從這項調查報告的結果來看，直到 1934 年，「五四」新文學的成果並沒有下滲到市民的閱讀之間，市民階層仍兀自運行著一套獨特的以閱讀通俗文學作品為基礎而建立起來的閱讀文化。這也是 1930 年代民教界感到焦慮的重要原因，有人將閱讀與培養現代民眾結合在一起，「我國民眾之所以不成其為現代民眾，民眾讀物是要負大部分的責任的。」〔註81〕民教界就此展開了對民眾讀物的討論，《民眾教育通訊》《教育與民眾》都組織過相關專號，有民教者直接指出舊有民眾讀物的「毒害」，譬如宗秉新把民間流行的讀物形容為「垃圾堆」，「一切從舊時代遺留下來而阻礙新時代發展的分子，即是社會學上所謂遺蛻（Surival）」，這類民眾讀物不啻為「民眾毒物」。〔註82〕但是，當時民教界人士普遍主張以「舊瓶裝新酒」灌輸知識、淨化民眾思想的觀點，這種觀點在以鄭振鐸為代表的新文化人看來，是不徹底的閱讀改造。

1934 年鄭振鐸在《大眾文學與為大眾的文學》中盛讚平教會的平民讀物，原因是這些讀物創造性地啟用了新文學。在他看來，「舊的形式，舊的文體，像鼓詞，彈詞，寶卷，皮黃戲，梆子調乃至於流行於民間的種種的小調，概不適宜被用來裝載新題材。」新題材的大眾文學，需要新的形式與文體與之相應。鄭振鐸的觀點，主要來自於定縣農民戲劇的成功，他由此而推演道：

> 詩歌，小說，故事，戲曲，圖畫，講演等等都是大眾所不曾熟悉的文體⋯⋯這些新文體如炸彈，如巨石似的投入大眾之間，立刻便被引起充分的注意。這是一種新的刺激，也許有大多數的讀者，感到不合適，感到不慣，感到惶惑與拒絕，也許讀者們還不能越出他們所知道的大眾以外，但至少是給他們一種新的刺激，一種新的

〔註80〕張履謙：《相國寺民眾讀物調查》，開封：開封教育實驗區出版部，1934 年，第 111 頁。

〔註81〕宗秉新：《民眾教育讀物的討論——評燕京大學編印的通俗讀物》，《大公報》（天津），1934 年 8 月 6 日。

〔註82〕宗秉新：《民眾教育讀物的討論——評燕京大學編印的通俗讀物》，《大公報》（天津），1934 年 8 月 6 日。

波動；反倒要比改良主義之無聲無臭的投入大眾之間，不久便自己
消滅了的來得好些。

……

　　他們並不是什麼頑固者的集團。他們是像一張白紙似的潔白無
瑕。寫上什麼，便是什麼顏色，什麼花式。〔註83〕

　　據此，再回過頭看孫伏園的「文法」主張與建立民眾「閱讀共同體」的
聯繫。與「民眾毒物」的說法相似，孫伏園將上述廟會冷攤上兜售的讀物稱
為「神奇鬼怪」〔註84〕，依舊是站在羅家倫等人批「黑幕派」的立場，指責
「攤頭文學」借文學的招牌兜售不健康的思想。因此，問題的關鍵不在於學
習「文法」本身，因為字面上來看，「文法」可以承載一切文學作品，但是真
正的「文法」訴諸具有健全思想的文學。從這個角度看，平教會的「文法」教
學也是為了培養具有閱讀新文學能力的讀者。黃廬隱的「五四」筆法，不失
為一種「矯枉還需過正」的考量，一方面是試圖從精神情感層面感染民眾，
發揮小說感化人心的效果；另一方面，則是尋找「五四」時期創製的白話文
學與民眾接受之間的一種嘗試。總體而言，平教會憑藉平民讀物重新為「言」
與「文」制定了規則，繼而在作為讀者的民眾與新文學作者之間，製造可以
溝通的可能性。這一溝通主要依靠以下兩方面實現，其一，重新確立民眾語
言的標準，從詞彙、語法入手，在灌輸知識以外，旨在通過制定一套可以適
合民眾習得的現代語言規則；其二，也從讀者接受的角度，試圖修正「五四」
以來創製的白話文「歐化」、「文言」的傾向。總的來說，定縣語文改革試圖由
外（語言規則）到內（心聲）地使民眾獲得「理解」白話文學的基礎，最終製
造出有能力接受新知識的讀者。反之，培養農民讀者也是促進新文學反思的
途徑。在平民文學部諸君看來，只有培養起全面、系統地瞭解、熟悉新式白
話文的讀者，才有可能推廣、發展新的以民眾為接受主體的文學。

　　而平教會尋找新文學與民眾對接的努力，也逐漸得到了官方的認可。1930
年代教育部開始著手改良民眾娛樂及讀物，各地方教育廳也陸續成立民眾讀
物編審委員會。1941年老向編寫的《民眾讀物》一書作為教育部社會教育司
主編的「社會教育輔導叢書之七」出版，對民眾讀物做出了一系列規範。老

〔註83〕鄭振鐸：《大眾文學與為大眾的文學》，《文學季刊》，1934年創刊號。
〔註84〕孫伏園：《平民讀物的編輯試讀與校訂》，《國聞週報》，1934年第11卷第1
　　　　期。

向不僅在文中標舉平教會的口號：「欲建國家必先『作新民』，必先使民眾有受教育之機會。」〔註85〕而且，根據他在書中的介紹，教育部規定的民眾讀物的分類方式，幾乎完全參考平教會平民讀物制定〔註86〕，其中「民眾小說」便以老向撰寫的《殷家寨》為代表，屬於將新文學通俗化的嘗試。

同樣重要的是，在老向看來，理想的民眾讀物應該是知識分子與民眾代表的兩種文化、兩種趣味的交織。在語言上，表現為代表知識分子啟蒙理想的「語體文」為主導，同時也應兼顧民眾語彙的重要性：「民眾語彙為國語之生力軍，新血液，得之則滋養繁榮，失之則乾枯而死。」〔註87〕他更有意將民眾趣味與知識分子趣味放置在同一水平線上，指出「民眾之趣味與文人雅士有不同，但並無高低之分」，旨在將民眾真正的閱讀趣味納入民眾讀物的考量。但民眾讀物畢竟以知識分子為創作主體，在這裡強調民眾閱讀趣味，實際上表現了他融「通俗」於「啟蒙」的創作理念。在他看來，即使「舊瓶裝新酒」的「唱詞」，「倘若死氣沉沉，缺乏趣味，雖有教育意義，亦難達教育目的」。這裡的趣味，既包括民眾感興趣的事物本身，也包括讀物作者講述故事的方法，如何在引發讀者興趣的同時不乏教育意義，在他看來，「所謂正確之教育意義，並非從喊口號，堆砌標語之謂；意義之顯出有明示，有暗示，有諷刺，有寓言，有畫龍點睛，有反覆陳述……」〔註88〕在民眾教育的視域中，如果我們跳出純文學的侷限，便會發現，這種通俗啟蒙的手段，可以追溯至平教會出版的科學普及類讀物，它們通過借用通俗小說的表現手法，為民眾提供了一種另類的建構常識的方式。

第二節　建構常識與通俗啟蒙——平教會科普讀物的文學與思想資源

一、「回到晚清」——李劭青科普寫作中的小說元素

1925 年，在錢玄同給谷鳳田的回信中，建議民眾讀「舊的新的白話小說」，

〔註85〕老向：《民眾讀物》，重慶：正中書局，1941 年，第 71 頁。
〔註86〕教育部新編的「民眾讀物」分類如下：（一）民眾自修讀本；（二）民眾小說；（三）民眾故事；（四）民眾歌詞；（五）民眾圖畫。（老向：《民眾讀物》，重慶：正中書局，1941 年，第 4～5 頁。）
〔註87〕老向：《民眾讀物》，重慶：正中書局，1941 年，第 21 頁。
〔註88〕老向：《民眾讀物》，第 6～8 頁。

錢玄同的這一意見是針對平民千字課內容的淺薄而來,指出「若說舊小說中有些思想太壞,但平民千字課底思想也就夠不高明了」,但是他沒有進一步談及究竟什麼樣的舊的新的白話小說能夠供給民眾閱讀的問題。而谷鳳田則認為可以將以國音注音的民間歌謠當做民眾讀物,不過他這一觀點仍基於如何在山東省內進一步推廣國語運動,不曾涉及歌謠這一「舊形式」如何與現代人的思想接合的問題。〔註89〕同時,無論定義模糊的「新的白話小說」還是民間歌謠,實際上都沒有仔細考慮現代白話文如何借助「文學」這一形式貼近民眾的問題。黃盧隱編著平民讀物時採用的「五四」歐化句法,確實讓民眾有機會接觸一種新的「文法」,但對於大多數農民而言仍舊是陌生之物,在民眾尚未實現自我覺醒的情況下,雖可能習得「五四」白話文的「文法」卻無法觸碰到新文學的根柢,因此很難與作者產生心靈的共鳴。與之相比,平教會在創作「常識」類讀物時則似乎更加得心應手,因此在諸多平民讀物中,它們的數量遠遠多於文學類讀物。這些旨在科學普及的讀物,使用的也是「五四」時期創製的語體文,但語言相對而言更為平實,以說理為主;更值得關注的是,這些讀物中有一部分創造性地利用了自晚清以來的通俗啟蒙手段,在想像力與科學真實之間,借助小說的形式展開論述。

孫伏園斥責攤頭讀物中的「神奇鬼怪」的同時,也側面說明這些小說的影響力之大。在相國寺民眾讀物調查的最後,張履謙也對劍俠仙佛、妖魔鬼怪這類讀物的社會性內涵做出的解釋。他認為,中國民眾喜歡讀這些關於神怪的讀物,是對社會的消極反叛。因此,編寫民眾讀物者應注重這些讀物中隱含的社會意義與力量,將這種力量轉化為社會改造的資源。〔註90〕在平教會出版的平民讀物中,挪用劍俠、神怪傳統以創造新文學與普及科學知識的情況並不鮮見。前者如1934年出版的席徵庸的武俠故事《方家集》。與前者相比,後者在數量上更多,一般情況下,讀物作者先驗地將「神怪」等同於「迷信」,依託一個小故事,先是以某種神怪傳說引發讀者興趣,而後在文中揭示與這種神怪傳說相關聯的科學原理。比如李自珍的《大禹治水》,標「歷史常識」,但實際上是借由禹的故事灌輸「人定勝天」、為民請命的思想。其中提到,孩子們想聽龍王爺的故事,父親糾正他們對龍王爺的信仰是迷信,

---

〔註89〕谷鳳田、錢玄同:《關於山東民歌等》(通信),《國語週刊》,1926年第16期。
〔註90〕張履謙:《相國寺民眾讀物調查》,開封:開封教育實驗區出版部,1934年,第130頁。

並解釋了下雨的原理。〔註91〕在這類讀物中，還有一類專門標識為「科學常識」的、帶有濃厚小說特色的讀物，通過對它們的考察，我們可以考察1930年代科學啟蒙的大眾化面向，以及這種啟蒙是如何徵用文學中的白話資源，而白話文學又如何參與了這種知識生產，從而反作用於物質世界與現實社會。

上述科普讀物被平民文學部的李劭青稱之為「平民文學化的科學讀物」。〔註92〕李劭青的《雷公和電母》十分典型地代表了這一傾向。在這個讀本中，作者虛構了「克敏」這一人物，藉此展開迷信與科學之間的辯駁。克敏是平民學校的學生，這天放學回家，忽然狂風大作電閃雷鳴，引起了他的好奇心。克敏的母親和弟弟認為，樹之所以被雷劈，是因為裏面住著妖怪；人之所被雷劈，是因為平日裏作惡多端。在平民學校教書先生與克敏的對話中，先生明確指出鄉民對雷電的認識是「迷信」，「毀壞東西的是電氣，並不是神靈。」〔註93〕而後教書先生則以科學實驗演示摩擦生電的原理，並演示了詳盡的操作步驟。在這一部分，涉及到許多科學名詞，比如陽電、陰電，實驗用的玻璃棒、通草球、金屬球等。此外，為了便於讀者理解，文中還有相關配圖。如果說暴露迷信—揭示科學原理的套路是這類讀物的共性，那麼，這類讀物的特色在於它加入了大量文學性的書寫，使得讀物帶有的白話文學的色彩。「白話小說」作為資源，也出現在李劭青寫的另一部讀物《瘟神和財神》中，在揭露迷信的部分，作者使用了傳統小說的說書體敘事模式，讓敘述者直接跳出來揭露瘟疫是「瘟神」作怪、莊稼長得好是「財神」降臨的說法是一種迷信：

> 列位，他們說的什麼瘟神啦，財神啦，確實是稀奇古怪的東西，
> 我現在方才明白。我們的眼睛雖然看不見它們，但它們可以作禍，
> 也可以作福。不過不是鬼神，也不是妖怪，乃是一種很簡單的生物
> 罷了。因為它們的身體，非常微小，所以叫做微生物，又叫做細菌。
> 〔註94〕

這裡將科學知識寓於明清小說中的「說書人」之口，保留了一種通俗的、異想天開的語氣。

上文提及的張履謙在相國寺民眾讀物調查中，雖然提到了神怪敘事的轉

〔註91〕李自珍：《大禹治水》，北平：中華平民教育促進會，1929年。

〔註92〕李劭青：《平民的科學教育》，《民間》，1934年第1卷第2期。

〔註93〕李邵青：《雷公和電母》（上），北平：中華平民教育促進會，1932年，第13頁。

〔註94〕李邵青：《瘟神和財神》，北平：中華平民教育促進會，1930年，第4頁。

化問題，但沒有具體展開說明。樊月培則進一步闡明了轉化的方法，將其概括為「偷樑換柱法」：「把迷信的勾當的換科學方法以替代之，如駕雲改乘飛機，瘟神改綠氣炮之類。再如秦雪梅弔孝，弔孝盡可弔孝，後來覺悟了，索性改了嫁，用偷樑換柱法，糾正其迷誤觀念。」〔註95〕樊月培基於改良舊小說的立場，提出了「偷樑換柱法」。就文學讀物而言，平教會也出版了有關於重構—消解神怪信仰的作品，譬如陳治策改編郝耀五的《狐仙廟》，「狐仙」既作為溝通新文學與民眾的入口，又被視作「迷信」和被打倒的對象。在諸多平民讀物中，更多觸及「神怪」題材的，還是科普讀物。

　　顯然，《雷公和電母》《瘟神和財神》作為科普讀物，不是內容上修修補補，而是將整個文本的意義預設在「五四」新文化運動建立起的「科學」觀念之上，文學在此首先作為一種「工具」，被編織進科學敘事中。具體來說表現在兩個方面，第一，作品開頭接連以文學筆法描述氣象變化，先是「白的雲，黑的雲，好像千軍萬馬一般的在那裡亂跑。」隨後一棵大樹在雷聲中倒下，作者描述道：「又有一道電光，從山頂上閃過來，經過那空地裏一棵大樹上，猛然間霹靂一聲，把一棵大樹燒著，山崩一般的倒了下來。」〔註96〕比喻修辭增強了文本的可讀性，在此類平民讀物中屢見不鮮。第二，這個文本也反映了神怪想像、科學說理與文學形式的結合，「神怪」元素不僅扮演著引發讀者興趣的角色，也具有特殊的敘事功能，是引出下文科學說理情節的關鍵。在李劭青看來，文學是向民眾輸入科學知識的重要手段。他類比了通俗化之後的科普讀物與《封神榜》《西遊記》的影響力，他認為，如果這類「平民文學化的科學讀物」，大量流傳到民間，「像封神榜西遊記那樣的普遍」，即便不出現什麼驚人的效果，但「至少神藥可以廢除，害蟲可能減少，狐仙虐鬼不至於繼續的搗亂，巫卜星相陰陽風水等也不至於再成問題了。」〔註97〕他在這裡標舉的《封神榜》《西遊記》兩部小說都可以歸入中國古典小說譜系中神魔或神怪系列，它們與李劭青試圖破除的「迷信」有何關聯呢？這不僅引發我們思考，對於科普讀物《雷公和電母》，小說僅僅是作為一種修辭與敘事「工具」存在的嗎？

〔註95〕樊月培：《民眾讀物的研究》，《山東民眾教育月刊》，1934 年第 5 卷第 10 號。
〔註96〕李邵青：《雷公和電母》（上），北平：中華平民教育促進會，1932 年，第 2～4 頁。
〔註97〕李劭青：《平民的科學教育》，《民間》，1934 年第 1 卷第 2 期。

　　平教會的鄉村建設工作一直被稱作「博士下鄉」的典範，但是李邵青的身份卻很特殊，他是晚清舉人，後畢業於京師大學堂。〔註98〕這種身份使他身上攜帶著與「五四」一代青年不同的文學基因、知識結構與精神面貌，他對於 20 世紀科學革命的理解，是如何通過科普讀物呈現的？我們還需重新對他筆下科普讀物的文學與思想資源做一清理。

　　細讀上述《雷公和電母》中寫大樹在雷聲中倒下的誇張描寫，作為一份「科學讀物」，這種充滿想像力的描寫似乎稍顯突兀，遠離了科學「真實」，也不同於「五四」以來的現實主義小說描寫。倘若進一步追溯便會發現，不僅上述奇幻氛圍的營造與以《西遊記》為代表的中國古典小說以及晚清科學小說的幻境描寫十分類似，極富想像力；而且「暴露迷信─揭示科學原理」的套路，早在晚清小說中便已經出現。就「暴露迷信─揭示科學」式的書寫而言，可通過蕭然鬱生的小說《新鏡花緣》為例做一說明。這部作品標「寓言小說」，連載於《月月小說》。小說以唐小峰等四人誤入「維新國」的奇聞展開，主要意圖在於諷刺中國維新運動是「假維新」，小說不時摻雜戲謔與調侃，比如形容「維新國」的君主昏庸，最時興的風俗便是「吃喝嫖賭吹。哄嚇詐騙假」〔註99〕。小說把清帝國（「維新國」）置於「被觀看」的位置。在小說第十回「湊機會研究送壽體憑理解對答問彗星」中，圍繞「彗星」這一天文學現象有一段描寫：唐小峰同行遊維新國的多九公指出「據前人所說。要皆妖邪之氣結成。定為內政紊亂。姦佞當國。以致百姓不安。四夷來侵⋯⋯」但維新國人驕傲自滿，認為維新國與多九公所描述的相反，彗星來到這裡定是吉兆，多九公急忙搬出科學道理指出上述一席話的謬誤之處：「彗星之出現。差不多有一定的年數。又或者年年俱出現。不過期光芒過小。與平常星宿相同。為吾人所未及窺見。且彗星行近太陽運行。略速漸遠則漸緩。故有行止長短之分。何嘗可以測災害之深淺呢。」〔註100〕由此可見，作者一方面反對迷信，但另一方面又借用這則迷信傳說，指出了「維新國」破敗不堪的事實。這類情況不一而足。

〔註98〕堵述初：《「定縣實驗」中的平民文學》，宋恩榮主編：《教育與社會發展──晏陽初思想國際學術研討會論文集》，長沙：湖南教育出版社，1991 年，第 241～242 頁。

〔註99〕蕭然鬱生：《新鏡花緣》，《月月小說》，1907 年第 11 號。

〔註100〕句讀為筆者所加。蕭然鬱生：《新鏡花緣》，《月月小說》，1908 年第 2 卷第 3 期（第 15 號）。

晚清以來，以科學知識論取代神秘敘事的「進化」趨勢勢不可擋。〔註101〕問題是，新舊世界觀、知識體系交替之際，晚清小說家並不具備系統的科學知識，因此科學理性與迷信之間的界限時而變得模糊，而他們在書寫西方科學技術時，有時仍依託著傳統的認識框架。這種對科學的「誤讀」表現在小說中，也不失為一種特殊的「科學啟蒙」，但是也有小說家清醒地辨認出了「誤讀」的邏輯，並轉而將「誤讀」編織進為小說作為故事情節。以書寫西方的催眠術為例〔註102〕，教育小說《學界鏡》中有這樣一個細節：小說主人公方真的母親患有「神經病」，好友唐傑告知說，催眠術可以治療這種病症，並指出：「迷信重的人。最容易感受催眠。」於是讓方真回家多給母親灌輸催眠術的益處，使之信仰。但是老夫人自幼受的家庭教育是「腐敗」的，故而十分迷信；後來方真的妻子在蕪湖女學教書，老夫人受其薰染，迷信去了不少。有一次，老夫人看戲回來出現了幻覺，總是看到惡鬼，方真趁機告訴母親催眠術可治療這種病症，母親也日益篤信。〔註103〕在作者筆下，「迷信」被置於「新教育」的對立面上，代表西方最新科學治療法的催眠術可以醫治迷信。這裡的基本認識原理被描述為「迷信重的人，最容易感受催眠」，可謂一針見血地指明了催眠術的大眾接受過程——催眠術被接受，是經由「神靈附體」一類想像，促使人生發畏懼時實現的。〔註104〕也就是說，在晚清這類小說中，「迷信」被挪用為認識科學的重要媒介。這種認知方式和書寫策略也被李劼青運用到了科普讀物的寫作中。誠然，李劼青的科普讀物以知識普及為目標，相比晚清小說家而言，對於科學知識的把握和書寫更傾向於客觀，因此表現變化莫測的科學幻想並不是他表現的重心，但他仍靈活地運用了將「反迷信」寄寓「迷信」當中的言說方式，從而暗中以「回到晚清」的方式啟蒙下層民眾。

除此之外，《雷公和電母》的結尾之處也帶有很強的想像色彩：克敏和弟弟在平校學習了關於雷電的知識後向村里人進行詳細解說，「不知不覺的，就

〔註101〕 參見顏健富：《晚清小說的新概念地圖》，北京：北京聯合出版公司，2018年，第28頁。

〔註102〕 關於晚清小說中催眠術的最新研究可參見賈立元：《人形智慧機——晚清小說中的身心改造幻想及其知識來源》，《文藝理論與批評》，2021年第1期。

〔註103〕 雁叟：《學界鏡》，《月月小說》，1909年第2年第12期（第24號）。

〔註104〕 參見張邦彥：《精神的複調——近代中國的催眠術與大眾科學》，新北：聯經出版社，2020年，第114頁。

把這種迷信無形的破除了。」〔註105〕在這個完成式的簡短結尾中,直接指向了一個「科學烏托邦」式的存在,寄寓著作者以「村」為單位破除迷信的理想。作為科普讀物,最重要的是傳遞給讀者知識,而作者通過結尾扭轉了文本的意義,將其性質從科普說明文變為了「小說」。作者的意圖在於,通過這個結尾強化「反迷信」的勢在必行,讓讀者產生一種理想化的境界。而他通過預設在「破除迷信」這一觀念上存在共同信念的讀者,與晚清科學小說也產生了相通之處,比如,時人便評價《新鏡花緣》是給「有高尚理想的人」看的〔註106〕——這一定義即以為小說尋找理想讀者為目的。至於在技法上,李劭青的科普讀物也挪用了傳統白話小說的資源,從而在科學真實與想像力之間,為讀者打開了通道。他在《瘟神和財神》中突然轉變敘事視角,讓「說書人」闡釋迷信的原理,令讀者在接受理性的科學知識的同時,也摻雜進了閱讀小說的幻覺。浦安迪認為,明清小說中模擬說書人有獨特的敘事功能:「與其說此舉是為了讓讀者確信小說的來源是變文和話本,倒不如說是為了營造一種藝術的幻覺,使人感到聽眾正在注視舞臺上故事的發展,從而把讀者的注意力從栩栩如生的逼真細節模仿上引開,而進入對人生意義的更為廣闊的思考。」〔註107〕如果說,講述生物學知識是一種以書面文化為載體的「逼真」,那麼這裡的突然停頓,則允許讀者從「逼真」中暫時解脫出來,回到他們習以為常的口語世界,甚至對眼前的「真理」產生懷疑,從而與之發生辯駁,讓自己的生活經驗、人生體驗真正與紙上的「知識」相互碰撞。這種有意為讀者設置的「走神」環節,以及借鑒明清以來的白話小說傳統,在科普讀物中引入理想境界以及感性思考的做法,與當時一些同樣以「趣味」為追求的科普類讀物產生了區別。

1933 年,莊澤宣編寫的《人人讀》系列讀物出版,按照他的說法,這種讀物也是遵從培養民眾默讀的習慣編的。他在《編輯旨趣》中這樣寫道:「我們以為閱讀能力須先從內容的興趣,引導讀者自始至終一氣去讀全課。」〔註108〕問題在於,在密不透風的科學知識前,如何保證讀者能夠「一氣」讀完

〔註105〕李邵青:《雷公和電母》(下),北平:中華平民教育促進會,1932 年,第 20 頁。
〔註106〕報癖:《論看〈月月小說〉的益處》,《月月小說》,1908 年第 2 年第 1 期(第13 號)。
〔註107〕〔美〕浦安迪:《中國敘事學》(第 2 版),北京:北京大學出版社,2018 年,第 125~126 頁。
〔註108〕莊澤宣:《人人讀》第 1 冊,上海:商務印書館,1934 年,第 1 頁。

呢？同樣是講述「雷電」的科學原理，與李劭青不同，在《人人讀》中，莊澤宣試圖通過生動地講述富蘭克林的故事而得以闡明：

> 他在一百八十年以前，便想到天上的電是可以利用的。他想天上打雷的時候，就有電光，雷打下來又是可以起火，天上的電光一定是電火。他又看見雷電大都落在尖的東西上面，他想用一條鐵線，從上面通下來，一定可以把電通到地下來。〔註109〕

富蘭克林發明電作為「常識」確有普及的必要，但與李劭青在《雷公和電母》的開頭充滿創造力地打開讀者想像空間的舉動相比，莊澤宣對這個故事的處理方式更像是隔岸觀火，他確實顧及到了讀者對故事的「興趣」，但是以「故事」真實性為本位的基礎上，摒棄了文學性修辭與「講」的文學性技巧。誠然，這些波瀾不驚的故事，也屬於「新瓶裝新酒」的讀物，但它們在灌輸常識的同時，是否具備引發讀者思考的魅力呢？與之相比，李劭青編寫科普讀物的經驗，亦是基於所謂讀者「興趣」的培養，但是他挪用白話小說資源的做法，使讀者一方面將眼前的生活經驗陌生化，試圖激發他們對日常行為與觀念的反思；另一方面也使其在被動接受知識的過程中獲得放鬆，不失為對於科普文體的創新，同時，也是彌補他心目中晚清以來大眾科學教育缺失的一種途徑。

二、遊戲與科學的日常化：「常識」如何建構？

1925 年茅盾提出了「軟性讀物」與「硬性讀物」的說法，前者指的是不太需要費腦費思考的讀物，以日報為例，譬如《申報》的《自由談》、《新聞報》的《快活林》、《時報》的《小時報》等；後者則與之相反，如報館編輯十分重視的「通信」欄；而在文學書中也可以分出「軟硬」，小品文、隨筆、小說等屬於「軟性」而文學理論與文學史則屬於「硬性」的。他認為，國人不能消化「硬性讀物」，「這竟是國人智識的病的現象」，「分明表示民族精神的茶疲頹喪，沒有勇氣來企圖繁劇艱重的事業了」。因此，不能一味遷就讀者的喜好「軟性讀物」的口味，而「應該鼓勵那正害胃弱病症的讀者界努力進些硬性的讀物」。〔註110〕其實，茅盾主要是基於國民性批判的角度提出這一觀點，軟硬二分的方法帶有一定的侷限性，而且他這裡的讀者實際上指的是市民讀

〔註109〕莊澤宣：《人人讀》第 3 冊，上海：商務印書館，1933 年，第 8 頁。
〔註110〕沈雁冰：《軟性讀物與硬性讀物》，《文學週報》，1925 年第 174 期。

者，忽略了市民以外的讀者接受情況。不過，「軟硬」的說法延續到 1930 年代的民眾教育界，「軟」被提煉為注重審美藝術性和趣味性，成為編輯民眾讀物的共識，它主要用來形容經過提純之後的民間文學以及新編的常識類讀物。有論者指出「現行之軟性刊物之所以能握住大多數讀者之興趣者，無他，凡屬軟性刊物，均注意文學技術之應用，力避呆板的平鋪直敘之寫作。」〔註 111〕這是「舊瓶裝新酒」的民眾讀物的主要思路，即經過藝術提純後與通俗的形式結合，歸根結底，是雅文學對俗文學的「救正」。以通俗讀物編刊社為代表的讀物作者那裡達成了這樣一種共識，即在雅俗二元的視野裏，追求讀物的「通而不俗，俗不傷雅」。

　　寓嚴肅於輕鬆，寓「硬性」於「軟性」之中的普及科學的方式，早就體現在 1925 年傅葆琛主編的《農民》報上，編者指出《農民》報是讀完「千字課」以後供農民「開眼界」用的。〔註 112〕從欄目設置看來，《農民》報設置了新聞、常識、故事、遊戲、書信、詩歌、格言、農藝等欄目。其他如「談話」等欄目，也被作為平民讀物在日後出版。在這些作品中，不乏文人學者們創作的「舊瓶裝新酒」的歌謠、鼓詞、笑話等，譬如傅葆琛寫的《國慶歌》：

　　　　（一）眾同胞。個個高興。懸燈又結綵。氣象一新。來來來。大家
　　　　祝國慶。
　　　　（二）今朝是。十月十日。這個雙十節。誰人不知。喜喜喜。快樂
　　　　在此時。
　　　　（三）辛亥年。武昌革命。推番了專制。共和成立。快快快。轉眼
　　　　十四載。
　　　　（四）諸先烈。為國捐軀。都因愛自由。生命不惜。急急急。全國
　　　　要統一。
　　　　（五）我農民。鑿飲耕食。日出去工作。日入休息，是是是，國本
　　　　以農立。
　　　　（六）弟兄們。不分南北。同時中華人。誰不愛國。好好好。不要
　　　　五分熱。
　　　　（七）君不見。五色國旗。飄颺在空中。顏色美麗。看看看。排列

〔註 111〕 展云：《民眾讀物之審查標準與寫作技術》，《民眾教育通訊》，1934 年第 4 卷
　　　　　第 3 期。
〔註 112〕 《本報的宗旨與目的》，《農民》，1925 年第 1 期。

多整齊。

（八）但願得。中國富強。日新月又盛。事事改良。強強強。萬歲
永無疆。〔註113〕

傅葆琛借用了「歌」的形式，但是其內容直露缺少趣味性，而且「專制」、「共
和」、「自由」等詞對於農民而言均為新名詞，更有「誰人不知」、「今朝」、「君
不見」等文言用詞，顯然超出了農民的接受能力。類似的作品還有很多，收
效讓人不甚滿意。1925年第19期的《啟事》欄目中，編輯徵稿的同時也暗示
了，閱讀該報的大多是熱心社會問題的知識分子。那麼，一般民眾尤其是農
民如何閱讀《農民》報呢？為了改善這一情況，《農民》報先後發起了徵文活
動。從衣食住行等日常生活入手激發民眾的投稿興趣，第一次徵文的題目包
括「冬季農家生活」、「臘八粥的故事」、「我們鄉村過新年的風俗」〔註114〕，
收稿頗豐。而後，《農民》報又進一步發起了「你最喜歡讀農民報的那一欄？
為什麼呢？」徵文結果顯示，讀者們尤其是具有閱報能力的農民最感興趣的
欄目，並不是文人學者們竭力創作的「舊瓶裝新酒」的文藝，而是各類「常
識」。這一徵文結果，顯然是平教會有意製造出來的，目的在於借助「常識」
宣傳各類思想和理念。

　　無論訴諸求神拜佛以求得收成，還是憑藉節氣來安排農事活動，「靠天吃
飯」的鄉土社會有一套自給自足的運行規則。熊佛西在小說《奔忙》裏寫到
久旱不雨，農民拜龍王的情形。他寫道，過去農民都是在龍王廟演戲求雨，
今年卻不奏效。「但是他們除了求神拜佛抬龍王爺之外，又有什麼別的辦法
呢？」〔註115〕晏陽初在定縣工作幾年後，終於認識到了知識分子「農民化」
的重要性：「農民雖然不知科學的名詞，雖然未曾受過書本式的教育，然而對
於實際生活的知識與技術，我敢說，值得我們去學。一個青年，小學為中學
而大學而留學東洋西洋。結果，學校越進得多，離社會越遠。一般人以為書
本式的教育越受得多，便越有學識，越能瞭解社會。其實是很大的謬誤。」
〔註116〕這裡的「知識」指的是鄉村社會的經驗性知識。〔註117〕因此，平教會

〔註113〕葆琛：《國慶歌》，《農民》，1925年第24期。
〔註114〕《徵文》，《農民》，1925年第26期。
〔註115〕熊佛西：《奔忙》，《民間》，1934年第1卷第7期。
〔註116〕晏陽初：《在歡迎來賓會上的講話》，第193頁。
〔註117〕費孝通：《江村經濟──中國農民的生活》，北京：商務印書館，2018年，第
148頁。

對「科學」範疇的界定往往與農民衣食住行以及日常農事聯繫在一起。譬如1932年出版的讀本《老張請客》，封面標「小說」，其實是以小說的形式介紹公共衛生常識，主要描述老張請客不講衛生的種種陋習，以此連帶出人喝醉了為什麼會摔跤、失去理智，為什麼吸老張的水煙會感染肺病，為什麼共用毛巾會感染疥瘡和爛眼等衛生常識。〔註118〕

定縣平教會打造「常識」性的閱讀文化始於傅葆琛編輯《農民》報，它將其定位為「茶餘飯後，隨時翻閱，真是一種消遣的妙品」〔註119〕。這不禁讓人聯想起孫伏園在主編《晨報副刊》時闢「星期講壇」、「衛生談」等欄目普及科學的做法。《晨報副刊》的讀者是城市市民，這些欄目以一種輕鬆的「軟性」面目出現，但是目的卻是在閱讀中樹立一種嚴肅的科學精神。而作為一種閱讀方式，傅葆琛的編輯理念可以追溯至明代以來的城市市民的消閒閱讀文化。長久以來，「消遣」都被視作文人修養的手段，而傅葆琛將農民閱讀《農民》報視作一種消遣，似乎給人不切實際的印象，但如果將此放在他所主張的「休閒教育」理論下看待，便會發現，傅葆琛並非簡單以普及知識為目的，讀書閱報在他看來與遊戲一樣，具有解放人的身心的力量。

傅葆琛認為，中國人之所以生活苦痛，精神頹廢、體魄不健全，是因為「休閒生活沒有得到正當解決方式的緣故」，休息對於勞作、工作而言意義至關重要，「人們在工作，吃，睡，排泄等必需的時間外，每天應當有休息的時間和娛樂的時間，來調劑身心，解除疲勞，恢復體力。否則工作的效率必定降低……」〔註120〕《農民》報時期，傅葆琛大力提倡遊戲的重要性，報紙刊登了大量關於遊戲的說明，他在《農民》報的「閱讀指導」中談到，報上的詩歌、遊戲都是需要實踐的（唱、活動身體）「學會唱歌，可以修養性情；學會遊戲，可以活動身體，少生病疼」。〔註121〕在1930年出版的平民讀物《遊戲與教育》中，傅葆琛寫道，現在學校裏的課程雖然比舊私塾的課豐富，但是仍不注重遊戲之於教育的重要性。「我們的遊戲，不是課內的遊戲，乃是課外的遊戲；也不是個人的遊戲，乃是群眾的遊戲，團體的遊戲；也不是隨隨便便，亂七八糟的遊戲，乃是有組織，有規矩，有秩序的遊戲。這樣的遊戲，不

〔註118〕馬宗伯：《老張請客》，北平：中華平民教育促進會，1932年，第21頁。

〔註119〕葆琛：《農民報第三年合訂本序》，《農民》，1927年第64期。

〔註120〕傅葆琛：《怎樣解決我國民眾的休閒生活》，《社會教育季刊》，1943年創刊號。

〔註121〕葆琛：《我們應該怎樣利用農民報》，《農民》，1925年第6期。

但提起活潑的精神，保持身體的健康，還能聯繫勇敢，忍讓，合群，為工的美德，養成高尚的人格。」〔註122〕就農民的休閒教育而言，一般被認為是「寓教育於休閒之中」〔註123〕，也就是利用農閒時間進行教育。那麼如果說「閱讀」作為一種教育，究竟使農民在閱讀過程中獲得「消遣」的感受，將「常識」滲透進他們的日常生活中呢？

在提倡「遊戲有益」的同時〔註124〕，他也強調「遊戲」之於文學的重要性，在文學上對應著「寓莊於諧」的追求。《農民》報刊載大量笑話，後來被輯錄成平民讀物《民眾笑林》《民眾笑林二集》。這些笑話大致也分兩類，一是富有教育與糾正意義的，以趙水澄的《誰是家長？》為代表，笑話中兒子稱自己的家長是「龜王爺」，以此暴露和諷刺迷信觀念〔註125〕；二是製造有違日常生活邏輯的內容，比如趙水澄的《相反的笑話》，以矛盾製造笑點，講述瘸子瘸子跑得快，瞎子看得見，啞巴能說話，聾子有聽覺，禿子長頭髮，令人忍俊不禁。〔註126〕《農民》報也發表了類似遊戲文章的《一個議場的議事記錄》，它採用戲劇體，模仿《農民》各專欄的口吻進行發言，在眾聲喧嘩之間展開辯論，不乏以調笑的方式加以自勉。譬如，其中「文藝」說：「我國人民知識太低了，怪不得不能強盛，除非提高人民知識，開發工商農們的腦礦，是絕計不成的。」〔註127〕如果說「『幽默』作為一種道德價值，從語言本質上來說，仍然是一種外來的東西。」〔註128〕那麼，中國的笑話傳統以插科打諢的諧謔手法表現日常生活，反映社會的價值理念，這一形式對於讀者而言並不陌生。以《笑林廣記》為代表的笑話作品在作者與讀者之間搭建了一種默契的空間，彼此共享著一套心照不宣的社會符號，幽默則主要依靠作者將某物變為「被看」的客體，發掘其荒唐、僵化、與社會正統規範不相容的一面，並且依靠重複、倒置等修辭，發現「活的東西中的機械刻板的東西」。〔註129〕

〔註122〕傅葆琛：《遊戲與教育》，北平：中華平民教育促進會，1930年，第2～3頁。
〔註123〕錢恢福：《農林新報》，《農民休閒教育底理論和設施》，1928年第185期。
〔註124〕琛：《戲有益》，《農民》，1928年第4卷第9期。
〔註125〕水澄：《相反的笑話》，《農民》，1930年第6卷第2期。
〔註126〕水澄：《相反的笑話》，《農民》，1930年第6卷第1期。
〔註127〕張純如、韓琴材：《一個議場的議事記錄》，《農民》，1928年第3卷第31期。
〔註128〕〔美〕雷勤風：《大不敬的年代：近代中國新笑史》，許暉林譯，臺北：麥田出版社，2018年，第325頁。
〔註129〕〔法〕亨利·柏格森：《笑與滑稽》，樂愛國譯，廣州：廣東人民出版社，2000年，第71頁。

正如柏格森指出：「笑看上去無論多麼的自然，總是意味著與其他笑者有著某種神秘的互通關係，甚至同謀關係，這種關係若不是存在於實際中，那麼肯定是存在於想像之中。」〔註130〕

幽默文學是介於藝術與生活之間的藝術。清末以來便致力於滑稽文學創作的徐卓呆，在 1930 年代也站在民眾教育的角度，關注民眾讀物的問題。但是與一般民教者不同，他從創作者的身份指出那些「既不顧讀者的精神修養，又不顧讀者的智識修養」的讀物，即滑稽的、引人發笑的讀物，它們有「衛生之益」，「千萬不要以為它只不過供人一笑，便沒有什麼價值」。〔註131〕從民教的視角指出滑稽文學的「衛生」，徐卓呆顯然有借科學話語為之「正名」的意圖。這種從「衛生」的角度闡發文學對人的重要意義，可以追溯到陶祐曾1900 年在《論小說之勢力及其影響》中談及的：

> 西哲有恆言曰。小說者。實學術進步之導火線也。社會文明之
> 發光線也。個人衛生之新空氣也。國家發達之大基礎也。〔註132〕

這篇文章發表在晚清遊戲社編輯的《遊戲世界》月刊上。「遊戲」的風氣在晚清民初主要表現在兩個面向，一是以天虛我生在《遊戲世界敘》中標舉「遊戲文章」以揮灑真性情為代表，借遊戲之筆區別「史傳」之筆，抒發個人情志；另一種則是時人更著意強調的，即以遊戲文章啟發人心，改良社會，充當「覺世之道」：「慨夫當今之世國日貧矣，民日疲矣，世風日下」，故「假遊戲之說以隱寓勸懲」。〔註133〕上述兩個面向相輔相成，不啻為對中國笑話傳統的現代性改造，也是在梁啟超提倡的「新小說」強調直白政論、說理之外，尋找到了另一種隱曲的表達自我、批判社會的方式。譬如吳趼人小說的兩套筆墨：一方面在表達亡國之痛、啟發民智等主題時會比較靠近「新小說」的文體；另一方面，他又對維新、革命、文明存有疑慮，頻繁地以筆記體小說寫鬼神迷信、插科打諢。比如他的「笑話小說」《新笑林廣記》，其寫作緣起便是認為寫小說「壯詞不如諧語」。但是，他以諧筆寫「下流社會」實際上關乎對「下流社會」的心靈改造：「吾國笑話小說，亦頗不鮮；然類皆陳陳相因，無甚新意識、新趣味。內中尤以《笑林廣記》為婦孺皆知之本，惜其內容鄙

〔註130〕〔法〕亨利‧柏格森：《笑與滑稽》，樂愛國譯，第 5 頁。
〔註131〕徐卓呆：《民眾讀物》，上海：商務印書館，1937 年，第 28 頁。
〔註132〕陶祐曾：《論小說之勢力及其影響》，《遊戲世界》，1900 年第 10 期。
〔註133〕《論〈遊戲報〉之本意》，《遊戲報》，1897 年 8 月 25 日。

俚不文，皆下流社會之惡謔，非獨無益於閱者，且適足為導淫之漸。思有以改良之，作《新笑林廣記》。」〔註134〕這一現象無法簡單地放置在「雅俗」二元對立的層面討論。晚清以來小說家借「消遣」之外殼，試圖構建一種適應現代社會和現代人生的閱讀方式。1906 年 11 月，吳趼人主編的《月月小說》上刊出了蕭然鬱生的小說《烏托邦遊記》，主人公幻想自己乘坐太空飛船來到烏托邦，其中有一段關於飛船上「閱小說書室」的描寫，反映了晚清小說界試圖以「小說」構建新型「閱讀共同體」的渴望。作者借主人公之口說：「看戲看小說是消遣」，但中國舊小說《封神傳》《杏花天》是最壞的小說，「狀元宰相佳人才子神出鬼沒淫詞穢語」是沒有見識的東西，應該通過閱讀重新建立小說的規範。「閱小說書室」類似現代意義上的圖書館，內中有「閱小說書室章程」八條，譬如按照等級排列擺放小說，又根據小說的等級配備不同數量的藏書，上等小說「每部各備數百份，以下依等級遞減，至放書筒下者，只備一份以示完全……」〔註135〕從這份章程可見，作者試圖通過重建一種經過篩選、具有嚴格等級規範的「消遣」閱讀文化，打破舊小說「淫詞穢語」對人心的侵蝕。

　　上述分析表明，從晚清開始，小說家便從「閱讀」的層面反思以舊小說為中心的閱讀傳統，試圖從最接近民眾趣味的小說入手，更新民眾的思想結構、認知方式，其中貫穿著強烈的現代精神。〔註136〕如果說傅葆琛在「休閒教育」的視野下提倡遊戲，不能完全歸入晚清小說改革的脈絡裏，那麼平教會的平民讀物，則明顯借用了這一傳統中的因素，並對「既不顧讀者的精神修養，又不顧讀者的智識修養」的讀物加以改造，重新規範民眾的閱讀趣味，成為一種教育民眾的策略。以李劭青撰寫的「科學常識」《哭和笑》為例〔註137〕，這個文本主要以華婿國的三個人——老人笑哈哈、青年哭啼啼以及平民的對話為中心，頗為生動地揭示了人類生老病死的生物學知識。笑哈哈、哭啼啼是華婿國的「異人」，一個人說自己長生不老，所以每天嘻嘻哈哈，另一個說自己的生命不間斷地死去，所以哭哭啼啼。平民糾正道，生死有命，長生不老是迷信。而後笑哈哈、哭啼啼分別以科學原理解釋了人體的「不死

〔註134〕我佛山人：《新笑林廣記》，《新小說》，1903 年第 10 號。

〔註135〕蕭然鬱生：《烏托邦遊記》，《月月小說》，1906 年第 2 號。

〔註136〕沿著這一線索，譬如張恨水、張愛玲的小說、民國時期的武俠小說都給市民提供了獨特的閱讀資源。

〔註137〕李劭青：《哭和笑》，北平：中華平民教育促進會，1930 年。

細胞」與「可死細胞」，作為自己判斷生命長短的依據。在這個文本中，作者十分巧妙地設置了一對關於科學—迷信的「顛倒」，從而帶來一種滑稽感。笑哈哈、哭啼啼是「異人」，卻深諳科學常識；平民反對迷信，卻不知細胞的繁殖與死亡之原理——這與讀者對「異人」和理想「平民」的閱讀期待並不相同。因此，令人感到發笑的關鍵點在於：作者有意打破了人們對「異人」與「平民」的機械想像，所謂「當我們看到『顛倒世界』中的一切時，我們就會發笑。」〔註138〕

更有趣的是，文本中「華婿國」明顯挪用了「華胥國」的典故，並且翻轉了晚清以來關於「華胥國」這一國族敘事中的情感色彩與價值取向。這一典故最早源自《列子·皇帝》，描述了黃帝夢遊華胥國，後來泛指夢境。「夢遊華胥國」的典故在晚清民初小說並不鮮見，譬如 1902 年發表在《新民叢報》上的《虞初今語·人肉樓》〔註139〕、1914 年《小說叢報》發表的《華胥國》〔註140〕、1915 年《滑稽時報》上的《華胥國志》〔註141〕以及 1916 年《民鐸雜誌》上的《夢遊華胥國記》〔註142〕等。這些小說均帶有強烈的寓言色彩，「華胥國」作為重要意象被用來承載作者的異域想像，擺脫了上古神話傳說中的神秘感，而被編織進不同的國族敘事。從晚清到民初，「華胥國」的象徵意義大致有以下兩種，一類是烏托邦性質的「極樂世界」，以《虞初今語·人肉樓》為代表，寄予作者的政治理想；另一類則是借「華胥國」之「華」，影射中國的道德與政治危機，譬如《華胥國》。總體來說，圍繞「華胥國」的相關敘事無一不在表達作者的民族恥辱感，是帶有反思性質的自我指涉。這種情感基調在《哭和笑》中發生了轉變，笑哈哈、哭啼啼兩個人物之所以帶有神秘色彩，在於他們深諳科學之道，甚至掌握了通往「顯微鏡世界」的秘訣。由此可見，曾經附著在「華胥國」上的恥辱色彩在這裡被轉化為了民族自豪感，從而使其帶有一種教育意義。由此可見，李劭青在處理晚清民初小說中表現幻想的部分時，對其基本情感色彩進行了「超克」，即摒除晚清異域想像背後的批判性內涵，這一修改具有重建閱讀秩序的深意。

〔註138〕〔法〕亨利·柏格森：《笑與滑稽》，樂愛國譯，廣州：廣東人民出版社，2000年，第 67 頁。

〔註139〕《虞初今語·人肉樓》，《新民叢報》，1905 年第 5 期。

〔註140〕籙笙：《華胥國》，《小說叢報》，1914 年第 1 期。

〔註141〕市隱：《華胥國志》，《滑稽時報》，1915 年第 2 期。

〔註142〕朱竹樵：《夢遊華胥國記》，《民鐸雜誌》，1916 年第 1 卷第 2 期。

　　除了語言上使用國語之外，我們很難在這類讀物與「五四」新文學之間建立聯繫，它們不僅在功能上不同，而且從敘事上而言，也不同於「五四」小說注重心理描寫等特徵。但是它的滑稽色彩與「華胥國」的典故修辭，都讓人很難不將其與小說聯繫在一起，這不禁讓我們重新反思「小說」的概念與功能。眾所周知，魯迅在《中國小說史略》中建構了西方虛構的散文體敘事（prose fiction）這一「小說」概念〔註143〕，但如果回到晚清民初之際「小說」概念還未得以規範時模糊的面目，便會發現很難用「純文學」的維度去衡量這種文體。譬如《遊戲報》編者稱「本報所輯新聞，雖係詼諧仍必事事核實」〔註144〕，但事實上新聞的遊戲筆法讓事實與小說難分彼此。在晚清民初，「小說」文體並非完全自足，比如它既與新聞報章文體存在互滲現象，而且「本事」能成為小說，不僅僅是文本層面的「演義」問題，而且涉及「小說」在晚清民初肩負著的諸多功能，例如宣傳各類常識、充當商品廣告等，它的開放性、公共性以及容納的表現範疇遠遠超過了「prose fiction」的範疇。從這個層面上說，平教會的「科普讀物」稀釋了文學革命以後賦予給小說的「虛構」意義，提倡「實用性」特徵，從而以一種模糊的面目，在小說與科普說明文之間打開了一條通道。但必須指出，科學讀物也簡化、提純了晚清以來「遊戲文章」的複雜性，在理念先行之下，祛除了遊戲文章之於正統文學異質性的一面，也失去了遊戲筆法調侃、諷刺社會的基本功能；另外，讀物的生成機制與晚清以來以消費市場為取向的小說寫作不同，平教會採用人力「圖書擔」「送書上門」的方式〔註145〕，對於缺乏閱讀積累的農民而言，屬於一種規範閱讀文化的行為，卻也因此在劃定知識範疇的同時帶有教育的強制性色彩。

三、「沁入心肝肺腑」：科學啟蒙與人格養成

　　1930年代，伴隨著民眾教育的勃興，閱讀問題成為民眾教育的重點之一，不僅湧現出大量民眾讀物，而且各地民眾圖書館相繼建成。筆者暸解到的全

〔註143〕 參見張麗華：《現代中國「短篇小說」的興起》，北京：北京大學出版社，2011年，第9頁。關詩珮：《唐「始有意為小說」──從魯迅〈中國小說史略〉看現代小說（fiction）觀念》，《魯迅研究月刊》，2007年第4期。

〔註144〕 《論〈遊戲報〉之本意》，《遊戲報》，1897年8月25日。

〔註145〕 堵述初：《平民教育運動在定縣》，中國人民政治協商會議河北省委員會文史資料研究委員會：《河北文史資料選輯》第11輯，石家莊：河北人民出版社，1983年，第26頁。

國出版的民眾讀物叢書至少有 40 餘種，叢書的內容涉及社會生活各方面常識，包括專門的政治、文學等類型的叢書。專門的文學類叢書比如浙江省識字運動委員會出版的「識字運動宣傳劇本」、黎錦暉等人編寫的「平民文學叢書」的，此外還有以「中國故事」、「民間故事」為題的系列讀本、江蘇省立鎮江民教館出版的「說唱鼓詞」；另外，一些綜合類民眾讀物叢書中也有文學讀物，比如 1924 年商務印書館出版的「平民小叢書」中，便有胡寄塵編寫的《中國寓言集》《苦丫頭》《三遷》等。

在這些讀物中，專門的文學類讀物不在少數，它們以民間故事、寓言、說部意義上的小說以及鼓詞為主。這也符合民教界的一般意見，比如周滌欽認為「民眾讀物是大眾的文學，老實說：就是普通人民所喜歡讀的唱本和說部。他的內容和來歷，是從各處民眾的祖先相傳下來的富有趣味的故事。」〔註 146〕它們的共同之處在於，力圖模仿一種來自民間的「趣味」。正如老向所說，讀物即便取材民間，「倘若死氣沉沉，缺乏趣味，雖有教育意義，亦難達教育目的」。表面上看，老向與上述民眾讀物都強調向民間學習的重要性，但不同的是，老向提倡的「通俗」是一個動態的、與現實教育密切相關的概念：「教育民眾，必須瞭解民眾之知識程度、心理狀態、日常生活，然後方能因材施教，由淺入深，由易趨難，循循善誘，是之謂通俗。」〔註 147〕所謂「瞭解民眾之知識程度、心理狀態、日常生活」，在平教會的一系列研究工作中處處可見，與讀物最相關的，便是平民讀物出版前民眾的「試讀」環節。這一環節不僅帶有社會調查的科學性質，而且與其他民眾讀物在編輯環節上不同的是，它讓讀者真正參與進了文本的生產過程。

由此可見，一般帶有民間趣味的讀物與平教會對「通俗」的理解並不完全相同。前者是基於文言向白話的「進化」，是近代學人「建構」出來的觀念，直到當下仍有學者沿用這一觀點，比如汪暉便指出，中國的語言運動「由於不存在用『民族語言』（『民間語言』）取代帝國語言的問題，白話文運動並不是在本土語言／帝國語言的對峙關係中提出問題，而是在貧民／貴族、俗／雅的對峙關係中建立自己的價值取向。白話文運動的所謂『口語化』針對的是古典詩詞的格律和古代書面語的雕琢和陳腐，並不是真正的『口語化』。實際上現代語言運動首先是在古／今、雅／俗對比的關係中形成的，而不是在

〔註 146〕周滌欽：《整理民眾讀物之商榷》，《民眾教育通訊》，1934 年第 4 卷第 3 期。
〔註 147〕老向：《民眾讀物》，重慶：正中書局，1941 年，第 7～8 頁。

書面語與方言的關係中形成的，即白話被表述為『今語』，而文言則被表達為『古語』，今尚『俗』，古尚『雅』，因此，古今對比也顯現出文化價值上的貴族與平民的不同取向。」〔註148〕這裡「白話尚俗、古文尚雅」的結論忽略了白話、古文當中分別蘊含著豐富的枝蔓與資源，帶有簡單化的進化論的傾向；這裡將「雅─文言」歸為知識分子，「俗─白話」歸為民眾，更是受到了 1920 年代以後政治話語的影響。胡志德注意到了這一點，他指出，「五四」新文化精英將「消遣文學」和「傳統文藝」同時置於他們對立面的邏輯，與梁啟超 1898 年主張拋棄中國白話敘事體傳統相同。而 1920 年代以後，雅俗的「大分歧」愈加演變為一種政治傾向，壓倒了美學意義。〔註149〕在這樣雅俗分立的觀念之下，很容易導致新文學失去與民眾接合的發力點。抗戰時期，郭沫若乾脆在此基礎上提出了「二分法」，即新文學與民眾讀物並行不悖〔註150〕，直接將新文學家從編輯民眾讀物的「負累」中「解脫」了出來。而在「民族形式」論爭中，真正的「文學形式」更是一個被懸置的討論對象，文藝界更集中於新文學的發展方向問題，民眾的接受仍被排除出考慮範圍之外。

　　鄭振鐸以平教會出版的讀物為例提倡民眾讀物「新瓶裝新酒」，也偏離了平教會編輯讀物的本意。他在論證「新瓶裝新酒」的合理性時，著意於戲劇與新的小說等新文體能帶給民眾的新鮮與刺激，但是如果仔細甄別，平教會讀物的「新瓶」中不乏舊形式，如語體文中摻雜著文言，短篇小說結尾用現代白話仿章回體小說的套語「要知道他以後的下落，且聽下回分解」。〔註151〕實際上，我們根本無法在平教會的平民讀物中提取出什麼「文學方向」。

　　1941 年老向在總結民眾讀物特徵的時候，重新界定了「通俗」的概念，這種界定無疑受到了平教會的影響。他指出，所謂通俗，「只是一個教育問題」，這一視角使他跳出了彼時民教界和文學界對於「瓶」「酒」的辨析以及雅俗對立的思維。他對於通俗的理解基於讀者的接受，這與平教會的對於「文法」的追求十分吻合，他指出，所謂「通俗」，「並非見識平庸，內容粗淺之謂，能

〔註148〕汪暉：《現代中國思想的興起》，北京：生活·讀書·新知三聯書店，2004 年，第 1511 頁。

〔註149〕胡志德：《清末民初「純」文學和「通俗」文學的大分歧》，趙家琦譯，《東嶽論叢》2014 年第 12 期。

〔註150〕郭沫若：《「民族形式」商兌》，徐迺翔編：《文學的「民族形式」討論資料》，北京：知識產權出版社，2010 年，第 260 頁。

〔註151〕陳築山：《一滴水》，北平：中華平民教育促進會，1929 年，第 33 頁。

即理而求其證，能即事而為之喻，理或深入，言則淺出，使民眾能閱能懂，是之謂通俗。」不僅如此，他在其後所舉的例子均能在平教會的平民讀物中找到對應：「由鹵水點豆腐而講化學，由風箱助燃而談氧氣，由流星日蝕而談天文，由橫遭轟炸而談防空，由兄弟爭產而談繼承法，總之，由民眾面前事實而予以新解釋，由民眾已有之知識而予以新知識，盡是利用民眾之口語及中國之語法，均合通俗之旨。」〔註152〕他從民眾教育的視野進入，賦予固有知識以新闡釋原理的創作方法，尋找到了新知識與農民常識的接合之處。從本質上而言，它涉及到了如何在科學的基礎上借助有趣味的文學形式，系統性地改造農民，培養新的道德人格。在書中，他也站在反迷信的角度，指出「科學昌明的時代，迷信與科學精神正相反，抗戰建國，人人須具備奮發圖強，以人勝天之精神，迷信與此精神亦不相容。」〔註153〕在這裡，他在科學話語與抗戰建國所需的民族精神勾連在一起，延續了平教會在科學與文學之間建立聯繫的思路。

平教會的首要工作「文藝教育」的目標根本超越了文學本身，它對應著救治民眾之「愚」。「愚」在「五四」的話語譜系中所輻射的一個重要面向便是迷信。而將「科學」與「迷信」二分是新文化運動主流輿論的產物，以科學反對迷信，由此建立起一套關於現代中國的想像、信仰甚至修辭，標誌著與傳統中國的割裂。無論「迷信」還是「科學」，都沒有現成的標準，知識分子根據需要，通過翻轉變換其中的內涵，輸出自己的價值理念。時人稱讚「平教會的長處是科學的精神」〔註154〕——「科學」是平教會的指導思想，也是平教會成員以及定縣的諸多訪問者筆下最常出現的詞之一。比如熊佛西在《對於民間文藝的一點意見》中將反封建、科學與民國建立聯繫在一起，指出「文藝是有時代性的」，文藝作品內容上若都是「封建的遺物」。「民間永遠不會知道現在已經是中華民國，永遠不會知道現在是科學時代！」〔註155〕瞿世英則在《我們最缺乏什麼？》中從國民性的角度指出，中國人最缺乏的三點是「國家的自覺」、「組織的生活」與「科學的運用」。〔註156〕而在晏陽初那裡，與現

〔註152〕老向：《民眾讀物》，重慶：正中書局，1941年，第7頁。

〔註153〕老向：《民眾讀物》，第19頁。

〔註154〕森：《平教會的科學精神》，《民間》，1937年第4卷第1期。

〔註155〕熊佛西：《對於民間文藝的一點意見》，《民間》，1937年第4卷第1期。

〔註156〕英：《我們最缺乏什麼？》，《民間》，1934年第1卷第7期。

代化相關的表述中，科學排在第一位。〔註157〕在中國近代以來「唯科學主義」思潮中，上述對於科學的呼喚、籲求描述似乎並不新鮮。

　　但是以「文藝」攻「愚」的策略，卻動搖了科學的客觀性、邏輯性的思維方式，文藝對感覺、情感、人的內心世界的探索，使得平教會內部容納了許多圍繞「科學」但實際主張不甚相同的言論，因此平教會的科學啟蒙不能全然被歸於「唯科學」的脈絡。

　　無論李劭青挪用晚清小說資源書寫科普讀物，還是傅葆琛打造一種「休閒」的閱讀文化，其著眼點雖不在文學創作本身，但實際上卻都在關心知識、閱讀如何滋養人的心靈。誠然，以「文藝」救「愚」的敘事，也帶有很強的現實功利意義，因此，包括識字、「詞本位」的語文教育在內，均追求的是「文藝」反作用於客觀物質世界的效果，但是在經由孫伏園為代表的「五四」新文化人之手凸顯了這一實踐背後的思想性，即著眼於改造農民的精神世界。從文學與社會的關係角度來看，平民文學部的諸種實踐當然回應了「五四」落潮以後，文學失去了社會效力的問題。但是我們也不能忽略，平教會關注文學的社會效力，是通過教育這一途徑實現的。晏陽初將文學工作視作「沁入農民心肝肺腑的工作」〔註158〕，因此這裡也涉及到如何創造性轉化傳統意義上教化「世道人心」的文學功能。他將自己一生的思想基石稱為「3C」，即孔子（Confucius）的民本主義思想、基督（Christ）教的博愛、以及對苦力（Coolies）的體悟。事實上，民本主義關聯著傳統儒家的「詩教」傳統，文學連接了傳統士大夫的教化思想與現代知識分子的科學理想。主要表現在，在主張現代物質文明的同時，晏陽初也在物質、技術層面之外，在基督教信仰、儒家傳統的「世道人心」與中國現代文化之間，尋找到了「人格」這一關鍵詞。他在論述科學與「新人格」關係的時候這樣說道：「民族再造」最需要依靠的是「實驗的改造民族生活的教育」，「其目的不光在增加生產，而要在輸入科學知識，造成科學頭腦，啟發人類可以『贊化天地』，『征服自然』，『人定勝天』的觀念。這正是在改良實際生活的實驗中，培養民族的新生命，振拔民族的新人格。」〔註159〕1912 年蔡元培出任南京臨時政府教育總長，制定

〔註157〕晏陽初：《農村運動的使命及其實現的方法與步驟》，《民間》，1934 年第 1 卷第 11 期。
〔註158〕晏陽初：《在周會上的講話》（一九三二年一月十一日），第 165 頁。
〔註159〕晏陽初：《農村運動的使命及其實現的方法與步驟》，《民間》，1934 年第 1 卷第 11 期。

新學制和新的教育宗旨，而後教育部公布教育宗旨：「注重道德教育，以實利教育、軍國民教育輔之，更以美感教育完成其道德。」〔註160〕與晚清「忠君」、「尊孔」的教育宗旨不同的是，這裡以養成共和國民的健全人格為目標。其中，「美感教育」即為日後的「以美育代宗教說」出處，蔡元培指出：「鑒激刺感情之弊，而專尚陶養感情之術，則莫如捨宗教而易以純粹之美育。」〔註161〕但是針對「五四」時期的「美育」的啟蒙理想並沒有下滲至民間，1930年代，蔡元培進一步闡釋「美育」的內涵，將它的範圍輻射至民眾生活的方方面面，指出美育而非美術，涉及範圍包括：建築、雕刻、圖畫、音樂、文學、美術館、劇場與影戲院的管理、園林的點綴、公墓的經營、市鄉的布置、個人的談話與容止、社會的組織與演進等等。〔註162〕民眾教育中關於「休閒教育」的生成理路，也是基於「美育」理想「下沉」失效的基礎上。谷劍塵曾指出，民眾教育可以分為「知識的教育」和「情意的教育」和「知識與情意合一的教育」三種，所謂「情意」在他看來有多重藝術載體，譬如廣播、戲劇、演說等。如果按照他的分類方式，平教會以文藝啟發人心繼而普及科學的方式，應當屬於「知識與情意合一的教育」。〔註163〕這就導致，在具體實踐上知識必然受到創作者情感的影響，呈現出非客觀化的一面。

李劭青對於科學的「非客觀化」書寫也體現了這一點。不同於晏陽初從民族大義的宏論出發，李劭青的科學敘事中呈現出更多個人化的色彩，摻雜了個人情感與民族情感的混合物，這也體現了他對「科學」獨特的理解方式，即科學不僅僅作為救亡圖存用的「知識」，更要與人的真實感受發生聯繫。在他撰寫的四冊本「科學常識」《論人》中，較為典型地體現了這一特色。《論人》在李劭青的諸多科普作品中十分特殊，與其他闡述自然科學常識的讀物不同，《論人》講述的是人種學知識。文本設置了新婚夫婦秀貞和子文兩個人物，借由對話的形式，講述世界五大種族的差異。在談到同屬「黃種人」的中國與日本時，李劭青在黃種人內部以「道德」劃分等級差序，甚至試圖剔除日本黃種

〔註160〕《教育部公布教育宗旨》（1912年9月2日），北京師聯教育科學研究所編選：《辛亥革命時期教育改革思潮與教育論著選讀》第4輯 第14卷，北京：中國環境科學出版社；學苑音像出版社，2006年，第194頁。

〔註161〕蔡元培：《以美育代宗教說》（在北京神州學會演講），《新青年》，1917年第3卷第6號。

〔註162〕蔡元培：《以美育代宗教》，《現代學生》，1930年第1卷第3期。

〔註163〕谷劍塵：《電播教育與電播教學》，《教育與民眾》，1934年第6卷第2期。

的種籍。有論者分析，晚清以林紓為代表的知識分子在種族危機之下產生了一種緊迫感和危險感，這反過來使「國家」的抽象存在具體化了。〔註164〕這一邏輯也延續到抗戰時期。中日「同文同種」本是客觀事實，但在宣傳抗戰的層面上，以割裂同種來完成民族認同變為共識。表現在《論人》上，李劼青以文學的手法扭曲日本人的形象，稱其為「雜種」，使得這一文本有違「科學」的客觀性原則：「這一族人的特點，就是身體非常矮小，可以叫他做矮人種。他們的皮膚，有的是黃色，和中華朝鮮人相似；又有的是暗褐色，和馬來人相似。照這樣看來，他們可說是由各種民族混合而生的雜種了。」與此同時，還應注意到，在這段陳述之前，秀貞子文二人一直一問一答，節奏平緩；而敘事行進到這裡，子文突然說「你別忙，讓我慢慢的講給你聽罷！」〔註165〕這裡頗有「說書人」插嘴的意味，提示讀者集中注意力，文本的敘事節奏因此變得延宕。接下來，插入了一段對「九一八」事變的說明，而敘事者也趁機浮出水面，呼籲讀者「不做亡國奴」。《論人》將一種被加工過的「歷史」也作為「科學常識」編織進了科普讀物，裹挾著作者強烈的民族主義情感。

　　從表達觀點的渠道來看，孫伏園、瞿世英等人作為「五四之子」，早已習慣了以報刊為陣地「發議論」，在明暗之間尋找論戰對手，遊刃有餘地表達自己的觀點。這本身就是「五四」新文學場域內培養起來的精神氣質，是「科學時代」的產物。這種論戰的氣勢，十分符合梁啟超對於「少年中國」的想像。但是李劼青的精神氣質卻與「五四」一代不同，他的謙卑迥異於「登高一呼」的姿態。在《平民百部字典說略》的最後，他自謙道，該字典的主持者是陳築山、黎錦熙和孫伏園，而自己則始終「躬與其役」。〔註166〕但事實上，李劼青在字典實際編纂工作中擔任了重要角色。〔註167〕李劼青並沒有就鄉村建設、民族再造等宏大問題發表太多論說性文章，他的主要工作圍繞著編寫平民讀物和平民字典展開，除了前文提到的，他撰寫科普讀物還包括《水的實驗》《空氣的實驗》《磁的實驗》《電的實驗》《喝水》《談天》《說地》《化學概說》等50餘冊，公開發表的為數不多的文章也以這兩項工作作為中心。雖然沒有發表什麼宏論，但他站在更為歷史化的視角上，質疑近代以來「科學」作為一

〔註164〕 JING TSU: *Failure, Nationalism, and Literature --The Making of Modern Chinese Identity*, 1895-1937, Stanford: Stanford Universi Press, 2005, p.97.
〔註165〕 李劼青：《論人》（二），北平：中華平民教育促進會，1933年，第1～2頁。
〔註166〕 李劼青：《平民百部字典說略》，《民間》，1935年第2卷第3期。
〔註167〕 黎錦熙：《平民百部字典檢字法序》，《民間》，1936年第2卷第10期。

種知識被精英階層「壟斷」的事實，反而相比一味地強調以「科學」構築理想人格，更具有反思性質。他在《平民的科學教育》一文劈頭便說：「人們對於科學是過於重視了。」〔註168〕這裡的「科學」一詞，指的是在民眾之間失去效力的「科學」。在李劭青看來，當務之急不在於強化這種科學／迷信的二分法，而是應當建立起這種認知模式與民眾生活發生聯繫的機制。上述靈活地以「迷信」來「反迷信」的文學化處理方式，折射出他意識到了迷信是民眾處理現實生存問題的重要基礎，因此必須根據民眾的經驗與認識，重新去框定「科學」與「迷信」的關係。這正如費孝通在描述巫術時所說：「從把巫術當做一種假科學，並認為它對科學發展是一種障礙，轉變到承認它的實際作用，對於處理這個問題採取實際態度方面，能給以一些啟示。」〔註169〕魯迅早在1908 年的《破惡聲論》中指出「偽士當去，迷信可存」，古代生民的神話、傳說、信仰、迷信以及衍生出來文學與藝術，恰恰構成了民族的根本。李劭青一方面在編撰科普讀物的同時，也質疑了「科學」的絕對真理，如果科學只是口號和研究室裏的研究成果，不與現實人生發生關聯，那麼與「偽科學」有何區別？

　　因此，李劭青同時編寫科普讀物與編纂《平民百部字典》，看似風馬牛不相及，卻有內在的聯繫性。沈國威關於「科學敘事」有以下觀點：「『言文一致』並不是把有聲語言變成文章，而是寫出的文章可以通過聲音被理解。」他認為晚清西學東漸過程中，科學術語強勢湧入中國，為了理解、講述這些科學術語或曰新詞，「先有國語的科學，後有國語的文學」。這一觀點頗具有啟發性，他指出：「言文一致首先是科學敘事的問題，而不是文學的問題」，因為小說（文學）「是用來讀（目治）的，而不是聽的，課堂上的內容才有必要『聽懂』。」〔註170〕因此，知識分子基於語音中心主義所提倡的「言文一致」，如果從讀者接受的角度考慮，其實應轉化為一個如何通過聲音來理解科學文本的問題。晚清以來的社會文化轉型過程中，文言向白話的過渡不僅表現在今天所說的「文學」領域，而且關涉著中國人整體性的言說與書寫方式的變化，這裡所謂的白話，是容納了新詞彙、新語法的現代漢語，它建立在人對於世界更豐富的理解

〔註168〕李劭青：《平民的科學教育》，《民間》，1934 年第 1 卷第 2 期。
〔註169〕費孝通：《江村經濟──中國農民的生活》，北京：商務印書館，2018 年，第151 頁。
〔註170〕沈國威：《漢語近代二字詞研究──語言接觸與漢語的近代演化》，上海：華東師範大學出版社，2019 年，第 101 頁。

和表達之上。根據這種觀點，李劭青寫科普讀物，其目標便是在科學的層面追求「言文一致」，亦即從教育的角度出發，為能掌握、運用科學概念尋找更靈活、準確的方式，從而使人更清晰地表達自己的感情。

餘論 「致知」：教養民眾的另一重譜系

與「瓶」（形式）上的新舊混雜相比，平教會平民讀物中「酒」的成分更值得我們仔細辨析。如上文所述，平教會以「科學」為指導思想，這裡的「科學」概念，自然科學與社會科學兩方面並舉。譬如，蔣廷黻便認為，平教會的貢獻不在於那些瑣碎的改良事業，「平教會的實在貢獻在把科學和農村連合起來。科學——自然科學及社會科學——好比一個泉源，平教會開了溝渠、接上管子，把泉源的水引到民間去了。」眾所周知，平教會的鄉村建設理想並不侷限於定縣一隅，而是通過這一縣的實驗，將成果投射至改造整個國家、民族和中國文化。事實上，彼時言論界對於平教會的評價，也主要集中在思想層面上。這是由於，平教會物質層面上改良農業生產、衛生建設的經驗，很難從一個縣推廣到全國，相反，思想帶有彌散性，在「中華民族復興」的話語範疇內〔註171〕，無論國民黨官方、自由主義還是左翼知識分子，均能與之產生對話。如果說，平教會以自然科學與社會科學並舉的教育理念，取消了1920年代「科玄論戰」中雙方各執一詞的偏執與片面，那麼，抽象的「社會科學」如何作為一種知識傳授給農民？具體的思想資源是什麼？蔣廷黻說「平教會實在是用教員來改造新國民」〔註172〕，那麼教師又在其中扮演了什麼角色？而蔣氏所謂這個理念有推行到全國的可能性，最重要的是倚賴「輿論界領袖」的援助、政府的利用以及學者的合作，那麼，政府又是在什麼層面上認同平教會的觀念？

蔣廷黻將平教會重視自然科學與社會科學並舉的說法，是站在現代學術分科體制下的一種描述，在平教會「公民教育」視域之下，更準確地說，自然科學與社會科學分別對應著「格物」與「致知」。公民教育部主任陳築山這樣

〔註171〕 參見黃興濤：《重塑中華——近代中國「中華民族」觀念研究》第三章第二節「日本侵華與『中華民族』認同的神話——以『中華民族復興』話語為中心的透視」（北京：北京師範大學出版社，2017年第1版，2018年第4次印刷，第186～228頁）。

〔註172〕 蔣廷黻：《平教會的實在貢獻》，《大公報》（天津），1934年5月13日。

理解王陽明的「格物致知」與現代意義上的知識論的關係:「『格物』就是精確地研究事物的『自然的必然性』和『價值的必然性』。換句話說:就是研究『自然的法則』和『當然的法則』的意義。由此,『致知』也才有確切的解釋,就是得到自然科學的知識和精神科學的知識的意義。」〔註173〕平民教育的最終目的是塑造具有民主觀念的「公民」,公民教育的重要性不言而喻。根據陳築山的說法,公民教育更偏重「致知」一面,亦即追問科學、國家、個人等等理念背後的意義。究竟什麼是公民教育?陳築山早在 1927 年就已經指出,廣義公民教育的指「訓練人對於一切團體為有有效率的分子的教育——即普遍的團體教育。」而狹義的則指:「特別注重訓練人對於政治團體為有效率分子的教育——即特殊的團體教育」。平教會的公民教育便是以廣義的公民教育為基礎,狹義的政治教育為中心。他認為,人處在政治之中,無法擺脫政治的影響,「因此,普遍的訓練人為政治團體的有效率的分子,是實際上需要的。」因此,公民教育的第一步便是彌補平民缺乏基本的政治常識,以鞏固中華民國的根本。〔註174〕

晏陽初描述的是一種現代社會的公民道德意識,但是對於農民而言,在現代民族國家的概念仍未具備的情況下,又談何西方政治學意義上的公民呢?在民眾與公民身份的認同塑造上,平教會公民教育部設置了「國族精神」的培養這一環節。甲午戰敗以來,「天下中心觀」徹底崩塌,知識分子尋求救亡圖存之道,其出發點與終極目標離不開對「國家」的思考。這又可以分為兩個層面,其一是西方現代民族國家觀念的建立,其二則是現代國族意識的建立。如果說,現代民族國家意識是通過區分「自我」與「他者」形成的,那麼國族觀念則更關注本民族國家內部如何形成一種自我認同,而後者主要通過「合群」觀念的建立與「平滿漢畛域」兩個途徑實現。〔註175〕在「國族精神」這一概念的發明者陳築山看來,「凡國族各個人的大生命的活動,直接間接影響於國家的成仁取義的不朽的精神,都叫國族精神。」大體看來,「國族精神」雜糅了日本的武士道精神和儒家倫理思想中的「智仁勇」概念,並將後者視作一切文化的基礎。在他看來,「智仁勇」是一種高等智慧,它非但不

〔註173〕 陳築山:《公民道德根本義》,北平:中華平民教育促進會,1931 年,第 42頁。

〔註174〕 陳築山:《平民的公民教育之計劃》,《教育雜誌》,1927 年第 19 卷第 9 期。

〔註175〕 姜萌:《族群意識與歷史書寫——中國現代歷史敘述模式的形成及其在清末的實踐》,北京:商務印書館,2015 年,第 109 頁。

與國家的強制性衝突，反而能在國家中獲得真正自由。〔註176〕這樣對於農民而言高深莫測的理論，如何轉化為公民「常識」呢？公民教育很大程度上是依靠平民文學部推動的，主要辦法之一就是出版歷史人物和歷史故事的相關讀物，堵述初《國族精神論例淺釋》以完璧歸趙、毛遂自薦、荊軻刺秦等一系列故事解釋國族精神，平民文學部編輯的「故事」系列讀本中，多數表達了這種國族觀念，比如趙秋荼的《愛國女子》〔註177〕，楊氏身為女子卻征戰沙場、臨危不懼；謝剛主的《鄭成功與張蒼水》《鄭芝龍》講述鄭氏父子的抗敵壯舉等。〔註178〕孫伏園便將此總結為：「我國歷史悠長，志士仁人之行事，民族英雄的精神，可以為萬世楷模，不因時代而變其價值，或因時代而使時代而更增其價值者，所在多有。如藺相如先國家之急而後私仇，晏嬰死國不死君，越王句踐臥薪嘗膽，岳飛精忠報國等等」。〔註179〕孫伏園所舉的歷史故事中，主人公捨生取義、為國家赴湯蹈火，在民族危機的歷史語境下成為民族符號的象徵。

抗戰爆發後，「民族再造」成為平教會的主要口號。在晏陽初看來，「中國今日的生死問題，不是別的，是民族衰老，民族墮落，民族渙散」，他在此為鄉建尋求合法性，是通過道德層面上將「都市」與「鄉村」對立而做出價值判斷而實現的：「中國民族的壞處與弱點，差不多全在『都市人』身上，至少可以說都市人的壞處，要比『鄉下老』來的多些重些。你試到農村裏去，在鄉下老的生活上，還可以看得出多少殘存的中國民族的美德，在都市人的生活上，那就不容易發現了。」〔註180〕「民族再造」的希望寄託在了鄉村社會保留傳統道德的基礎上。

「團結」與「良心」構成了晏陽初論述「公民」時重要的兩個面向〔註181〕，前者主要針對國族意識的養成，後者則更關心個人的道德修養。公民教育

〔註176〕陳築山：《國族精神弁言》，陳築山：《國族精神》，中華平民教育促進會，1931年，第2～7頁。
〔註177〕趙秋荼：《愛國女子》，北平：中華平民教育促進會，1929年。
〔註178〕謝剛主：《鄭成功與張蒼水》，北平：中華平民教育促進會，1929年。謝剛主：《鄭芝龍》。北平：中華平民教育促進會，1930年。
〔註179〕孫伏園：《全國各地的實驗運動》，《民間》，1934年第1卷第1期。
〔註180〕晏陽初《農村運動的使命及其實現的方法與步驟》，《民間》，1934年第1卷第11期。
〔註181〕晏陽初：《中華平民教育促進會定縣實驗工作報告》（一九三四年十月），宋恩榮主編：《晏陽初全集》第1卷，天津：天津教育出版社，2013年，第286頁。

思想資源的新舊駁雜也體現於此。如果說團結合作是現代西方社會公民的主要特徵，即國家是由細胞式的公民組成的有機體；那麼「良心」這一概念則介於傳統修養與現代公民精神之間，是平教會對傳統道德「再加工」之後的產物，混雜著民間信仰、傳統思想以及西方政治學理論，體現出平教會公民教育在道德層面建構民族國家基礎的想像。在公民教育的意義上談論「良心」，至少有三個層面的意義，一是古希臘哲學意義上的對於「自我意識」的發現，以此區別於中國傳統思想中「心君同構」的結構〔註182〕，從而幫助民眾實現人格的自我覺醒；二是對王陽明「致良知」思想的現代性轉換；三是「良心」的目標並不止步於個體的覺醒，而是與國家的命運前途緊密聯繫在一起。

因此，前文所述晏陽初對於「新人格」的論述體系中，不乏借用傳統思想資源的成分。恰如有人所指出的：「平心而論，定縣平教會出版的平民讀物的內容，也有不少是舊小說，舊故事改編的，不能認為全套是新酒，其牽就一點舊社會的心理，明白可以看出的」。〔註183〕所謂的「舊社會的心理」，準確來說，就是沒有脫離儒家倫理道德的那一部分。陳築山作為公民道德教育的實際主持者，認為「我們站在中國人的地位，來講公民道德，當然要根據中國固有的道德思想……」〔註184〕以湯鶴逸撰寫的平民讀物《孔子與曾參》為例，這個讀本封面標「文藝」，實則是一種「故事新編」。文本內容最引人注目的一點，是作者將「個人」意識的覺醒，寓於「孝道」的倫理框架中，宣揚「個人」是「社會」的一分子，因此不能毀壞貶低自己，但理由卻是「身體髮膚受之父母」。故事講述曾晳失手打暈兒子曾參，曾參醒後非但不怪父親，反而羞愧於自己讓父母著急，但是孔子責怪了曾參：「像參這樣挺受著他父親的大杖，幸而沒有死，倘若萬一死了，豈不是叫他父親背不好的聲名，這還能說做孝道嗎？曾參他要曉得他是社會的一分子，自己毀傷社會的一分子，尤其是莫大的罪惡。所以他那種行為，是不足稱賞的。」故事最後卒章顯志，指出君子修養與言行的重要性：「容貌要和藹」、「顏色要正

〔註182〕參見劉暢：《心君同構：作為一種思想史現象》，《天津社會科學》，2004 年第 5 期。

〔註183〕樊月培：《民眾讀物的研究》，《山東民眾教育月刊》，1934 年第 5 卷第 10 號。

〔註184〕陳築山：《公民道德根本義》，北平：中華平民教育促進會，1931 年，第 47 頁。

派」、「說話要文雅」。〔註185〕

　　說到底，一方面，這種對「公民」的良心、修養的想像，是傳統士大夫思想的現代變形；另一方面，「公民教育」理念的繁難，對於教師的理解能力、講授能力以及個人修養提出了更高的要求。就後者而言，定縣各村平民學校多是一人專任教課，義務兼職，根據資料顯示，到1932年，54所平校校內有教員78位，其中男教員66位，女教員12位。教員的年齡，最小的15歲，最大的75歲，多數集中在20歲左右，多數教員的最高學歷是高小畢業。〔註186〕在陳築山等人看來，養成教師的道德修養關乎民眾人格的養成。在他與黃廬隱編撰的《公民圖說講稿》中，講述了諸多歷史故事，力圖詮釋何謂「公民教育」。譬如黃廬隱寫的《卜式》，講述卜式在匈奴入侵、國家危亡之際拿出慷慨解囊，捐助給貧民作遷徙費，明武帝很看重他，將他視為「好國民」〔註187〕；又如陳築山以廉頗藺相如的故事，講述「以和為貴」的道理。《公民圖說講稿》一書「凡例」中指出，「本圖說的應用，全在教師對於其中人物的精神，深深地加一番體會，然後將所體會到的精神，感動學生，方為有效。」〔註188〕在陳築山看來，故事能不能講好，取決於教師的個人修養。因此，與其說「公民教育」的目標是全體農民，不如說它是以規訓、養成符合傳統士大夫想像的教育者為先決條件。他之所以選擇王陽明作為理論基石，是因為他「言行簡切真誠，實為導人入聖之捷徑，並多由先生遭遇困厄及政務倥傯之中，磨煉得來，忙中修養者，由此入手，必能確有所獲。」〔註189〕正是在此理念之下，考慮到平教會同人終日忙碌，無暇自修，所以設立了「修養會」。在平教會的「職員修養會規程」中，以「互相砥礪道德認識自我價值實現平教最後使命為宗旨」〔註190〕，這裡並未明確指出「道德」的內涵，但是公民教育本身向舊道德的妥協無疑使知識分子帶有一定的自我規訓的色彩。

〔註185〕湯鶴逸：《孔子與曾參》，北平：中華平民教育促進會，1930年，第11～15頁。
〔註186〕湯茂如：《定縣農民教育》，北平：中華平民教育促進會，1932年，第135～136頁。
〔註187〕黃廬隱：《卜式》，《公民圖說講稿》，北平：中華平民教育促進會，1929年，第53頁。
〔註188〕凡例，《公民圖說講稿》，北平：中華平民教育促進會，1929年，第1頁。
〔註189〕陳築山：《王陽明年譜傳習錄節本》，北平：中華平民教育促進會，1931年，第2～3頁。
〔註190〕湯茂如：《定縣農民教育》，北平：中華平民教育促進會，1932年，第88頁。

　　根據上文論述可知，「新民」理想的基礎是國家—國民—國語這個三位一體的結構。當時民教界關於民眾讀物「新」、「舊」的論爭，焦點在於採用什麼文體進行普及的問題，而對「新酒」也就是表現現代人的思想這體認則是一致的。但不同的是，平教會「國語」觀念背後所對應的，卻不是圍繞傳統—現代觀念對立而形成的社會進化論。具體表現為，在表現新思想時，訴諸舊有的倫理道德話語框架，因此通過平民讀物呈現出來的思想面貌也是「新中有舊，舊中有新」。道德的改造背後關涉著平教會整體性地關照鄉村甚至中國社會倫理問題，「公民教育」的話語基礎與思想資源，恰恰是以傳統社會所依存的儒家倫理作為參照，在舊有的倫理關係中再造「新民」，存在極大的不徹底性，這種妥協也讓他們與五四反對的「舊道德」站在了一起。也正因如此，平教會與國民黨以儒家思想穩定社會秩序的文化政策，產生了隱秘的聯繫。

　　1934 年 3 月，在由國民黨改組派部分政客支持、於上海創辦的《新壘》雜誌上，刊出了楊柳的《與鄭振鐸論大眾文學》一文。這篇文章直指鄭振鐸的「大眾文學」觀點——反對「舊瓶裝新酒」，主張以新文學的形式表現新題材。有趣的是，作者嗅覺靈敏地抓住了鄭振鐸這一觀點中的「革命」色彩。他是從「革命」的原理切入和批評鄭振鐸的：「這好像鄭先生是一個徹底的革命論者，殊不知革命並不是主觀的人為，而是客觀的需要，革命並不是破壞了一箇舊的，換上了一個截然不相同的新的那樣簡單的事，它應該含有一個很複雜的不是一蹴可幾的過程。文學上的革命也是一樣。」然後，他搬出了胡適、陳獨秀文學革命時，以「非完全白話文的文言」來「提倡白話」，來證明「革命是漸進的」這一觀點。他更進一步指出，作「舊瓶裝新酒」文學的新文學家已經肅清了內容上的封建餘毒，「不像一般下流的說書先生」。〔註 191〕鄭振鐸並非反對「舊文學」，恰恰相反，他在 1930 年代致力於將「俗文學」納入學術譜系。他所謂的「俗文學」指的就是「通俗的文學」、「民間的文學」也就是「大眾的文學」，「換一句話，所謂俗文學就是不登大雅之堂，不為學士大夫所重視，而流行於民間，成為大眾所嗜好，所喜悅的東西」。〔註 192〕他在這一時期努力尋找雅俗文學在藝術審美上的通約性，為「俗文學」正名，是基於學術研究的態度，但並不妨礙甚至促進了他秉持「五四」的啟蒙精神

〔註191〕楊柳：《與鄭振鐸論大眾文學》，《新壘》，1934 年第 3 卷第 2～3 期。
〔註192〕鄭振鐸：《中國俗文學史》，上海：上海人民出版社，2006 年，第 15 頁。

反思這些文學作品中的封建專制思想。〔註193〕正是基於這一點，他認為為了適應新的時代精神，也需要創造相應的文學形式。再看楊柳對於舊形式的堅持，顯然不完全出於文學創作與讀者接受層面的考慮。這篇文章距離蔣介石在南昌發表《新生活運動要義》，僅過了一個月的時間。眾所周知，蔣介石是在汪精衛的影響下開展新生活運動的，鄭振鐸對舊文學中形式與題材的「封建餘毒」的質疑，動搖了新生活運動所強調的道德教化的根基。

　　在新生活運動開始以前的 1933 年，陳公博便發表了《從定縣一瞥想到社會的基礎》一文，文中指出了國民黨與農民關係的鬆散，「黨部遍設於各縣，但很像政治機關，都設於現成，不止做不出什麼工作，連農民關係也聯貫不起」，「農村運動」成為「團塊的招牌」。陳公博此時擔任實業部部長，然而，他在談及社會的基礎時，沒有強調經濟基礎的重要性，倒是著眼於道德層面的建設。他認為，「社會沒有組織，最低發現兩個弊病，第一個是思想不定，第二個是道德不明」。如果說，前者可以理解為作為社會基礎的政治意識形態，與農民的關係並不直接；那麼，清末以來道德在農村的瓠落，直接揭示了無組織的社會帶來的弊端。「自清代末年，農村已因外國資本壓迫，逐漸破產，農村社會也跟著崩潰，組織的力量一薄，道德也跟著不明」，「所以我們最要明白的，中國的社會，根本不是在城市，尤其不是在租借地和租界，她的根本實在於農村。」〔註194〕陳公博的這番言論，顯然受到了平教會公民教育從道德入手塑造人格的啟發。1934 年 9 月，王向辰除擔任平教會學校式教育部工作外，還負責主持景慧學校的工作。景慧學校是為解決平教會同人的子女上學問題而設，學生中也有一些定縣當地的貧苦兒童。王向辰的小說《樂園遇難記》便調侃了「新生活運動」中的鄉村建設者，小說記敘了一位鄉村教師因未扣好紐扣、不剪手指甲的而被視作「不講新生活」，遭學生們的「苛責」。〔註195〕「新生活運動」向鄉村滲透的力度與鄉村建設的緩慢形成鮮明的對比，不僅政府對鄉建的投入不足，平教會也不得不與鄉紳強大的力量妥協，而定縣民眾也漸漸從對平教會「神仙般崇拜信仰」逐漸轉變為失望和懷疑。〔註196〕「新生活運動」從日常生活與身體的規訓入手意在為國家培養合格的公民，

〔註193〕參見安德明：《鄭振鐸與民間整體觀視域中的民間文學》，《文學評論》，2018
　　　　年第 6 期。
〔註194〕陳公博：《從定縣一瞥想到社會的基礎》，《民族》，1933 年第 10 期。
〔註195〕王向辰：《樂園遇難記》，《民間》，1934 年第 2 卷第 2 期。
〔註196〕李明鏡：《「平教會與定縣」》（通信），《獨立評論》，1933 年第 79 號。

蔣介石堅持以國家權力直接干預國民生活拒絕汪精衛提出的由社會精英主導的道德教化〔註197〕，直接取消了知識分子在其中「過渡」的作用。照此理路，教育跌入政治的後果，只能使這些投身鄉建事業的知識分子淪為民間與政府之間兩頭不到岸的「橋樑」。

〔註197〕劉文楠：《規訓日常生活：新生活運動與現代國家的治理》，《南京大學學報》，
　　　　　2013 年第 5 期。

結　語

　　如果說「五四」新文學的發生建立在知識分子對社會危機的覺醒上，以文學研究會為代表，將塑造新的社會意識作為他們的根本目標，那麼至 1930年代，以文學的方式介入社會已經取得普遍性的共識。但是，選取何種文學、建構哪種理想的社會，在知識人之間仍然存在極大的分歧。一方面，如何理解「五四」以來「紙上」倡導的「文學為人生」與社會改造，到 1930 年代將形塑「民眾」落實為實踐的行動軌跡，以及他們在定縣與「民眾」對接時所遭遇的困境，構成了本書問題意識的重要來源。另一方面，在 1930 年代的政治文化語境中考察「民眾」一詞，它也是一個被爭奪闡釋的對象，不論國共兩黨還是民眾教育界，都賦予了「民眾」諸多想像與理念。為了解決上述問題，理應回到「五四」新文化運動至 1930 年代的社會與政治語境，在橫縱兩個向度釐清在「再造『民眾』」的內在邏輯。

　　從文學的角度入手，定縣平教會的相關實踐作為一個典型個案，為我們窺破 1930 年代「再造『民眾』」這一命題中的豐富意義，提供了很好的切入點。首先，平教會的主要人物孫伏園、瞿世英、熊佛西等人屬於文學研究會的重要成員，主張從社會改造入手從事文學創作與研究，但其後他們各自走向不同的道路，譬如孫伏園參與國民革命、又留學法國；瞿世英選擇深耕社會學研究；熊佛西則留美學習戲劇，回國後擔任戲劇系主任……他們在 1930年代共同選擇了加入定縣平教會，繼續開展個人的志業，絕非是一種偶然。究竟是什麼力量將他們聚合在一起？他們共同選擇投身鄉村建設的背後，又有什麼差異性？其中的原因是什麼？為了更深入地看到其中的複雜性，我們必須將他們的歷史選擇與個人精神史同時納入考察範圍，追溯「五四」以來

他們對待「民眾」、「社會」、「啟蒙」、「革命」等具體問題的看法，從而將他們在 1930 年代的文學實踐放置在更為縱深的歷史背景中考察。這一探索，不僅對於重新發現這些過去被文學史敘述遮蔽的人與現象極為重要，而且有助於我們打開視野，重新激活對 1930 年代文學景觀的認識方式。

其次，在經典的文學史敘事中，1930 年代的文學圖景是左翼文學占主導，並與自由主義作家和其他文學傾向的文學家展開互動。〔註 1〕其中，「文藝大眾化」是左翼文學的主要方針，但是實際上，1930 年代的文學與政治高度勾連，不僅「文藝大眾化」應重新放回黨的文藝政策和政治方針中重新考察其歷史細節，它在諸種文學文體、語言上的主張均不是自足的存在，而與當時的社會文化語境息息相關。而且值得存疑的是，在「文藝大眾化」的脈絡上，以田漢檢討自己的劇作《到民間去》為典型，直到 1930 年代，左翼知識分子對於「民間」的想像中，實際上並沒有囊括廣大的內地農村，他們多在都市展開「大眾化」的運動。反倒是當時主張鄉村建設、民眾教育的知識分子，真正將佔據中國人口大多數的農民納入他們的視線範圍，從而展開了大規模的討論和實踐。其中，平教會是最早、最系統致力於探索「平民文學」的民眾教育組織。平教會的文學實踐，與左翼文學運動相比，有著更為縝密的計劃與目標，並與民眾的現實生活緊密聯繫在一起，在尊重農民接受心理和鄉村文化心理的基礎上，試圖以調和的手段，在民眾中建構一種新型的文化。這當然對應著鄉村建設派溫和漸進的改造民眾的手段，但是其中也不乏平教會的知識分子發揮自己的主體性，從自身的知識結構、啟蒙思想、人生經驗出發，展開更頗個人色彩的論述與實踐。

總體而言，定縣平教會試圖以語言文字為中心，試圖打破新文學以來的文體劃分方式，在充分考慮民間文學形式的基礎上，建構一種新的「平民文學」。這裡的「文學」完全以農民接受的「實用性」作為基礎，並帶有教育民眾的意義，因此不是「純文學」意義上的文學。在形式上，表現為戲劇演出、識字課本、平民字典、民眾讀物等。在這裡，無論是戲劇、小說、故事、笑話，還是創製「用詞表」，抑或科普讀物，這些為民眾所作、所演的形式，雖然十分淺白通俗，但「淺白通俗」恰恰是我們進入這一話題的重要入口。楊開道述及平教會編輯識字課本時這樣描述道：「因為基本字數所限制，十分困

〔註 1〕錢理群、溫儒敏、吳福輝等：《中國現代文學三十年》，北京：北京大學出版社，147 頁。

難」，「費盡苦心的結果，有時竟至生疏，牽強，讀者每以為編輯先生途次不行，實則在千三百餘字範圍之外，任何作者，任何天才，亦難免有牽強的地方。趙水澄先生曾以笑聯相告，『一身心血都用盡，千字文章做不通』」。〔註2〕所謂「一身心血都用盡，千字文章做不通」表明，平教會編寫「淺白通俗」的「平民文學」，與晚清民初新小說家的寫作感受有相似之處。《小說海》的發刊詞中所言：「吾儕執筆為文，非深之難，而淺之難；非雅之難，而俗之難。」〔註3〕不同的是，晚清民初時期小說家的這種感受主要針對的是白話文寫作——「淺」、「俗」的白話成為作家文言慣習之下的「負累」。而對於平教會知識人而言，則意味著放棄優美的白話文，而使用接近民眾口語的白話文。

第一，對於平教會諸君而言，如何在熟練掌握「五四」以來的白話文的基礎上，教育農民使用白話文、寫作農民可以接受的白話文，構成了他們的一項重要工作。在教育農民使用白話文的層面上，平教會首先與國語運動合流，但是又與黎錦熙、吳稚暉等人的主張存在區別。其中晏陽初、傅葆琛編輯的《平民千字課》與西方語音中心主義關係緊密，對具體識字教學產生了重要影響，在他們主張「千字課」背後也隱含著「文以載道」的文化心理。而孫伏園主張「詞本位」、「義法」教學則致力於回答與解決「五四」白話文無法滲透到農民日常生活的問題，並與瞿秋白等人「大眾語」的觀點產生對話。這些問題幾乎從未得到研究界的關注，一是囿於歷史觀念及研究視野的侷限，二則更根本地基於對於這些看似無太大研究意義的材料的輕視。本書從歷史學與文學的「垃圾堆裏找材料」，其意義在於重新發現 1930 年代民眾教育尤其是語文教育的方法與限度，它是如何接續了「五四」啟蒙未完成的理想，又在國民政府成立以後，為語文教育注入了何種政治理想與政治色彩？

第二，如何在口語文化為主導的農村，打造一種書面文化也並非易事，平教會各類培養農民閱讀的工作，在當時的民眾教育界首屈一指，回應著當時「舊瓶裝新酒」「新瓶裝新酒」等不同的關於民眾讀物的策略。在平教會內部，平民讀物的寫作並沒有統一的規範，因此，寫作者都在各自撰寫各自認為民眾「應該讀」的作品。其中以黃廬隱的新文學讀物以及李劭青的科普讀物十分引人注目，前者回應著新文學之於民間接受的挫折，後者則回應著「五四」以來「賽先生」（科學）在普及上的侷限，在汲取晚清小說資源的基礎上，

〔註2〕楊開道：《定縣的文藝教育》，《大公報》（天津），1934 年 6 月 7 日。
〔註3〕宇澄：《〈小說海〉發刊詞》，《小說海》，1915 年第 1 卷第 1 期。

創造了獨具個人風格的科普讀物。由後者延伸到平教會對「科學」這一觀念的看法，實際上充滿的駁雜的聲音，不能完全納入近代以來「唯科學主義」的思潮。

如果說上述實踐是力圖在鄉村社會打造一種書面文化，那麼，熊佛西、陳治策、楊村彬等人則致力於從聲音與畫面兩個方面「再造『民眾』」。過去對定縣農民戲劇的考察，一來缺失了對這一創作團隊的整體性關照，二來則缺乏「民眾戲劇」視野的關照，第三也沒有充分考慮農民戲劇作為表演藝術對聲音和畫面的要求，以及背後隱含的啟蒙意義。本書考慮到上述三方面的研究缺失，重新梳理了平教會戲委會的相關史實，認為他們在繼承北平藝術學院戲劇系的傳統上，創造了一種帶有「群眾詩學」特徵的戲劇形式，並與趙太侔、王泊生主持的山東省立實驗劇院的「新歌劇」等復興舊戲為主導的民眾戲劇形成對話。

總體而言，1930 年代定縣平教會的文學實踐主要圍繞「國」與「民」兩個向度展開，並與同時期的左翼文學運動展開對話，同時，也回應著「五四」以來新文學在接受層面遇到的挫折。當然，「再造『民眾』」是平教會工作的切入點，也是平教會同人陷入困境的主要原因，平教會與國民政府的合作致使他們在很大程度上是「戴著鐐銬跳舞」。但是帶著什麼「鐐銬」、跳的什麼「舞」，這些歷史細節都有待我們深思。

本書採取了文史互證的方法，在文學與歷史的交錯中，尋找到了一幅少有人覺察到的下層啟蒙風景。但除了上述問題之外，仍有一些問題值得展開，譬如民眾戲劇部分，「民眾戲劇」在 1930 年代生長的政治文化空間究竟呈現為什麼形態，要想考察這一問題，就需要將民眾戲劇與左翼的「戲劇大眾化」做一對比，同時，民眾戲劇內部在表現形式上又存在哪些差別？如果能將定縣農民戲劇與山東民教劇等形態作以對比研究，將會極大地打開我們對這一問題的理解空間。

參考文獻

一、報刊

1.《遊戲報》
2.《杭州白話報》
3.《新小說》
4.《月月小說》
5.《新社會》
6.《新青年》
7.《羅素月刊》
8.《國語週刊》
9.《民眾文藝週刊》
10.《北平小劇院院刊》
11.《教育雜誌》
12.《大公報》（天津）
13.《國語週刊》
14.《晨報副刊‧劇刊》
15.《農民》
16.《京報副刊》
17.《中央副刊》
18.《貢獻》

19.《戲劇與文藝》

20.《青島民國日報‧副刊》

21.《民眾教育季刊》

22.《北平晨報‧劇刊》

23.《山東民眾教育月刊》

24.《民眾教育通訊》

25.《教育與民眾》

26.《民間》

27.《自由評論》

28.《獨立評論》

29.《瀟湘漣漪》

30.《劇學月刊》

二、以人物為中心

1. 孫伏園:《伏園遊記》第 1 集,北京:北新書局,1926 年。

2. 陳築山:《哲學之故鄉》全 1 冊,上海:中華書局,1927 年第 3 版。

3. 陳築山:《政治學綱要》,北平:中華平民教育促進總會,1928 年。

4. 陳築山:《人格之修養》,北平:中華平民教育促進總會,1929 年。

5. 陳築山:《國族精神》,北平:中華平民教育促進會,1931 年。

6. 陳築山:《公民道德根本義》,北平:中華平民教育促進會,1931 年。

7. 陳築山:《王陽明年譜傳習錄節本》,北平:中華平民教育促進會,1931年。

8. 熊佛西:《佛西論劇》,上海:新月書店,1931 年。

9. 熊佛西:《寫劇原理》,上海:中華書局,1933 年。

10. 熊佛西:《佛西戲劇》第 1～4 集,上海:商務印書館,1933 年。

11. 堵述初:《國族精神論例淺釋》,北平:中華平民教育促進會,1933 年。

12.〔日〕李淇:《中國倫理觀及其學理的根據》,陳築山譯,北平:中華平民教育促進會,1933 年。

13. 熊佛西:《屠戶》,上海:中華書局,1934 年。

14. 老向:《黃土泥》,上海:人間書屋,1936 年。

15. 熊佛西：《戲劇大眾化之實驗》，重慶：正中書局，1937 年。

16. 楊村彬：《新演出》，上海：獨立出版社，1941 年。

17. 陳治策：《導演術》，上海：商務印書館，1946 年。

18. 蔡元培著，高平叔編：《蔡元培教育文選》，北京：人民教育出版社，1980 年。

19. 孫伏園：《魯迅先生二三事》，長沙：湖南人民出版社，1980 年。

20. 丁文江、趙豐田編：《梁啟超年譜長編》，上海：人民出版社，1983 年。

21. 上海戲劇學院熊佛西研究小組編；陳多等編選：《現代戲劇家熊佛西》，北京：中國戲劇出版社，1985 年。

22. 余上沅：《余上沅戲劇論文集》，武漢：長江文藝出版社，1986 年。

23. 傅葆琛著，陳俠、傅啟群編：《傅葆琛教育論著選》，北京：人民教育出版社，1994 年。

24. 安徽大學藝術學院，安徽藝術學校編：《劉靜沅文集》，合肥：安徽文藝出版社，1997 年。

25. 瞿秋白：《瞿秋白文集》文學編，北京：人民文學出版社，1998 年。

26. 費孝通：《費孝通文集》，北京：群言出版社 1999 年。

27. 熊佛西：《熊佛西戲劇文集》，上海：上海文藝出版社，2000 年。

28. 聞一多：《聞一多全集》，武漢：湖北人民出版社，2004 年。

29. 魯迅：《魯迅全集》，北京：人民文學出版社，2005 年。

30. 熊佛西著，趙國忠編：《山水人物印象記》，北京：海豚出版社，2011 年。

31. 顧頡剛：《顧頡剛自傳》，北京：北京大學出版社，2012 年。

32.〔挪威〕易卜生：《易卜生書信演講集》，汪余禮，戴丹妮譯，北京：人民文學出版社，2012 年。

33. 宋恩榮主編：《晏陽初全集》，天津：天津教育出版社，2013 年。

34. 聞黎明，侯菊坤編著：《聞一多年譜長編》修訂版，上海：上海交通大學出版社，2014 年。

35. 盧隱：《盧隱全集》，福州：福建教育出版社，2015 年。

36. 梁漱溟：《鄉村建設理論》，北京：商務印書館，2015 年。

37. 杜學元，郭明蓉，彭雪明編著：《晏陽初年譜長編》，上海：上海交通大學出版社，2017 年。

38. 田正平、李笑賢編：《黃炎培教育論著選》，北京：人民教育出版社，2018年。

39. 童道明編譯：《梅耶荷德談話錄》，北京：商務印書館，2019年。

三、課本及民眾讀物

1. 朱經農、陶知行：《平民千字課》，上海：商務印書館，1923年。

2. 晏陽初、傅若愚：《平民千字課》，北京：青年會全國協會，1925年。

3. 黎錦熙、白滌洲：《注音符號無師自通》，北平：中華平民教育促進會，1929年。

4. 瞿世荃：《賭鬼》，北平：中華平民教育促進會，1929年。

5. 張壽林：《緹縈救父》，北平：中華平民教育促進會，1929年。

6. 趙秋荼：《愛國女子》，北平：中華平民教育促進會，1929年。

7. 黃盧隱：《不幸》，北平：中華平民教育促進會，1929年。

8. 紉秋：《王冕》，北平：中華平民教育促進會，1929年。

9. 謝剛主：《鄭成功與張蒼水》，北平：中華平民教育促進會，1929年。

10. 張壽林：《墨子救宋》，北平：中華平民教育促進會，1929年。

11. 黎民：《好士兵》，北平：中華平民教育促進會，1929年。

12. 張壽林：《孔子的一生》，北平：中華平民教育促進會，1929年。

13. 楊適夷：《柳麻子》，北平：中華平民教育促進會，1929年。

14. 黃盧隱：《介子推》，北平：中華平民教育促進會，1929年。

15. 黃盧隱：《月夜笛聲》，北平：中華平民教育促進會，1929年。

16. 黃盧隱：《杳無音信》，北平：中華平民教育促進會，1929年。

17. 黃盧隱：《劉大嫂》，北平：中華平民教育促進會，1929年。

18. 陳築山、黃盧隱：《公民圖說講稿》，北平：中華平民教育促進會，1929年。

19. 陳築山：《一滴水》，北平：中華平民教育促進會，1929年。

20. 黎民：《叫化與農夫》，北平：中華平民教育促進會，1929年。

21. 黎民：《掃雪》，北平：中華平民教育促進會，1929年。

22. 邵霆源：《夢官》，北平：中華平民教育促進會。

23. 安樂：《模範農家》，北平：中華平民教育促進會，1929年。

24. 宏希：《玉兒的痛苦》，北平：中華平民教育促進會，1929年。

25. 郝庚廉：《新廟會》，北平：中華平民教育促進會，1929 年。

26. 李自珍：《越巫》，北平：中華平民教育促進會，1929 年。

27. 春生：《老王的故事》，北平：中華平民教育促進會，1929 年。

28. 吳星珮：《田家樂》，北平：中華平民教育促進會，1930 年。

29. 張友鈞：《白眼狼》，北平：中華平民教育促進會，1930 年。

30. 趙水澄：《浣沙溪》，北平：中華平民教育促進會，1930 年。

31. 趙水澄：《石壕吏》，北平：中華平民教育促進會，1930 年。

32. 姚蒼均：《一個憂國的女子》，北平：中華平民教育促進會，1930 年。

33. 謝剛主：《顏元尋父》，北平：中華平民教育促進會，1930 年。

34. 李蔭春：《鄉村的專制與共和》，北平：中華平民教育促進會，1930 年。

35. 傅葆琛：《遊戲與教育》，北平：中華平民教育促進會，1930 年。

36. 菊農：《公民談話》，北平：中華平民教育促進會，1930 年。

37. 林大椿：《預備荒年》，北平：中華平民教育促進會，1930 年。

38. 李蔭春：《農民的身體》，北平：中華平民教育促進會，1930 年。

39. 黃廬隱：《婦女談話》，北平：中華平民教育促進會，1930 年。

40. 湯鶴逸：《裁縫王》，北平：中華平民教育促進會，1930 年。

41. 謝剛主：《鄭芝龍》，北平：中華平民教育促進會，1930 年。

42. 湯鶴逸：《桑下的饑人》，北平：中華平民教育促進會，1930 年。

43. 謝剛主：《蘇東坡的故事》，北平：中華平民教育促進會，1930 年。

44. 陳築山：《仁慈的夜鶯》，北平：中華平民教育促進會，1930 年。

45. 陳築山：《農民的地位》，北平：中華平民教育促進會，1930 年。

46. 陳築山：《苦工人的救星》，北平：中華平民教育促進會，1930 年。

47. 陳築山：《鄉下老》，北平：中華平民教育促進會，1930 年。

48. 趙秋荼：《田橫島》，北平：中華平民教育促進會，1930 年。

49. 李谷詒：《麥秋》，北平：中華平民教育促進會，1930 年。

50. 趙水澄：《殺四虎》，北平：中華平民教育促進會，1930 年。

51. 趙水澄：《狠心的後娘》，北平：中華平民教育促進會，1930 年。

52. 趙水澄：《過五關》，北平：中華平民教育促進會，1930 年。

53. 林大椿：《一根火柴》，北平：中華平民教育促進會，1930 年。

54. 黃廬隱：《婦女生活的改善》，北平：中華平民教育促進會，1930 年。

55. 張更生：《女英雄》，北平：中華平民教育促進會，1930 年。

56. 謝剛主：《民間歌謠的研究》，定縣：中華平民教育促進會定縣實驗區，1930 年。

57. 湯鶴逸：《孔子與曾參》，北平：中華平民教育促進會，1930 年。

58. 趙水澄：《誰是家長》，北平：中華平民教育促進會，1930 年。

59. 堵述初：《讀書的故事》，北平：中華平民教育促進會，1930 年。

60. 李邵青：《瘟神和財神》，北平：中華平民教育促進會，1930 年。

61. 李劭青：《活神仙》三冊，北平：中華平民教育促進會，1930 年。

62. 李劭青：《哭和笑》，北平：中華平民教育促進會，1930 年。

63. 堵述初：《仁愛路》，北平：中華平民教育促進會，1930 年。

64. 趙水澄編選：《街上的小孩》，北平：中華平民教育促進會，1930 年。

65. 陸紹昌編輯，葉楚傖校閱：《新中華三民主義課本》第一冊，上海：中華書局，1931 年。

66. 堵述初：《殺愛驢》，北平：中華平民教育促進會，1931 年。

67. 黃廬隱：《穴中人》，北平：中華平民教育促進會，1932 年。

68. 顧器重：《眼科醫生》，北平：中華平民教育促進會，1932 年。

69. 李谷詒：《難民進城》，北平：中華平民教育促進會，1932 年。

70. 李劭青編述：《從軍記》（三冊），1932 年。

71. 李邵青：《雷公和電母》（二冊），北平：中華平民教育促進會，1932 年。

72. 馬宗伯：《老張請客》，北平：中華平民教育促進會，1932 年。

73. 顧綺仲：《蒼蠅的功績》，北平：中華平民教育促進會，1932 年。

74. 洛利：《說國難》，北平：中華平民教育促進會，1932 年。

75. 顧綺仲：《周家兒媳婦》，北平：中華平民教育促進會，1933 年。

76. 謝空心：《冰雪中的家庭》，北平：中華平民教育促進會，1933 年。

77. 周自鳴：《三個老人》，北平：中華平民教育促進會，1933 年。

78. 陳治策：《愛國商人》，北平：中華平民教育促進會，1933 年。

79. 陳治策：《四個乞丐》，北平：中華平民教育促進會，1933 年。

80. 葉郁生原著，陳治策改編：《紀念日》，北平：中華平民教育促進會，1933 年。

81. 陸靜山：《曉莊歌曲集》，上海：兒童書局，1933 年。

82. 黎錦皇：《小靜和她的弟弟》，北平：中華平民教育促進會，1933 年。

83. 盧隱：《水災》，北平：中華平民教育促進會，1933 年。

84. 莊澤宣：《人人讀》（第 1～4 冊），上海：商務印書館，1933～1934 年。

85. 田三義口述，席徵庸記錄並刪改：《魯達拳打鎮關西》，北平：中華平民教育促進會，1933 年。

86. 田三義口述，席徵庸記錄並刪改：《班超定西域》，北平：中華平民教育促進會，1933 年。

87. 田三義口述，席徵庸記錄並刪改：《打黃狼》，北平：中華平民教育促進會，1934 年。

四、論文類

1. 張健：《論熊佛西喜劇的寓言性特徵》，《中國現代文學研究叢刊》，1988 年第 1 期。

2. 曹述敬：《黎錦熙先生著作目錄繫年》，《北京師範大學學報》，1990 年第 2 期。

3. 孫惠柱，沈亮：《熊佛西的定縣農民戲劇實驗及其現實意義》，《戲劇藝術》，2001 年第 1 期。

4. 嚴家炎：《「五四」批「黑幕派」一解》，《中國現代文學研究叢刊》，2001 年第 2 期。

5. 徐秀麗：《中華平民教育促進會掃盲運動的歷史考察》，《近代史研究》，2002 年第 6 期。

6. 高玉：《重審「五四」白話文學理論》，《學術月刊》，2005 年第 1 期。

7. 沈潔：《「反迷信」話語及其現代起源》，《史林》，2006 年第 2 期。

8. 曹天忠：《鄉村建設派分概念形式史考溯》，《廣東社會科學》，2006 年第 3 期。

9. 葛飛：《戲劇大眾化實踐的政治空間及其承擔者：兼論「劇聯」組織性質的演變》，《中國現代文學論叢》，2007 年第 2 期。

10. 李永東：《語體文的歐化與大眾化之辯——評 1934 年的大眾語論爭》，《湘潭大學學報》，2007 年第 9 期。

11. 劉家峰:《基督教與民國時期的鄉村識字運動》,《民國研究》,2009 年春季號。

12. 張福貴:《魯迅思想的民眾本位與魯迅研究的大眾化價值》,《武漢大學學報（人文科學版）》,2011 年第 5 期。

13. 陳桂香:《關於李大釗與民粹主義關係的辨析——重讀〈青年與農村〉》,《中共黨史研究》,2012 年第 1 期。

14. 羅志田:《國進民退:清季興起的一個持續傾向》,《四川大學學報》,2012 年第 5 期。

15. 吳福輝:《熊佛西與河北定縣的「農民戲劇實驗」》,《漢語言文學研究》,2013 年第 1 期。

16. 沙培德.:《倫理教科書:民初學校教育裏的修身與公民道德》,《知識分子論叢》,2013 年第 1 期。

17. 許歡:《二十世紀上半期我國大眾通俗讀物的閱讀與傳播研究》,《高校圖書館工作》,2013 年第 3 期。

18. 劉川鄂:《雅俗夾縫中的另類啟蒙:20 世紀 30 年代定縣農民戲劇實驗》,《文學評論》,2013 年第 4 期。

19. 曾憲章,劉川鄂:《20 世紀 30 年代定縣農民戲劇實驗的歷史意義》,《文藝研究》,2013 年第 9 期。

20. 周維東:《〈藥〉與聽將令之後的魯迅》,《魯迅研究月刊》,2013 年第 12 期。

21. 梁心:《現代中國的「都市眼光」——20 世紀早期城鄉關係的認知與想像》,《中華文史論叢》,2014 年第 2 期。

22. 張蘭英、艾愷（Guy Salvatore Alitto）、溫鐵軍:《激進與改良——民國鄉村建設理論實踐的現實啟示》,《開放時代》,2014 年第 3 期。

23. 瞿駿:《現代中國政治文化的常識建構:轉型時代「讀本」中的國家與世界觀念》,《上海師範大學學報》（哲學社會科學版）,2014 年第 4 期。

24. 胡博:《孫伏園定縣事蹟鈎沉》,《魯迅研究月刊》,2014 年第 10 期。

25. 胡志德:《清末民初「純」文學和「通俗」文學的大分歧》,趙家琦譯,《東嶽論叢》2014 年第 12 期。

26. 潘家恩、溫鐵軍:《三個「百年」:中國鄉村建設的脈絡與展開》,《開放

時代》，2016 年第 4 期。

27. 潘家恩：《經驗在場與實踐傳統——作為文化研究議題的鄉村建設》，《文學與文化》，2016 年第 4 期。

28. 李志毓：《關於「國民黨左派」問題的再思考（924～1931）》，《中共黨史研究》，2016 年第 10 期。

29. 文貴良：《「替他娶一注音老婆」：漢字與國音——論吳稚暉的漢字觀》，《現代中國文化與文學》，2016 年總第 18 期。

30. 江棘：《作為「問題」的民眾戲劇——從 1930 年代的「民眾戲劇問題徵答」說起》，《文藝理論與批評》，2017 年第 1 期。

31. 王建朗：《再議近代中國的革命與改良》，《蘇區研究》，2017 年第 4 期。

32. 袁先欣：《文化、運動與「民間」的形式——以「五卅」前後的〈民眾文藝週刊〉為中心》，《文學評論》，2017 年第 3 期。

33. 袁先欣：《「到民間去」與文學再造：周作人漢譯石川啄木〈無結果的議論之後〉前後》，《中國現代文學研究叢刊》，2017 年第 4 期。

34. 王瑜、周珺佳：《民眾戲劇社與近代租界文化的歷史勾聯》，《現代中國文化與文學》，2017 年總第 23 輯。

35. 江棘：《多義性的甄別：啟蒙視野與鄉土戲劇：以民眾教育戲劇運動中的定縣大秧歌為例》，《戲曲研究》，2011 年第 2 期。

36. 江棘：《新」「舊」文藝之間的轉換軌轍——定縣秧歌輯選工作與農民戲劇實驗關係考論》，《中國現代文學研究叢刊》，2018 年第 12 期。

37. 江棘：《「父歸」之旅與主題變奏——現代中日戲劇與民眾問題管窺》，《文藝理論與批評》，2020 年第 6 期。

38. 王雪芹：《1931：文化教育機制的整一化與民眾教育戲劇》，《南大戲劇論叢》，2018 年第 2 期。

39. 苗芳：《二十世紀三十年代民眾教育館之教育戲劇探微——以山東省立民眾教育館為考察對象》，《中國現代文學論叢》，2020 年第 1 期。

40. 李怡：《從「純文學」到「大文學」：重述我們的「文學」傳統——從一個角度看「五四」的文學取向》，《文藝爭鳴》，2019 年第 5 期。

41. 〔澳〕張釗貽：《瞿秋白與「大眾語」違背語文改革初衷的「文字革命」——兼論魯迅之廢除漢字乃為了「開窗」而主張「拆屋頂」》，《魯迅研究

月刊》，2019 年第 3 期。

42. 劉曉玥、劉曉明：《黎錦熙文字改革中的詞彙學思想研究》，《漢字文化》，2020 年第 3 期。

43. 張潔宇：《「我是在新詩之中，又是在新詩之外」——重評聞一多詩學觀念的轉變及其他》，《江漢學術》，2020 年第 5 期。

44. 李志娟、陳軍：《熊佛西研究文獻綜述》，《戲劇文學》，2020 年第 7 期。

45. 鳳媛：《燕京大學時期的郭紹虞和 1930 年代新文學的學院化》，《學術月刊》，2020 年第 9 期。

五、學位論文

1. 王修彥：《燕京大學社會學系鄉村建設理念與實踐研究》，南開大學 2011 年碩士學位論文。

2. 王雪芹：《意義與聲音：1930 年代中國話劇創作研究》，南京大學 2012 年博士學位論文。

3. 朱煜：《江蘇民眾教育館研究（1928～1937)》，蘇州大學 2012 年博士學位論文。

4. 任金帥：《近代華北鄉村建設工作者群體研究：以鄒平、定縣、宛西為中心的考察 1926～1937》，南開大學 2013 年博士學位論文。

5. 劉峰：《20 世紀 30 年代農村復興思潮研究》，湖南大學 2015 年博士學位論文。

6. 王叢陽：《定縣「農民戲劇」中的立場》，2017 年河南大學碩士學位論文。

7. 郭嘉穎：《中國「平民話劇」劇本研究》（1919～1937），暨南大學 2018 年碩士學位論文。

六、研究專著類

1. 培良：《中國戲劇概評》，上海：泰東圖書館，1929 年。

2. 范望湖：《民眾教育 ABC》，上海：ABC 叢書社，1929 年。

3. 湯茂如：《定縣農民教育》，北平：中華平民教育促進會，1932 年。

4. 徐錫齡：《中國文盲問題》，廣州：南國書社，1932 年。

5. 熊佛西：《過渡演出特輯》，北平：中華平民教育促進會，1936 年。

6. 高踐四：《民眾教育》，上海：商務印書館，1934 年。

7. 張履謙：《相國寺民眾讀物調查》，開封：開封教育實驗區出版部，1934年。

8. 黎錦熙：《國語運動史綱》，上海：商務印書館，1934年。

9. 中華平民教育促進會教育心理研究委員會：《定縣平民教育測驗統計報告》，北平：中華平民教育促進會，1935年。

10. 黃裳：《文盲研究》，廣州：廣東省立民眾教育館，1935年，第44頁。

11. 熊佛西編著：《過渡及其演出》，重慶：正中書局，1937年。

12. 徐卓呆：《民眾讀物》，上海：商務印書館，1937年。

13. 老向：《民眾讀物》，重慶：正中書局，1941年。

14. 李景漢、張世文：《定縣秧歌選》，臺北：東方文化書局，1971年。

15. 馬建忠：《馬氏文通》，北京：商務印書館，1983年。

16. 王富仁：《魯迅前期小說與俄羅斯文學》，西安：陝西人民出版社，1983年。

17. 王力：《中國現代語法》，北京：商務印書館，1985年。

18. 〔英〕羅傑・福勒：《語言學與小說》，於寧等譯，重慶：重慶出版社，1991年。

19. 〔美〕易勞逸：《流產的革命：1921～1937年國民黨統治下的中國》，陳謙平等譯，北京：中國青年出版社，1992年。

20. 宋恩榮主編：《教育與社會發展——晏陽初思想國際學術研討會論文集》，長沙：湖南教育出版社，1991年。

21. 〔美〕林毓生《中國意識的危機——「五四」時期激烈的反傳統主義》（增訂再版本），穆善培譯，貴陽：貴州人民出版社，1986年。

22. 陳白塵，董健主編：《中國現代戲劇史稿》，北京：中國戲劇出版社，1989年。

23. 〔日〕太田辰夫：《漢語史通考》，重慶：重慶出版社，1991年。

24. 余上沅編：《國劇運動》，上海：上海書店出版社，1992年。

25. 〔美〕洪長泰：《到民間去——1918～1937年的中國知識分子與民間文學運動》，董曉萍譯，上海：上海文藝出版社，1993年。

26. 胡星亮：《中國現代喜劇論》，南京：南京大學出版社，1995年。

27. 〔英〕R.H.羅賓斯（R.H.Robins）：《簡明語言學史》，許德寶，馮建明，胡

明亮譯，北京：中國社會科學出版社，1997年。

28.〔美〕魯道夫・阿恩海姆：《視覺思維——審美直覺心理學》，滕守堯譯，成都：四川人民出版社，1998年。

29. 安東尼・吉登斯：《社會的構成》，北京：生活・讀書・新知三聯書店，1998年。

30. 鄭大華：《民國鄉村建設運動》，北京：社會科學文獻出版社，1999年。

31. 許威漢：《二十世紀的漢語詞彙學》，上海：書海出版社，2000年。

32. 許紀霖編：《二十世紀中國思想史論》，上海：東方出版中心，2000年。

33. 陳建華：《「革命」的現代性：中國革命話語考論》，上海：上海古籍出版社，2000年。

34.〔法〕亨利・柏格森：《笑與滑稽》，樂愛國譯，廣州：廣東人民出版社，2000年。

35.〔美〕施堅雅：《中華帝國晚期的城市》，葉光庭等譯，北京：中華書局，2000年。

36. 李孝悌：《清末的下層社會啟蒙運動：1901～1911》，石家莊：河北教育出版社，2001年。

37. 羅志田：《亂世潛流——民族主義與民國政治》，上海：上海古籍出版社，2001年。

38. 楊念群主編：《空間・記憶・社會轉型——「新社會史」研究論文精選集》，上海：上海人民出版社，2001年。

39.〔美〕劉易斯・科塞（Lewis Coser）：《理念人——一項社會學的考察》；郭方等譯，北京：中央編譯出版社，2001年。

40.〔法〕P.布爾迪約J.C.帕斯隆：《再生產——一種教育系統理論的要點》，邢克超譯，北京：商務印書館，2002年。

41. 宋寶珍：《殘缺的戲劇翅膀：中國現代戲劇理論批評史稿》，北京：北京廣播學院出版社，2002年。

42.〔美〕弗里曼、畢克偉、塞爾登：《中國鄉村，社會主義國家》，陶鶴山譯，北京：社會科學文獻出版社，2002年。

43. 王富仁：《中國文化的守夜人——魯迅》，北京：人民文學出版社，2002年。

44. 柄谷行人：《日本現代文學的起源》，趙京華譯，北京：生活・讀書・新

知三聯書店，2003 年。

45. 〔美〕杜贊奇：《從民族國家拯救歷史——民族主義話語與中國現代史研究》，王憲明等譯，北京：社會科學文獻出版社，2003 年。

46. 高力克：《五四的思想世界》，上海：學林出版社，2003 年。

47. 倪偉：《「民族」想像與國家統制——1928～1948 年南京政府的文藝政策及文學運動》，上海：上海教育出版社，2003 年。

48. 柯林武德：《歷史的觀念》，何兆武、張文傑譯，北京：商務印書館，2004 年。

49. 〔日〕井口淳子：《中國北方農村的口傳文化——說唱的書、文本、表演》，林琦譯，廈門：廈門大學出版社，2003 年。

50. 王力：《漢語史稿》，北京：中華書局，2004 年。

51. 蘇新春編著：《二十世紀漢語詞彙研究概覽》，上海：上海辭書出版社，2004 年。

52. 汪暉：《現代中國思想的興起》，北京：生活・讀書・新知三聯書店，2004 年。

53. 〔美〕杜贊奇：《文化、權力與國家——1900～1942 年的華北農村》，王福明譯，南京：江蘇人民出版社，2004 年。

54. 李景漢：《定縣社會概況調查》，上海：上海人民出版社，2005 年。

55. 陳泳超：《中國民間文學研究的現代軌轍》，北京：北京大學出版社，2005 年。

56. 〔美〕郭穎頤：《中國現代思想中的唯科學主義》，雷頤譯，南京：江蘇人民出版社，2005 年。

57. 陳平原：《中國現代小說的起點——清末民初小說研究》。北京：北京大學出版社，2005 年。

58. 晏鴻國：《晏陽初傳略》，成都：天地出版社，2005 年。

59. 鄭振鐸：《中國俗文學史》，上海：上海人民出版社，2006 年。

60. 〔德〕彼得・斯叢狄：《現代戲劇理論》（1880～1950），王建譯，北京：北京大學出版社，2006 年。

61. 雷可夫、詹林：《我們賴以生存的譬喻》，周世箴譯注，臺北：聯經出版事業股份有限公司，2006 年。

62. Robert Culp: *Articulating Citizenship: Civic Education and Student Politics in Southeastern China, 1912-1940*, Harvard University Asia Center. 2007.

63. 〔美〕沃爾特・翁（Walter J.Ong）:《口語文化與書面文化：語詞的技術化》，何道寬譯，北京：北京大學出版社，2008 年。

64. 葛飛:《戲劇、革命與都市漩渦：1930 年代左翼劇運、劇人在上海》，北京：北京大學出版社，2008 年。

65. 〔美〕李懷印:《華北村治──晚清和民國時期的國家與鄉村》，北京：中華書局，2008 年。

66. 劉禾:《帝國的話語政治：從近代中西衝突看現代世界秩序的形成》，北京：生活・讀書・新知三聯書店，2008 年。

67. 〔美〕卡爾・瑞貝卡:《世界大舞臺──十九、二十世紀之交中國的民族主義》，高瑾等譯，北京：生活・讀書・新知三聯書店，2008 年。

68. 鄧偉:《分裂與建構：清末民初文學語言新變研究（1989～1917）》，北京：中國社會科學出版社，2009 年。

69. 譚為宜:《戲劇的救贖──1920 年代國劇運動》，北京：人民日報出版社，2009 年。

70. 金觀濤、劉青峰:《觀念史研究──中國現代重要政治術語的形成》，北京：法律出版社，2009 年。

71. 楊念群:《「五四」九十週年祭──一個『問題史』的回溯與反思》，北京：世界圖書出版公司北京公司，2009 年。

72. 祝彥:《救活農村──民國鄉村建設運動回眸》，福州：福建人民出版社，2009 年。

73. 陳平原:《中國小說敘事模式的轉變》，北京：北京大學出版社，2010 年。

74. 畢苑:《建造常識──教科書與近代中國文化轉型》，福州：福建教育出版社，2010 年。

75. 〔美〕本尼迪克特・安德森:《想像的共同體：民族主義的起源與散布》，上海：上海人民出版社，2011 年。

76. 王寅:《什麼是認知語言學》，上海：上海外語教育出版社，2011 年。

77. 呂曉英:《孫伏園評傳》，北京：中國社會科學出版社，2011 年。

78. 張麗華:《現代中國「短篇小說」的興起》，北京：北京大學出版社，

2011 年。

79. 楊慧:《思想的行走——瞿秋白「文化革命」思想研究》,北京:商務印書館,2012 年。

80. 張中行:《文言和白話》,北京:中華書局,2012 年。

81. 中共上海市委黨史研究室、上海魯迅紀念館:《「劇聯」與左翼戲劇運動》,上海:上海人民出版社,2014 年。

82. 黃興濤:《重塑中華——近代中國「中華民族」觀念研究》,北京:北京師範大學出版社,2017 年。

83. 〔美〕喬治·斯坦納:《語言與沉默——論語言、文學與非人道》,李小均譯,上海:上海人民出版社,2013 年。

84. 〔英〕雷蒙·威廉斯:《鄉村與城市》,韓子滿等譯,北京:商務印書館,2013 年。

85. 彭麗君:《哈哈鏡:中國視覺現代性》,張春田、黃芷敏譯,上海:上海書店出版社,2013 年。

86. 溫鐵軍等:《八次危機——中國的真實經驗(1949～2009)》,北京:東方出版社,2013 年。

87. 李春陽:《白話文運動的危機》,臺北:花木蘭文化出版社,2013 年。

88. 汪暉:《文化與政治的變奏——一戰與中國的「思想戰」》,上海:上海人民出版社,2014 年。

89. 張仲民,章可:《近代中國的知識生產與文化政治——以教科書為中心》,上海:復旦大學出版社,2014 年。

90. 王汎森:《執拗的低音:一些歷史思考方式的反思》,北京:生活·讀書·新知三聯書店,2014 年。

91. 程凱:《革命的張力——「大革命」前後新文學知識分子的歷史處境與思想探求》,北京:北京大學出版社,2014 年。

92. 劉志偉、孫歌:《在歷史中尋找中國——關於區域史研究認識論的對話》,香港:大家良友書局有限公司,2014 年。

93. 〔奧〕格奧爾格·盧卡奇:《盧卡奇論戲劇》,羅璿等譯,北京:北京師範大學出版社,2014 年。

94. 羅志田:《道出於二:過渡時代的新舊之爭》北京:北京師範大學出版社,

2014 年。

95. 〔法〕帕特里斯‧帕維斯:《戲劇藝術辭典》,宮寶榮,傅秋敏譯,上海:上海書店出版社,2014 年。

96. 〔美〕奧斯卡‧G.布羅凱特,〔美〕弗蘭克林‧J.希爾蒂:《世界戲劇史》第 10 版,周靖波譯,北京:生活‧讀書‧新知三聯書店,2015 年。

97. 張健:《中國現代喜劇論稿》,北京:中國人民大學出版社,2015 年。

98. 姜濤:《公寓裏的塔:1920 年代中國的文學與青年》,北京大學出版社,2015 年。

99. 王風:《世運轉移與文章興替——中國近代文學論集》北京:北京大學出版社 2015 年。

100. 姜萌:《族群意識與歷史書寫——中國現代歷史敘述模式的形成及其在清末的實踐》,北京:商務印書館,2015 年。

101. 夏曉虹:《晚清白話文與啟蒙讀物》,香港:三聯書店(香港)有限公司,2015 年。

102. 張仲民:《種瓜得豆——清末民初的閱讀文化與接受政治》,北京:社會科學文獻出版社,2016 年。

103. 黃克武:《言不褻不笑:近代中國男性世界中的諧謔、情慾與身體》,臺北:聯經出版事業股份有限公司,2016 年。

104. 劉子凌:《話劇行動與話語實踐——二十世紀三十年代中國話劇史片論》,北京:人民出版社,2016 年。

105. 陳愛國:《人的問題與人的戲劇——1920 年代中國話劇創作研究》,南京:東南大學出版社,2016 年。

106. 戴聯斌:《從書籍史到閱讀史——閱讀史研究理論與方法》,上海:新星出版社 2017 年。

107. 季劍青:《重寫舊京——民國北京書寫中的歷史與記憶》,北京:生活‧讀書‧新知三聯書店,2017 年。

108. 〔日〕狩野直喜:《中國小說戲曲史》,南京:江蘇人民出版社,2017 年。

109. 〔日〕佐藤仁史:《近代中國的鄉土意識——清末民初江南的地方精英與地域社會》北京:北京師範大學出版社,2017 年。

110. Xiao Tie: *Revolutionary Waves: the Crowd in Modern China*, Cambridge:

Harvard University Asia Center, 2017.

111. 費孝通：《江村經濟──中國農民的生活》，北京：商務印書館，2018 年。

112. 聞翔：《勞工神聖──中國早期社會學的視野》，北京：商務印書館，2018 年。

113. 王東傑：《歷史‧聲音‧學問──近代中國文化的脈延與異變》，北京：東方出版社，2018 年。

114. 〔美〕浦安迪：《中國敘事學》（第 2 版），北京：北京大學出版社，2018 年。

115. 〔美〕雷勤風：《大不敬的年代：近代中國新笑史》，許暉林譯，臺北：麥田出版社，2018 年。

116. 〔比〕米歇爾‧梅耶著：《何謂戲劇》，魯京明譯，瀋陽：遼寧人民出版社，2018 年。

117. 〔瑞士〕費爾迪南‧德‧索緒爾：《普通語言學教程》，高名凱譯，北京：商務印書館，2019 年。

118. 張武軍：《〈中央日報〉副刊與民國文學的歷史進程》，廣州：花城出版社，2019 年。

119. 王東傑：《聲入心通──國語運動與現代中國》，北京：北京師範大學出版社，2019 年。

120. 潘光哲：《創造近代中國的「世界知識」》，北京：社會科學文獻出版社，2019 年。

121. Yurou Zhong: *Chinese Grammatology: Script Revolution and Literary Modernity, 1916-1958*, Columbia University Press, 2019.

122. 沈國威：《漢語近代二字詞研究──語言接觸與漢語的近代演化》，上海：華東師範大學出版社，2019 年。

123. 陳力衛：《東往東來：近代中日之間的語詞概念》，北京：社會科學文獻出版社，2019 年。

124. 童慶生：《漢語的意義：語文學、世界文學和西方漢語觀》，北京：生活‧讀書‧新知三聯書店，2019 年。

125. 上海戲劇學院中國話劇研究中心編：《熊佛西研究資料彙編》，上海：華東師範大學出版社，2020 年。

126.〔美〕韓瑞：《圖像的來世——關於「病夫」刻板印象的中西傳譯》，欒志超譯，北京：生活・讀書・新知三聯書店，2020 年。

127. 張邦彥：《精神的複調——近代中國的催眠術與大眾科學》，新北：聯經出版社，2020 年。

128.〔英〕E.P.湯普森：《共有的習慣：18 世紀英國的平民文化》，沈漢、王加豐譯，上海：上海人民出版社，2020 年。

129. 侯旭東：《什麼是日常統治史》，北京：生活・讀書・新知三聯書店，2020 年。